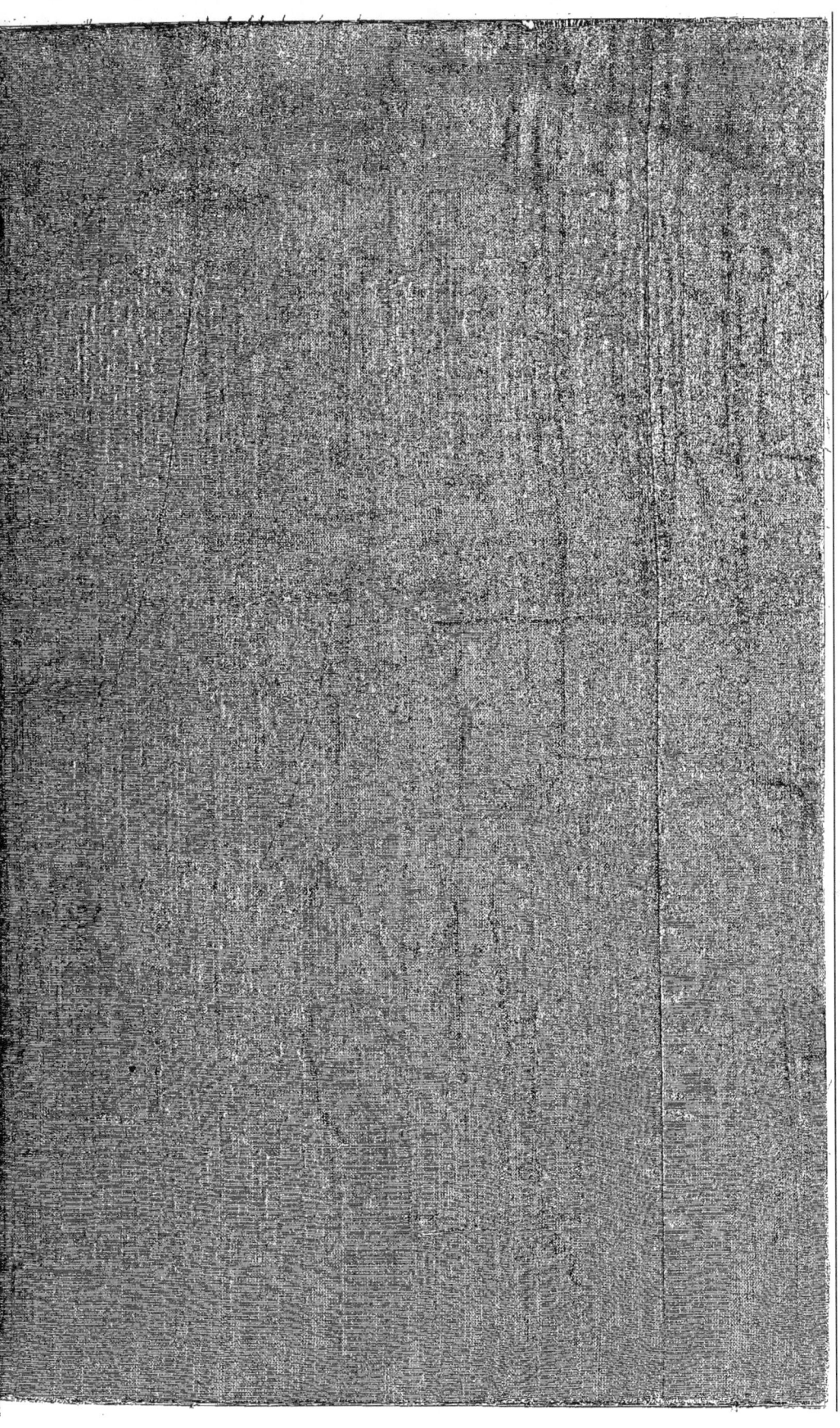

OEUVRES

COMPLETES

DE

VOLTAIRE.

OEUVRES

COMPLETES

DE

VOLTAIRE.

TOME TRENTE-CINQUIEME.

DE L'IMPRIMERIE DE LA SOCIÉTÉ LITTÉRAIRE-
TYPOGRAPHIQUE.

1 7 8 5.

PHILOSOPHIE

GENERALE,

METAPHYSIQUE,

MORALE,

ET THEOLOGIE.

NOUVEAU

TESTAMENT.

D'HERODE.

Quelques ténèbres que la fcience des commentateurs ait répandues fur l'origine d'*Hérode*, il eft clair qu'il n'était pas juif ; & cela fuffit pour faire voir que les Romains diftribuaient des couronnes à leur gré, comme *Alexandre* avait donné celle de Sidon au jardinier *Abdolonyme*.

Tous ceux qui s'intéreffent aux événemens de fon règne, conviennent que fa famille était iduméenne. Elle eft très-ancienne dans le fens que tous les hommes font de la race de *Noé*, & que les Iduméens defcendaient d'*Efaü*. *Hérode* recouvra fon droit d'aîneffe dont *Efaü* s'était dépouillé, & traita durement la maifon de *Jacob*. Mais dans le fens ordinaire, fa famille était de la lie du genre - humain. Son grand - père *Antipas* fut, felon *Eufèbe*, un pauvre païen, & facriftain d'un temple d'Afcalon, fait efclave dans fa jeuneffe par des voleurs iduméens. Son fils *Antipater*, efclave comme lui, fut plaire au brigand *Arétas*, chef des arabes nabatéens, qui étaient venus pour piller Jérufalem, & que *Pompée* renvoya dans leurs déferts. *Antipater* quitta le fervice des Arabes pour celui des Romains. Il devint leur munitionnaire, & fit une grande fortune dans les vivres. Voilà l'unique origine de la grandeur de fa maifon. Il était riche ; & tous les Juifs de Jérufalem étaient pauvres. C'eft ainfi que les *Tarquins* furent fouverains dans Rome, & les *Médicis* à Florence.

L'application infatigable d'*Antipater* à s'enrichir, a fait penfer à quelques-uns qu'il était juif ; mais on n'a jamais fu au jufte de quelle religion il fut, lui &

Hérode son fils. C'était un des hommes les plus entre-
prenans, & des plus rufés. Il fe rendit néceffaire aux
Romains dans leur guerre contre *Ariftobule*; il contribua
beaucoup à l'accabler, parce qu'il gagnait à fa perte.
Il s'intrigua fans ceffe avec les commandans romains,
les Juifs, & les Arabes; les fefant tous fervir à fes intérêts, & prêtant de l'argent par avarice à quiconque
pouvait l'aider dans fes exactions.

Il époufa une fille riche d'Arabie nommée *Kypron*,
dont il eut quatre enfans. *Hérode* n'était que le fecond:
mais ayant toutes les qualités & tous les vices de fon
père dans un plus haut degré, il devait faire une bien
plus grande fortune.

Antipater établit fi bien fon crédit, que tantôt *Pompée*,
& tantôt *Céfar*, eurent befoin de lui pour faire fubfifter
leurs troupes. C'était enfin un de ces hommes qui
doivent devenir princes ou être pendus.

Céfar, en paffant d'Egypte en Syrie, lui accorda fa
protection: il ne haïffait pas de tels caractères. *Antipater*
eut l'audace de lui demander le gouvernement de Jérufalem & de la Galilée, & l'obtint aifément. Il partagea
les deux provinces entre deux de fes fils, *Phazaël* &
Hérode: quoiqu'*Hérode* ne fut âgé que de quinze ans,
il eut la Galilée; *Phazaël* eut Jérufalem.

Hérode, quelques années après, fut le premier qui
éprouva le pouvoir & la mauvaife volonté de ce fameux
Sanhédrin établi par *Pompée*. Quelque puiffant qu'il fût
par lui-même & par fon père, on l'accufa devant ce
tribunal. Il vint répondre, mais bien accompagné. On
lui imputait des malverfations & des meurtres. Il
foutint qu'il n'avait fait mourir que des brigands. Il

fut traité de brigand lui-même, & condamné à la mort. Il se retira avec ses satellites ; & dans la suite, lorsqu'il fut roi, il fit mourir tous les conseillers du Sanhédrin, excepté un seul nommé *Saméas* qui l'avait absous. Ce *Saméas* était le prédécesseur d'*Hillel* &. de *Gamaliel* maître de S*t Paul.*

Pendant que ces petites convulsions agitaient ce coin de terre, l'Asie & l'Europe étaient en armes. L'assassinat de *César* dans le capitole par des hommes chargés de ses bienfaits, les horreurs des proscriptions, la funeste concorde d'*Octave* & d'*Antoine*, leur discorde encore plus fatale, la guerre où périrent *Brutus* & *Cassius*, tenaient l'Europe en alarmes ; & les Parthes, vainqueurs de *Crassus*, épouvantaient l'Asie.

Un *Antigone*, un homme de la race des Machabées, un fils de cet *Aristobule* grand-prêtre des Juifs, frère de cet *Alexandre* que *Pompée* avait condamné à perdre la tête, appelle les Parthes à son secours jusque dans Jérusalem. Il disputait le bonnet de grand-prêtre, & même le vain titre de roi des Juifs, à *Hircan* son oncle, frère d'*Aristobule*. C'était le jeune *Hérode* qui était roi en effet par ses intrigues, par son argent, par le pouvoir qu'il usurpait, par la faveur des Romains. *Antigone* promet, dit *Josephe*, mille talens & cinq cents filles aux Parthes, s'ils veulent venir le seconder, & lui assurer sa place de pontife. Quel prêtre que cet *Antigone*, & quel successeur de *Judas* machabée! Les Parthes viennent chercher l'argent & les filles à Jérusalem. Ils entrent dans cette ville si souvent prise & saccagée. *Hérode* & son frère *Phazaël* résistent autant qu'ils le peuvent aux Parthes & aux soldats d'*Antigone*. On combat aux portes du temple, dans les rues,

A 4

dans les maifons. Les temps de *Nabuchodonofor* n'étaient pas plus affreux. On parlemente au milieu du carnage. *Phazaël* frère d'*Hérode* fe laiffe féduire aux promeffes des Parthes ; il a l'imprudence de fe mettre dans leurs mains ; on l'enchaîne, & il fe caffe la tête contre le mur de fa prifon. *Hérode* fuit de la ville avec ce qui lui reftait de foldats, & fe réfugie en Arabie.

Ce malheur qui devait le détruire fans reffource, fut ce qui lui valut le royaume de Judée. Il marche en Egypte, s'embarque au port d'Alexandrie, & va implorer dans Rome la protection d'*Antoine* & d'*Octave*, réunis alors pour un peu de temps. *Antoine*, prêt à partir pour aller faire la guerre aux Parthes, & fentant le befoin qu'on avait d'un tel homme, difpofa le fénat en fa faveur. *Octave* le feconda. *Hérode* fut déclaré roi de Judée en plein fénat. *David* & *Salomon* ne s'étaient pas doutés que, du fond de l'Italie, deux citoyens d'une ville qui n'était pas encore bâtie, nommeraient un jour leurs fucceffeurs dans Jérufalem.

Hérode ne fut que roi tributaire, & dépendant des Romains ; mais il fut maître abfolu chez lui. *Antoine* envoya d'abord *Sofius* à fon fecours avec une armée. *Hérode*, fous les ordres de *Sofius*, vint chaffer les Parthes, & affiéger Jérufalem ; tandis que *Ventidius*, lieutenant d'*Antoine*, pourfuivait les Parthes dans la Syrie, & qu'*Antoine* lui-même fe préparait à porter la guerre jufque dans le fein de la Perfe.

Tout le peuple de Jérufalem avait pris le parti d'*Antigone*. C'était un devoir religieux de foutenir un Afmonéen, un Machabée, contre un arabe d'Idumée, fils d'un païen, & qui leur apportait des fers de la part

de Rome. Les juifs des autres villes, & même d'Alexandrie, étaient venus défendre leur ancienne capitale.
Sofius & *Hérode* entrèrent par les brèches au bout de
quarante jours. Le temple extérieur fut brûlé ; &
jamais le carnage ne fut plus grand. Le machabée
Antigone vint fe jeter en tremblant aux pieds de *Sofius*,
qui l'appela *Antigonia* par mépris ; & ce fut alors
qu'*Hérode* obtint qu'on fît mourir ce pontife du fupplice des efclaves.

Cependant *Hérode* avait époufé la nièce de ce même
pontife, la célébre *Mariamne;* mais les nœuds de
l'alliance le retenaient encore moins qu'ils ne retinrent
Pompée & *Céfar*, *Antoine* & *Octave*. L'hiftoire de la
plupart des princes eft l'hiftoire des parens immolés
les uns par les autres.

Cette nouvelle prife de Jérufalem, qui ne fut pas
à beaucoup près la dernière, arriva trente-trois ans
avant notre ère vulgaire.

Souvenons-nous ici de ce vieux *Hircan*, compéti-
teurs du grand-prêtre *Ariftobule*, par qui commença
cette foule de défaftres. Il avait été livré aux Parthes
par *Antigone* fon neveu, qui fe contenta de lui faire
couper les oreilles pour le rendre incapable d'exercer
jamais le facerdoce ; attendu qu'il était dit dans le
Lévitique, que les prêtres doivent avoir tous leurs
membres. Ce vieillard âgé de quatre-vingts ans obtint
fa liberté des Parthes, & revint auprès d'*Hérode*, qui
avait époufé fa petite-fille *Mariamne*. *Hérode* le fit
mourir, fous prétexte qu'il avait reçu quatre chevaux
du chef des Arabes. La véritable raifon était qu'il
voulait fe fauver des mains de fon tyran. Un frère de

Mariamne demandait le facerdoce; *Hérode* le fit noyer.
Il avait créé grand-pontife un homme de la lie du
peuple, nommé *Ananel*. Ainfi il fut réellement le chef
de l'églife juive, tout étranger qu'il était.

On fait par quelle barbarie ce chef de l'églife fit
tuer fa femme *Mariamne* & *Alexandra* mère de *Mariamne ;*
& comment il fit enfuite égorger les deux enfans qu'il
avait eus d'elle, de peur qu'ils ne la vengeaffent un jour.
La cruauté devint en lui une feconde nature, un befoin
toujours renaiffant, comme les tigres ont befoin de
dévorer pour vivre. *Hérode*, dans fa dernière maladie,
& cinq jours avant fa mort, fit encore tuer un de fes
enfans nommé *Antipater*, auffi méchant que lui. *Néron*
fut un homme doux & clément en comparaifon
d'*Hérode*. Ce mot célébre d'*Augufte*, qu'il valait mieux
être fon cochon que fon fils, n'était que trop jufte :
car le même homme, qui trempait fes mains dans
le fang de fa famille & de fes amis, n'aurait pas ofé
manger une perdrix lardée en préfence de fes fujets.

Ce n'eft pas la peine de retracer ici fes autres
barbaries ; il eft trifte que la nature ait produit de
tels hommes. Il fallait que fon fang fût d'une âcreté
qui le rendait femblable aux bêtes farouches. Cette
acrimonie, qui augmente avec l'âge, le réduifit enfin,
fi l'on en croit *Jofephe*, à un état qui femblait la
punition de fes crimes : les vers rongeaient tout fon
corps ; les infectes fortaient de fes parties viriles. Nous
ne connaiffons point une telle maladie. On en dit autant
de *Sylla* & de *Philippe II :* ce font des bruits populaires.
Ces bruits ont fait croire auffi qu'*Hérode* fefait égorger
des enfans pour fe baigner dans leur fang, & adoucir

par ce remède la virulence de fes humeurs. Il eſt vrai
que le charlatanifme de l'ancienne médecine a été aſſez
infenſé pour imaginer que le bain dans le fang des
enfans pouvait corriger le fang des vieillards. On a
cru que *Louis XI*, attaqué d'une maladie mortelle au
Pleſſis-lès-Tours, feſait faigner des enfans pour lui
compoſer un bain. Cet uſage odieux & rare était fondé
fur l'ancien axiome, *les contraires guériſſent les contraires;*
& cette idée a produit enfin la tentative de la transfu-
fion, expérience que pluſieurs croient trop légérement
abandonnée.

DES MONUMENS

D'HERODE,

ET DE SA VIE PRIVÉE.

CE monftre compofé d'artifice & de barbarie, qui joignit toujours la peau du renard à celle du lion, était pourtant voluptueux, & aimait la gloire: il voulait plaire à *Augufte* fon maître, & même aux Juifs qu'il tyrannifait.

Son affectation de flatter *Augufte* en tout, fut conftante & extrême. Céfarée fut bâtie à l'honneur de cet empereur fur la côte auprès de Joppé, territoire qu'*Hérode* tenait de la libéralité des Romains. Il y conftruifit des palais, un port de marbre blanc, un théâtre, un amphithéâtre, & enfin un temple dédié à *Augufte*, feul Dieu d'*Hérode*. Il lui éleva encore un autre temple auprès des fources du Jourdain. Il rebâtit Samarie, & la nomma Sébafte, qui fignifie la même chofe qu'*Augufte* en grec; & c'eft une preuve que la langue grecque commençait à prévaloir en Judée fur l'idiome des Juifs, qui n'était qu'un mélange groffier de phénicien, de chaldéen, de fyriaque.

C'eft ainfi qu'*Hérode* fignala fon idolatrie pour l'empereur, & qu'il fit pour lui ce qu'il aurait fait pour un affaffin d'*Augufte*, fi cet affaffin fût monté fur le trône de Rome.

Il voulut enfin gagner l'efprit des Juifs: après avoir bâti des temples à l'auteur des profcriptions, il en bâtit un pour le dieu qu'on adorait à Jérufalem.

Celui de Zorobabel était petit, bas, mefquin, fans proportions, fans architecture; il ne méritait pas la curiofité de *Pompée*.

Celui d'*Hérode* était réellement fort beau; un tyran peut avoir du goût. Ne craignons pas de répéter qu'on fe figure d'ordinaire les temples anciens femblables à nos églifes, une longue nef, un chœur pour les chanoines & un autel au bout; le tout avec des cordes pour fonner les cloches. C'étaient de grands emplacemens entourés de portiques & de colonnades. On arrivait à ces temples ifolés par de longues avenues. Le temple contenait dans fes quatre faces les logemens des prêtres. La ftatue du dieu était élevée au milieu de l'enceinte intérieure. A l'entrée de cette enceinte étaient des fontaines où l'on fe lavait; ce qui s'appelait purification. Tel était le temple de *Jupiter Ammon*, de Memphis, d'Ephèfe, de Delphes, d'Olympie. Telles font encore les anciennes pagodes des Indes. Imaginez la colonade de *St Pierre* qui régnerait tout autour de l'édifice, au lieu qu'elle n'occupe qu'un coté; vous aurez alors l'idée du plus beau monument de la terre.

Un tel deffein ne pouvait s'exécuter fur la montagne alors efcarpée du capitole à Rome, ni fur la montagne Moria dans Jérufalem: mais *Hérode* corrigea autant qu'il le put l'inégalité du terrain; il applanit la cime de la montagne, combla un abyme, éleva un temple intérieur, qui à la vérité n'avait que cent cinquante pieds de long, mais qui était entouré d'un périftile formé de quatre rangs de colonnes d'ordre corinthien, de quatre cents vingt-cinq pas géométriques à chaque face. Le grand défaut de ce temple était dans les rues étroites qui l'avoisinaient. C'est le défaut des portails de Saint-Gervais, & de Saint-Sulpice, à Paris. Point de temple, point de palais bien entendu, sans une belle vue & sans une grande place.

Les gens qui réfléchissent demandent toujours si *Hérode* possédait les mines, je ne dis pas d'Ophir, mais du Potosi, pour subvenir à tant de dépenses. Il tenait des bienfaits d'*Auguste*, Gaza, Joppé, & le port de Straton, où il bâtit Césarée qui pouvait être une ville aussi commerçante que Tyr. Il obtint encore de son bienfaiteur la Traconite, pays qui s'étendait du mont Hermon jusqu'auprès de Damas, l'Iturie & la Calcide entre le Liban & l'Anti-Liban, & surtout la ferme des mines de cuivre de l'île de Cypre qui valait mieux que ces provinces. Ainsi *Hérode* put consommer en magnificence ce qu'il acquérait par son habileté, & ce qu'il entassait par les impôts excessifs établis sur tous ses sujets, dont il était autant respecté qu'abhorré.

Ce temps fut, malgré sa tyrannie, le plus brillant de la Judée.

DES SECTES DES JUIFS

VERS LE TEMPS D'HERODE.

SADUCÉENS.

DU temps d'*Hérode* on difputa beaucoup en Judée
fur la religion. C'était la paffion d'un peuple oifif
foumis aux Romains, & qui jouiffait de la paix avec
prefque tout le refte de l'empire, depuis la bataille
d'Actium. La philofophie de *Platon*, tirée en partie des
anciens livres égyptiens avait occupé Alexandrie, ville
raifonneufe quoique commerçante, & avait percé,
comme nous l'avons dit, jufqu'à Jérufalem.

Il paraît qu'il y eut dans tous les temps, chez les
nations un peu policées, des hommes qui s'occupèrent
à rechercher au moins des vérités, s'ils ne furent pas
affez heureux pour en découvrir. Ils formèrent des
écoles, des fociétés, qui fubfiftèrent au milieu du fracas
& des horreurs des guerres étrangères & civiles. On en
vit à la Chine, dans les Indes, en Perfe, en Egypte,
chez les Grecs, chez les Romains, & même chez les
Juifs. Parmi toutes ces fectes il y en eut de religieufes,
& d'autres purement philofophiques. On connaît
affez les trois principales de la Judée, les faducéens,
les pharifiens, les efféniens. La fecte faducéenne était
la plus ancienne. Tous les commentateurs, tous les
favans conviennent qu'elle n'admit jamais l'immortalité de l'ame, par conféquent ni enfer, ni paradis,

chez elle, encore moins de réfurrection. C'était en ce point la doctrine d'*Epicure*. Mais en niant une autre vie, ils voulaient une juftice rigoureufe dans celle-ci, & ils joignaient la févérité ftoïque aux dogmes épicuriens.

Ceux qui profefferaient hautement parmi nous de tels dogmes, approuvés en Grèce & à Rome, feraient perfécutés, condamnés par les tribunaux, fuppliciés, mis à mort; & il y en a des exemples. Comment donc étaient-ils non-feulement tolérés chez le peuple le plus cruellement fuperftitieux de la terre, mais honorés, dominans, fupérieurs aux pharifiens mêmes, admis aux plus grandes dignités, & fouvent élevés à celle de grand-prêtre? c'eft en vertu de cette fuperftition même dont le peuple juif était poffédé. Ils étaient refpectés parce qu'on refpectait *Moïfe*. Nous avons vu que le Pentateuque ne parle en aucun endroit de récompenfes ni de peines après la mort, d'immortalité des ames, de réfurrection. Les faducéens s'en tenaient fcrupuleufement à la lettre de *Moïfe*.

Il faut être étrangement abfurde, ou d'une mauvaife foi bien intrépide, il faut fe jouer indignement de la crédulité humaine, pour s'efforcer de tordre quelques paffages du Pentateuque, & d'en corrompre le fens au point d'y trouver l'immortalité de l'ame & un enfer qui n'y furent jamais. On a ofé entendre, ou faire femblant d'entendre par le mot *Shéol*, qui fignifie la foffe, le fouterrain, un vafte cachot qui reffemblait au Tartare. On a cité ce paffage du Deutéronome en le tronquant : *Ils m'ont provoqué dans leur vanité; & moi je les provoquerai dans celui qui n'eft pas peuple;*

je

je les irriterai dans la nation insensée ; il s'est allumé un feu dans ma fureur, & il brûlera jusqu'aux fondemens de la terre, & il dévorera la terre jusqu'à son germe, & il brûlera la racine des montagnes ; j'assemblerai sur eux les maux, & je remplirai mes flèches sur eux, & ils seront consumés par la faim ; les oiseaux les dévoreront par des morsures amères ; je lâcherai sur eux les dents des bêtes qui se traînent avec fureur sur la terre, & des serpens.

Voilà où l'on a cru trouver l'enfer, le séjour des diables ; on a saisi ces seules paroles, *il s'est allumé un feu dans sa fureur*, & les détachant du reste, on a inféré que *Moïse* pouvait bien avoir par-là sous-entendu le Phlégéton brûlant, & les flammes du Tartare.

Quand on veut se prévaloir de la décision d'un législateur, il faut que cette décision soit précise & claire. Si l'auteur du Pentateuque avait voulu annoncer que l'ame est une substance immatérielle, unie au corps, laquelle ressusciterait avec ce corps, & serait éternellement punie de ses péchés avec ce corps dans les enfers, il eût fallu le dire en propres mots. Or aucun auteur juif ne l'a dit avant les pharisiens ; & encore aucun pharisien ne l'a dit expressément. Donc il était très-permis aux saducéens de n'en rien croire.

Ces saducéens avaient sans doute des mœurs irréprochables, puisque nos évangiles ne rapportent aucune parole de JESUS-CHRIST contre eux, non plus que contre les esséniens, dont la vertu était encore plus épurée & plus respectable.

E S S E N I E N S.

Les esséniens étaient précisément ce que font aujourd'hui les dunkars en Penfilvanie, des efpèces de religieux, dont quelques-uns étaient mariés; volontairement affervis à des règles rigoureufes, vivant tous en commun entre eux, foit dans des villes foit dans des déferts, partageant leur temps entre la prière & le travail, ayant banni l'efprit de propriété, ne communiquant qu'avec leurs frères, & fuyant le refte des hommes. C'eft d'eux que *Pline* le naturalifte a dit : *nation éternelle dans laquelle il ne naît perfonne.* Il croyait qu'ils ne fe mariaient jamais, & en cela feul il fe trompait.

Il eft beau qu'il fe foit formé une fociété fi pure & fi fainte dans une nation telle que la juive, prefque toujours en guerre avec fes voifins ou avec elle-même, opprimante ou opprimée, toujours ambitieufe & fouvent efclave, paffant rapidement du culte d'un Dieu à un autre, & fouillée de tous les crimes, dont leur propre hiftoire fait un aveu fi formel.

La religion des efséniens, quoique juive, tenait quelque chofe des Perfes. Ils révéraient le foleil foit comme Dieu, foit comme le plus bel ouvrage de Dieu, & ils craignaient de fouiller fes rayons en fatisfefant aux befoins de la nature.

Leur croyance fur les ames leur était particulière. Les ames, felon eux, étaient des êtres aériens, qu'un attrait invincible attirait dans les corps organifés. Elles allaient au fortir de leur prifon dans un climat tempéré & agréable au-delà de l'Océan, fi elles avaient bien vécu : les ames des méchans allaient dans un pays froid & orageux. On a cru cette fociété une branche de celle des thérapeutes égyptiens dont nous parlerons.

PHARISIENS.

LES pharifiens formaient une école plus nombreufe & plus puiffante dans l'Etat. Ils étaient le contraire des efféniens, entrant dans toutes les affaires autant que les efféniens s'en abftenaient. On pourrait en cela feul les comparer aux jéfuites, & les efféniens aux chartreux.

Cette fecte, très-étendue, ne fit pas un corps à part, quoique leur nom fignifiât féparés; point de collége, de lieu d'affemblée, de dignité attachée à leur ordre, de règle commune, rien en un mot qui défignât une fociété particulière. Ils avaient un très-grand crédit; mais c'était comme en Angleterre, où tantôt les wighs & tantôt les toris dominèrent, fans qu'il y eût un corps de toris & de wighs.

Ces pharifiens ajoutaient à la loi du Pentateuque la tradition orale, & par-là ils acquirent la réputation de favans. C'eft fur cette tradition orale qu'ils admettaient la métempfycofe; & c'eft fur cette doctrine de la métempfycofe qu'ils établirent que les efprits malins, les ames des diables, pouvaient entrer dans le corps des hommes. Toutes les maladies inconnues (& quelle maladie au fond ne l'eft pas!) leur parurent des poffeffions de démons. Ils fe vantèrent de chaffer ces

diables avec des exorcifmes & une racine nommée
Barath. L'un d'eux forgea un livre intitulé *la Clavicule
de Salomon* , qui renfermait ces fecrets. On peut juger
fi leur pouvoir de chaffer les diables , pouvoir dont
JESUS-CHRIST lui-même convient dans l'évangile de
St *Matthieu* , augmenta leur crédit. On les révérait
comme les interprètes de la loi ; on s'empreffait de
s'initier à leurs myftères. Ils enfeignaient la réfurreſtion
& le royaume des cieux.

Nos évangiles nous apprennent avec quelle véhémence JESUS-CHRIST fe déclara contre eux. (*) Il les
appelait *hypocrites* , *fépulcres blanchis* , *race de vipères*.
Ces paroles ne s'adreffaient pas à tous. Tous n'étaient
pas fépulcres & vipères. Il n'y a guère eu de fociété
dont tous les membres fuffent méchans : mais plufieurs
pharifiens l'étaient évidemment, puifqu'ils trompaient
le peuple qu'ils voulaient gouverner.

T H E R A P E U T E S.

L ES thérapeutes étaient une vraie fociété, femblable
à celle des efféniens , établie en Egypte au midi du
lac Mœris. On connaît le beau portrait que fait d'eux
le juif *Philon* leur compatriote. Il n'eft pas étonnant
qu'après toutes les querelles , fouvent fanglantes , que
les juifs tranfplantés en Egypte eurent avec les alexandrins , leurs rivaux dans le commerce , il y en eût
plufieurs qui fe retiraffent loin des troubles du monde,
& qui embraffaffent une vie folitaire & contemplative.
Chacun avait fa cellule & fon oratoire. Ils s'affem-
blaient le jour du fabbat dans un oratoire commun,

(*) *Saint Matth*. chap. 23.

dans lequel ils célébraient leurs quatre grandes fêtes ,
les hommes d'un côté & les femmes de l'autre, féparés
par un petit mur. Leur vie était à la vérité inutile au
monde, mais fi pure, fi édifiante, qu'*Eufèbe* dans fon
hiftoire les a pris pour des moines chrétiens, attendu
qu'en effet plufieurs moines les imitèrent enfuite en
Egypte. Ce qui contribua encore à tromper, *Eufèbe*,
c'eft que les retraites des thérapeutes s'appelaient
monaftères. Les équivoques & les reffemblances de
nom ont été la fource de mille erreurs.

Une méprife encore plus fingulière a été de croire
les thérapeutes defcendans des anciens difciples de
Pythagore, parce qu'ils gardaient la même abftinence,
le même filence, la même averfion pour les plaifirs.

Enfin on prétendit que *Pythagore* ayant voyagé dans
la Judée, & s'étant fait effénien, alla fonder les thérapeutes en Egypte. Ce n'eft pas tout; étant retourné
à Samos, il s'y fit carme ; du moins les carmes en ont
été long-temps convaincus. Ils ont foutenu, en 1682,
des thèfes publiques à Béziers, dans lefquelles ils
prouvèrent contre tout argumentant, que *Pythagore*
était un moine de leur ordre. (*)

HERODIENS.

IL y eut une fecte d'hérodiens. On difpute fi elle
commença du temps de ce barbare *Hérode* furnommé
le grand, ou du temps d'*Hérode II;* mais quelle que
foit l'époque de cette inftitution, elle prouve qu'*Hérode*
avait un parti confidérable, malgré fes cruautés. Le

(*) Voyez *Bafnage*, hift. des Juifs, liv. 3, chap. 7.

peuple fut plus frappé de fa magnificence qu'indigné de fes barbàries. Ses grands monumens, & furtout le temple, parlaient aux yeux, & fefaient oublier fes fureurs. Ce nom de grand qu'on lui donna, & qui eft toujours prodigué d'abord par la populace, attefte affez qu'il fubjugua l'efprit du public, en étant abhorré des grands & des fages : c'eft ainfi qu'eft fait le vulgaire. On avait été en paix fous fon règne; il avait bâti un temple plus beau que celui de *Salomon;* & ce temple, felon les Juifs, devait un jour être celui de l'univers: voilà pourquoi ils l'appelèrent meffie. Nous avons vu que c'était un nom qu'ils prodiguaient à quiconque leur avait fait du bien. Ainfi tandis que la plupart des pharifiens célébraient le jour de fa mort comme un jour de délivrance, les hérodiens fêtaient fon avène-ment au trône comme l'époque de la félicité publique. Cette fecte qui reconnut *Hérode* pour un bienfaiteur, pour un meffie, dura jufqu'à la deftruction de Jéru-falem, mais en s'affaibliffant de jour en jour. Les Juifs de Rome, pour lefquels il avait obtenu de grands priviléges, avaient une fête en fon honneur; *Perfe* en parle dans fes fatires: *Herodis venêre dies.* A quoi fert donc la vertu, fi l'on voit tant de méchans honorés?

DES AUTRES SECTES,

ET

DES SAMARITAINS.

Les caraïtes étaient encore une grande fecte de Juifs. Ils fe font perpétués au fond de la Pologne, où ils exercent le métier de courtiers, & croient expliquer l'ancien teftament. Les rabanites, leurs adverfaires, les combattent par la tradition.

Un *Judas* éleva une autre fecte du temps de *Pilate*, Ces judaïtes regardaient comme un grand péché d'obéir aux Romains : ils excitèrent une fédition furieufe contre ce *Pilate*, dans laquelle il y eut beaucoup de fang répandu. Ces fanatiques furent même une des caufes de la mort de JESUS-CHRIST; car *Pilate* ne voulant pas exciter parmi eux une fédition nouvelle, aima mieux faire fupplicier JESUS que d'irriter des efprits fi farouches.

Outre ces fectes principales, il y en avait beaucoup d'obfcures, formées par des enthoufiaftes de la lie du peuple; des gorthéniens, des masbothées, des baptiftes, des géniftes, des mériftes, dont les noms feuls font à peine connus. C'eft ainfi que nous avons eu des gomariftes, des arminiens, des voëtiens, des janféniftes, des moliniftes, des thomiftes, des piétiftes, des quiétiftes, des moraves, des millénaires, des convulfionnaires &c., dont les noms fe précipiteront dans un éternel oubli.

Il n'en fut pas ainfi des famaritains qui formaient une nation très-différente de celle de Jérufalem. Nous avons vu que les Ifraélites qui habitaient la province de Samarie, ayant été enlevés par *Salmanazar*, fon fucceffeur *Affaradon* envoya d'autres colonies à leur place. Ces colonies embrafsèrent une partie de la reli-gion juive, & rejetèrent l'autre ; ils ne voulurent point furtout aller facrifier ni porter leur argent dans Jéru-falem : ainfi les Juifs furent toujours leurs ennemis, & le font encore ; leur divifion a furvécu à leur patrie. La capitale des famaritains eft Sichem, à dix de nos lieues de Jérufalem. Le voifinage fut une raifon de plus pour ces deux peuples de fe haïr.

Quoique les famaritains aient eu chez eux des prophètes, ils n'en admettent aucun dans leurs livres facrés, & fe contentent de leur Pentateuque. Ils ont les mêmes quatre grandes fêtes que les autres juifs, la même circoncifion ; d'ailleurs très-pauvres, & très-miférables, & réduits à un petit nombre fous le gou-vernement turc qui n'eft pas encourageant.

Toutes ces fectes furent contenues par l'autorité d'*Hérode* ; & tout fe taifait dans l'empire romain devant la puiffance fuprême d'*Augufte*.

Hérode avait déclaré par fon teftament *Archélaüs*, l'un de fes fils, fon fucceffeur fous le bon plaifir de l'empereur. Il fallut qu'*Archélaüs* allât à Rome faire confirmer le teftament de fon père. Mais avant qu'il fît ce voyage, les Juifs qui ne l'aimaient pas, chaffèrent fes officiers de leur temple à coups de pierres pendant leur fête de pâque. Les officiers & les foldats s'armèrent ; environ trois mille féditieux furent tués aux portes du temple. *Archélaüs* partit, s'embarqua au port de

Céfarée bâti par fon père, alla fe jeter aux genoux d'*Augufte*. *Antipas* fon frère fit le même voyage de fon côté pour lui difputer la couronne ; c'était pendant l'enfance de JESUS-CHRIST. *Varus* était depuis long-temps gouverneur de Syrie ; il avait envoyé *Sabinus* à Jérufalem avec une légion ; cette légion fut attaquée par les féditieux aux portes du temple. Les Romains renverfèrent & brûlèrent les portiques magnifiques de cet édifice deftiné à être toujours la proie des flammes. Tout le pays fut en armes, & rempli de brigands. *Varus* fut obligé d'accourir lui-même avec des forces fupérieures, & de punir les rebelles.

Pendant que *Varus* pacifiait la Judée, *Hérode Archélaüs* & fon frère *Hérode Antipas* plaidaient leur caufe aux pieds d'*Augufte*. Ils la perdirent tous deux ; aucun ne fut roi. L'empereur donna Jérufalem & Samarie à *Archélaüs ;* il ne lui accorda que le titre d'ethnarque, & lui promit de le faire roi s'il s'en rendait digne. *Hérode Antipas* obtint la Galilée & quelques terres au-delà du Jourdain. Un troifième *Hérode* leur frère, furnommé *Philippe*, eut les montagnes de la Trachonite, & le pays ftérile de Bathanée.

Jofephe, qui ne perd pas une occafion de vanter fon pays, dit que le revenu d'*Archélaüs* fut de quatre cents talens, celui d'*Hérode Antipas* de deux cents, & le troifième de cent. Ainfi tout le royaume aurait valu fept cents talens, quatre millions cent mille livres de net, après avoir payé le tribut à l'empereur. Toute la Judée ne vaut pas cinq cents mille livres aux Turcs : il y a loin de-là aux vingt-cinq milliars de *David* & de *Salomon*.

Augufte, neuf ans après, exila l'ethnarque *Archélaüs* à Vienne dans les Gaules, & réduifit fon Etat en province romaine fous le gouvernement .de la Syrie.

Après la mort d'*Augufte*, il parut́ fous l'empire de *Tibére* un petit - fils d'*Hérode* le grand, qui avait pris le nom d'*Agrippa*. Il cherchait quelque fortune à Rome ; il n'y trouva d'abord que la prifon dans laquelle *Tibére* le fit enfermer. *Caligula* lui donna la petite tétrarchie d'*Hérode Philippe* fon oncle, & enfin lui accorda le titre de roi. C'eft lui qui fit mettre aux fers S*t* *Pierre*, & qui condamna S*t* *Jacques* le majeur à la mort.

Nous voici donc parvenus au temps de JESUS-CHRIST, & de l'établiffement du chriftianifme. Dans notre profonde vénération pour ces objets, contens d'adorer JESUS, & fuyant toute difpute, nous nous bornerons aux faits indifputables, divinement confignés dans le nouveau teftament. Nous traiterons après en particulier des évangiles nommés apocryphes, dont plufieurs ont paffés chez les favans pour être plus anciens que les quatre reconnus par l'Eglife. Nous ne voulons rien mêler d'étranger à ces quatre qui font facrés.

Dans ces quatre nous ne choififfons que l'hiftorique ; & nous n'en prenons que les paffages les plus importans, pour tâcher d'être courts fur un fujet inépuifable.

SOMMAIRE HISTORIQUE

DES QUATRE EVANGILES.

Βίϐλος γενέσεως Ιησοῦ Χριστοῦ, υἱοῦ Δαϐὶδ, υἱοῦ Αϐραάμ.

Livre de la génération de JESUS-CHRIST, fils de *David*, fils d'*Abraham* &c. *Matth.* chap. I.

CETTE génération de JESUS, fils de *David*, a fait naître d'interminables difputes entre les doctes. Je ne parle pas des incrédules, à qui ces mots *fils de David* ont paru une affectation, & qui ont dit que fi JESUS avait été réellement le fils de DIEU même, il n'était pas néceffaire de le faire fortir de *David*; & qu'un roi & un berger font égaux devant la Divinité : je parle de ceux qui ne veulent avoir que des idées nettes des faits, & c'eft ce que nous allons expofer.

II. Πᾶσαι οὖν αἱ γενεαὶ ἀπὸ Αϐραὰ ἕως Δαϐὶδ, γενεαὶ δεκατέσσαρες.

Toutes les générations d'*Abraham* à *David* font quatorze &c. *Matth.* chap. I, v. 17.

L'auteur en compte encore quatorze de *David* à la tranfportation en Babylonie ; & quatorze encore de la tranfportation à JESUS : ainfi il fuppofe quarante-deux générations d'*Abraham* à *David* en deux mille ans ; mais, en comptant après lui exactement, on n'en trouve que quarante & une.

La controverfe la plus forte eft ici entre *St Matthieu* & *St Luc*. Le premier fait naître JESUS-CHRIST par *Jofeph* fils de *Jacob*, fils de *Mathan*, fils d'*Eliud* &c... Le fecond lui donne pour père *Jofeph* fils d'*Héli*, fils de *Mathat*, fils de *Lévi*, fils de *Janna* &c. . . . . De forte qu'un homme peu au fait ferait tenté de croire que ce n'eft pas le même *Jofeph* dont il eft queftion.

Il y a une difficulté non moins embarraffante. *Luc* compte treize générations de plus que *Matthieu* de *Jofeph* à *Abraham* ; & ces générations font encore différentes.

Ce n'eft pas tout. Quand ils s'accordent tous deux, c'eft alors que l'embarras devient plus grand. Il fe trouve qu'ils n'ont point fait la généalogie de JESUS, mais celle de *Jofeph* qui n'eft point fon père.

Pour concilier ces contradictions apparentes, voyez *Abadie*, *Calmet*, *Houteville*, *Thoinart*.

III. Μνησ]ευθ εισης λάρ τῆς μητρὸς αυτοῦ Μαρίας τῷ Ιωσήφ, πρὶν ἤ συνεγθεῖν αὐτοὺς, εὑρέθη ἐν γασ]ρὶ ἔχο υσα ἐκ πνεύματος ἁγίου.

Marie, la mère de JESUS, étant fiancée, avant de fe conjoindre avec *Jofeph*, fut trouvée portant dans fon ventre par le faint fouffle (le St Efprit.) *Matthieu* chap. I, v. 18.

Or l'auteur facré n'ayant point encore parlé du St Efprit, on a prétendu qu'il y avait là quelque chofe d'oublié.

L'auteur du commentaire imparfait de *St Matthieu* dit, que *Jofeph* ayant fait de violens reproches à fa femme, elle lui répondit : En vérité, je ne fais qui m'a fait cet enfant.

On voit dans l'évangile de *St Jacques*, que fur la plainte de *Joſeph* contre ſa femme, le grand-prêtre fit boire à tous deux des eaux de jalouſie; & que leur ventre n'ayant point crevé, *Joſeph* reprit ſon épouſe.

Nous n'entrons point ici dans le myſtère de l'incarnation de DIEU : nous révérons trop les myſtères pour en parler.

IV. Καὶ οὐκ ἐγίνωσκεν αὐτὴν, ἕως οὗ ἔτεκε τὸν υἱὸν αὐτῆς τὸν.πρωτότο κον.

Et il n'approcha pas d'elle juſqu'à ce qu'elle enfanta ſon premier né. *Matth.* chap. I, v. 25.

C'eſt ce qui fait croire à pluſieurs chrétiens, déclarés hérétiques, que *Marie* eut enſuite d'autres enfans, qui ſont même nommés dans l'évangile *frères* de JESUS-CHRIST.

V. Ἰδοὺ, μάγοι ἀπὸ ἀνατολῶν παρεγένοντο.

Voilà que des mages arrivèrent d'Orient &c. *Matth.* chap. II, v. 1.

Anatole ſignifiait l'Orient. Voilà pourquoi les Grecs nommèrent l'Aſie *Anatolie*. Nous devons remarquer, à cette occaſion, que la plupart des auteurs & des imprimeurs ont grand tort d'imprimer preſque toujours *la Natolie*, au lieu d'*Anatolie*.

Ce qu'il faut remarquer davantage, c'eſt l'arrivée de ces trois mages, qu'on a transformés en trois rois. L'auteur dit que l'enfant étant né du temps du roi *Hérode*, les mages arrivèrent un mois après, & demandèrent : Où eſt le nouveau né, roi des Juifs ? car nous avons vu ſon étoile dans l'Anatolie &c.

Toute cette aventure des trois mages, ou des trois rois, a beaucoup occupé les critiques. On a recherché quelle était cette étoile; pourquoi il n'y eut que trois mages qui la virent; pourquoi ils prirent un enfant, né dans l'étable d'une taverne, pour le roi des Juifs; comment *Hérode* âgé de soixante & dix ans, & qui avait autant d'expérience que de bon sens, put croire une si étrange nouvelle. On a fait sur tout cela beaucoup d'hypothèses. Des commentateurs ont dit que la chose avait été prédite par *Zoroastre*. On trouve dans *Origène* que l'étoile s'arrêta sur la tête de l'enfant Jesus. La commune opinion fut que l'étoile se jeta dans un puits; on prétend que ce puits est encore montré aux pèlerins qui ne sont pas astronomes. Ils devraient descendre dans ce puits, car la vérité y est.

Ces discussions occupent les savans. Il n'y a point de dispute sur la morale; elle est à la portée des esprits les plus simples.

Il est étrange que la commémoration des trois rois ou des trois mages soit parmi les catholiques un objet de culte & de dérision tout ensemble, & qu'on ne connaisse guère ce miracle que par le gâteau de la fève, & par les chansons comiques qu'on fait tous les ans sur la mère & l'enfant, sur *Joseph*, sur le bœuf, & l'âne, & sur les trois rois.

VI. Ἰδοὺ, ἄγγελος κυρίου φαίνεται κατ᾽ ὄναρ τῷ Ἰωσὴφ, λέγων· Ἐλερθεὶς παράλαϐε τὸ παιδίον καὶ τὴν μητέρα αὐτοῦ, καὶ Φεῦγε εἰς Αἴγυπτον.

Voilà que l'ange du Seigneur apparut à *Joseph* pendant son sommeil, disant: Eveille-toi, prends l'enfant & sa mère, & fuis en Egypte. *Matth.* chap. II, v. 13.

Ce qui a le plus embarraffé les commentateurs, c'eft que ni *St Jean*, ni *Marc*, ni *Luc*, qui a écrit fi tard, & qui dit avoir tout écrit diligemment & par ordre, non-feulement ne parlent point de cette fuite en Egypte, mais que *Luc* dit expreffément le contraire. Car après avoir montré la multitude d'anges qui apparut aux bergers dans Bethléem, & dont *St Matthieu* ne dit rien, & après avoir négligé le voyage & les préfens des trois rois dont *St Matthieu* parle, il dit pofitivement que *Marie* alla fe purifier au temple, & qu'elle s'en retourna en Galilée à Nazareth avec fon mari & fon fils.

Ainfi *Luc* paraît contraire à *Matthieu* dans les circonftances qui accompagnent la naiffance de JESUS, dans fa généalogie, dans la vifite des mages, dans la fuite en Egypte.

Les interprètes concilient aifément ces prétendues contradictions, en remarquant que les différens rapports ne font pas toujours contraires; qu'un hiftorien peut raconter un fait, & un fecond hiftorien un autre fait, fans que ces faits fe détruifent.

VII. Καὶ ἀποσ]είλας ἀνεῖλε πάντας τοὺς παῖδας τοὺς ἐν Βηθλεέμ.

Et ayant dépéché des apôtres (des envoyés) il fit tuer tous les enfans de Bethléem &c. *Matth.* chap. II, v. 16.

Les critiques ne ceffent de s'étonner que les autres évangéliftes fe taifent fur un fait fi extraordinaire, fur une cruauté fi inouïe, dont il n'eft aucun exemple chez aucun peuple. Ils difent que plus ce maffacre eft affreux, plus les évangéliftes en devraient parler. Ils ne conçoivent pas comment un prince honoré du nom de grand, un roi favori d'*Auguste*, a été assez imbécille pour croire, à soixante & dix ans, qu'il était né dans une étable un enfant de la populace, lequel était roi des Juifs, & qui allait le détrôner. Il ne paraît pas moins incroyable aux critiques, que cet *Hérode* ait été en même temps assez follement barbare pour faire tuer tous les enfans du pays.

Cependant l'ancienne lithurgie grecque compte quatorze mille enfans d'égorgés : c'est beaucoup. Les critiques ajoutent que *Flavien Josephe*, historien qui entre dans tous les détails de la vie d'*Hérode*, *Flavien Josephe* parent de *Marianne*, aurait parlé de cette aventure horrible, si elle avait été vraie, ou seulement vraisemblable.

On répond que le témoignage de *St Matthieu* suffit : il affirme, & les autres ne nient pas, ils omettent. Personne n'a contredit le rapport de *St Matthieu*. On allègue même le témoignage de *Macrobe*, qui vécut, à la vérité, plus de quatre cents ans après, mais qui dit qu'*Hérode* fit tuer plusieurs enfans avec son propre fils. *Macrobe* confond les temps, *Hérode* fit mourir son fils *Antipater* avant le temps où l'on place le massacre des innocens. Mais enfin il parle d'enfans tués : on peut dire qu'il entend les enfans massacrés sous *Hérode* dans la sédition excitée par un maître d'école, sédition rapportée dans *Josephe*. Quoi qu'il en soit, le témoignage de *Macrobe* n'est pas comparable à celui de *St Matthieu*.

VIII. Καὶ ἐλθὼν πατώκησεν εἰς πόλιν λεγομένην Ναζαρέτ. ὅπως πληρωθῇ τὸ ῥηθὲν διὰ τῶν προφητῶν, ὅτι Ναζωραῖος κληθήσ εται.

Et

Et quand il fut venu, il habita dans une ville qui s'appelle Nazareth, afin que s'accomplît ce qui a été prédit par les prophètes : on l'appellera *Nazaréen*. *Matth*. chap. II, v. 23.

Les critiques fe récrient fur ce verfet. Ils atteftent tous les prophètes juifs, dont aucun n'a dit que le Meffie ferait appelé *Nazaréen*. Ils prennent occafion de cette fauffeté prétendue, pour infinuer que l'auteur de l'évangile felon S*t Matthieu* a été un chrétien du commencement de notre fecond fiècle, qui a voulu trouver toutes les actions de J E S U S prédites dans l'ancien teftament. Ils croient en voir la preuve dans le foin même que prend l'évangélifte de dire, que le maffacre des enfans eft prédit dans *Jérémie* par ces paroles : *Une voix, une grande plainte, un grand hurlement s'eft entendu dans Rama ; Rachel pleurant fes fils n'a pas voulu être confolée, parce qu'ils ne font plus.*

Ces paroles de *Jérémie* regardent vifiblement les tribus de *Juda* & de *Benjamin*, menées captives à Babylone. *Rachel* n'a rien de commun avec *Hérode*, Rama rien de commun avec Bethléem. Ce n'eft, difent-ils, qu'une comparaifon que fait l'auteur entre d'anciennes cruautés exercées par les Babyloniens, & les barbaries qu'on fuppofe à *Hérode*. Ils ofent prétendre qu'il en eft de même quand l'auteur au premier chapitre, fait parler auffi l'ange à *Jofeph* pendant fon fommeil. Tout cela s'eft fait pour accomplir ce que le Seigneur a dit par le prophète, difant : *Voilà qu'une fille ou femme fera groffe, elle enfantera un fils, dont le nom fera Emmanuel, ainfi interpreté, Avec nous le Seigneur.*

Ils foutiennent que cette aventure d'*Iſaïe*, qui fit un enfant à ſa femme, ne peut avoir le moindre rapport avec la naiſſance de JESUS; que ni le fils d'*Iſaïe*, ni le fils de *Marie*, n'eurent nom *Emmanuel*; que le fils du prophète s'appela *Maher ſaal as bas*, partagez vîte les dépouilles; que le butin & les dépouilles ne peuvent être comparés, par les alluſions même les plus fortes, à JESUS-CHRIST qui a prêché dans Kapernaüm; qu'enfin cette application continuelle à détourner le ſens des anciens livres juifs eſt un artifice groſſier. C'eſt ainſi que s'explique une foule d'auteurs nouveaux, qui tous ont marché ſur les traces du fameux rabbin *Maimonide*, & ſurtout du rabbin *Iſaac*, lequel écrivit ſon *rempart de la foi* au commencement du ſeizième ſiècle dans la Mauritanie, imprimé depuis dans le recueil de *Wagenzeil*.

S'il ne s'agiſſait ici que de diſputes entre des ſcoliaſtes ſur quelque auteur profane, comme *Cicéron* ou *Virgile*, il ſerait permis de prendre le parti qui paraîtrait le plus vraiſemblable à la faible raiſon humaine; mais c'eſt un livre ſacré, c'eſt le fondement de notre religion; notre ſeul parti eſt d'adorer & de nous taire.

IX. Καὶ βαπ]ισθεὶς ὁ Ἰησοῦς ἀνέβη εὐθὺς ἀπὸ τοῦ ὕδατος· καὶ ἰδοὺ, ἀνεῴχθησαν αὐτῷ οἱ οὐρανοὶ, καὶ εἶδε τὸ πνεῦμα τοῦ θεοῦ καταβαῖν ον ὡσεὶ περισ]ερὰν, καὶ ἐρχόμενον ἐπ' αὐτόν.

Et JESUS baptiſé ſortit auſſitôt de l'eau; & voilà que les cieux lui furent ouverts, & qu'il vit le ſouffle de DIEU deſcendant comme une colombe, & venant ſur lui. *Matth.* chap. III, v. 16.

C'eft lorfque JESUS fut baptifé par *Jean* dans le Jourdain felon les anciennes coutumes judaïques, qui avaient établi le baptême de juftice & celui des profélytes. Cette coutume était prife des Indiens; les Egyptiens l'avaient adoptée.

Non-feulement le ciel s'ouvrit pour JESUS; non-feulement le fouffle de DIEU defcendit en colombe; mais on entendit une voix du ciel, difant : *Celui-ci eft mon fils chéri, en qui je me repofe.*

Les incrédules objectent que fi en effet les cieux s'étaient ouverts, fi un pigeon était defcendu du ciel fur la tête de JESUS, fi une voix célefte avait crié *celui-ci eft mon fils chéri;* un tel prodige aurait ému toute la Judée; la nation aurait été faifie d'étonnement, de refpect, & de crainte; on eût regardé JESUS comme un Dieu.

On répond à cette objection, que les cœurs des Juifs étaient endurcis, & qu'un miracle encore plus grand fut que le Seigneur les aveugla au point qu'ils ne virent pas les prodiges qu'il opérait continuellement à leurs yeux.

X. Πάλιν ἀναλαμβάνει αὐτὸν ὁ διάβολος εἰς ὄρος ὑψηλὸν λίαν.

Derechef le diable emporte JESUS fur une montagne fort haute, &c.... *Matth.* chap. IV, v. 8.

JESUS-CHRIST, ayant été baptifé, eft d'abord emporté par le *Knatbul* dans un défert. Il y refte quarante jours & quarante nuits fans manger; & le diable lui propofe de changer les pierres en pain. Enfuite il le tranfporte fur les pinacles, les acrotères du temple; & il l'invite à fe jeter en bas. Puis il le porte au sommet d'une montagne , d'où l'on découvre tous les royaumes de la terre ; je te les donnerai tous, dit-il , si tu te prosternes devant moi & si tu m'adores.

Jamais les incrédules n'ont laissé plus éclater leur mécontentement que sur ces trois entreprises du diable, qui s'empare de DIEU même , & qui veut se faire adorer par lui. Nous ne répéterons point les innombrables écrits dans lesquels ils frémissent de surprise & d'indignation. Le comte de *Boulainvilliers* & le lord *Bolingbroke* ont dit , *qu'il n'y a point de pays en Europe où la justice ne condamnât un homme qui viendrait nous débiter pour la première fois, de pareilles histoires de* DIEU *& du diable; & que par une démence inconcevable nous condamnons cruellement ceux qui , pénétrés pour* DIEU *de respect & d'amour , ne peuvsnt croire que le diable l'ait emporté.*

Ils supposent encore que cette histoire est aussi absurde que blasphématoire; & qu'il est trop ridicule d'imaginer une montagne d'où l'on puisse voir tous les royaumes de la terre.

Nous répondons que ce n'est pas à nous de juger de ce que DIEU peut permettre au diable , qui est son ennemi & le nôtre. *Qui n'est effrayé au seul récit de ce transport?* dit le révérend père *Calmet ; & à quoi les plus justes ne seraient-ils pas exposés de la part de cet ennemi du genre-humain , si* DIEU *ne mettait des bornes à sa puissance & à son envie de nous nuire !*

XI. πᾶς ἄνθρωπος πρῶτον τὸν καλὸν οἶνον τίθησι, καὶ ὅταν μεθυσθῶσι, τότε τὸν ἐλάσσω.

Tout homme donne d'abord de bon vin dans un repas ; & ensuite quand les convives sont échauffés , il sert le plus mauvais. *Jean*, chap. II, v. 10.

Nous entremêlons ici *St Jean* avec *St Matthieu*, afin de ranger de fuite les principaux miracles. C'eft ici le miracle de l'eau changée en vin, dont *St Jean* feul parle , & que les autres évangéliftes omettent. Les critiques fe font trop égayés fur ce miracle. Ils trouvent mauvais que J E S U S rebute d'abord fa mère lorfqu'elle lui demande du vin pour les gens de la noce ; qu'il lui dife : *Femme , qu'y a-t-il entre toi & moi ?* & que le moment d'après il faffe le prodige demandé. Ils lui reprochent de changer l'eau en vin pour des gens déjà ivres , *otan methufthofi.* Ils difent que tout cela eft incompatible avec l'effence fuprême & univerfelle, avec le D I E U éternel & invifible , créateur de tous les êtres.

Mais ils ne fongent pas que ce D I E U s'eft fait homme & a daigné converfer avec les hommes. Ils ne fongent pas que les dieux mêmes de la fable , s'il eft permis de les citer, en firent autant chez *Philémon* & *Baucis* long-temps auparavant ; ils remplirent de vin la cruche de ces bonnes gens. On ne conçoit pas après cela comment *Mahomet* qui reconnaît J E S U S pour un prophète , a pu défendre le vin.

XII. Οἱ δὲ δαίμονες παρεκάλουν αὐτὸν, λέγοντες· Εἰ ἐκβάλλεις ἡμᾶς, ἐπίτρεψον ἡμῖν ἀπ ελθεῖν εἰς τὴν ἀγέλην τῶν χοίρων. καὶ εἶπεν αὐτοις· Ὑπάγετε.

Et les diables le prièrent , difant : Si tu nous chaffes , laiffe-nous aller dans le corps de ces cochons; & il leur dit: Allez &c. *Matth.* chap. VIII , v. 3 1.

Il s'agit de l'aventure de ces deux diables , dont J E S U S-C H R I S T daigna délivrer deux poffédés au bord du lac de Tibériade , que les Juifs appelaient la mer

Ces mélancoliques , agités de convulfions , paffaient alors chez tous les peuples pour être perfécutés par des génies malfefans. On les excluait de toute fociété, comme des enragés ; & cela même redoublait leur maladie.

St *Marc* & St *Luc* ne fpécifient ici qu'un feul poffédé ; & St *Matthieu* en pofe deux.

La grande queftion a été de favoir comment il fe trouvait un grand troupeau de cochons dans un pays qui les avait en horreur , où il était abominable d'en manger , & où leur afpect même était une fouillure. St *Marc* dit qu'ils étaient au nombre de deux mille. Si ce troupeau allait à Tyr pour la falaifon des viandes fur les vaiffeaux , la perte était immenfe pour les marchands qui les fefaient conduire. Il ne paraît pas aux critiques qu'il fût jufte de ruiner ainfi ces marchands. Mais ce n'eft pas à l'homme à juger les jugemens de D i e u.

Ils font encore des difficultés fur la contradiction entre St *Matthieu* & le texte de *Marc* & de *Luc ;* & furtout fur la prétendue impoffibilité qu'un ou deux diables entrent dans le corps de deux mille cochons à la fois.

St *Marc* prévient cette objection. Car , felon lui ; J e s u s demande au diable comment il fe nomme ; & le diable lui répond : Je m'appelle *Légion.*

D'ailleurs il ne faut pas chercher à comprendre comment un miracle a pu s'opérer. Si on le comprenait, il ne ferait plus miracle.

XIII. Καὶ ἐλθὼν ἐπ' αὐτὴν , οὐδὲν εὗδεν εἰ μὴ φύλλα· οὐ γὰρ ἦν καιρὸς σύκων·

Et quand il vint au figuier, il n'y trouva que des feuilles : car ce n'était pas le temps des figues. *Marc*, chap. XI, v. 13.

Les critiques s'élèvent avec violence contre le miracle que fait JESUS en féchant le figuier qui ne portait pas des figues avant la faifon. Difpenfons-nous de rapporter les railleries de *Woolfton* & du curé *Meflier* ; & contentons-nous de dire avec les fages commentateurs que, fans doute, JESUS défignait par-là ceux qui ne devaient jamais porter des fruits de pénitence.

XIV. Καὶ ἔσ]αι σημεῖα ἐν ἡλίῳ — καὶ τότε ὄψον]αι τὸν υἱὸν τοῦ ἀνθρώπου ἐρχόμενον ἐν νεφέλῃ μετὰ δυνάμεως καὶ δόξης πολλῆς.

Il y aura des fignes dans le foleil & dans la lune & dans les aftres. Et ils verront alors le fils de l'homme venant dans une nuée avec grande majefté & gloire. Quand vous verrez ces chofes, connaiffez que le royaume de DIEU eft proche. Je vous dis en vérité : cette génération ne paffera pas que tout cela ne s'accompliffe. *Luc*, chap. XXI, v. 25 — 27.

Cette prédiction, qui ne s'eft pas accomplie encore, a été un grand fcandale aux critiques. Ils ont crié que c'était prédire la fin du monde, le jugement dernier, & JESUS venant dans les nuées prononcer fes arrêts fur le genre-humain, qui devait périr avec le globe entier fous le règne de *Tibère*. Les apôtres ont été fi perfuadés de cette prédiction, que St *Paul* dit expreffément, dans fon épître aux Theffaloniciens : *Nous qui vivons & qui vous parlons, nous ferons emportés dans les nuées pour aller au devant du Seigneur, au milieu de l'air.* C 4

St Pierre dans sa première épître , dit en propres mots : *L'évangile a été prêché aux morts : la fin du monde approche.*

St Jude dit : *Voilà le Seigneur avec des milliers de saints pour juger les hommes.*

Cette idée de la fin du monde , d'une nouvelle terre , & de nouveaux cieux , fut tellement enracinée dans la tête des premiers chrétiens , qu'ils affuraient que la nouvelle Jérufalem était déjà defcendue du ciel pendant quarante nuits, & qu'enfin *Tertulllien* la vit lui-même. On fit des vers grecs acroftiches imputés à une fibylle , dans lefquels la Jérufalem nouvelle était prédite.

C'eft-là ce qui a tant enhardi les critiques & les incrédules : ils n'ont jamais voulu comprendre le véritable fens caché de JESUS-CHRIST & des apôtres ; & ils ont pris à la lettre ce qui n'eft qu'une figure. Il eft vrai qu'il y eut dans ces premiers fiècles de notre Eglife une infinité de fraudes pieufes ; mais elles n'ont fait aucun tort aux vérités pieufes qni nous ont été annoncées.

XV. Ἀμὴν ἀμὴν λέγω ὑμῖν , ἐὰν μὴ ὁ κόκκος τοῦ σίτου πεσὼν εἰς τὴν γῆν ἀποθάνῃ , αὐτὸς μόνος μένει· ἐὰν δὲ ἀποθάνῃ , πολὺν καρπὸν Φέρει.

En vérité , en vérité , je vous le dis : fi le grain de froment jeté dans la terre ne meurt , il refte inutile ; mais s'il meurt , il porte beaucoup de fruits. *Jean* , chap. II , v. 24.

Les critiques prétendent que JESUS & tous fes difciples ont toujours ignoré la manière dont toutes les femences germent dans la terre. Ils ne peuvent fouffrir que celui qui eft venu enfeigner les autres ne

fache pas ce que les enfans favent aujourd'hui. Ils
méprifent fa doctrine, parce qu'il fe conformait à
l'erreur alors univerfelle, que les grains doivent
pourrir en terre pour lever ; & ils foutiennent que
DIEU ne peut pas être venu parmi nous pour débiter
des abfurdités reconnues. Mais on a déjà remarqué
que JESUS n'a pas prétendu nous enfeigner la phyfique. Tout l'ancien teftament fe conforme à l'ignorance
& à la groffièreté du peuple pour lequel il fut fait.
Les ferpens y font les plus fubtils des animaux ; on
les enchante par de la mufique ; on explique les fonges ;
on chaffe les diables avec de la fumée ; les ombres
apparaiffent ; l'atmofphère a des cataractes &c. . . . .
L'auteur facré fuit en tout les préjugés vulgaires ; il
ne prétend point enfeigner la philofophie. Il en eft
de même de JESUS.

Mais, difent les critiques, fi JESUS ne voulait pas
apprendre aux hommes les vérités phyfiques, il ne
devait pas au moins confirmer les hommes dans
leurs erreurs ; il n'avait qu'à n'en point parler : un
homme divin ne doit tromqer perfonne, même dans
les chofes les plus inutiles. La queftion alors fe réduit
à favoir ce que JESUS devait dire & taire. Ce n'eft pas
certainement à nous d'en décider ; & nous taire eft
notre devoir.

XVI. Αὕτη δέ ἐστιν ἡ αἰώνιος ζωὴ, ἵνα γινώσκωσί σε
τὸν μόνον ἀληθιανὸνθεὸν, καὶ ὃν ἀπέστειλας Ἰησοῦν Χριστόν.

La vie éternelle eft de connaître le feul vrai
DIEU & fon apôtre JESUS-CHRIST, *Jean*, ch. XVII
v. 3.

Selon la loi que nous nous fommes faite de ne

parler que de l'hiſtorique, nous dirons que c'eſt-là
un des principaux paſſages qui produiſirent les fameuſes
diſputes entre les *Arius*, les *Euſèbe*, & les *Athanaſe ;*
diſputes qui diviſent encore ſourdement la ſavante
Angleterre & pluſieurs autres pays. On pretendit que
ce paſſage annonce manifeſtement l'unité de D I E U,
& qu'il dit clairement que J E S U S eſt un ſimple homme
envoyé de D I E U. On fortifia encore ce verſet par
celui de *St Jean*, cháp. 20 : *Je monte vers mon père*
& votre père, vers mon D I E U *& votre* D I E U. — Et
encore plus par celui-ci : *Pater autem major me eſt ;*
mon père eſt plus grand que moi, *St Jean*, 28. Et
cet autre encore : *Nul ne le ſait que le père*. . . . . Enfin
on éluda les autres paſſages qui préſentaient un ſens
différent.

Les euſébiens ou ariens écrivirent beaucoup
pour perſuader, au bout de trois cents ans, qu'il
n'était pas poſſible de croire J E S U S conſubſtantiel à
D I E U, après ces aveux formels de J E S U S lui-même ;
& l'on ſait quelles guerres furent allumées par ces
querelles.

Il parut que d'abord les chrétiens ne reconnurent
pas J E S U S pour D I E U dans le premier ſiècle de
l'Egliſe, & que le voile qui couvrait ſa divinité ne
fut levé que par degrés aux faibles yeux des hommes,
qui auraient pu être éblouis d'un ſubit éclat de
lumière.

Les adorateurs de J E S U S, qui niaient ſa divinité,
s'appuyèrent ſur les épîtres de *St Paul*. Ils avaient
toujours à la bouche & dans leurs écrits, ces épîtres
aux Juifs romains, dans leſquelles il les exhorte à être
bons Juifs, & leur dit expreſſément : Le don de D I E U

s'eft répandu fur nous par la grâce donnée à un feul homme, qui eft JESUS ; la mort a régné par le péché d'un feul homme ; les juftes régneront dans la vie par un feul homme.

Ils citaient continuellement tous ces témoignages de *St Paul* : A DIEU, qui eft le feul fage, honneur & gloire par JESUS— Vous êtes à JESUS ; & JESUS eft à DIEU, Corinthiens, chap. 4. — Tout eft affujetti à JESUS, en exceptant fans doute DIEU qui a affujetti toutes chofes, chap. 15.

C'eft ainfi que les chrétiens combattirent par des paroles, avant de combattre avec le fer & la flamme. Leurs fuccefleurs les ont trop fouvent imités. Puiffe enfin une religion de douceur être mieux connue & mieux pratiquée !

XVII. Καὶ τὰ μνημεῖα ἀνεῴχθησαν· καὶ πολλὰ σώματα τῶν κεκοιμημένων ἁγίων ἠγέρθη·

Et les tombeaux s'ouvrirent, & plufieurs corps de faints, qui dormaient, reffufcitèrent. *Matth.* chap. XXVII, v. 52.

Le texte ajoute à ce prodige, qu'ils fe promenèrent dans la ville fainte. Une foule d'incrédules a prétendu, que fi tant de morts étaient reffufcités & s'étaient promenés dans Jérufalem lorfque JESUS expirait, un fi terrible miracle, opéré à la vue de toute une ville, aurait fait un effet encore plus fenfible & plus grand que la mort de JESUS même. Ils ofent affirmer qu'il eût été impoffible de réfifter à un tel prodige ; que *Pilate* l'eût écrit à Rome ; que *Jofephe* l'hiftorien n'eût pas manqué d'en faire mention dans fon hiftoire très-détaillée, toute remplie de prodiges bien moins confidérables & moins intéreffans ; que *Philon* contemporain de JESUS, en aurait furement parlé ; que leur filence eft une preuve de la fauffeté.

La réponfe eft toujours que DIEU endurciffait le cœur des Juifs, comme il avait enduci le cœur de *Phoraon*, & comme il endurcit tous les impies, qu'aucun miracle ne peut convaincre & qu'aucune repréfentation ne peut toucher.

XVIII. Καὶ σκότος ἐγένετο ἐφ᾽ ὅλην τὴν γῆν, ἕως ὥρας ἐννάτης· καὶ ἐσκοτίσθη ὁ ἥλιος.

Et les ténèbres fe répandirent fur toute la terre jufqu'à la neuvième heure ; & le foleil s'obfcurcit. *Luc*, chap. XXIII, v. 44 & 45.

Les critiques difent encore, qu'une éclipfe centrale du foleil ne pouvait arriver durant la pleine lune, qui était le temps de la pâque juive. Ils ont élevé de longues difputes, & fait de grandes recherches fur la nature de ces ténèbres. On a cité les livres apocryphes de *St Denis* l'aréopagite, & un paffage des livres de *Phlégon* rapporté par *Eufèbe*. Voici ce texte de *Phlégon*.

,, Il y eut, la quatrième année de la deux cent-
,, deuxième olympiade, la plus grande éclipfe qui
,, fût jamais : il fut nuit à la fixième heure; on voyait
,, les étoiles. ,,

Les favans remarquèrent que le fupplice de JESUS n'arriva point cette année ; & que l'éclipfe de *Phlégoñ* qui n'était point centrale, arriva au mois de novembre; ce qui ne peut en aucune manière s'accorder avec le fupplice de JESUS, qui eft de la pleine lune de mars.

Ils remarquèrent auffi que, felon *St Jean*, JESUS fut condamné à la fixième heure , & que felon *St Marc* , il fut mis en croix à la troifième : ce qui redoublerait encore la difficulté.

Ne nous enfonçons point dans cet abyme plus ténébreux que l'éclipfe de *Phlégon*. Contentons-nous d'être foumis de cœur & d'efprit. Soyons perfuadés qu'une bonne œuvre vaut mieux que toute cette fcience.

XXI. Καὶ τοῦτο εἰπὼν ἐνεφύσησε, καὶ λέγει αὐτοῖς· Λάβετε πνεῦμα ἅγιον.

Comme il eut dit cela , il fouffla fur eux & leur dit : recevez le Saint-Efprit. *Jean* chap. XX , v. 22.

Ces mots, *il fouffla fur eux* , ont donné lieu à bien des recherches. On prétendait , dans les anciennes théurgies, que le fouffle était néceffaite pour opérer, & qu'il pouvait communiquer des affeétions de l'ame. Cette idée même était fi commune , que l'auteur facré de la Genèfe fe fert de ces expreffions : D I E U *lui fouffla un fouffle de vie dans les narines* (felon l'hébreu.) *Ifaïe* dit : Le fouffle du Seigneur a foufflé fur lui. *Ezéchiel* dit : Je foufflerai dans ma fureur. L'auteur de la Sageffé : Celui qui lui a foufflé l'efprit.

Avant le temps de *Conftantin* on eut la coutume de fouffler fur le vifage & fur les oreilles des catéchumènes qu'on allait baptifer ; & par ce fouffle on fefait paffer dans eux l'efprit de la grâce.

Comme il n'eft rien de fi innocent & de fi faint dont la folie des hommes n'abufe , il arriva que ceux d'entre les mauvais chrétiens qui s'adonnaient à la prétendue théurgie , fe firent fouffler auffi dans la bouche & dans les oreilles par les maîtres de l'art ,

& crurent recevoir ainfi l'efprit & la puiffance des démons , ou plutôt ils rappelèrent les antiques céré-monies de la théurgie chaldéenne & fyriaque. Ces cérémonies de nos prétendus magiciens fe perpétuèrent de fiècle en fiècle. De miférables infenfés s'imaginèrent que d'autres fous leur avaient foufflé le diable dans la bouche. Il fe trouva par-tout , jufqu'au dernier fiècle , des juges affez imbécilles & affez barbares pour condamner au feu ces infortunés. On fait l'hiftoire du curé *Gauffredi* , qui crut avoir forcé *Magdeléne la Pallu* à l'aimer en foufflant fur ellé. On fait la fatale & méprifable aventure des religieufes de Lou-dun , enforcelées par le fouffle du curé *Urbain Grandier*. Et enfin , à la honte éternelle de la nation , le jéfuite *Girard* a été condamné de nos jours au feu par la moitié de fes juges , pour avoir foufflé fur la *Cadière*; & on a trouvé des avocats affez imbécilles pour foutenir gravement que rien n'eft plus avéré que la force du fouffle d'un forcier.

Cette opinion de la puiffance du fouffle venait originairement de l'idée répandue dans toute la terre , que l'ame était un petit fantôme aérien. De-là on parvint aifément jufqu'à croire qu'on pouvait verfer un peu de fon ame dans l'ame d'autrui. Ainfi ce qui fut chez les vrais chrétiens un myftère facré , était ailleurs une fource d'erreurs.

XX. Λέγει αὐτῷ ὁ Ἰησοῦς· Ἐὰν αὐτὸν θέλω μένειν ἕως ἔρχομαι, τί πρὸς σέ ;

JESUS dit : Si je veux que celui-ci refte jufqu'à ce que je vienne, que t'importe ? *Jean* , chap. XXI , V. 22.

C'eſt ce que dit JESUS à St Pierre après ſa réſurrection, quand Pierre lui demanda ce que deviendra
Jean. On crut que ces mots, juſqu'à ce que je vienne,
ſignifiaient le ſecond avènement de JESUS, quand il
viendrait dans les nues. Mais ce ſecond avènement
étant différé, on crut que St Jean vivrait juſqu'à la
fin du monde, & qu'il paraîtrait avec Enoch & Elie
pour ſervir d'aſſeſſeurs au jugement dernier, & pour
condamner l'Ante-Chriſt juridiquement.

Le profond Calmet a trouvé la raiſon de cette
immortalité de St Jean, & de ſon aſſiſtance au procès
qu'on fera à l'Ante-Chriſt quand le monde finira. Voici
ſes propres mots dans ſa diſſertation ſur cet Evangile.

,, Il ſemble qu'il manquerait quelque choſe dans
,, la guerre que le Seigneur doit faire à l'ennemi de
,, ſon fils, s'il ne lui oppoſait qu'Enoch & Elie. Il ne
,, ſuffit pas qu'il y ait un prophète d'avant la loi, &
,, un prophète qui ait vécu ſous la loi ; il en faut
,, un troiſième qui ait été ſous l'Evangile. ,,

Ainſi, ſelon ce commentateur, le monde ſera jugé
par cinq juges, Dieu le père, Dieu le fils, Enoch, Elie,
& Jean.

De-là il conclut que Jean n'eſt point mort ; &
voici les preuves qu'il en rapporte.

,, Si Jean était mort, on nous dirait le temps,
,, le genre, les circonſtances, de ſa mort. On montre-
,, rait ſes reliques : on ſaurait le lieu de ſon tombeau.
,, Or tout cela eſt inconnu. Il faut donc qu'il ſoit
,, encore en vie. En effet, on aſſure que ſe voyant
,, fort avancé en âge, il ſe fit ouvrir un tombeau où
,, il entra tout vivant ; & ayant congédié tous ſes
,, diſciples, il diſparut, & entra dans un lieu inconnu
,, aux hommes. ,,

Cependant *Calmet* eſt du ſentiment de ceux qui penſent que S*t* *Jean* mourut & fut enterré à Epheſe. Mais il y a encore des difficultés ſur cette dernière opinion ; car bien qu'il fût enterré, il ne paſſa point cependant pour mort. On le voyait remuer deux fois par jour dans ſa foſſe ; & il s'élevait ſur ſon ſépulcre une eſpèce de farine. S*t* *Ephrem*, S*t* *Jean Damaſcène*, S*t* *Grégoire* de Tours, S*t* *Thomas*, l'aſſuraient.

Heureuſement, comme nous l'avons dit, ces diſputes entre les ſavans, & même entre les ſaints, ne touchent point à la morale, qui doit être uniforme d'un bout de la terre à l'autre.

On ſait quelles interminables diſputes ſe ſont élevées entre les interprètes, ſur preſque tous les paſſages des Evangiles, des Actes des apôtres, & des Epîtres. On a tant creuſé cet abyme que les terres remuées ſont retombées ſur les travailleurs, & en ont écraſé un grand nombre.

A commencer par ce verſet qui regarde la deſtinée de S*t* *Jean*, on a ſoutenu que ce paſſage même démontrait que ce S*t* *Jean* n'avait écrit, ni pu écrire ſon Evangile. Car, dans ce paſſage, il eſt dit ſur la fin : *C'eſt ce même diſciple Jean qui atteſte ces choſes ; & nous ſavons que ſon témoignage eſt vrai*.

Il eſt évident que *Jean* n'a pu parler ainſi de lui-même dans ſon propre ouvrage.

Les contradictions qu'on a cru trouver dans les autres évangéliſtes, ont ſurtout déterminé les critiques téméraires à rejeter abſolument tous ces écrits qu'ils attribuent à des auteurs pſeudonymes, moitié juifs, moitié chrétiens ; comme *Abdias*, *Marcel*, *Hégéſippe*, & d'autres, qui vivaient ſur la fin du premier ſiècle de l'Egliſe chrétienne.   Nos

Nos indomptables critiques, dont nous avons tant parlé, difent qu'ils ne peuvent admettre les Actes des apôtres, puifqu'ils font contraires aux Evangiles; & ils difent qu'ils rejettent les Evangiles, puifqu'ils font contraires à la conduite de JESUS rapportée par eux. Voici comme ils foutiennent leur fatale opinion :

,, JESUS , par le récit des Evangiles mêmes, ne
,, baptifa jamais perfonne; & cependant ces Evangiles
,, annoncent qu'il faut adminiftrer le baptême juif,
,, *au nom du Père, du Fils, & du St Efprit.* Et après que
,, ces Evangiles ont ordonné ce baptême au nom de
,, ces trois perfonnes, viennent les actes qui font
,, baptifer au nom de JESUS feul en plufieurs paffages.

,, A qui croire ? A rien, continuent ces examina-
,, teurs intraitables. Nous ne favons ni quels furent
,, les auteurs de ces livres, ni en quels temps ils
,, furent écrits, nous favons feulement qu'ils fe
,, contredifent tous les uns les autres, & que tous
,, enfemble contredifent la faible raifon humaine,
,, feule lumière que DIEU nous donne pour juger.

,, Il nous paraît feulement vraifemblable que
,, JESUS s'étant fait des adhérens, ayant toujours
,, infulté les pharifiens & les prêtres, & ayant fuc-
,, combé fous fes ennemis, qui le firent livrer au
,, dernier fupplice, fes adhérens s'en vengèrent en
,, criant par-tout que DIEU l'avait reffufcité. Bientôt
,, après ils fe féparèrent entièrement de la fecte juive.
,, Ce ne fut plus un fchifme, ce fut une fecte nouvelle
,, qui combattait toutes les autres. Ils avaient toute
,, l'obftination des Juifs & tout l'enthoufiafme des
,, novateurs. Ils fe répandirent dans l'empire romain,
,, où toute religion était bien reçue de cent peuples

,, différens. Le chriftianifme s'établit d'abord parmi
,, les pauvres. C'était une affociation fondée fur
,, l'égalité primitive entre les hommes , & fur la
,, défappropriation des efféniens & des thérapeutes ,
,, qui étaient imités par les premiers partifans de
,, JESUS.

,, Mais plus cette fociété s'étendit, plus elle dégé-
,, néra. La nature reprit fes droits. Les chrétiens ne
,, pouvant parvenir aux dignités de l'empire, s'adon-
,, nèrent au commerce, comme font aujourd'hui tous
,, les diffidens de l'Europe. Ils acquirent des tréfors ,
,, ils en prêtèrent au père de *Conftantin*. On fait le
,, refte. Leurs querelles funeftes pour des chimères
,, métaphyfiques, troublèrent long-temps tout l'em-
,, pire romain. Enfin cette religion , chaffée de l'Orient
,, où elle était née, fe réfugia dans l'Occident qu'elle
,, inonda de fon fang & de celui des peuples. Il eft
,, refté à fes principaux pontifes la rofée du ciel &
,, la graiffe de la terre. Puiffent-ils toujours en jouir
,, en paix ! qu'ils aient pitié des malheureux ; que
,, jamais ils n'en faffent ; & que le fondateur de cette
,, fociété particulière , devenue une religion domi-
,, nante, ce fondateur juif né pauvre & mort pauvre ,
,, ne puiffe pas toujours lui dire : *Ma fille , que tu*
,, *reffembles mal à ton père !* ,,

COLLECTION

D'ANCIENS EVANGILES,

OU

MONUMENS DU PREMIER SIECLE DU CHRISTIANISME.

Extraits de Fabricius, Grabius, & autres favans.

Non enim dictas fabulas secuti notam fecimus vobis domini nostri Jesu - Christi *virtutem & præsentiam, sed speculatores facti illius magnitudinis.*

Ce n'eft point en fuivant des contes fabuleux que nous vous avons fait connaître la vertu & la préfence de notre Seigneur Jesus-Christ , mais c'eft après avoir été nous-mêmes les contemplateurs de fa grandeur.

2ᵉ Epître de *Sᵗ Pierre*, ch. I , v. 16.

AVANT-PROPOS.

EN publiant cette traduction de quelques anciens ouvrages apocryphes, on n'a pas cru devoir justifier par l'exemple de *Cicéron*, de *Virgile*, & d'*Homère*, les idiotismes (*a*) & les répétitions (*b*) qui choqueraient dans un écrit profane. JESUS ayant expressément déclaré qu'il avait été (*c*) envoyé pour prêcher l'évangile aux pauvres, ses disciples, à son exemple, n'affectèrent jamais le langage étudié d'une sagesse humaine. (*d*)

St Luc avoue à *Théophile* qu'on avait composé plusieurs évangiles avant qu'il lui dédiât le sien & ses *Actes des apôtres*. Cependant les *Constitutions apostoliques* ne recommandent la lecture que (*e*) des évangiles de *Matthieu*, de *Jean*, de *Luc*, & de *Marc*. Et la principale raison qu'en donne *St Irénée*, (*f*) c'est que le prophète *David* pour demander l'avénement du verbe, s'écrie : (*g*) Vous qui êtes assis sur le chérubin, apparaissez. Or, selon *Ezéchiel* (*h*) & l'Apocalypse, (*i*) le chérubin ayant la figure de quatre animaux, le lion désigne la génération royale de JESUS écrite par *Jean ;* le veau sa génération sacerdotale décrite par *Luc ;* l'homme sa génération humaine racontée par *Matthieu ;* & l'aigle volant l'esprit prophétique dont *Marc* est saisi en commençant son évangile. C'est pour cela qu'il n'y a eu que quatre Testamens donnés au genre humain ;

(*a*) *Ascanius in* 2. *Verr.* On laisse les citations en latin comme inutiles au commun des lecteurs.

(*b*) *Macrob. Saturn.* l. V, chap. XV.

(*c*) *Luc*, chap. IV, v. 18 ; & *Isaïe*, chap. LXI, v. 1.

(*d*) I. Corinth. chap. II, v. 13.

(*e*) L. II, c. LVII.

(*f*) L. III, c. XI.

(*g*) Pf. LXXIX, v. 2.

(*h*) C. I, v. 10.

(*i*) C. IV, v. 7.

D 3

le premier avant le déluge, fous *Adam* ; le fecond après
le déluge, fous *Noé* ; le troifième la loi fous *Moïfe* ;
& le quatrième, comme le fommaire de tous les autres,
renouvelle l'homme & l'élève vers le royaume célefte
par l'Evangile. Auffi conclut-il qu'il y aurait autant
de vanité que d'ignorance & d'audace à recevoir plus
ou moins de quatre évangiles.

St Ambroife, (*k*) *St Athanafe*, (*l*) & *St Auguftin*, (*m*) font
à la vérité chacun une affociation différente des quatre
animaux & des quatre évangéliftes ; mais *St Jérôme* qui
attribue (*n*) l'aigle à *Jean*, le bœuf à *Luc*, le lion à *Marc*,
& l'homme à *Matthieu*, a été fuivi par *Fulgence*, (*o*)
Eucher de Lyon, (*p*) *Sédulius*, *Théodule* d'Orléans,
Pierre de Riga, & par un très-grand nombre d'autres
modernes, tant latins que grecs, comme il paraît par
Germain patriarche de Conftantinople, (*q*) en un mot
par toute la foule des pères. (*r*)

Ces quatre évangiles furent appelés *authentiques* par
oppofition aux autres nommés *apocryphes*. On trouve
ces deux mots grecs dans l'appendice du concile de
Nicée, (*s*) où il eft dit qu'après avoir placé pêle-mêle
les livres apocryphes & les livres authentiques fur
l'autel, les pères prièrent ardemment le Seigneur que
les premiers tombaffent fous l'autel, tandis que ceux

(*k*) *Præf. in Luc.*
(*l*) *In Synopfi Scripturæ*, t. II, p. 155.
(*m*) L. I, *de confenfu Evangelift. c.* VI & *alibi.*
(*n*) L. I, *adverfus Joviniannm & alibi.*
(*o*) *Homil. in natalem Chrifti.*
(*p*) L. I, *inftruction.*
(*q*) *Theoria ecclefiaftica.* pag. 160.
(*r*) Joh. Molanus, *hift. facrar. imagin.* 3, 15 & 28.
(*s*) *Concil. Labb.* t. 1, p. 84.

qui avaient été infpirés par le St Efprit refteraient deffus, ce qui arriva fur le champ.

Nicéphore, (*t*) *Baronius*, (*u*) & *Aurelius Peruginus*, (*x*) nous apprennent d'ailleurs que deux évêques nommés *Chryfante* & *Mufonius* étant morts pendant la tenue du concile de Nicée, premier œcuménique, il était néceffaire d'avoir leur fignature pour la validité dudit concile. On porta fur le tombeau des défunts le livre où étaient renfermés les actes divifés par feffions; on paffa la nuit en oraifon; on mit des gardes autour du tombeau, comme on avait fait autour de celui de notre Seigneur; & le lendemain on trouva (ô chofe incroyable!) que les trépaffés avaient figné.

Comme le pape *Léon I* fit enfuite (*y*) livrer aux flammes les écritures apocryphes qui paffaient fous le nom des apôtres, il n'y en a qu'un petit nombre qui foient parvenues jufqu'à nous, & l'on ne connaît plus des autres que les noms & quelques fragmens épars dans les écrivains eccléfiaftiques. St *Jérôme*, par exemple, (*z*) fait mention de l'Evangile felon les Egyptiens, de celui de *Thomas*, de *Mathias*, de *Barthelemi*, des douze apôtres, de *Bafilides*, d'*Appelles*, & ajoute qu'il ferait trop long de faire l'énumération des autres.

Un décret (*a*) connu fous le nom du pape *Gélafe*, quoique quelques manufcrits l'attribuent au pape *Damafe* & d'autres au pape *Hormifdas*, (*b*) note comme apocryphes l'*Itinéraire de Pierre apôtre* en dix livres

---

(*t*) L. 8, c. 23.

(*u*) T. 4, n. 82. *ad annum* 325.

(*x*) *In annalibus abbreviatis ad annum* 325.

(*y*) *Epift.* 93 *ad Turibium*, c. 15.

(*z*) *Proœm. in Matth.*

(*a*) *In jure canon. dift.* 15, *can.* 3.

(*b*) Cavei, *hift. litterar.* t. 1.

fous le nom de *St Clément;* les Aĉtes d'*André apôtre*, de
Philippe apôtre, de *Pierre apôtre*, de *Thomas apôtre;*
l'Evangile de *Thadée*, de *Mathias*, de *Thomas apôtre*,
de *Barnabé*, de *Jacques le mineur*, de *Pierre apôtre*,
de *Barthelemi apôtre*, d'*André apôtre*, de *Lucien*,
d'*Héfyque;* le livre de l'*Enfance du Sauveur*, de la
Naiffance du Sauveur & de Ste Marie & de fa fage-femme,
du *Pafteur*, de *Lenticius;* les Aĉtes de *Thècle* & de *Paul
apôtre;* la *révélation de Thomas apôtre*, de *Paul apôtre*,
d'*Etienne apôtre;* le livre du *trépas de Ste Marie;* ceux
qu'on appelle *les forts des apôtres, & la louange des apôtres;*
celui des *Canons des apôtres;* l'*Epître de* JESUS *au roi
Abgare.*

Les *Aĉtes de Pierre*, fon *évangile*, & ceux de *Thadée*,
de *Jacques le mineur*, & d'*André*, ne fe trouvent pas dans
quelques manufcrits de ce décret. Le favant *Fabricius*
a publié une notice de cinquante évangiles apocryphes,
que l'on trouvera dans ce recueil avant la traduĉtion
des quatre confervés en entier.

A tant d'écrits diĉtés (*c*) par un zèle qui n'était
point felon la fcience, les ennemis du chriftianifme
ne manquèrent point d'en oppofer d'autres qu'ils
décoraient des mêmes titres. Pour ne parler d'abord
que des évangiles, *St Irénée* (*d*) dit que les difciples
de *Valentin* étaient parvenus à un tel point d'audace,
qu'ils donnaient le titre d'*Evangile de vérité* à un écrit
qui ne s'accordait en rien avec les évangiles des
apôtres; de forte, ajoute-t il, que chez eux l'Evangile
même n'eft pas fans blafphême.

Tertullien nous apprend (*e*) que cette infamie avait

(*c*) Rom. c. 10, v. 2.   (*e*) *Contra Marcion*, 3 , 23.
(*d*) L. 3 , *adverfus hærefes.* c. 11.

commencé par les Juifs; & que par eux, & à caufe
d'eux, le nom du Seigneur eft blafphémé parmi les
nations. En effet, au rapport de *S^t Juſtin*, (*f*) d'*Euſèbe*,
(*g*) & de *Nicéphore*, (*h*) les juifs de la Paleſtine avaient
envoyé dans toutes les parties du monde tant par mer
que par terre des écrits remplis de blafphèmes contre
JESUS, pour les faire publier & même enſeigner à la
jeuneſſe dans les écoles des villes & des champs.

Quoique les empereurs *Conſtantin* (*i*) & *Théodoſe* (*k*)
aient donné chacun un édit, portant ordre ſous peine
de mort de brûler tous les écrits contre la religion des
chrétiens : on trouve encore des traces des blafphèmes
des Juifs dans les *Aɛtes de Pilate*, mieux connus ſous
le nom d'*Evangile de Nicodème*. On y lit (*l*) que les
Juifs, en préſence de *Pilate*. reprochèrent à JESUS qu'il
était magicien & né de la fornication.

On ne doutera pas que ce ne ſoit-là le blafphème
de l'*Evangile de vérité*, ſi l'on fait attention qu'*Origène*
(*m*) témoigne que *Celſe* intitulait *Diſcours de vérité*
un ouvrage dans lequel il feſait reprocher par un
Juif à JESUS d'avoir ſuppoſé qu'il devait ſa naiſſance
à une vierge, d'être originaire d'un petit hameau de
la Judée, & d'avoir eu pour mère une pauvre villageoiſe
qui ne vivait que de ſon travail, laquelle ayant été
convaincue d'adultère avec un ſoldat nommé *Panther*,
fut chaſſée par ſon fiancé qui était charpentier de

(*f*) *Dialog. cum Tryphon.* page
234.
(*g*) L. 9 , hiſt. c. 5.
(*h*) L. 7 , hiſt. c. 26.
(*i*) *Socrates*, l. 1 , c. 9. *Gelas*,
·hiſt. concil. Nicæni 2 , 36 , & hiſt.
tripartit. 2 , 15.

(*k*) *Aɛt. Synodi Epheſin. a. c.*
435. T. 1. *Harduin*, pag. 1720.
& cod. *Juſtinian. de Summa Trin.*
(*l*) Art. 2.
(*m*) L. 1, *contra Celſum.* c. 9.

profeffion. Qu'après cet affront, errant miférablement
de lieu en lieu, elle accoucha fecrétement de JESUS ;
que lui fe trouvant dans la néceffité, fut contraint de
s'aller louer en Egypte, où ayant appris quelques-uns
de ces fecrets (*n*) que les Egyptiens font tant valoir,
il retourna dans fon pays, & que tout fier des miracles
qu'il favait faire, il fe proclama lui-même DIEU.

Cet écrit pernicieux, quoique réfuté par *Origène*,
fit cependant une telle impreffion, que deux pères
écrivirent férieufement qu'en effet JESUS avait été
appelé fils de *Panther*, & cela, dit *St Epiphane*, (*o*)
parce que *Jofeph* était frère de *Cléophas* fils de *Jacques*
furnommé *Panther*, engendrés tous les deux d'un
nommé *Panther*. Et felon *St Damafcène*, (*p*) parce que
Marie était fille de *Joachim* fils de *Bar-Panter*, fils de
Panther.

Comme ces furnoms ne fe trouvent point dans les
deux généalogies différentes de JESUS, écrites l'une
par *St Matthieu*, (*q*) l'autre par *St Luc*, (*r*) l'Eglife
s'en eft tenue au confeil de *St Paul* (*s*) de ne point
s'attacher à des fables & à des généalogies fans fin,
qui produifent plutôt des doutes que l'édification de
DIEU qui eft dans la foi.

Lactance (*t*) remarque auffi qu'*Hiéroclès* avait pris
le titre d'*amateur de la vérité*, dans deux livres adreffés
aux chrétiens. Il ajoutait aux blafphèmes de *Celfe*,
que le CHRIST ayant été chaffé par les Juifs, raffembla
une troupe de neuf cents hommes, avec lefquels il fit

(*n*) Voyez l'*Evangile de l'enfance*,
art. 37, note *d*.
(*o*) *Haref*. 78.
(*p*) L. 4. *de fide orthod.* c. 15.

(*q*) C. 1, v. 1.
(*r*) C. 3, v. 23.
(*s*) I. Timoth. c. 1, v. 4.
(*t*) *Inftitut. divin.* I. 5, c. 2.

le métier de brigand. Ces nouvelles calomnies furent
auffi aifément réfutées par *Eufèbe* de Céfarée que celles
de *Celfe* l'avaient été par *Origène*.

J'ai honte de parler ici d'autres ouvrages encore
fubfiftans. L'*Arétin*, par exemple, (*u*) compare *Marie*
à *Léda* qui devint enceinte de *Jupiter* transformé en
cygne; comme fi c'était en cette occafion que l'Efprit
faint eût pris la forme d'un pigeon. Le Jéfuite *Sanchez*
(*x*) agitant de bonne foi la queftion fi la vierge *Marie*
fournit de la femence dans l'incarnation du CHRIST,
s'autorife pour l'affirmative du fentiment de *Suarez* (*y*)
& de *Pero Mato*. (*z*) Ces théologiens ignoraient - ils
que tout ce qui concerne ce myftère ineffable eft fi
au-deffus des lumières de notre faible raifon, qu'il
fallut que DIEU révélât fon fils à *Pierre* (*a*) & à
Paul, (*b*) avant de confier au premier l'*Evangile de la
circoncifion*, & au fecond l'*Evangile du prépuce* ? (*c*)

Il en a été des Actes des apôtres tout comme des
Evangiles. L'impofture des méchans & la pieufe
curiofité des fimples les ont également multipliés.
Outre les Actes apocryphes mentionnés dans le décret
de *Gélafe*, St *Epiphane* (*d*) dit que les ébionites en
avaient fuppofé, dans lefquels ils prétendaient que
Paul était né d'un père & d'une mère gentils, &
qu'étant venu demeurer à Jérufalem, il devint profélyte
& fut circoncis dans l'efpérance d'époufer la fille du

(*u*) *Quatro libri della humanità di Chriflo*. Lenet. 1538.

(*x*) *Traît. de matri.* l. 2, *difp.* 21 , *n.* 11.

(*y*) 3. *p. q.* 32 , *a.* 1 , *difp.* 10 , *feît.* 1.

(*z*) *In append. ad traît. de Semine.*   (*c*) Galat. c. 2 , v. 7.

(*a*) Matth. c. 16 , v. 17.   (*d*) *Hæref.* 30 , n. 16.

(*b*) Galat. c. 1 , v. 16.

pontife ; mais que n'ayant pas eu cette vierge, ou bien
ne l'ayant pas eue vierge, il en fut fi irrité qu'il écrivit
contre la circoncifion, contre le fabbat, & contre toute
la loi. Cette affertion paraiffait fondée fur ce que *Paul*
lui-même fe dit (*e*) natif de Tharfe en Cilicie, dans
les *Actes authentiques* écrits par *Luc*. Mais *Fabricius* (*f*)
en cite un manufcrit grec, dans lequel *Paul* ne dit pas
qu'il eft né à Tharfe, mais qu'il a été fait citoyen de
cette ville. Et *St Jerôme* lui-même, fi favant dans les
langues, vient à l'appui de ce fentiment. Dans deux
de fes ouvrages (*g*) il fait naître *Paul* à Gifchale,
ville de la Galilée.

Sur ce que le même *Paul* écrit à *Timothée* (*h*)
qu'*Hermogénes* (*i*) & *Demas* l'ont abandonné, & qu'il
lui parle en même temps (*k*) des grandes perfécutions & des fouffrances qu'il avait effuyées à Icone
& à Antioche ; un de fes difciples, pour fuppléer
aux Actes des Apôtres qui n'en difent qu'un mot, (*l*)
compofa les *Actes de Thécle* & de *Paul*. Cet ouvrage
a été fi célèbre autrefois, que l'on ne fera pas fâché
d'en trouver ici le précis avec les noms des pères qui
l'ont cité.

Lorfque *Paul*, dit l'auteur, après fa fuite d'Antioche, s'en allait à Icone, deux hommes pleins
d'hypocrifie, *Demas* & *Hermogénes*, fe joignirent à lui.
Cependant un certain *Onéfiphore* avec fa femme
Lectre & fes enfans *Simmie* & *Zénon*, vint l'attendre
fur le chemin royal qui conduit à Lyftres pour le

(*e*) Act. c. 22, v. 3.
(*f*) *Codex apocryp.* p. 571.
(*g*) *De viris illuftr.* c. 5. *Et*
comment. in epift. ad Philem.

(*h*) II. *Timoth.* c. 1, v. 15.
(*i*) *Ibid.* c. 6, v. 9.
(*k*) *Ibid.* c. 3, v. 11.
(*l*) Act. c. 14, v. 1.

recevoir chez lui. Comme il n'avait jamais vu *Paul*, il le reconnut à fa taille courte, fa (*m*) tête chauve, fes cuiſſes courbes, fes groſſes jambes, fes fourcils joints, & fon nez aquilin. C'était-là le fignalement que *Tite* en avait donné.

Comme *Paul* prêchait à Icone, la vierge *Thècle* qui était fiancée à un prince de la ville nommé *Thamiris*, (*n*) paſſait les jours & les nuits à l'écouter de la fenêtre de fa maifon, voifine de celle d'*Onéfiphore* où fe tenait l'aſſemblée. Elle n'avait point encore vu la figure de *Paul*; mais elle défirait de paraître devant lui & d'être du nombre des femmes & des vierges qu'elle y voyait entrer. *Théoclia* fa mère fit avertir fon gendre qu'il y avait trois jours que *Thècle* féduite par les difcours trompeurs de cet étranger, oubliait de boire & de manger.

Les tendres repréfentations de *Thamiris* pour la détourner des difcours de *Paul*, furent auffi vaines que les larmes de la mère & des fervantes. (*o*) *Thamiris* alors voyant fortir d'auprès de *Paul* deux hommes qui fe querellaient vivement, les alla joindre dans la rue & les invita à fouper, ce qu'ils acceptèrent. Ces deux hypocrites, *Demas* & *Hermogènes*, gagnés par la bonne chère & les grands préfens que leur fit *Thamiris*, lui déclarèrent que *Paul* empêchait les jeunes gens de fe marier, en leur perfuadant

<hr>

(*m*) *Gradius* (T. 1. *Spicileg.* p. 95.) obferve que *Paul* dans le *Philopatris* de *Lucien*, eft défigné par ces mots : *Le chauve au nez aquilin, qui a été ravi par les airs jufqu'au troifième ciel.*

(*n*) *Saint Grégoire* de Nyce cite ce trait dans fa quatorzième *Homélie* fur le *Cantique*, t. 1, p. 676. D.

(*o*) *Saint Jean Chryfoftome* (*Homil. de Theclâ*, t. 1, p. 885.) & *faint Epiphame* (*Hæref.* 78, n. 16.) commentent cet endroit.

que la réfurrection ne fera que pour ceux qui perfé-
véreront dans la chafteté. Vous n'avez, ajoutèrent-
ils, qu'à le faire conduire au gouverneur comme
enfeignant la nouvelle doctrine des chrétiens; &
fuivant le décret de *Céfar* on le fera mourir, & vous
aurez votre fiancée à laquelle nous enfeignerons (*p*)
que la réfurrection que *Paul* annonce comme à venir
eft déjà faite dans les enfans que nous avons, & que
nous fommes reffufcités lorfque nous avons connu
DIEU.

Thamiris tranfporté d'amour & de colère courut
le lendemain matin avec des gens armés de bâtons,
fe faifir de *Paul*; & l'ayant traîné devant le gouverneur *Caftellius*, il l'accufa de détourner les vierges
du mariage, & toute la troupe criait : Ce magicien a
corrompu toutes nos femmes.

Paul fut mis en prifon, & *Thècle* pendant la nuit
détacha fes boucles d'oreilles (*q*) dont elle fit préfent
au portier de la maifon pour fe faire ouvrir la porte;
& courant à la prifon, elle donna fon miroir d'argent
au géolier pour avoir la liberté d'entrer vers *Paul*
dont elle baifa les chaînes en fe tenant debout à
fes pieds.

Le gouverneur en étant informé, la fit comparaître
avec *Paul* devant fon tribunal, & lui demanda
pourquoi elle n'époufait pas *Thamiris* ? Comme

(*p*) *Saint Hilaire* (*Comment in* 2. Timoth. c. 11.) femble citer ce
paffage, quand il dit en parlant de l'héréfie d'*Hyménée* & de *Philète* : Ils
prétendent que, *comme nous l'enfeigne une autre écriture*, la réfurrection
fe fait dans les fils.

(*q*) *Saint Jean Chryfoftome*, Homélie 25 fur les actes, propofe cet
exemple de *Thècle*.

Thècle, au lieu de répondre, avait les yeux fixés sur *Paul*, sa mère criait au gouverneur : Brûlez, brûlez cette malheureuse au milieu du théâtre, afin d'effrayer toutes celles qui ont écouté les enseignemens de ce magicien. Alors le gouverneur très-affligé ordonna que *Paul* fût fouetté & chassé de la ville, & condamna *Thècle* à être brûlée. Comme elle parcourait des yeux la foule des spectateurs, elle vit le Seigneur assis (*r*) sous la forme de *Paul*, & dit en elle-même : *Paul* est venu me regarder comme si je ne pouvais pas souffrir avec courage. Et comme elle tenait les yeux arrêtés sur lui, il s'élevait au ciel en sa présence. Le gouverneur la voyant nue ne pouvait retenir ses larmes, il admirait sa rare beauté.

Thècle ayant fait le signe de la croix monta sur le bûcher. Le peuple y mit le feu qui ne la toucha point, quoiqu'il fût embrasé de tous côtés ; parce que DIEU prenant pitié de *Thècle* fit entendre sous terre un grand bruit ; un nuage chargé de pluie & de grêle la couvrit, & le sein de la terre s'ouvrant & s'écroulant engloutit plusieurs spectateurs ; le feu s'éteignit, & *Thècle* échappa sans avoir aucun mal.

Cependant *Paul*, avec *Onésiphore* qui avait quitté les richesses mondaines pour le suivre avec sa femme & ses enfans, jeûnait caché dans un monument sur le chemin qui conduit d'Icone à Daphné. Un des enfans étant allé vendre la tunique de *Paul*, pour acheter du pain, aperçut *Thècle* auprès de la maison de son père ; & il la conduisit vers *Paul*. Et sur ce qu'elle dit : Je vous suivrai où que vous alliez, *Paul*

(*r*) Cette apparition est rapportée par *Basile* de Séleucie (1 1 *de Theclâ*, p. 251,) & par d'autres.

lui répliqua : Nous sommes dans un temps où règne le libertinage & vous êtes belle ; prenez garde qu'il ne vous survienne une seconde tentation pire que la première.

De-là *Paul* renvoya *Onésiphore* chez lui avec toute sa famille ; & prenant *Thècle*, il s'en alla à Antioche. Ils n'y furent pas plutôt arrivés qu'un syrien nommé *Alexandre*, qui en avait été gouverneur, voyant *Thècle*, en fut amoureux, & offrit de grands & riches présens à *Paul* qui lui dit : Je ne connais pas cette femme dont vous me parlez , & elle n'est point à moi. Le gouverneur l'ayant embrassée & baisée dans la rue. elle courut vers *Paul* , en criant d'une voix triste : N'insultez point une étrangère·, & ne violez point la servante de Dieu. Je suis des premières familles d'Icone, & j'ai été contrainte de quitter la ville parce que je refusais d'épouser *Thamiris*. Et se saisissant d'*Alexandre* , elle lui déchira sa tunique , fit tomber la couronne de sa tête , & le renversa par terre devant tout le monde. *Alexandre* transporté d'amour & de honte la conduisit au gouverneur , qui gagné par un présent d'*Alexandre*, la condamna aux bêtes.

Thècle se voyant condamnée , demanda au gouverneur d'être conservée chaste jusqu'au jour qu'elle devait combattre. Elle fut confiée à une veuve fort riche nommée *Trifina* ou *Triphena* , dont la fille venait de mourir, & qui la regarda comme sa fille.

Thècle fut d'abord exposée à une lionne très-cruelle , qui lui léchait les pieds. Et comme *Trifina* , qui n'avait pas rougi de la suivre, l'eût ramenée dans sa maison , voici que sa fille qui était morte lui

apparut

apparut en fonge & lui dit : Ma mère, prenez à ma place *Thècle* la fervante du CHRIST, & demandez-lui qu'elle prie pour moi afin que je fois tranfportée dans un lieu de repos. *Thècle*, pour calmer les pleurs de la mère, fe mit à prier le Seigneur, difant : *Seigneur Dieu du ciel & de la terre*, JESUS-CHRIST *fils du Très-Haut, faites que fa fille Falconille vive éternellement.* Ce qu'entendant *Trifina*, elle pleura davantage, difant : *O jugemens injuftes ! ô crime indigne ! de livrer aux bêtes une telle perfonne !*

Thècle fut expofée une feconde fois aux bêtes, après qu'on l'eût dépouillée de fes habits, & on lâcha contr'elle des lions & des ours ; & la cruelle lionne courant à elle, fe coucha à fes pieds. Une ourfe l'ayant attaquée, fut arrêtée & mife en pièces par la lionne. Enfuite un lion accoutumé à dévorer des hommes, & qui appartenait à *Alexandre*, fe jeta contre elle. Mais la lionne, en le combattant, tomba morte avec lui. On lâcha enfuite plufieurs bêtes, pendant que *Thècle* priait debout, les mains étendues vers le ciel. Ses prières étant finies, elle vit la foffe pleine d'eau ; & s'y plongeant précipitamment, elle dit : *Mon feigneur* JESUS-CHRIST, *c'eft en votre nom que je fuis baptifée en mon dernier jour.* Le gouverneur même ne pouvait retenir fes larmes voyant que les veaux marins allaient avaler une telle beauté. Mais toutes les bêtes, frappées d'un éclat de foudre, furnagèrent fans force ; & une nuée de feu entoura *Thècle ;* de forte que les bêtes ne la touchèrent point & que fa nudité fut cachée.

Or, comme on avait lâché fur *Thècle* d'autres bêtes redoutables, toutes les femmes pouffèrent un cri de trifteffe ; & ayant jeté fur elle, l'une du nard,

Philofophie &c. Tome IV. E

l'autre de la caffe, celle-ci des aromates, cette autre de l'onguent, toutes les bêtes furent comme acca-blées de fommeil, & ne touchèrent point *Thécle;* de forte qu'*Alexandre* dit au gouverneur : J'ai des tau-reaux fort terribles, nous l'y attacherons. Le gou-verneur tout trifte lui ayant répondu : Faites ce que vous voudrez ; ils l'attachèrent par les pieds entre deux taureaux, auxquels ils mirent dans l'aîne des fers ardens ; mais comme les taureaux s'agitaient & mugiffaient horriblement, la flamme brûla autour des membres des taureaux les cordes dont *Thécle* était liée, & elle refta détachée dans le lieu du combat. (*s*)

Enfin le gouverneur lui fit rendre fes habits ; & *Thécle* ayant apris que *Paul* était à Myre en Lycie, elle s'habilla en homme pour l'aller rejoindre. *Paul* la renvoya enfuite à Icone où elle apprit la mort de *Thamiris;* & n'ayant pu convertir fa mère, fignant tout fon corps, elle prit le chemin de Daphné ; & étant entrée dans le monument où elle avait trouvé *Paul* avec *Onéfiphore*, elle fe profterna & y pleura devant DIEU. Enfuite étant allée à Séleucie, elle en éclaira plufieurs de la parole du CHRIST, & elle y repofa en bonne paix.

Voilà le précis exact des *Actes* de *Thécle* & de *Paul* apôtre. *Tertullien*, le plus ancien des pères latins, affure (*t*) que ce fut un prêtre d'Afie qui compofa cet écrit par amour pour *Paul.* St *Cyprien* d'Antioche (*u*) fait mention de l'hiftoire de *Thécle;* *Bafile* de Séleucie la

---

(*s*) *Maxime* de Turin, Homélie fur la naiffance de *fainte Agnès* vers la fin, & *faint Grégoire* de Nazianze, T. II, p. 300. B. de fon exhor-tation aux vierges, difent que *Thécle* échappa aux flammes & aux bêtes.

(*t*) *L. de Baptifmo*, c. 17.   (*u*) *Grabius, Spicileg.* p. 88.

mit en vers, au rapport de *Photius ;* & *St Auguſtin*, (*x*) en remarquant que les manichéens s'autoriſaient de l'exemple de *Thécle*, ne traite point ſon hiſtoire de fable, quoiqu'il qualifie de ce nom d'autres écrits apocryphes.

Enfin trois autres diſciples écrivirent chacun une relation de la mort de *Pierre* & de *Paul*. On traduira à la fin de ce recueil celle de *Marcel*, & les notes indiqueront en quoi elle diffère de celles d'*Abdias* & d'*Hégéſippe*.

Nous allons commencer par la notice de cinquante évangiles dont nous avons parlé.

NOTICE ET FRAGMENS

DE CINQUANTE EVANGILES.

A l'article de l'évangile ſelon les Egyptiens, nomb. I de la liſte alphabétique de *Fabricius*, & nomb. XI de la nôtre, ce judicieux écrivain obſerve que *St Clément* romain ne nomme ni la perſonne qui interrogeait le Seigneur, ni l'évangile d'où il a tiré ces paroles que nous rapportons de lui. (*a*) ,, Le Seigneur étant inter-
,, rogé par une certaine *perſonne*, quand ſon règne
,, devait arriver, lui dit : Lorſque deux ſeront un, &
,, ce qui eſt dehors ſera comme ce qui eſt dedans, &
,, que le mâle avec la femelle ne feront ni mâle ni
,, femelle. ,, Au lieu que *St Clément* d'Alexandrie (*b*) nomme l'Evangile ſelon les Egyptiens dans lequel cette queſtion eſt faite par *Salomé ;* & la réponſe du Seigneur

---

(*x*) L. 30, *contra Fauſtum*, c. 4.　(*b*) *Ibid.* note *c, d.*
(*a*) Nombre **11**, note *b.*

commence ainfi : *Lorfque vous foulerez aux pieds l'habil-lement de la pudeur , & lorfque deux feront un &c.* Ainfi la citation dans *St Clément* romain n'eft pas exaƐte.

Il en eft de même d'une autre qui fe lit dans l'épître de *St Ignace* aux Smyrnéens. (c) ,, & lorfque *le Seigneur*
,, vint à ceux qui *étaient* autour de *Pierre*, il leur dit :
,, Tenez-moi & me touchez, & voyez que je ne fuis
,, pas un démon incorporel. Et auffitôt ils le touchè-
,, rent, & ils crurent, étant convaincus par fa chair
,, & par l'efprit. ,,

Eufébe (d) avoue qu'il ne fait point où le martyr d'Antioche a puifé ce paffage ; mais *St Jérôme* (e) le reconnaît pour être d'un évangile qu'il avait traduit depuis peu , & le rapporte avec quelques différences.
,, Et lorfqu'il vint à *Pierre* & à ceux qui étaient avec
,, *Pierre*, il leur dit : Voilà , touchez-moi , & voyez
,, que je ne fuis pas un démon incorporel ; & auffitôt
,, ils le touchèrent , & ils crurent. ,, Il cite ailleurs (ƒ) ces dernières paroles comme étant de l'Evangile des Hébreux dont fe fervent les Nazaréens. Cette citation de *St Ignace* n'eft pas plus exaƐte que celle de *St Clément* romain.

Non-feulement on peut conclure de-là que les évangiles apocryphes ont été cités par les pères apof-toliques , mais en même temps réfoudre une grande difficulté touchant les quatre évangiles authentiques. C'eft que, comme il eft inconteftable que les noms de *St Matthieu*, de *St Marc* , de *St Luc* , & de *St Jean* , ne fe trouvent dans aucun des pères apoftoliques avant *St Juftin*, on en infère que leurs évangiles n'exiftaient

(c) Chap. 3. (e) *In catalog. Script. ecclef.*
(d) Hift. eccléf. L. 3 , p. 37. (ƒ) *Proœm. in l. 18. Efaiœ.*

pas , & que les feuls apocryphes avaient cours dans ces premiers temps.

Mais fi l'on pofe en fait que les pères apoftoliques ont cité peu exactement les évangiles authentiques , & les apocryphes , fans en nommer aucun , rien n'empêche de dire que St *Matthieu* & St *Luc* font cités dans ce paffage de St *Clément* romain. (g) ,, Car le Seigneur ,, dit : Vous ferez comme des agneaux au milieu des ,, loups ; mais *Pierre* répondant , dit : Si donc les ,, loups mettent les agneaux en pièces? JESUS dit à ,, *Pierre :* Que les agneaux ne craignent pas les loups ,, après votre mort ; & vous , ne craignez pas ceux ,, qui vous tuent , & enfuite ne peuvent rien vous ,, faire ; mais craignez celui qui , après que vous ferez ,, morts , a la puiffance de l'ame & du corps , & *les* ,, *peut* envoyer dans la gehenne. ,,

En effet, on lit dans St *Matthieu :* (h) ,, Voilà , je ,, vous envoie comme des brebis au milieu des loups. ,, (i) Ne craignez point ceux qui tuent le corps & ,, ne peuvent tuer l'ame , mais plutôt craignez celui ,, qui peut perdre & l'ame & le corps dans la gehenne.,, On trouve auffi dans St *Luc :* (k) ,, Allez, voilà je ,, vous envoie comme des agneaux entre les loups. (l) ,, Or je vous dis , *à vous qui êtes* mes amis : N'ayez ,, point de peur de ceux qui tuent le corps , & après ,, cela n'ont plus rien à faire davantage ; mais je vous ,, montrerai qui il faut que vous craigniez. Craignez ,, celui qui , après qu'il aura tué , a la puiffance d'en- ,, voyer dans la gehenne ; oui, je vous dis , craignez ,, celui-là. ,,

(g) Epift. II , c. 5. (k) *Luc* , c. 10 , v. 3.
(h) *Matth.* c. 10 , v. 16. (l) *Ibid.* c. 12 , v. 4 & 5.
(i) *Ibid.* v. 28.

E 3

Malgré la reſſemblance de ces textes, on inſiſte ſur ce que l'évangile de St *Matthieu* parle de *Zacharie*, fils de *Barachie*, qui ne fut tué, ſuivant *Joſephe*, (m) que pendant la guerre des Juifs contre les Romains. Donc, ajoute-t-on, l'évangile de St *Matthieu* fut écrit après cette guerre qui y paraît prédite. (n)

Cette allégation ſpécieuſe ſemble porter à faux dès que l'évangile des Nazaréens (o) nous apprend que le *Zacharie* dont parle St *Matthieu* était fils de *Joiada*.

Sans nous étendre davantage ſur l'utilité des évangiles apocryphes, voyons en peu de mots ce que l'on connaît de ces anciens écrits.

I.

Evangile d'André apôtre.

CET évangile n'eſt connu que par le décret du pape *Gélaſe*, dont on a parlé dans l'avant-propos.

I I.

Evangile d'Apelles.

OUTRE St *Jérôme* cité dans l'avant-propos, *Béde* (a) fait mention de cet évangile dont St *Epiphane* (b) a conſervé ce paſſage : *Le* CHRIST *a dit dans l'évangile :* Soyez d'honnêtes banquiers ; ſervez-vous de toutes choſes, en choiſiſſant de chaque écriture ce qui vous ſera utile.

(m) Bell. Jud. l. 4, c. 19.　　　(a) Comment. in Luc.
(n) Matth. c. 24., v. 6.　　　　(b) Hæreſ. 44, n. 2.
(o) Voyez n. XXXVI.

I I I.

Evangile des douze apôtres.

St *Jérôme, Origène*, (*c*) St *Ambroife*, (*d*) & *Théophi-lacte*, (*e*) en ont parlé.

I V.

Evangile de Barnabé.

Il eſt compris dans le décret de *Gélaſe*.

V.

Evangile de Barthelemi apôtre.

Son nom ſe trouve dans le décret de *Gélaſe* , dans St *Jérôme*, & dans *Béde*.

V I.

Evangile de Baſilides.

On ne connaît de cet évangile que le nom cité par St *Jérôme, Origène*, & St *Ambroiſe*.

V I I.

Evangile de Cérinthe.

St *Epiphane* (*f*) penſe que cet évangile eſt un de ceux dont parle St *Luc* en commençant le ſien. Il avait inſinué auparavant (*g*) que *Cérinthe* ſe ſervait de l'évangile de St *Matthieu*.

(*c*) *Homil.* I. *in Luc. ex vet. vers.*   (*f*) *Hæref.* 51 , *n.* 7.
(*d*) *Proœm. Comment in Luc.*   (*g*) *Hærcf.* 30 , *n.* 14.
(*e*) *Ad id. Lucæ Proœmium.*

V I I I.

Hiſtoire de la famille du CHRIST *, trouvée ſous l'empereur Juſtinien.*

CETTE hiſtoire, qui ſe trouve dans *Suidas*, le fit mettre par le papé *Paul IV* au nombre des livres défendus, au rapport de *Poſſevin* qui parle auſſi, dans ſon apparat, de la réfutation qu'*Hentenius* en publia à Paris, l'an 1547, à la fin du commentaire d'*Euthymius Zigabenus* ſur les quatre évangéliſtes qu'il avait traduits en latin.

I X.

Hiſtoires des deſpoſynes ſur la généalogie du CHRIST.

Jules africain, dans ſa lettre à *Ariſtide*, (*h*) rapporte qu'*Hérode*, honteux de ſon origine ignoble, (*i*) fit brûler tous les monumens des anciennes familles d'Iſraël ; mais qu'un petit nombre, jaloux de l'antiquité de leur nobleſſe, ſuppléèrent à cette perte en ſe feſant une nouvelle généalogie, ſoit de mémoire, ſoit en s'aidant des titres particuliers qui leur reſtaient. De ce nombre étaient ceux qu'on appela *deſpoſynoi* en grec, parce qu'ils étaient proches parens du Sauveur.

X.

Evangile des Ebionites.

S*t Epiphane*, (*k*) dit qu'ils avaient altéré & tronqué l'évangile de S*t Matthieu*, qu'ils commençaient ainſi :

(*h*) *Euſeb.* Hiſt. eccl. L. 1, c. 7, & *Nicephor.* l. 1, c. 2.
(*i*) *Joſephe*, *hiſt. des Juifs*, L. 14. c. 2, avoue cependant qu'il était petit-fils d'*Antipas*, iduméen, gouverneur de toute la Judée.
(*k*) *Hæreſ.* 30, *n.* 13.

Sous le règne d'Hérode roi de Judée, Jean fils de Zacharie & d'Elifabeth, que l'on difait être de la race du prêtre Aaron, vint baptifer dans le fleuve du Jourdain, du baptême de la pénitence, & tout le monde allait à lui. Le peuple ayant été baptifé, JESUS *y vint auffi, & fut baptifé par Jean. Et lorfqu'il fut forti de l'eau, les cieux s'ouvrirent, & il vit le S* Efprit de DIEU qui defcendait fous la forme d'une colombe, & qui entrait en lui. Et une voix éclata du ciel, difant: Vous êtes mon fils bien-aimé, je me fuis complu en vous: Et enfuite: Je vous ai engendré aujourd'hui: & auffitôt dans ce même lieu brilla une grande lumière.* (*l*) *Ce que Jean ayant vu, lui dit: Qui êtes-vous, Seigneur? La voix reprit du ciel: Celui-ci eft mon fils bien-aimé, en qui je me fuis complu. A ces mots Jean fe jetant à fes pieds: Seigneur, dit-il, baptifez-moi, je vous prie; mais lui l'en empêchait, difant: Laiffez, il eft à propos que nous accompliffions ainfi toutes chofes.* Ailleurs (*m*) les Ebionites font dire à JESUS: *Je fuis venu pour abroger les facrifices, & fi vous ne ceffez de facrifier, la colère de* DIEU *contre vous ne ceffera pas.* Enfuite: (*n*) *Ai-je défiré de manger la chair, cette pâque avec vous?* paroles que *Luc* (*o*) rapporte fans interrogation & fans parler de la chair. Enfin, (*p*) outre l'évangile fous le nom de *Matthieu,* les mêmes Ebionites paraiffent en avoir fuppofé fous celui de *Jacques* & des autres difciples.

(*l*) *Saint Juftin*, dans fon colloque avec *Tryphon*, page 315. dit qu'en ce même temps il parut du feu dans le Jourdain.

(*m*) *Epiphan. Hæref.* 30, *n.* 16.
(*n*) *Idem, n.* 21.
(*o*) C. 22, v. 15.
(*p*) *Epiphan. Hæref.* 30, *n.* 23.

X I.

Evangile selon les Egiptiens.

St *Jérôme* fait mention de cet évangile, & St *Epiphane* (*q*) dit que les sabelliens y puisaient leur erreur ; comme si le Sauveur y déclarait à ses disciples que le père, & le fils, & le St Esprit, sont le même.

St *Clément* romain (*r*) & St *Clément* d'Alexandrie, en citent ces paroles : *Le Seigneur étant interrogé par une certaine* (*s*) *Salomé, quand son règne devait venir, lui dit* : (*t*) *Lorsque vous foulerez aux pieds l'habillement de la pudeur, & lorsque deux seront un, & ce qui est dehors sera comme ce qui est dedans, & que le mâle avec la femelle ne seront ni mâle ni femelle.* (*u*) *Salomé demandant : Jusqu'à quand les hommes mourront-ils ? le Seigneur dit : Tant que vous autres femmes enfanterez. Et lorsqu'elle eut dit : j'ai donc bien fait, moi qui n'ait point enfanté ; le Seigneur répliqua : Nourrissez-vous de toute herbe, mais ne vous nourrissez pas de celle qui a de l'amertume.* (*x*) Enfin, on rapporte que le Sauveur avait dit : *Je suis venu pour détruire les ouvrages de la femme ; c'est-à-dire, de la femme de la cupidité ; or ses ouvrages sont la génération & la mort.*

X I I.

Evangile des Encratites.

St *Epiphane* (*y*) pense que l'évangile dont se servaient les encratites était celui que *Tatien* avait

(*q*) *Hæres.* 62 , *n.* 2.　　　　(*t*) *Ibid.*

(*r*) Epist. II , n. 12.　　　　( ) *Idem*, l. 3. *Strom.* p. 445.

(*s*) *Clém. Alex.* l. 3. *Strom.*　(*x*) *Idem*, p. 452.

pag. 465.　　　　　　　　　(*y*) *Hæres.* 46 , *n.* 1.

compofé en fondant enfemble les quatre évangiles canoniques ; mais il paraît fe tromper lorfqu'il dit que quelques-uns l'appelaient *felon les Hébreux* : en effet, *St Jérôme*, qui traduifit ce dernier en grec & en latin, ne dit nulle part qu'il ait vu celui de *Tatien*, dont fe fervaient non-feulement fes difciples, mais encore les autres catholiques qui habitaient en Syrie, fur les bords de l'Euphrate, comme l'attefte *Théodoret*. (z)

X I I I.

Evangile de l'Enfance du Chrift.

Gélafe déclare apocryphes les livres de l'enfance du Sauveur. On donnera en français le fragment de celui que *Cotelier* a traduit du grec en latin, & enfuite un autre complet que *Sike* de Brème a mis en latin d'après l'arabe. Le favant M. *Sinner* parle d'un autre manufcrit, *n.* 377, de la bibliothèque de Berne, dans lequel l'arrivée des mages à Jérufalem eft rapportée deux ans après la naiffance de JESUS. Il ajoute au voyage de *Marie*, & de *Jofeph* en Egypte, que *le troifième jour de leur départ, Marie dans le défert fe trouva fatiguée de la trop grande ardeur du foleil; & voyant un palmier, elle dit à Jofeph, repofons-nous un peu fous fon ombre. Et Jofeph fe hâtant la conduifit vers le palmier, & la fit defcendre de fa monture. Et lorfque Marie fut affife, regardant les branches du palmier, & les voyant chargées de fruits, elle dit à Jofeph : j'ai envie, fi cela fe pouvait, de manger du fruit de ce palmier. Alors Jofeph lui dit : je fuis furpris que vous me difiez cela, puifque vous voyez quelle hauteur ont les rameaux de ce palmier. Pour moi, je fuis*

(z) *Hæretic. fab.* l. 1, c. 20.

*très en peine où nous prendrons de l'eau pour remplir nos
outres qui sont déjà vides, & pour nous ranimer. Alors le
petit enfant JESUS d'un air joyeux dans le sein de la vierge
Marie sa mère, dit au palmier : Arbre, recourbez-vous, &
rafraîchissez ma mère de vos fruits. Aussitôt à cette parole il
inclina son sommet jusqu'aux pieds de Marie. Et cueillant
tous les fruits qu'il avait, ils se rafraîchirent. Or après que
tous les fruits furent cueillis, il demeurait incliné attendant
pour se relever l'ordre de celui qui l'avait fait baisser.
Alors JESUS lui dit : Palmier, dressez-vous & vous affer-
missez, & soyez comme les arbres qui sont dans le paradis
de mon seigneur & de mon père. Ouvrez aussi de vos racines
la veine qui est cachée en terre; il en coulera des eaux pour
nous désaltérer. Aussitôt le palmier se dressa, & des sources
d'eaux très-claires & très-douces commencèrent à sortir par
ses racines.*

X I V.

Evangile éternel.

COMME il est fait mention de l'*évangile éternel*
dans l'Apocalypse, (*a*) les frères mendians, vers le
milieu du treizième siècle, en composèrent un par
lequel l'*évangile du* CHRIST devait être abrogé. Cet
ouvrage fut condamné par le pape *Alexandre IV* à
être brûlé, mais en secret, pour ne pas scandaliser
les frères. (*b*)

X V.

Evangile d'Eve.

ON lisait dans cet évangile : (*c*) *J'étais arrêté sur
une haute montagne, lorsque je vois un homme d'une haute*

(*a*) C. 14, v. 6.   (*c*) *Epiphan.* Hæres. 26, n. 3.
(*b*) *Matt. Paris, ad ann.* 1257, p. 939.

taille & un autre fort court. Enfuite j'entends une voix comme
celle du tonnerre. Je m'approche donc de plus près pour
écouter, alors il me parla de cette manière : Je fuis le même
que vous, & vous êtes le même que moi ; & en quelque endroit
que vous foyez, j'y fuis, & je fuis difperfé par toutes chofes.
Et de quelque endroit que vous voudrez, vous me cueillez.
Or en me cueillant, vous vous cueillez vous-même. Enfuite,
(d) je vis un arbre portant douze fruits chaque année, & il
me dit : c'eft-là le bois de vie. St Epiphane, qui rapporte
ces deux paffages, dit que les gnoftiques interprétaient
ce dernier des règles des femmes.

X V I.

Evangile des Gnoftiques.

LES gnoftiques, (e) outre certaines interrogations
de *Marie*, avaient auffi d'autres évangiles fous le
nom des difciples.

X V I I.

Evangile felon les Hébreux.

Bède (f) remarque que l'*Evangile felon les Hébreux*
ne doit pas être compris parmi les apocryphes, mais
parmi les hiftoires eccléfiaftiques, d'autant que
St Jérôme, interprète de l'écriture fainte, en a pris
nombre de témoignages.

X V I I I.

Evangiles d'Héfychius, ou Héfyque.

ILS font compris dans le décret de *Gélafe;* quoique *Ufférius* (g) penfe qu'*Héfychius* égyptien, de

(d) *Idem, n.* 5.   (f) *Comment. in Luc.*
(e) *Idem, Hæref.* 26, *n.* 8.   (g) *Syntagm. de* 70 *interpret.* c. 7.

même que *Lucianus* martyr, avaient plutôt entrepris de corriger les livres faints que de les falfifier. St *Jérôme* auffi, (*h*) les cite l'un & l'autre, en rendant compte au pape *Damafe* des tracafferies qu'il avait lui-même à effuyer en pareille conjonĉture.

X I X.

Protévangile de Jacques le mineur.

Le décret de *Gélafe* en fait mention. *Poftel* l'a traduit de grec en latin; & on le donne en français.

Un évangile de *Jacques le majeur*, trouvé en Efpagne l'an 1595, (*i*) fut condamné par *Innocent XI* l'an 1682. (*k*)

Enfin, *Cotelier* (*l*) & *Labbe* (*m*) parlent d'un évangile manufcrit qui eft à la bibliothèque du roi de France, *n.* 2276, dont voici le titre : *Commence l'hiftoire de Joachim & d'Anne, & de la nativité de la bienheureufe mère de* DIEU, *Marie toujours vierge, & de l'enfance du Sauveur. Moi Jacques fils de Jofeph, &c.*

X X.

Evangile de Jean du trépas de Ste Marie.

Il eft nommé dans le décret de *Gélafe*. Quelques manufcrits grecs l'attribuent à *Jacques*. (*n*)

(*h*) *Præfat. in Evangelia.*
(*i*) *Bivarius*, pag. 57, *not. ad commentitium Chron. Lucio Dextro, fuppofitum A. C.* 37.
(*k*) Tom. 7. *Act. Sanĉtor. Maii*, p. 285 & 393.
(*l*) *In not. ad Conftitut. Apoftol.* L. 6, c. 17.
(*m*) *Bibl. nov. MSS.* p. 306.
(*n*) *Lambecius, comment. de Bibliot. Vindobon.* L. 4, p. 130.

X X I.

Evangile de Jude Iscarioth.

CET évangile n'eſt connu que parce qu'en diſent *St Irénée*, (*o*) *St Epiphane*, (*p*) & *Théodoret*. (*q*)

X X I I.

Evangile de Jude Thadée.

ON ne le connaît que par le décret de *Gélaſe*.

X X I I I.

Evangile de Leucius.

IL eſt nommé *Lenticius*, *Lentius*, *Leontius*, *Lucius*, *Leicius*, *Seleucus*, dans le décret de *Gélaſe ;* & *St Auguſtin* (*r*) l'appelle d'abord *Leontius* , & enſuite deux fois *Leucius*. *Grabe* (*s*) parle d'un manuſcrit de cet évangile qu'il a vu dans la bibliothèque d'Oxford ; & le paſſage qu'il en rapporte ſe trouve auſſi article XLIX de l'*Evangile de l'enfance*. Il s'agit d'un maître d'école qui mourut pour avoir frappé JESUS.

X X I V.

Evangile de Lucianus.

VOYEZ ce qu'on en dit n. XVIII, article d'*Héſy-chius.*

(*o*) L. I. *contra hæreſ.* c. 35.
(*p*) *Hæreſ.* 28 , *n.* 1.
(*q*) L. I. *hæretic. fabul.* c. 15.

(*r*) L. *de fide contra Manichæos.*
(*s*) *Ad Irenæum ,* L. 1, c. 17.

XXV. XXVI. XXVII.

Evangiles des Manichéens.

Le 1er est l'*évangile de Thomas apôtre*, mentionné dans le décret de *Gélase*, dans l'*Histoire des Manichéens de Pierre* de Sicile, (*t*) & dans *Leontius*. (*u*) Ce dernier y joint l'*évangile de Philippe*.

Le 2e est l'*évangile vivant* dont parlent *Photius*, (*x*) *Cyrille* de Jérusalem, (*y*) & *St Epiphane*. (*z*) Il est nommé le premier avant ceux de *Thomas* & de *Philippe*, par *Timothée*, prêtre de Constantinople, (*a*) ou du moins par celui qui a interpolé tout ce passage qui manque dans quelques éditions, & dans quelques manuscrits.

Le 3e enfin, réfuté par *Diodore*, (*b*) fut écrit, au rapport de *Photius*, (*c*) par *Ada*, qui le nomma *Modion*, en fesant allusion au boisseau dont parle *St Marc*, (*d*) sous lequel on ne met pas la lumière. *Meursius* (*e*) se trompe en disant que ce dernier est le même que l'*évangile de Thomas*. *Tollius* (*f*) & *Cotelier* (*g*) nomment expressément l'*écrit d'Ada* avec l'*évangile vivant* & celui de *Thomas*, sans parler de celui de *Philippe*. Le nom d'*Ada* se trouve aussi dans l'*évangile de Nicodème*, article XIV.

(*t*) P. 30, *edit. Raderi.*

(*u*) *De Sectis lect.* 3, pag. 432.

(*x*) MS. I. 1, *contra Manichæos.*

(*y*) *Catechesi* 6, p. 57.

(*z*) *Hæres.* 66, n. 2.

(*a*) *Meursius in variis divinis*, pag. 117.

(*b*) *In libris* 25, *adversus Manichæos.*

(*c*) *In bibl. cod.* 85.

(*d*) C. 4, v. 21.

(*e*) *In gloss. græco - barbaro*, pag. 172.

(*f*) *In insignibus itineris italici*, pag. 142.

(*g*) Tom. 1, *patr. Apostol.* pag. 537.

XXVIII.

XXVIII.

Evangile de Marcion.

C'ETAIT l'*évangile de St Luc* que *Marcion* prétendait avoir été écrit par *St Paul*, à ce que difent *St Irénée*, (*h*) *Origéne*, (*i*) *Tertullien* , (*k*) & *St Epiphane*. (*l*)

XXIX. XXX. XXXI.

Trois livres de la naiffance de Ste Marie.

St Epiphane, (*m*) *St Grégoire* de Nyffe , (*n*) & *St Augustin*, (*o*) parlent des deux premiers. On donnera le troifième en français, d'après la traduction latine que *St Jérôme* en a faite fur l'hébreu attribué à *St Matthieu*.

XXXII.

Livre de Ste Marie & de fa fage-femme.

CE livre, compris dans le décret de *Gélafe* , eft réfuté par *St Jérôme*. (*p*)

XXXIII. XXXIV.

Interrogations de Marie grandes & petites.

St Epiphane (*q*) eft le feul qui faffe mention de ces deux livres dont fe fervaient les gnoftiques.

XXXV.

Livre du trépas de Marie.

C'EST le même dont on a parlé fous le nom de *St Jean*, n. XX.

(*h*) Liv. 1 , c. 29 , l. 3, c. 12.
(*i*) Liv. 2 , *contra Celfum*, p. 77.
(*k*) Liv. 4, *contra Marcium*. c. 3.
(*l*) *Hæref.* 42.
(*m*) *Hæref.* 26 , *n.* 12.
(*n*) *Homil. de nativit. S. Mariæ virg.* T. 3 , pag. 346.
(*o*) *Contra Fauftum*, l. 23, c. 9.
(*p*) *Contra Helvidium.*
(*q*) *Hæref.* 26 , n. 8.

X X X V I.

Evangile hébreu de St Matthieu dont se servaient les Nazaréens.

St *Jérôme* (*r*) dit que le *Zacharie* tué entre le temple & l'autel, y est appelé *fils de Joïada* comme dans les Paralipomènes, (*s*) au lieu de *fils de Barachie* comme dans St *Matthieu*. *Eusèbe* (*t*) d'après *Papias*, croit que cet évangile est le même que celui selon les Hébreux, n. XVII, parce que l'histoire d'une femme qui fut accusée de plusieurs crimes devant le Seigneur, est rapportée dans l'un & dans l'autre.

X X X V I I.

Evangile de Mathias.

Son nom se trouve dans le décret de *Gélase*, dans St *Jérôme*, *Origène*, (*u*) *Eusèbe*, (*x*) *Bède*, (*y*) & St *Ambroise*. (*z*)

X X X V I I I.

Evangile de Nicodème.

On lit au commencement de quelques manuscrits & à la fin de quelques autres, que *l'empereur Théodose trouva dans les archives publiques, dans le prétoire de Ponce Pilate à Jérusalem, cet évangile écrit en hébreu par Nicodème la dix - neuvième année de l'empereur Tibère César, le 8 des calendes d'avril, qui est le 23 mars, sous le consulat de Rufus, & de Léon, la quatrième année de la deux cent deuxième olympiade, Joseph & Caïphas étant princes des prêtres.*

(*r*) L. 4, ad Matt. c. 23, v. 35.
(*s*) L. 2, c. 24, v. 20.
(*t*) Hist. eccl. L. 3, c. 39.
(*u*) In Luc hômil. I.

(*x*) Hist. eccl. L. 3, c. 25.
(*y*) Comment. in Luc.
(*z*) Proæm. in Luc.

Au refle, quoique cet évangile foit le feul qui parle du péché originel, (*a*) & de la defcente de JESUS aux enfers, il ne faut pas croire que S* *Auguftin* y ait puifé ce qu'il en dit dans une de fes lettres. (*b*) Ce père nous apprend lui-même (*c*) qu'il avait fu par révélation le myftère de la grâce. Un femblable fecours fuffifait pour expliquer tous les dogmes qui ne font pas affez clairement énoncés dans l'écriture authentique.

X X X I X.

Evangile de Paul.

S* *Jérôme* (*d*) entend ces mots des épîtres de *Paul* (*e*) *felon mon évangile*, de l'évangile prêché par cet apôtre, & écrit par fon difciple S* *Luc.* Voy. n. XXVIII, l'article de *Marcion.*

X L.

Evangile de la perfection.

ON ne le connaît que par ce qu'en dit S* *Epiphane.* (*f*) *Clément* d'Alexandrie (*g*) fait auffi mention d'un ouvrage de *Tatien*, fous le titre de *la perfection felon le Sauveur.* Il eft parlé d'un évangile parfait dans celui de l'*enfance du* CHRIST. (*h*)

X L I.

Evangile de Philippe.

S* *Epiphane*, (*i*) *Timothée*, prêtre de Conftantinople, (*k*) & *Léontius*, (*l*) parlent d'un évangile de *Philippe;*

(*a*) Article 22.
(*b*) *Epift.* 99, *ad Evodium, edit. benedictin.* 164.
(*c*) *L. drœde p. Sanctor.* c. 4.
(*d*) *In catalogo.*
(*e*) Rom. c. 2, v. 16. Galat. c. 1, v. 8, & 2, Tim. c. 2, v. 7.

(*f*) *Hæref.* 26, n. 2.
(*g*) *Strom.* l. 3, p. 460.
(*h*) Article 25.
(*i*) *Hæref.* 26, n. 13,
(*k*) Voyez n. 25.
(*l*) *Ibid.*

mais on ignore fi c'eft du même livre dont il s'agit,
& fi on l'attribuait à l'apôtre de ce nom, ou bien à
l'un des fept diacres nommé *Philippe.* (*m*)

X L I I.

Evangile de Pierre apôtre.

Le décret de *Gélafe*, *Origène*, (*n*) *Eufèbe* de Céfarée,
(*o*) & d'autres, font mention d'un évangile de *Pierre*
comme fuppofé, & très-différent de celui de *Marc*
fon difciple. qu'on attribuait auffi à *Pierre*, fuivant
St Jérôme (*p*) & *Tertullien.* (*q*)

X L I I I.

Livre de la naiffance du Sauveur.

On ne le connaît que par le décret de *Gélafe.*

X L I V.

Evangile des Simoniens.

Il en eft parlé dans les *Conftitutions des apôtres*, (*r*)
& dans la préface arabique du concile de Nicée. (*s*)

X L V.

Evangile felon les Syriens.

On n'en fait que le nom qui fe trouve dans *Eufèbe*
(*t*) & *St Jérôme.* (*u*) *Fabricius* cite auffi (*x*) une ancienne
verfion fyrienne de l'évangile de *Nicodème.*

(*m*) Act. c. 8, v. 12, & c. 21, v. 8.
(*n*) *Comment. in Matth.* t. 2, pag. 223.
(*o*) Hift. eccl. l. 3, c. 25.
(*p*) *Catalogi*, c. 1.
(*q*) L. 4, *contra Marcion.* c. 5.
(*r*) L. 6, c. 16.
(*s*) Tom. 2, *Concilior. edit. Labbe*, pag. 386.
(*t*) Hift. eccl. l. 4, c. 22.
(*u*) *In catalogo.*
(*x*) T. 1, p. 254.

X L V I.

Evangile de Tatien.

C'EST le même que celui des encratites, n. XII.

X L V I I.

Evangile de Thadée.

IL en eft parlé dans le décret de *Gélafe* & dans *Eufèbe*. (*y*)

X L V I I I.

Evangile de Thomas.

C'EST le premier des manichéens, n. XXV. Son nom fe trouve avec celui de *Mathias* dans les auteurs cités, n. XXXVII.

X L I X.

Evangile de Valentin.

VOYEZ ce qu'en dit *St Irénée* cité dans la préface.

L.

Evangile vivant.

C'EST le fecond évangile des manichéens, n. XXVI.

Voici maintenant l'évangile de la naiffance de Marie, dont nous avons parlé, n. XXXI de la notice alphabétique.

(*y*) Hift. l. 1, c. 13.

EVANGILE

DE

LA NAISSANCE DE MARIE.

ARTICLE PREMIER.

LA bienheureufe & glorieufe *Marie* toujours vierge, de la race royale & de la famille de *David*, naquit dans la ville de Nazareth, & fut élevée à Jérufalem dans le temple du Seigneur. Son père fe nommait *Joachim* & fa mère *Anne*. La famille de fon père était de Galilée & de la ville de Nazareth. Celle de fa mère était de Bethléem. Leur vie était fimple & jufte devant le Seigneur, pieufe & irrépréhenfible devant les hommes : car ayant partagé tout leur revenu en trois parts, ils dépenfaient la première pour le temple & fes miniftres, la feconde pour les pélerins & les pauvres, & réfervaient la troifième pour eux & leur famille. Ainfi, chéris de DIEU & des hommes, il y avait près de vingt ans qu'ils vivaient chez eux dans un chafte mariage fans avoir des enfans. Ils firent vœu, fi DIEU leur en accordait un, de le confacrer au fervice du Seigneur; & c'était dans ce deffein qu'à chaque fête de l'année ils avaient coutume d'aller au temple du Seigneur.

I I.

OR il arriva que comme la fête de la dédicace approchait, *Joachim* monta à Jérufalem avec quelques-uns de fa tribu. Le pontife *Ifafchar* fe trouvait alors de fonction. Et lorfqu'il aperçut *Joachim* parmi les autres avec fon oblation, il le rebuta & méprifa fes dons, en lui demandant comment étant ftérile il avait le front de paraître parmi ceux qui ne l'étaient pas. Que puifque DIEU l'avait jugé indigne d'avoir des enfans, il pouvait penfer que fes dons n'étaient nullement dignes de DIEU ; l'Ecriture déclarant (*a*) *maudit celui qui n'a point engendré de mâle en Ifraël.* Il ajouta qu'il n'avait qu'à commencer d'abord par fe laver de la tache de cette malédiction en ayant un enfant, & qu'enfuite il pourrait paraître devant le Seigneur avec fes oblations. *Joachim* confus de ce reproche outrageant, fe retira auprès des bergers qui étaient avec fes troupeaux dans fes pâturages : car il ne voulut pas revenir à la maifon, de peur que ceux de fa tribu, qui étaient avec lui, ne lui fiffent le même reproche outrageant qu'ils avaient entendu de la bouche du prêtre.

I I I.

OR quand il eut paffé quelque temps, un jour qu'il était feul, l'ange du Seigneur s'apparut à lui avec une grande lumière. Cette vifion l'ayant troublé, l'ange le raffura, en lui difant : Ne craignez point, *Joachim*, & ne vous troublez pas de me voir ; car je fuis l'ange du Seigneur : il m'a envoyé vers vous pour vous annoncer que vos prières font exaucées, & que vos aumônes font montées jufqu'à lui. Car il a vu votre honte, & il a entendu le reproche de ftérilité que vous avez effuyé injuftement. Or DIEU

_____

(*a*) *Ifaïe*, c. 4, v. 1, ne maudit que la femme ftérile.

punit le péché & non la nature ; c'eft pourquoi lorfqu'il rend quelqu'un ftérile, ce n'eft que pour faire enfuite éclater fes merveilles, & montrer que l'enfant qui naît éft un don de DIEU, & non pas le fruit d'une paffion honteufe. *Sara*, la première mère de votre nation, ne fut-elle pas ftérile jufqu'à l'âge de quatre-vingts ans ? (*b*) Et cependant au dernier âge de la vieilleffe elle engendra *Ifaac*, auquel la bénédiction de toutes les nations était promife. De même *Rachel*, (*c*) fi agréable au Seigneur, & fi fort aimée du faint homme *Jacob*, fut long-temps ftérile ; & cependant elle engendra *Jofeph*, qui devint le maître de l'Egypte & le libérateur de plufieurs nations prêtes à mourir de faim. Lequel de vos chefs a été plus fort que *Samfon*, ou plus faint que *Samuel*? Et cependant ils eurent tous les deux des mères ftériles. (*d*) Si donc la raifon ne vous perfuade point par mes paroles, croyez, par l'effet, que les conceptions long-temps différées & les accouchemens ftériles n'en font d'ordinaire que plus merveilleux. Ainfi votre femme *Anne* vous enfantera une fille que vous nommerez *Marie* ; elle fera confacrée au Seigneur dès fon enfance, comme vous en avez fait vœu ; & elle fera remplie du St Efprit, même dès le fein de fa mère. (*e*) Elle ne mangera ni ne boira rien d'impur, n'aura aucune fociété avec la populace du dehors ; mais fa converfation fera dans le temple du Seigneur,

(*b*) La Genèfe, chap. 17, v. 17, lui donne alors quatre-vingt-dix ans.

(*c*) Genèfe, chap. 30, verf. 23.

(*d*) Judic. c. 13, v. 3, & 1. Reg. c. 1, v. 20,

(*e*) *Luc*, c. 1, v. 15,

de peur qu'on ne puiſſe foupçonner ou dire quelque
choſe de défavantageux ſur ſon compte. C'eſt pourquoi en avançant en âge, comme elle-même naîtra
d'une mère ſtérile, de même cette vierge incomparable engendrera le fils du Très-Haut, qui ſera
appelé JESUS, ſera le ſauveur de toutes les nations,
ſelon l'étymologie de ce nom. (ƒ) Et voici le ſigne
(g) que vous aurez des choſes que je vous annonce.
Lorſque vous arriverez à la porte d'or, qui eſt à
Jéruſalem, vous y trouverez votre épouſe *Anne* qui
viendra au-devant de vous, laquelle aura autant
de joie de vous voir, qu'elle avait eu d'inquiétude
du délai de votre retour. Après ces paroles l'ange
s'éloigna de lui.

I V.

ENSUITE il apparut à *Anne* ſon épouſe, diſant :
Ne craignez point, *Anne*, & ne penſez pas que ce
que vous voyez ſoit un fantôme. (*h*) Car je ſuis ce
même ange qui ai porté devant DIEU vos prières
& vos aumônes ; (*i*) & maintenant je ſuis envoyé
vers vous, pour annoncer qu'il vous naîtra une fille,
laquelle étant appelée *Marie*, ſera bénie ſur toutes
les femmes. (*k*) Elle ſera pleine de la grâce du Seigneur. Auſſitôt après ſa naiſſance, elle reſtera trois
ans dans la maiſon paternelle pour être ſevrée ;
après quoi, elle ne ſortira point du temple où elle

(ƒ) *Matthieu*, c. 1, v. 21.
(g) *Luc*, c. 2, v. 12.
(*h*) *Matthieu*, c. 15, v. 26.
(*i*) *Tob.* c. 12, v. 15. Apocal. c. 8, v. 3.
(*k*) *Luc*, c. 1, v. 42.

fera comme engagée au fervice du Seigneur jufqu'à
l'âge de raifon ; enfin y fervant Dieu nuit & jour
par des jeûnes & des oraifons, elle s'abftiendra de
tout ce qui eft impur, ne connaîtra jamais d'homme ;
mais feule fans exemple, fans tâche, fans corruption,
cette vierge, fans mélange d'homme, engendrera un
fils ; cette fervante *enfantera* le Seigneur, le fauveur
du monde par fa grâce, par fon nom, & par fon
œuvre. C'eft pourquoi levez-vous, allez à Jérufalem ;
& lorfque vous ferez arrivée à la porte d'or, ainfi
nommée, parce qu'elle eft dorée, vous aurez pour
figne au-devant de vous votre mari, dont l'état de la
fanté vous inquiète. Lors donc que ces chofes feront
arrivées, fachez que les chofes que je vous annonce
s'accompliront indubitablement.

V.

Suivant donc le commandement de l'ange, l'un
& l'autre partant du lieu où ils étaient, montèrent
à Jérufalem ; & lorfqu'ils furent arrivés au lieu
défigné par la prédiction de l'ange, ils s'y trouvèrent
l'un au-devant de l'autre. Alors joyeux de leur vifion
mutuelle, & raffurés par la certitude de la lignée
promife, ils rendirent grâces comme ils le devaient
au Seigneur qui élève les humbles. (*l*) C'eft pourquoi ayant adoré le Seigneur, ils retournèrent à la
maifon où ils attendaient avec affurance & avec joie
la promeffe divine. *Anne* conçut donc & accoucha
d'une fille ; & fuivant le commandement de l'ange
fes parens l'appelaient *Marie*.

(*l*) *Luc*, c. 1, v. 52.

V I.

Et lorfque le terme de trois ans fut révolu, &
que le temps de la fevrer fut accompli, ils amenèrent
au temple du Seigneur cette vierge avec des oblations.
Or il y avait autour du temple quinze degrés à monter (*m*) felon les quinze pfeaumes des degrés. Car,
parce que le temple était bâti fur une montagne, il
fallait des degrés pour aller à l'autel de l'holocaufte
qui était par dehors. Les parens placèrent donc la
petite bienheureufe vierge *Marie* fur le premier. Et
comme ils quittaient les habits qu'ils avaient eus en
chemin, & qu'ils en mettaient de plus beaux & de
plus propres felon l'ufage, la vierge du Seigneur
monta tous (*n*) les degrés un à un fans qu'on lui
donnât la main pour la conduire ou la foutenir, de
manière qu'en cela feul on eût penfé qu'elle était
déjà d'un âge parfait. Car le Seigneur, dès l'enfance
de fa vierge, opérait déjà quelque chofe de grand,
& fefait voir d'avance, par ce miracle, combien grands
feraient les fuivans. Ayant donc célébré le facrifice
felon la coutume de la loi, (*o*) & accompli leur vœu,
ils l'envoyèrent dans l'enclos du temple pour y être
élevée avec les autres vierges ; & eux retournèrent à
la maifon.

V I I.

Or la vierge du Seigneur en avançant en âge
profitait en vertus, & fuivant le pfalmifte, (*p*) *fon*

(*m*) *Ezéchiel*, chap. 4, verf. 6 & 34, *fequ.*
(*n*) La chofe eft rapportée un peu différemment, article 4 du
Protévangile de *Jacques*.
(*o*) *Sam.* c. 1, v. 25.   (*p*) Pf. 27, v. 10.

*père & fa mère l'avaient délaissée ; mais le Seigneur prit
foin d'elle.* Car tous les jours elle était fréquentée par
les anges ; tous les jours elle jouissait de la vision
divine , qui la préservait de tous les maux & la
comblait de tous les biens. C'est pourquoi elle parvint
à l'âge de quatorze ans, sans que non-seulement les
méchans puffent rien inventer de répréhensible en
elle , mais tous les bons qui la connaissaient trouvaient
fa vie & fa conversation dignes d'admiration. Alors
le pontife (*q*) annonça publiquement que les vierges
que l'on élevait publiquement dans le temple , &
qui avaient cet âge accompli , s'en retournassent à
la maison pour fe marier felon la coutume de la
nation & la maturité de l'âge. Les autres ayant obéi
à cet ordre avec empressement , la vierge du Seigneur
Marie fut la feule qui s'excusa de le faire , difant
que non-feulement fes parens l'avaient engagée au
fervice du Seigneur , mais encore qu'elle avait voué
au Seigneur fa virginité , qu'elle ne voulait jamais
violer en habitant avec un homme. Le pontife fort
embarrassé , ne penfant pas qu'il fallût enfreindre
fon vœu, ce qui ferait contre l'Ecriture , qui dit :
Vouez & rendez , (*r*) ni s'ingérer d'introduire une
coutume inufitée chez la nation ; ordonna que tous
les principaux de Jérufalem & des lieux voifins fe
trouvaffent à la folemnité qui approchait, afin qu'il
pût favoir, par leur conseil, ce qu'il y avait à faire
dans une chofe fi douteufe. Ce qui ayant été fait ,
l'avis de tous fut qu'il fallait confulter le Seigneur
fur cela. Et tout le monde étant en oraifon , le

(*q*) Il eft nommé *Zacharie* dans le Protévangile de *Jacques.*
(*r*) Pf. 76 , v. 11.

pontife, felon l'ufage, (s) fe préfenta pour confulter
DIEU. Et fur le champ, tous entendirent une voix
qui fortit de l'oracle & du lieu du propitiatoire , (t)
qu'il fallait, fuivant la prophétie d'*Ifaïe*, chercher
quelqu'un à qui cette vierge devait être recom-
mandée & donnée en mariage. Car on fait qu'*Ifaïe*
dit : (u) Il fortira une verge de la racine de *Jeffé* ; &
de cette racine il s'élèvera une fleur fur laquelle fe
repofera l'efprit du Seigneur , l'efprit de fageffe &
d'intelligence, l'efprit de confeil & de force , l'efprit
de fcience & de piété ; & elle fera remplie de l'efprit
de la crainte du Seigneur. Il prédit donc , felon
cette prophétie , que tous ceux de la maifon & de la
famille de *David* qui feraient nubiles & non mariés,
n'avaient qu'à apporter leurs verges à l'autel, & que
l'on devait recommander & donner la vierge en
mariage à celui dont la verge, après avoir été appor-
tée , produirait une fleur , & au fommet de laquelle
l'efprit du Seigneur fe repoferait en forme de colombe.

V I I I.

Jofeph entre autres, de la maifon & de la famille de
David, était fort âgé, & tous portant leurs verges
felon l'ordre, lui feul cacha la fienne. C'eft pourquoi
rien n'ayant apparu de conforme à la voix divine ,
le pontife penfa qu'il fallait derechef confulter
DIEU, qui répondit que celui qui devait époufer
la vierge était le feul de tous ceux qui avaient été

(s) Num. c. 27 , v. 21.
(t) *Ut Num.* c. VII, v. 8 & 9.
(u) Chap. 11 , v. 1.

défignés qui n'eût pas apporté fa verge. Ainfi *Jofeph* fut découvert. Car lorfqu'il eut apporté fa verge, & qu'une colombe venant du ciel fe fut repofée fur le fommet, il fut évident à tous que la vierge devait lui être donnée en mariage. Ayant donc célébré le (*x*) droit des noces felon la coutume, lui fe retira dans la ville de Bethléem, pour arranger fa maifon, & pourvoir aux chofes néceffaires pour les noces. Mais la vierge du Seigneur *Marie*, avec fept autres vierges de fon âge, & fevrées avec elle, qu'elle avait reçues du prêtre, retourna en Galilée dans la maifon de fon père.

I X.

Or en ces jours-là, c'eft-à-dire au premier temps de fon arrivée en Galilée, l'ange lui fut envoyé de DIEU pour lui raconter qu'elle concevrait le Seigneur, & lui expliquer principalement la manière & l'ordre de la conception. Enfin étant entré vers elle, il remplit la chambre où elle demeurait d'une grande lumière, & la faluant très-gracieufement il lui dit: Je vous falue, *Marie*, vierge du Seigneur très-agréable, vierge pleine de grâce ; le Seigneur eft avec vous ; vous êtes bénie par-deffus toutes les femmes, bénie par-deffus tous les hommes nés jufqu'à préfent. Mais la vierge qui connaiffait déjà bien les vifages des anges, & qui était accoutumée à la lumière célefte, ne fut point effrayée de voir un ange, ni étonnée de la grandeur de la lumière ; mais fon feul difcours la

---

(*x*) C'eft-à-dire, les fiançailles dans lefquelles on écrivait le nom de l'époux & de l'époufe fur des tablettes dans une affemblée folemnelle. *Philo. de leg. fpecial.* page 608, édit. de Genève.

troubla , & elle commença à penfer, quelle pouvait
être cette falutation fi extraordinaire , ce qu'elle pré-
fageait, ou quelle fin elle devait avoir. L'ange divinement infpiré allant au-devant de cette penfée : Ne
craignez point, dit-il , *Marie* , comme fi je cachais
par cette falutation quelque chofe de contraire à
votre chafteté. Car vous avez trouvé grâce devant le
Seigneur, parce que vous avez choifi la chafteté. C'eft
pourquoi étant vierge, vous concevréz fans péché &
enfanterez un fils. Celui-là fera grand , parce qu'il
dominera (*y*) depuis la mer jufqu'à la mer , & depuis
le fleuve jufqu'aux extrémités de la terre. Et il fera
appelé le fils du Très-Haut , parce qu'en naiffant
humble fur la terre, il règne élevé dans le ciel. Et le
Seigneur Dieu lui donnera le fiége de *David* fon père,
& il régnera à jamais dans la maifon de *Jacob*, & fon
règne n'aura point de fin. Il eft lui-même le roi des
rois (*z*) & le feigneur des feigneurs ; & fon trône (*a*)
fubfiftera dans le fiècle du fiècle. La vierge crut à ces
paroles de l'ange ; mais voulant favoir la manière,
elle répondit : Comment cela pourra-t-il fe faire ?
car, puifque fuivant mon vœu, je ne connais jamais
d'homme , comment pourrai-je enfanter fans l'ac-
croiffement de la femence de l'homme? A cela l'ange
lui dit : Ne comptez pas, *Marie*, que vous conceviez
d'une manière humaine. Car fans mélange d'homme
vous concevrez vierge, vous enfanterez vierge, vous
nourrirez vierge. Car le St Efprit furviendra en vous,
& la vertu du Très-Haut vous couvrira de fon ombre

(*y*) Pf. 72 , v. 8.
(*z*) Deut. c. 10 , v. 17 , & 1. *Timot.* 1. 6 , v. 10.
(*a*) Pf. 45 , v. 6.

contre les ardeurs de l'impureté. C'est pourquoi ce
qui naîtra de vous sera seul saint, parce que seul
conçu & né sans péché il sera appelé le Fils de Dieu.
Alors *Marie* étendant les mains & levant les yeux au
ciel, dit : Voici la servante du Seigneur, (car je ne
suis pas digne du nom de maîtresse;) qu'il me soit
fait selon votre parole. (Il serait trop long & même
ennuyeux de rapporter ici tout ce qui a précédé ou
suivi la naissance du Seigneur. C'est pourquoi passant
ce qui se trouve plus au long dans l'Evangile, finissons
par ce qui n'y est pas si détaillé.) *Note du faux Jérôme
auquel on attribue la traduction latine.*

X.

Joseph donc venant de la Judée dans la Galilée,
avait intention de prendre pour femme la vierge qu'il
avait fiancée : car trois mois s'étaient déjà écoulés, &
le quatrième approchait, depuis le temps qu'il l'avait
fiancée : cependant le ventre de la fiancée grossissant
peu à peu, elle commença à se montrer enceinte, &
cela ne put être caché à *Joseph*. Car entrant vers la
vierge plus librement comme époux, & parlant plus
familièrement avec elle, il s'aperçut qu'elle était
enceinte. C'est pourquoi il commença à avoir l'esprit
agité & incertain, parce qu'il ignorait ce qu'il avait à
faire de mieux. Car il ne voulut point la dénoncer (*b*)
parce qu'il était juste, ni la diffamer par le soupçon
de fornication parce qu'il était pieux. C'est pourquoi
il pensait à rompre son mariage secrétement, & à la
renvoyer en cachette. Comme il avait ces pensées,
voici que l'ange du Seigneur lui apparut en songe,

(*b*) *Matthieu*, c. 1, v. 19.

difant :

difant : *Jofeph* fils de *David*, ne craignez point, c'eft-
à-dire, n'ayez point de foupçon de fornication contre
la vierge, ou ne penfez rien de défavantageux *à fon*
fujet, & ne craignez point de la prendre pour femme.
Car ce qui eft né en elle, & qui tourmente actuellement votre efprit, eft l'ouvrage, non d'un homme,
mais du St Efprit : car de toutes les vierges elle feule
enfantera le fils de DIEU, & vous le nommerez JESUS,
c'eft-à-dire Sauveur ; car c'eft lui qui fauvera fon
peuple de leurs péchés. *Jofeph* donc, fuivant le précepte de l'ange, prit la vierge pour femme : cependant
il ne la connut pas ; (*c*) mais en ayant foin chafte-
ment il la garda. Et déjà le neuvième mois depuis la
conception approchait, lorfque *Jofeph* ayant pris fà
femme & les autres chofes qui lui étaient néceffaires,
s'en alla à la ville de Bethléem d'où il était. Or il
arriva, lorfqu'ils y furent, que les jours pour accoucher furent accomplis ; & (*d*) elle enfanta fon fils
premier-né, comme l'ont enfeigné les faints évangéliftes, notre Seigneur JESUS-CHRIST, qui étant
Dieu avec le Père, & le Fils, & l'Efprit faint, vit &
règne pendant tous les fiècles des fiècles.

Pour fuivre l'ordre hiftorique des matières, nous plaçons
au fecond rang le Protévangile de Jacques, qui eft le dix-
neuvième de la notice. Fabricius avertit qu'il a retouché la
verfion de Poftel, & qu'il a mis entre deux crochets (.....)
ce qui ne fe trouve pas dans le grec.

(*c*) *Matthieu*, I, v. 25.   (*d*) *Luc*, 2, v. 6 & 7.

PROTEVANGILE

ATTRIBUÉ A JACQUES,

Surnommé le Jufte, frère du Seigneur.

ARTICLE PREMIER.

DANS les hiftoires des douze tribus d'Ifraël, *on voit* que *Joachim* était fort riche, & offrait à DIEU des doubles offrandes, difant en foi-même : Que mes facultés foient celles de tout le peuple pour la rémiffion de mes péchés auprès de DIEU, afin qu'il ait pitié de moi. Or le grand jour du Seigneur approchait, & les enfans d'Ifraël offraient leurs dons; & *Ruben* s'éleva contre lui, difant : Il ne vous eft pas permis d'offrir votre don, parce que vous n'avez point eu d'enfant en Ifraël. *Joachim* en fut très-attrifté, & il s'en alla voir la généalogie des douze tribus d'Ifraël, difant entre foi : Je verrai dans les tribus d'Ifraël fi je fuis le feul qui n'ai point eu d'enfant en Ifraël. C'eft pourquoi, en examinant, il vit que tous les juftes en avaient eu. Et il fe reffouvint du patriarche *Abraham*, à qui, dans fes derniers jours, DIEU avait donné un fils *Ifaac*. Alors *Joachim* étant tout trifte, n'alla point voir fa femme, mais il fe retira dans le défert, où, ayant dreffé des tentes, il jeûna quarante jours & quarante nuits, (*a*) difant en foi-même : Je ne mangerai ni ne boirai jufqu'à ce que le Seigneur mon Dieu m'ait regardé : mais mon oraifon fera ma nourriture. (*b*)

(*a*) *Mofes* Exod. 24, 18, 34, 28; & Deut. 19, 9 & 11. *Elias* 2, Reg. 19, 8. *Jefus*, *Matthieu*, 4, 2.
(*b*) *Jean*, 4, 34.

I I.

Or fon époufe *Anne* pleurait de deux pleurs, & était accablée d'un double chagrin, difant : je pleure ma viduité & ma ftérilité. Le grand jour du Seigneur étant donc arrivé, *Judith* fa fervante lui dit : Jufqu'à quand enfin affligerez-vous votre ame ? Il ne vous eft pas permis de pleurer, parce que c'eft le grand jour du Seigneur. (*c*) Prenez donc ce diadème que m'a donné la maîtreffe où j'allais travailler à la journée, & parez-en votre tête ; car , comme je fuis votre fervante, vous avez une forme royale. Et *Anne* lui dit : Laiffez-moi, (*d*) car je n'en ferai rien : Dieu m'a trop humiliée. Prenez bien garde qu'il ne vous ait été donné par quelque voleur, & que Dieu ne m'implique dans votre péché. *Judith* fa fervante, lui répondit : Que vous dirai-je ? eft-ce que je vous fouhaite un plus grand mal, puifque vous n'écoutez pas ma voix ? car c'eft avec raifon que Dieu vous a rendue ftérile, pour ne vous point donner de fils en Ifraël. Et *Anne* en fut très-attriftée ; & ayant quitté fes habits de deuil, elle orna fa tête & fe vêtit de fes habits de noces. (*e*) Et fur les neuf heures elle defcendit dans fon jardin pour fe promener ; & voyant un laurier elle s'affit deffous, & fit fes prières au Seigneur Dieu, difant : Dieu de mes pères, béniffez-moi, & écoutez mon oraifon, comme vous avez béni le fein de *Sara*, (*f*) & lui avez donné un fils *Ifaac*.

(*c*) Pf. 118 , 24.
(*d*) Matth. 4, 10.
(*e*) Judith 10, 3.
(*f*) Genéf. 21, 2.

I I I.

ET regardant vers le ciel, elle vit dans le laurier un nid de moineau, & elle se plaignit en elle-même & dit : Hélas ! que je suis malheureuse ! (à qui puis-je être comparée ?) qui est-ce qui m'a engendrée, ou quelle mère m'a enfantée pour que je naquisse ainsi maudite devant les enfans d'Israël ? car ils m'accablent de reproches & d'insultes, ils m'ont chassée du temple du Seigneur mon DIEU. Hélas ! que je suis malheureuse ! à qui suis-je devenue semblable ? Je ne puis point être comparée aux oiseaux du ciel, parce que les oiseaux sont féconds en votre présence, Seigneur ; car ce qui est en moi je le remets en vous. Hélas ! que je suis malheureuse ! (à qui puis-je être comparée ?) Je ne puis être comparée avec les animaux mêmes de la terre, parce qu'ils sont féconds en votre présence, Seigneur. Hélas ! que je suis malheureuse ! à qui suis-je semblable ? Je ne puis être comparée avec les eaux, parce qu'elles sont fécondes en votre présence. (Car les eaux elles-mêmes, tant claires que flottantes, vous louent avec les poissons de la mer.) Mais hélas ! que je suis malheureuse ! à qui puis-je être comparée ? Je ne puis être comparée avec la terre, parce que la terre porte ses fruits en son temps & vous bénit, Seigneur.

I V.

ET voici que l'ange du Seigneur vola vers elle en lui disant : *Anne*, DIEU a exaucé votre prière, vous concevrez & vous enfanterez, & votre enfant sera célèbre dans tout le monde. Mais *Anne* dit : le Seigneur mon DIEU est vivant : soit que j'engendre

garçon ou fille, je l'offrirai au Seigneur notre DIEU; (g)
& il fervira dans les chofes facrées tous les jours de fa
vie. Et voici que deux anges vinrent en lui difant :
Joachim votre mari vient avec fes troupeaux ; car
l'ange du Seigneur eft defcendu vers lui, difant :
Joachim, *Joachim*, le Seigneur a exaucé votre prière,
defcendez d'ici. Voici qu'*Anne* votre femme concevra
dans fon fein. Et *Joachim* defcendit, & il appela fes
bergers, difant : apportez-moi ici dix agneaux femelles,
(pures & fans taches ;) & elles feront pour le Seigneur
mon DIEU. Et amenez-moi douze veaux purs ; & ils
feront pour les prêtres & pour le clergé, foit pour
l'affemblée des vieillards. Et apportez-moi cent boucs ;
& les cents boucs feront pour tout le peuple. Et voici
que *Joachim* vient avec fes troupeaux ; & *Anne* fe
tenait debout fur la porte : & elle vit *Joachim* qui
venait avec fes troupeaux ; & accourant, elle s'attacha
à fon cou, difant : à préfent je connais que le Seigneur DIEU m'a extrêmement bénie. Car moi qui
étais veuve, je ne fuis plus veuve ; & moi qui étais
ftérile, j'ai *conçu* dans mon fein. Et *Joachim* fe repofa
dans fa maifon le premier jour.

V.

LE lendemain il offrit fes dons, difant en foi-
même : Si le Seigneur DIEU me bénit, la lame du
prêtre (h) me le fera connaître. (Et *Joachim* offrit fes
dons) & fit attention à la lame (foit à l'éphod ou au
rational) du prêtre, lorfqu'il fut admis à l'autel du
Seigneur, & il ne vit point de péché en foi. Et *Joachim*
dit : A préfent j'ai connu que DIEU a eu pitié de moi,

(g) *Samuel.* I. *ult.*   (h) Exode, 28, 36.

G 3

& m'a remis tous mes péchés : & il defcendit juftifié (*i*)
de la maifon du Seigneur , & il vint dans fa maifon.
Ainfi *Anne* conçut, & fes fix mois furent accomplis.
Mais au neuvième mois *Anne* enfanta & dit à la fage-
femme : qu'eft-ce que j'ai enfanté ? Elle dit , une
femme. Et *Anne* dit : mon ame eft magnifiée à cette
heure-ci, & elle fe recoucha. Or tous les jours étant
accomplis, *Anne* fut purifiée , & elle allaitait fa fille
& nomma fon nom *Marie*.

Or la petite fille fe fortifiait de jour en jour, &
lorfqu'elle eut fix mois , fa mère la pofa par terre
pour effayer fi elle fe tiendrait debout ; & elle fit fept
pas en marchant , & elle vint dans le fein de fa
mère ; & *Anne* dit : le Seigneur mon DIEU eft vivant,
parce que vous ne marcherez pas fur la terre jufqu'à
ce que je vous aie préfentée au temple du Seigneur :
& elle fit la fanctification dans fon lit ; & tout ce qui
eft fouillé , elle avait foin de le féparer d'elle à caufe
d'elle, & appela des filles d'hébreux fans tache, &
elles la foignaient. Et la première année de la petite
fille s'accomplit : & *Joachim* fit un grand repas ; (*k*)
& il y invita les princes des prêtres, & les fcribes,
& tout le fénat, & tout le peuple d'Ifraël. Et il offrit
(des préfens) aux princes des prêtres ; & ils le
bénirent , difant : DIEU de nos pères, béniffez cette
jeune fille , & donnez-lui un nom célèbre éternellement dans toutes les générations. Et tout le peuple
dit : Soit fait, foit fait, ainfi foit-il. Et il la préfenta
aux prêtres ; & ils la bénirent , difant : DIEU très-
haut, regardez cette petite fille, & béniffez-la d'une
bénédiction qui n'ait point de relâche. Sa mère la prit

(*i*) *Luc* , 18 , 14.   (*k*) Genèf. 21 , 8.

& lui donna à teter ; & (*l*) *Anne* fit un cantique au Seigneur DIEU, difant : Je chanterai louange au Seignéur mon D I E U, parce qu'il m'a vifitée, & m'a délivrée de l'opprobre de mes ennemis, & le Seigneur DIEU m'a donné un fruit de fa grande miféricorde en fa préfence. Qui eft-ce qui annoncera aux fils de *Ruben* qu'*Anne* allaite ? (Ecoutez, écoutez, douze tribus d'Ifraël, parce qu'*Anne* allaite.) Et elle la recoucha dans le lieu de fa fanctification, & elle fortit, & elle les fervait. Et ayant achevé le feftin, ils fe retirèrent tous joyeux, (& ils lui donnèrent le nom de *Marie*) en glorifiant le DIEU d'Ifraël.

V I.

Or, la petite fille avançait en âge, & lorfqu'elle eut deux ans, *Joachim* dit à *Anne* fon époufe : introduifons-la dans le temple de DIEU, afin que nous rendions notre vœu que nous avons promis, de peur que D I E U ne nous l'enlève ou ne s'irrite contre nous. Et *Anne* dit : Attendons la troifième année, de peur que la petite fille ne demande fon père & fa mère. Et *Joachim* dit : Attendons. Et la petite fille eut trois ans, & *Joachim* dit : Appelez des petites filles des Hébreux fans tache ; & qu'elles reçoivent en particulier des lampes ; & qu'elles foient allumées, de peur que la petite fille ne fe retourne en arrière, & que fon efprit ne foit détourné du temple de DIEU. Et ils firent ainfi, jufqu'à ce qu'elles entrèrent dans le temple. Et le prince des prêtres la reçut, & la baifa, & dit : *Marie*, le Seigneur a magnifié votre nom dans toutes les générations, & dans les derniers jours le Seigneur manifeftera en vous le prix de fa rédemption (*m*) aux

(*l*) 1. *Sam.* 2. *Luc.* 1.   (*m*) *Matth.* 20, v. 28.

enfans d'Ifraël. Et il la plaça fur le troifième degré de l'autel ;. & le Seigneur D ı ᴇ ᴜ répandit fa grâce fur elle ; & elle treffaillait de joie en danfant avec fes pieds ; & toute la maifon d'Ifraël la chérit.

V I I.

Eᴛ fes parens defcendirent , admirant & louant Dıᴇᴜ, parce que la petite fille ne s'eft pas retournée vers eux. Or *Marie* était comme une colombe élevée dans le temple du Seigneur, & elle recevait fa nourriture de la main d'un ange. Lorfqu'elle eut douze ans, il fe tint (dans le temple du Seigneur) un confeil des prêtres, difant : Voilà que *Marie* a douze ans dans le temple du Seigneur ; que lui ferons-nous, de peur que la fanctification du Seigneur notre Dıᴇᴜ ne foit peut-être fouillée ? Et les prêtres dirent à *Zacharie* : Prince des prêtres, préfentez-vous à l'autel du Seigneur, & priez pour elle ; & tout ce que Dıᴇᴜ nous aura manifefté, nous le ferons. Et le prince des prêtres ayant pris fa longue tunique à douze clochettes, entra dans le faint des faints, & pria pour elle. Et voici que l'ange du Seigneur fe préfenta, lui difant : *Zacharie*, *Zacharie*, fortez, & convoquez les veufs du peuple ; & qu'ils apportent chacun une verge ; (*n*) & elle fera *donnée* en garde pour femme à celui à qui Dıᴇᴜ aura montré un figne. Or des crieurs le publièrent par toute la région de la Judée, & la trompette du Seigneur fonna, (*o*) & tous accoururent.

V I I I.

Oʀ *Jofeph* ayant jeté fa hache, fortit au-devant d'eux ; & s'étant affemblés ils s'en allèrent au grand-

(*n*) Num. 17.   (*o*) Lévit. 25, v. 9.

prêtre, ayant pris leurs verges. Ainſi recevant d'eux leurs verges, il entra dans le temple & pria. Et ayant achevé l'oraiſon, il prit les verges & ſortit. Alors il les rendit à chacun d'eux, & il n'y apparut aucun ſigne. Mais *Joſeph* reçut la dernière verge, & voici qu'une colombe ſortit de la verge, & vola ſur la tête de *Joſeph*. Et le grand-prêtre dit à *Joſeph* : vous êtes choiſi par le ſort divin pour prendre la vierge du Seigneur en garde chez vous. Et *Joſeph* s'en défendait, diſant : J'ai des fils & je ſuis vieux ; mais elle eſt très-jeune : de-là je crains de devenir ridicule aux enfans d'Iſraël. Mais le grand-prêtre dit à *Joſeph* : Craignez le Seigneur votre DIEU, & reſſouvenez-vous quelles grandes choſes DIEU fit (*p*) contre *Dathan* & *Abiron* & *Coré*, comment la terre s'ouvrit & les dévora à cauſe de leur contradiction. Maintenant donc craignez DIEU, *Joſeph*, de peur que ces choſes ne ſoient dans votre maiſon. *Joſeph* effrayé, la reçut & lui dit : *Marie*, voici que je vous prends du temple du Seigneur, & je vous laiſſerai à la maiſon, & j'irai pour exercer ma pro-feſſion de charpentier, (& je reviendrai à vous.) Et que le Seigneur vous conſerve (tous les jours.)

I X.

OR il ſe tint un conſeil des prêtres, diſant : Feſons un voile (ou un tapis) pour le temple du Seigneur. Et le prince des prêtres dit : Appelez-moi des vierges ſans tache, de la tribu de *David*. S'en allant donc & cherchant, ils trouvèrent ſept vierges. Et le prince des prêtres ſe reſſouvint de *Marie*, qu'elle était de la tribu de *David*, & ſans tache devant DIEU. Et le prince des

(*p*) Num. 16.

prêtres dit : Tirez-moi au fort laquelle filera du fil d'or
(d'amianthe) & de fin lin , (& de foie) & d'hyacinthe,
& d'écarlate', & de la vraie pourpre ; & *Zacharie* fe
reffouvint de *Marie* , qu'elle était de la tribu de *David;*
& la vraie pourpre (& l'écarlate) échut à *Marie* par
le fort; & (les ayant reçues) elle s'en alla dans fa
maifon. Or, dans ce même temps , *Zacharie* perdit la
parole. (*q*) Et *Samuel* prit fa place , jufqu'à ce que
Zacharie recommença à parler. *Marie* ayant reçu la
pourpre (& l'écarlate) fila.

X.

ET ayant pris une cruche , elle fortit puifer de l'eau.
(*r*) Et voici une voix qui lui dit : Je vous falue pleine
de grâce, (*s*) le Seigneur eft avec vous, vous êtes
bénie entre les femmes. Or *Marie* regardait à droite
& à gauche , pour favoir d'où venait cette voix. Et
toute tremblante, elle entra dans fa maifon, & quitta
fa cruche ; & ayant pris la pourpre, elle s'affit fur fa
chaife pour travailler. Et voici que l'ange du Seigneur
fe préfenta devant elle, difant : Ne craignez point ,
Marie, vous avez trouvé grâce auprès du Seigneur.
Et l'entendant, *Marie* s'entretenait en foi-même de
ces penfées : Si je concevrai par le DIEU vivant, &
j'enfanterai comme chaque femme engendre ? Et
l'ange du Seigneur dit : Il n'en fera pas ainfi, ô *Marie;*
car le Saint-Efprit viendra fur vous , & la vertu de
DIEU vous couvrira de fon ombre. C'eft pourquoi le
Saint qui naîtra de vous, (*t*) fera appelé le fils de
DIEU vivant. Et vous lui donnerez le nom de JESUS :

(*q*) *Luc* 1 , v. 20.   (*s*) *Luc* 1 , v. 28.
(*r*) Genèf. 24 , v. 15.   (*t*) *Luc* 1 , v. 35.

car c'eft lui qui fauvera fon peuple de leurs péchés. Et voici que votre coufine *Elifabeth* a conçu fon fils dans fa vieilleffe : & ce mois-ci eft le fixième pour celle qui était appelée *ftérile*, parce que tout ce que je vous dis ne fera pas impoffible auprès de DIEU. Et *Marie* dit : Voici la fervante du Seigneur : qu'il me foit fait felon votre parole.

X I.

ET ayant achevé la pourpre & l'écarlate , elle l'apporta au grand-prêtre. Il la bénit, & dit : O *Marie*, votre nom eft magnifié , & vous ferez bénie dans toute la terre. *Marie* ayant conçu une grande joie , s'en alla vers *Elifabeth* fa coufine , & frappa à fa porte. Et *Elifabeth* l'entendant, accourut à la porte & lui ouvrit, & dit : (*u*) Et d'où me vient ce *bonheur* que la mère de mon Seigneur vienne à moi? car ce qui eft en moi a treffailli & vous a béni. Or (*x*) *Marie* elle-même ignorait ces myftères dont l'archange *Gabriel* lui avait parlé. Et regardant vers le ciel, elle dit : Qui fuis-je, pour que toutes les générations me difent ainfi bienheureufe? Mais de jour en jour fon ventre groffiffait ; & frappée de crainte, *Marie* s'en alla dans fa maifon, & fe cacha des (*y*) enfans d'Ifraël. Elle avait feize ans lorfque ces myftères s'accompliffaient.

X I I.

AU bout de fon fixième mois , voici que *Jofeph* vint de fes ouvrages de charpente, & entrant dans fa maifon il la vit enceinte ; & le vifage abattu (il fe jeta par terre, & pleura amèrement) difant : De quel front

(*u*) *Luc* I , v. 43. (*y*) *Luc* I , v. 24.
(*x*) *Luc*, c. 33 & 52.

regarderai-je le Seigneur DIEU? or quelle prière ferai-je pour cette petite fille, laquelle j'ai reçue vierge du temple du Seigneur DIEU, & je ne l'ai pas gardée? qui m'a trompé? qui a fait ce mal dans ma maison? qui a captivé & féduit la vierge? ne m'eft-il pas arrivé une hiftoire pareille à celle d'*Adam*? car à l'heure de fon bonheur, le ferpent entra & trouva *Eve* feule, & il la féduifit : oui, oui, pareille chofe m'eft arrivée. Et *Jofeph* fe releva de terre, & ayant pris *Marie*, il lui dit : O vous qui étiez fi agréable à DIEU, pourquoi avez-vous fait cela, & avez-vous oublié le Seigneur votre Dieu, vous qui avez été élevée dans le faint des faints? pourquoi avez-vous avili votre ame, vous qui receviez votre nourriture de la main des anges? (z) pourquoi avez-vous fait cela? Mais elle pleurait très-amèrement, difant : Je fuis pure & n'ai point connu d'homme. Mais *Jofeph* lui dit : Eh! d'où vient donc ce que vous avez dans le fein? & *Marie* répondit : Le Seigneur mon Dieu eft vivant : je ne fais d'où cela me vient.

X I I I.

ET *Jofeph* fut tout interdit & perfiftait dans cette penfée, que ferai-je d'elle? Et *Jofeph* dit en foi-même: Si je cache fon péché, je ferai trouvé coupable dans la loi du Seigneur; (a) fi je la dénonce à la vue de tous les enfans d'Ifraël, je crains que cela ne foit pas jufte, & que je ne fois trouvé livrant le fang innocent à un jugement de mort. Que ferai-je donc d'elle? affurément je l'abandonnerai en cachette : & la nuit le furprit. Et voici que l'ange du Seigneur lui apparaît

(z) *Supra*, *Cap.* 8.   (a) Deut. 22, v. 13.

en fonge, difant : Ne craignez point de recevoir cette
jeune fille ; car ce qui eft né en elle eft du St Efprit :
elle enfantera donc un fils ; & vous lui donnerez le
nom de JESUS ; car ce fera lui qui fauvera fon peuple de leurs péchés. *Jofeph* fe feva donc après ce
fonge, & glorifia le Dieu d'Ifraël qui lui a fait cette
grâce ; & il garda la jeune fille.

XIV.

OR le fcribe *Annas* vint à *Jofeph*, & lui dit : Pourquoi n'avez-vous pas affifté à l'affemblée ? & *Jofeph*
lui dit : J'étais fatigué du chemin, & je me fuis repofé
le premier jour. Et s'étant retourné, le fcribe vit
Marie enceinte, & il s'en alla en courant au prêtre,
& il lui dit : *Jofeph*, à qui vous rendez témoignage,
a grandement péché. Et le prêtre dit : Qu'eft-ce que
c'eft ? Et il lui dit : Il a fouillé la vierge qu'il avait
reçue du temple du Seigneur, & a dérobé fes noces,
& ne les a point déclarées aux enfans d'Ifraël. Et le
prince des prêtres répondant, dit : *Jofeph* a-t-il fait
cela ? & le fcribe *Annas* dit : Envoyez des miniftres, &
ils la trouveront enceinte. Et les miniftres y allèrent,
& trouvèrent comme il leur dit : & ils l'amenèrent
ainfi que *Jofeph* en jugement. & le prêtre dit : *Marie*,
pourquoi avez-vous fait cela ? & pourquoi avez-vous
avili votre ame, & avez-vous oublié le Seigneur votre
Dieu, vous qui avez été élevée dans le faint des faints,
qui avez reçu votre nourriture de la main de l'ange,
qui avez entendu fes myftères, (& qui avez treffailli
de joie en fa préfence;) pourquoi avez-vous fait cela ?
Mais elle pleurait amèrement, difant : Le Seigneur
mon Dieu eft vivant ; parce que je fuis pure en

préfence du Seigneur, & je ne connais point d'homme.
Et le prêtre dit à *Jofeph :* Pourquoi avez-vous fait
cela ? & *Jofeph* dit : Le Seigneur Dieu eft vivant,
(& fon CHRIST (*b*) eft vivant;) parce que je fuis pur
d'elle. Et le prêtre dit : Ne dites point un faux témoignage, (*c*) mais dites vrai ; vous avez dérobé fes
noces, & ne les avez point manifeftées aux enfans
d'Ifraël; & vous n'avez point incliné votre tête fous
la main toute-puiffante (*d*) afin que votre race fût
bénie. Et *Jofeph* fe tut.

X V.

ET le prêtre lui dit (encore une fois :) Reftituez
la vierge que vous avez reçue du temple du Seigneur:
& *Jofeph* fondait en larmes ; & le prêtre dit : Je vous
ferai boire de l'eau de conviction ; (*e*) & votre péché
fera manifefté devant vos yeux. Et le prêtre ayant pris
de l'eau, en fit boire à *Jofeph*, & l'envoya dans les
montagnes ; & il revint fain : (il en fit auffi boire à
Marie, & l'envoya de même dans les montagnes; &
elle revint faine.) Et tout le peuple admira qu'il ne
fe fût point manifefté en eux de péché. Et le prêtre
dit : DIEU n'a point manifefté votre péché, & moi
je ne vous juge pas : & ils les renvoya abfous. *Jofeph*
ayant donc reçu *Marie*, s'en alla dans fa maifon tout
joyeux, & glorifiant le Dieu d'Ifraël.

X V I.

OR on publia un décret d'*Augufte Céfar* pour faire
infcrire tous ceux qui étaient à Bethléem. (*f*) Et

(*b*) 1. *Sam.* 12, v. 3 & 5.   (*e*) Num. 5, v. 18.
(*c*) Exod. 20, v. 14.   (*f*) *Luc* 2, v. 1.
(*d*) 1. *Petri V*, v. 6.

Joseph dit : J'aurai foin de faire infcrire mes enfans;
mais que ferai-je de cette petite fille ? (Comment
l'infcrirai-je?) l'infcrirai-je comme ma femme? (Elle
n'eſt point ma femme, car je l'ai reçue du temple du
Seigneur pour la conferver.) Comme ma fille ? mais
(tous) les enfans d'Ifraël favent qu'elle n'eſt pas ma
fille. Qu'en ferai-je ? affurément au jour du Seigneur
je ferai comme le Seigneur voudra. Et *Joseph* fella
une âneffe, & la fit monter fur l'âneffe. Or *Joseph*
(*g*) & *Simon* fuivaient à trois milles. Et *Joseph* fe retour-
nant la vit trifte , & il dit en foi-même : peut-être
que ce qui eſt en elle l'attrifte. Et s'étant retourné
une feconde fois, *Joseph* la vit riante, & il lui dit :
O *Marie*, qu'eſt-ce qui eſt caufe que je vois votre face
tantôt joyeufe, & tantôt trifte ? Et *Marie* dit à *Joseph*:
C'eſt que je vois devant mes yeux deux peuples, (*h*)
un qui pleure & qui gémit, mais l'autre qui treffaille
de joie & qui rit. Et il vint à mi-chemin; & *Marie* lui
dit : Defcendez-moi de l'âneffe, parce que ce qui eſt
en moi me preffe pour fortir. Et il la defcendit de
l'âneffe, & lui dit : Où vous conduirai-je? parce que
le lieu eſt défert. Or *Marie* dit encore une fois à
Joseph : Emmenez-moi , car ce qui eſt en moi me
preffe extrêmement; & auffitôt il l'emmena.

X V I I.

Et trouvant là une caverne, il l'y fit entrer, & la
laiffa en garde à fon fils ; & il fortit pour chercher

(*g*) *Marc* 6 , **v.** 3. Ce *Joseph* eſt auffi nommé *Joses* , & les quatre frères
de JESUS font *Jacques* , *Joseph* , *Juda* , & *Simon*.

(*h*) Genèf. , 25 , v. 23.

une fage-femme juive dans la région de Bethléem.
Or comme *Jofeph* était en marche, il vit le pôle ou
le ciel arrêté, & l'air tout interdit, & les oifeaux du
ciel s'arrêtant au milieu de leur cours. Et regardant
à terre, il vit une marmite de viande dreffée, & des
ouvriers affis à table dont les mains étaient dans la
marmite; & mâchant ils ne mâchaient pas, & ceux
qui portaient les mains à la tête ne prenaient rien,
& ceux qui préfentaient à leur bouche n'y portaient
rien, mais les faces de tous étaient attentives en haut.
Et voici que des brebis étaient difperfées, (elles
n'avançaient point, mais) elles étaient arrêtées. Et
le berger levant la main pour les frapper avec fa
verge, fa main reftait en haut. Et regardant dans le
torrent du fleuve, il vit les mufeaux des boucs qui
approchaient à la vérité de l'eau, mais qui ne buvaient
pas : (enfin toutes chofes, en ce moment, étaient
détournées de leur cours.)

X V I I I.

ET voici qu'une femme defcendant des montagnes
lui dit : Je vous dis, ô homme, où allez-vous ? Et il
dit : Je cherche une fage-femme juive. Et elle lui dit :
Etes-vous d'Ifraël, vous ? Et il dit : Oui. Mais elle
dit : Quelle eft celle qui accouche dans la caverne ?
& il dit : C'eft ma fiancée. Et elle dit : N'eft-elle pas
votre femme ? & *Jofeph* dit : Elle n'eft point ma femme;
mais c'eft *Marie* élevée dans le faint des faints, dans
le temple du Seigneur ; & elle m'eft échue par le fort,
& elle a conçu du St Efprit. Et la fage-femme lui dit :
Cela eft-il vrai ? Il lui dit : Venez & voyez. Et la fage-
femme alla avec lui. Et elle s'arrêta devant la caverne.

Et

Et voici qu'une nuée lumineufe ombrageait la caverne ; & la fage-femme dit : Mon ame a été magnifiée aujour-d'hui, parce que mes yeux ont vu des chofes étonnantes, & le falut eft né à Ifraël. Or tout-d'un-coup la nuée fut dans la caverne, & une grande lumière, de forte que leurs yeux ne la fupportaient pas ; mais peu-à-peu la lumière fe modéra, de forte que l'enfant fut aperçu, & il prenait les tetons de fa mère *Marie*. Et la fage-femme s'écria & dit : Ce jour d'aujourd'hui eft grand pour moi, parce que j'ai vu ce grand fpectacle. Et la fage-femme fortit de la caverne, & *Salomé* fe trouva à fa rencontre. Et la fage-femme dit à *Salomé :* J'ai un grand fpectacle à vous raconter ; une vierge a engendré celui que fa nature ne comporte pas, (& cette vierge demeure vierge.) Et *Salomé* dit : Le Seigneur mon Dieu eft vivant ; fi je n'examine pas fa nature, je ne croirai pas qu'elle a enfanté.

X I X.

ET la fage-femme entrant, dit à *Marie :* Couchez-vous, car un grand combat fe prépare pour vous. Et lorfque *Salomé* l'eut touchée dans le lieu même, elle fortit, difant : Malheur à moi impie & perfide, parce que j'ai tenté le Dieu vivant ; & voici que ma main (brûlante de feu) tombe de moi. Et elle fléchit les genoux vers DIEU, & dit : Dieu de nos pères, fouvenez-vous de moi, parce que je fuis de la race d'*Abraham*, d'*Ifaac*, & de *Jacob* ; & ne me déshonorez pas devant les enfans d'Ifraël, mais rendez-moi à mes parens ; car vous favez, Seigneur, que c'était en votre nom que j'employais (tous) mes foins (& mes vacations,) & je recevais de vous ma récompenfe. Et l'ange du

Seigneur se présenta à elle, disant : (*Salomé*, *Salomé*,)
le Seigneur vous a exaucée ; présentez votre main à
l'enfant, & portez-le; car il sera pour vous le salut &
la joie. Et *Salomé* s'approcha & le porta, disant : Je
l'adorerai, parce qu'il est le grand roi né en Israël.
Et (ayant porté l'enfant) tout-d'un-coup *Salomé* fut
guérie, & la sage-femme sortit de la caverne, justifiée.
Et voici qu'une voix lui dit : N'annoncez pas les
grandes choses que vous avez vues, jusqu'à ce que
l'enfant entre dans Jérusalem. Et *Salomé* se retira
justifiée.

X X.

E t voici que *Joseph* fut prêt à sortir (en Judée.)
Et il se fit un grand tumulte à Bethléem ; parce que
des mages vinrent d'Orient, disant: Où est le roi des
Juifs qui est né? car nous avons vu son étoile en
Orient, & nous sommes venus l'adorer. Et *Hérode*
l'entendant, il fut extrêmement troublé, & il envoya
des ministres aux mages. Et il fit venir les grands-
prêtres, & les interrogeait, disant : Comment est-il
écrit touchant le C h r i s t roi? où naît-il? Ils lui
disent en Bethléem de Juda. Car c'est ainsi qu'il est
écrit: (*i*) Et vous Bethléem, terre de Juda, vous n'êtes
pas la moindre parmi les princes de *Juda*, car c'est de
vous qu'il me sortira un chef qui gouvernera mon
peuple d'Israël. Et il les renvoya, & interrogea les
mages, leur disant : quel signe avez-vous vu touchant
le roi engendré? dites-le-moi. Et les mages lui dirent :
Sa grande étoile est née, & a brillé sur les étoiles du
ciel, de telle sorte qu'elle les a fait disparaître au point

(*i*) *Mich.* 5, v. x. *Matth.* 2, 6.

qu'on ne les voyait plus. Et ainſi nous avons connu qu'il eſt né un grand roi à Iſraël, & nous ſommes venu l'adorer. Or *Hérode* dit : Allez, & cherchez-le ſoigneuſement : & ſi vous le retrouvez, redites-le-moi, afin que venant moi-même je l'adore. Et les mages ſortirent, & voici que l'étoile qu'ils avaient vue en Orient les conduiſait, juſqu'à ce qu'elle (entrât dans la caverne ; &) elle s'arrêta ſur le haut de la caverne. (Et les mages virent l'enfant avec *Marie* ſa mère : & ils l'adorèrent.) Et tirant des dons de leurs bourſes, ils lui donnèrent de l'or, de l'encens, & de la myrrhe. Et ayant reçu réponſe d'un ange de ne pas revenir à *Hérode*, ils retournèrent dans leur pays par un autre chemin.

X X I.

MAIS *Hérode* irrité de ce qu'il avait été trompé par les mages, envoya des homicides tuer tous les enfans (k) qui étaient dans Bethléem depuis deux ans & au-deſſous. Et *Marie* apprenant que l'on tuait les enfans, frappée de crainte prit l'enfant, & l'ayant enveloppé de langes, elle ſe coucha dans la crèche des bœufs, (l) parce qu'il n'y avait point de place pour lui dans l'hôtellerie. Or *Eliſabeth* apprenant que ſon fils (*Jean*) était recherché, elle monta ſur les montagnes, & regardait de tous côtés où elle le cacherait, & il n'y avait pas de lieu ſecret. Et *Eliſabeth* gémiſſant, dit d'une voix haute : O montagne de DIEU, (m) recevez la mère avec le fils :

(k) Les Arabes diſent auſſi qu'un roi des Perſes fit mourir tous les enfans à cauſe de *Daniel. Bochart. parte 1. Hieroz. lib. & cap. 3.*

(l) *Luc* 2, v. 7. (m) Apocal. 6, v. 16.

H 2

car *Elifabeth* ne pouvait pas monter. Et tout d'un
coup la montagne fe divifa & la reçut. Une lumière
les éclaira : car l'ange du Seigneur était avec eux qui
les gardait.

X X I I.

O R *Hérode* cherchait *Jean*. Et il envoya des
miniftres à *Zacharie* (fon père) qui fervait à l'autel,
difant : Où avez-vous caché votre fils ? mais il
répondit, difant : Je fuis prêtre fervant D I E U, &
j'affifte au temple du Seigneur, je ne fais point où eft
mon fils. Et les miniftres s'en allèrent, & rapportèrent
toutes ces chofes à *Hérode*. Et *étant* en colère, il dit :
Son fils doit régner fur Ifraël. Et il envoya une
feconde fois à *Zacharie*, difant : Dites-nous la vérité,
où eft votre fils ? Ne favez-vous pas que votre fang
eft fous ma main ? Et les miniftres allèrent, & en firent
le rapport à *Zacharie* même. Mais il dit : D I E U eft
témoin que je ne fais où eft mon fils. Si vous voulez,
répandez mon fang ; car D I E U recevra mon efprit,
parce que vous répandez le fang innocent. *Zacharie*
fut tué dans les veftibules du temple de D I E U & de
l'autel, auprès de l'enclos. Et les enfans d'Ifraël ne
favaient pas quand il avait été tué.

X X I I I.

E T les prêtres allèrent à l'heure de la falutation,
& felon la coutume ; la bénédiction de *Zacharie* ne
vint pas au-devant d'eux. Et les prêtres attendaient
pour le faluer & bénir le Très-Haut. Or comme il
tardait (ils craignaient d'entrer. Mais) un d'eux eut
le courage d'entrer dans le faint où était l'autel, &

il vit le sang caillé. Et voici qu'une voix cria : *Zacharie* est tué, & son sang ne sera point effacé jusqu'à ce qu'il vienne un vengeur. Ce qu'ayant entendu il craignit, & étant sorti il rapporta aux prêtres (que *Zacharie* est tué. Et l'entendant & devenant plus hardis) ils entrèrent & virent le fait, & les lambris du temple poussant des hurlemens, & ils étaient entr'ouverts du haut jusqu'en bas. (*n*) On ne trouva point son corps, mais son sang dans les vestibules du temple était devenu comme de la pierre. Et tout tremblans ils sortirent, & annoncèrent au peuple que *Zacharie* avait été tué. Et toutes les tribus du peuple l'apprirent, & portèrent le deuil, & pleurèrent trois jours & (trois nuits. Mais après trois jours) les prêtres tinrent conseil, lequel ils mettraient à sa place. Et le sort vint sur *Siméon*. Car il avait été assuré par un oracle du St Esprit qu'il ne verrait point la mort, qu'il ne vît le CHRIST en chair.

XXIV.

ET moi *Jacques*, qui ai écrit cette histoire, voyant dans Jérusalem un tumulte qu'avait excité *Hérode*, (*o*) je me retirai dans le désert, jusqu'à ce que le tumulte fût apaisé dans Jérusalem. Or je glorifie DIEU, qui m'a donné la tâche d'écrire cette histoire. Mais que sa grâce soit avec ceux qui craignent le Seigneur (JESUS-CHRIST,) à qui la gloire & la force, (avec le Père éternel, & l'Esprit-saint, bon & vivifique, maintenant & toujours, &) dans les siècles des siècles. Ainsi soit-il.

(*n*) *Matth.* 27, v. 51.   (*o*) Act. 12, v. 1 & 2.

Ce fragment de l'évangile de l'enfance du CHRIST
étant trop étendu pour entrer dans la notice, nous le ferons
précéder l'évangile complet dont nous avons fait mention à
fon article n. XIII.

E V A N G I L E

D E

L'ENFANCE DU CHRIST.

A R T I C L E I.

M OI *Thomas,* j'ai cru néceffaire de faire connaître
à tous les Ifraélites nos frères entre les nations, les
œuvres enfantines & magnifiques du CHRIST, qu'a
opérées notre Seigneur & Dieu JESUS-CHRIST né
dans notre région à Bethléem; en étant moi-même
étonné : dont voici le commencement.

I I.

L'ENFANT JÉSUS avait l'âge de cinq ans. Or
comme il avait plu & que la pluie avait ceffé, JESUS,
avec d'autres enfans hébreux, jouait au bord d'un
ruiffeau, & les eaux courantes fe raffemblaient dans
des foffés. Alors les eaux devinrent incontinent pures
& efficaces. Cependant il ne les frappa que de la parole,
& elles lui obéiffaient entièrement. Et ayant pris fur
leur rive de la terre molle, il en forma de petits moineaux au nombre de douze. Or il y avait avec lui des

enfans qui jouaient. Et un certain juif ayant vu ce que
JESUS avait fait avec de la terre un jour de fabbat,
s'en alla fur le champ, & l'annonça à fon père *Jofeph*,
difant: voici que votre fils, en jouant près d'un ruiffeau, a pris de la terre, en a formé douze moineaux,
& il profane le fabbat. *Jofeph* donc venant fur le lieu
& le voyant, il le gronda en ces termes : Pourquoi
faites-vous ces chofes un jour de fabbat, puifqu'il n'eft
pas permis? Mais JESUS ayant frappé des mains, cria
aux moineaux, & leur dit: allez, volez, & fouvenez-
vous de moi *étant* vivans. Alors les petits moineaux
s'envolèrent, & fortirent en criant. Et les Juifs le voyant,
l'admirèrent beaucoup, & s'en allant ils racontèrent
aux principaux d'entre eux les miracles que JESUS avait
faits en leur préfence.

I I I.

OR le fils d'*Annas* le fcribe était là avec *Jofeph ;* &
ayant pris un rameau de faule, il fit écouler les eaux
que JESUS avait affemblées. L'enfant JESUS le lui ayant
vu faire, il en fut fâché, & lui dit: fot *que vous êtes,*
quel mal vous ont fait ces foffés, pour que vous répan-
diez les eaux ? Voilà fur l'heure que vous féchiez auffi
vous-même comme un arbre, & que vous ne portiez
ni feuilles, ni rameaux, ni fruits. (*a*) Et tout-à coup
il devint tout fec. Mais JESUS fe retira, & s'en alla dans
fa maifon. Au refte les parens de celui qui avait féché,
l'ayant pris, l'emportèrent en pleurant fa jeuneffe, &
le conduifirent à *Jofeph* qu'ils accufaient: Pourquoi
avez-vous un enfant de cette façon qui opère de telles
chofes ? Enfuite JESUS étant prié par toute *l'affemblée*,

(*a*) *Marc* 2, v. 14.

H 4

le guérit : il lui laiſſa cependant un petit membre ſans
(*b*) mouvement, & ſans force, pour qu'ils y fiſſent
attention.

I V.

UNE autre fois JESUS paſſait par le village ; & un
enfant, en courant, ſe jeta avec violence ſur ſon épaule ;
de quoi JESUS étant irrité, lui dit : vous ne finirez pas
votre chemin : & auſſitôt l'enfant tomba, & mourut.
Mais quelqu'un voyant cela, dirent : d'où eſt né cet
enfant, que chacune de ſes paroles a un ſi prompt
effet ? & les parens du mort s'approchant de *Joſeph*
ſe plaignaient, diſant : puiſque vous avez cet enfant,
vous ne pouvez pas habiter avec nous dans notre
ville : ou apprenez à votre enfant à bénir au lieu de
faire des imprécations ; ou ſortez avec lui de ces lieux,
car il tue nos enfans.

V.

Joſeph ayant donc pris l'enfant à part, l'avertiſſait,
diſant : pourquoi faites-vous de cette façon, & les faites-
vous ſouffrir, nous haïr, & nous perſécuter ? JESUS
répondit : Je ſais que ces paroles ne ſont pas de vous ;
je me tairai cependant à cauſe de vous ; mais ceux qui
vous les ont ſuggérées en porteront la peine éternellement. Et ſur le champ ſes accuſateurs furent privés
des yeux. Et ceux qui virent cela en furent tous fort
épouvantés : & ils héſitaient, & diſaient de lui, que tout
diſcours qu'il proférerait, ſoit bon, ſoit mauvais,
aurait ſon effet ; & ils l'admiraient. Mais *Joſeph* ayant
vu cette œuvre de JESUS, ſe levant lui prit l'oreille &

(*b*) Une main. *Luc* 6, v. 8.

la pinça. L'enfant en fut indigné, & lui dit : Qu'il vous
fuffife qu'ils cherchent, & qu'ils ne trouvent pas. Vous
n'avez point du tout fait fagement. Ne favez-vous pas
que je fuis à vous ? Ne me chagrinez pas.

V I.

Au refte un certain maître d'école nommé *Zachée*,
étant dans un certain lieu, apprit ces chofes de JESUS
de la bouche de fon père, & fut fort étonné de ce
qu'un enfant tenait de tels propos. Et peu de jours
après il alla vers *Jofeph*, & lui dit : vous avez un enfant
judicieux, qui a de l'entendement ; allons donc, confiez-
le moi, pour qu'il apprenne les lettres. Et lorfque le
maître fut affis pour montrer les lettres à JESUS, il
commença par la première, Aleph. Mais JESUS prononça la feconde Beth & Ghimel, & lui nomma les
autres lettres jufqu'à la fin. Et ayant ouvert le livre,
il enfeigna les prophètes au maître d'école, qui refta
tout honteux, parce qu'il ne favait pas d'où il avait
appris les lettres ; & fe levant il retourna à la maifon,
faifi d'admiration, & étonné d'une chofe incroyable.

V I I.

APRÈS cela comme JESUS paffait fon chemin, il
vit une boutique, & certain jeune homme qui trempait,
dans des chaudières, des habits & divers morceaux
d'étoffe de couleur brune, préparant le tout felon la
volonté d'un chacun. Alors l'enfant JESUS étant entré
vers le jeune homme qui était ainfi en ouvrage, il
prit auffi des morceaux d'étoffe qui fe trouvèrent fous
fa main. **

EVANGILE

DE L'ENFANCE.

Au nom du Père & du Fils & du St Esprit d'un seul
D I E U.

Par le secours & la faveur du grand D I E U, nous commençons à écrire le livre des miracles de notre maître, & seigneur, & sauveur, Jesus-Christ, qui est appelé l'*Evangile de l'enfance*, dans la paix du Seigneur; ainsi soit-il.

I.

Nous trouvons dans le livre du pontife *Joseph*, qui vécut au temps du Christ (quelques-uns le prennent pour *Cajapha*, il dit) que Jesus parla même lorsqu'il était au berceau, & qu'il dit à sa mère *Marie:* Je suis Jesus, fils de Dieu, ce verbe que vous avez enfanté, comme l'ange *Gabriel* vous l'a annoncé; & mon père m'a envoyé pour le salut du monde.

I I.

Or l'an trois cent neuf de l'ère d'*Alexandre*, *Auguste* ordonna que chacun fût inscrit dans sa patrie. C'est pourquoi *Joseph* se leva; & ayant pris *Marie* sa fiancée, il alla à Jérusalem, & vint à Bethléem pour être inscrit avec sa famille dans la ville de son père. Et quand ils furent arrivés près d'une caverne, *Marie* dit à *Joseph*, que son temps d'accoucher était proche, & qu'elle ne pouvait point aller jusqu'à la ville : mais, dit-elle, entrons dans cette caverne. Comme *Joseph* alla vîte pour amener une femme qui l'aidât (dans l'accouchement,) il vit une vieille juive, originaire de Jérusalem, & lui dit : Hola! ma bonne, venez ici, & entrez dans cette caverne, où vous trouverez une femme près d'accoucher.

I I I.

AINSI après le coucher du soleil, la vieille, & avec elle *Joseph*, arrivèrent à la caverne. & y entrèrent tous les deux. Et voici! elle était remplie de lumières, qui effaçaient l'éclat des lampes & des chandelles, & étaient plus grandes que la clarté du soleil; l'enfant enveloppé de langes suçait les mamelles de la divine *Marie* sa mère, étant couché dans la crèche. Comme ils admiraient tous les deux cette lumière, la vieille demande à la divine *Marie :* Etes-vous la mère de cet enfant? & la divine *Marie* fesant signe qu'oui; vous n'êtes pas, lui dit-elle, semblable aux filles d'*Eve.* La divine *Marie* disait: Comme entre tous les enfans il n'y en a point de semblable à mon fils, de même sa mère n'a point sa pareille entre les femmes. La vieille répondant & disant: Ma maîtresse, je suis venue pour acquérir un prix qui durera toujours ; notre divine *Marie* lui dit: Imposez vos mains à l'enfant; ce que la vieille ayant fait, dès ce temps elle s'en alla purifiée. C'est pourquoi étant sortie elle disait : Depuis ce temps je serai la servante de cet enfant tous les jours de ma vie.

I V.

ENSUITE lorsque les bergers furent venus, & qu'ayant allumé du feu, ils se réjouissaient grandement,

il leur apparut des armées céleftes louant & célébrant
le Dieu fuprême; & les bergers fefant la même chofe:
alors cette caverne paraiffait très-femblable à un temple
augufte, parce que les voix céleftes de même que les
terreftres, célébraient & magnifiaient Dieu à caufe de
la naiffance du Seigneur Christ. Or la vieille juive
voyant ces miracles manifeftes, rendait grâces à Dieu,
difant : Je vous rends grâces, ô Dieu, Dieu d'Ifraël,
parce que mes yeux ont vu la naiffance du Sauveur
du monde.

V.

Et lorfque le temps de la circoncifion fut arrivé,
c'eft-à-dire le huitième jour, auquel la loi ordonne de
circoncire un enfant, (a) ils le circoncirent dans la
caverne; & la vieille juive prit cette pellicule, (mais
d'autres difent qu'elle prit la rognure du nombril,) &
elle la renferma dans un vafe d'albâtre plein de vieille
huile de nard. Or elle avait un fils parfumeur, à qui
elle la remit, lui difant : Prenez garde de vendre ce
vafe d'albâtre rempli de parfum de nard, quand même
on vous en offrirait trois cents deniers. Et c'eft-là ce
vafe d'albâtre que *Marie* la péchereffe acheta, & qu'elle
répandit fur la tête & les pieds de notre Seigneur
Jesus-Christ, & les effuya avec les cheveux de fa
tête. Ayant laiffé paffer l'efpace de dix jours, ils le
portèrent à Jérufalem, & le quarantième après fa
naiffance ils le préfentèrent dans le temple devant la
face du Seigneur, offrant pour lui les dons, ce qui
eft prefcrit par la loi de *Moïfe;* (b) favoir, tout mâle
premier né fera appelé *le faint de* Dieu.

(a) Genèfe 27, v. 12; & Lévit. 12, v. 3.
(b) Exod. 30, v. 2; & *Luc* 2, v. 23.

VI.

Et le vieillard *Siméon* le vit brillant comme une colonne de lumière lorſque la divine vierge *Marie* ſa mère le portait dans ſes bras, toute tranſportée de joie; & les anges l'entouraient comme un cercle, le célébrant & ſe tenant comme des gardes auprès d'un roi. (*c*) C'eſt pourquoi *Siméon* s'approchant au plus vîte de la divine *Marie*, & étendant les mains vers elle, il diſait au Seigneur CHRIST: (*d*) Maintenant, ô mon Seigneur, votre ſerviteur s'en va en paix, ſelon votre parole, car mes yeux ont vu votre miſéricorde que vous avez préparée pour le ſalut de toutes les nations; la lumière de tous les peuples, & la gloire de votre peuple d'Iſraël. *Hanne* la prophéteſſe était auſſi là, & s'approchant, elle rendait grâces à DIEU & vantait le bonheur de la dame *Marie*.

VII.

Et il arriva lorſque le Seigneur JESUS fut né à Bethléem, ville de Judée, au temps du roi *Hérode*, voici! des mages vinrent de l'Orient à Jéruſalem, comme l'avait prédit *Zorodaſcht* (*Zoroaſtre;*) & ils avaient avec eux des préſens, de l'or, de l'encens, & de la myrrhe; & ils l'adorèrent, & lui offrirent leurs préſens. Alors la dame *Marie* prit une des bandelettes (dont l'enfant était enveloppé) & la leur donna au lieu de bénédiction; & ils la reçurent d'elle comme un très-beau préſent. Et à la même heure il leur apparut un ange en forme de l'étoile qui les avait auparavant conduits dans leur chemin, & dont ils

(*c*) *Matth.* 4; v. 11.   (*d*) *Luc* 2, v. 28.

fuivirent la lumière en s'en allant, jufqu'à ce qu'ils fuffent retournés dans leur patrie.

V I I I.

Or il y avait des rois, & leurs princes qui leur demandaient ce qu'ils avaient vu, ou ce qu'ils avaient fait ; comment ils étaient allés & revenus ; enfin quels compagnons de voyage ils avaient eus. Mais eux leur montrèrent cette bandelette que la divine *Marie* leur avait donnée : c'eft pourquoi ils célébrèrent une fête ; & felon leur coutume ils allumèrent du feu , & l'ado-rèrent, & y jetèrent cette bandelette; & le feu la faifit & l'environna. Et le feu étant éteint, ils en retirèrent la bandelette entière, comme fi le feu ne l'eût pas touchée. C'eft pourquoi ils commencèrent à la baifer, à la mettre fur leurs têtes & fur leurs yeux , difant : C'eft certainement ici la vérité indubitable ! Sans doute que c'eft une grande chofe que le feu n'a pu la brûler, ou la perdre. Enfuite ils la prirent & la mirent dans leurs tréfors avec vénération.

I X.

Mais *Hérode* voyant que les mages tardaient, & ne revenaient pas vers lui, fit venir les prêtres & les fages, (e) & leur dit : Enfeignez-moi où le Christ doit naître ; & lorfqu'ils eurent répondu , à Bethléem ville de Judée , il commença à rouler dans fon efprit le maffacre du Seigneur Jesus-Christ. Alors l'ange du Seigneur apparut à *Jofeph* en fonge , & lui dit : Levez - vous , prenez l'enfant & fa mère, & allez en Egypte, vers le chant du coq. C'eft pourquoi il fe leva & partit.

(e) *Matth.* 2 , v. 4.

X.

ET comme il penfait en lui-même quel devait être fon voyage, il fut furpris par l'aurore ; & la fatigue du chemin avait rompu la fangle de la felle. Et ils approchaient déjà d'une grande ville dans laquelle était une idole, à qui les autres idoles, & les dieux d'Egypte, offraient des dons & des vœux ; & auprès de cette idole fe tenait un prêtre qui en était le miniftre, & qui chaque fois que *Sathan* parlait par *la bouche* de cette idole, la rapportait aux habitans de l'Egypte & de fes contrées. Ce prêtre avait un fils de trois ans, (*f*) obfédé d'une grande multitude de démons, lequel tenait plufieurs propos ; & lorfque les démons fe faififaient de lui, il déchirait fes habits, & courait tout nu en jetant des pierres aux paffans. Or dans le voifinage de cette idole, était l'hôpital de cette ville, dans laquelle *Jofeph* & la divine *Marie* furent à peine entrés, & defcendus dans cet hôpital, que fes citoyens furent fort confternés ; & tous les princes & les prêtres de l'idole s'affemblèrent auprès de cette idole, lui demandant : Quelle eft cette confternation & cette épouvante qui a faifi notre pays ? L'idole leur répondit : Il eft arrivé ici un Dieu inconnu, qui eft véritablement DIEU, & pas un autre que lui n'eft digne du culte divin, parce qu'il eft véritablement fils de DIEU : (*g*) à fa *feule* renommée cette religion a tremblé, & fon arrivée la trouble & l'agite, & nous craignons beaucoup de la grandeur de fon empire. Et à l'heure même cette idole fut

---

(*f*) *Marc* 5 , v. 9 ; & *Luc* 8 , v. 30.
(*g*) *Marc* 5 , v. 7. *Matth.* 8 , v. 29. *Luc* 4 , v. 41.

renverfée, & tous les habitans d'Egypte, outre les autres, accoururent à fa ruine.

X I.

MAIS le fils du prêtre, attaqué de fa maladie accoutumée, entra dans l'hôpital, où il offenfa *Jofeph* & la divine *Marie*, que tous les autres avaient abandonnés par la fuite. Et parce que la divine *Marie* avait lavé les langes du Seigneur CHRIST, & les avait étendu fur une latte, cet enfant poffédé arracha un de ces langes & le mit fur fa tête, & auffitôt les démons commencèrent à fortir de fa bouche, & à fuir fous la figure de corbeaux & de ferpens. Depuis ce temps donc par l'empire du Seigneur CHRIST l'enfant fut guéri, & commença à chanter des louanges & à rendre grâces au Seigneur qui l'avait guéri. Et fon père le voyant rétabli dans fa première fanté : Mon fils, dit-il, que vous eft-il arrivé ? & par quel moyen avez-vous été guéri ? Le fils répondit : Comme les démons m'agitaient, je fuis entré dans l'hôpital, & j'y ai trouvé une femme d'un vifage charmant, avec fon enfant, dont elle avait étendu fur une latte les langes qu'elle venait de laver : pendant que j'en mettais fur ma tête un que j'avais arraché, les démons fe font enfuis, & m'ont quitté. Le père tranfporté de joie, lui dit : Mon fils, il fe peut faire que cet enfant foit le fils du DIEU vivant, qui a créé le ciel & la terre; car auffitôt qu'il eft venu vers nous, l'idole a été brifée, & tous les dieux ont été renverfés & détruits par une force fupérieure.

X I I.

XII.

AINSI s'accomplit la prophétie qui dit : (*h*) J'ai appelé mon fils d'Egypte : car *Joseph* & *Marie*, ayant appris que l'idole avait été renversée & détruite, furent tellement saisis de crainte & d'épouvante, qu'ils dirent : Lorsque nous étions dans la terre d'Israël, *Hérode* a voulu faire mourir JESUS, c'est pour cela qu'il a massacré tous les enfans de Bethléem, & de ses environs : & il n'y a point de doute que les Egyptiens ne nous fassent brûler, s'ils apprennent que cette idole a été brisée & renversée.

XIII.

ETANT donc sortis de là, ils parvinrent auprès d'un repaire de voleurs qui, ayant dépouillé des voyageurs de leurs bagages & de leurs habits, les conduisaient enchaînés. Or, ces voleurs entendaient un grand bruit, tel qu'est ordinairement celui d'un roi qui sort de sa ville suivi d'une nombreuse armée & de sa cavalerie au son retentissant des tambours ; c'est pourquoi, laissant toute leur proie, ils s'enfuirent. Alors les captifs se levant, détachaient les chaînes l'un de l'autre, & ayant repris leurs bagages & s'en allant, lorsqu'ils virent approcher *Joseph* & *Marie*, ils leur demandèrent : Où est ce roi dont les voleurs entendant le bruit de l'arrivée, nous ont laissé échapper sans nous faire aucun mal ? *Joseph* répondit : Il vient après nous.

XIV.

ENSUITE ils vinrent dans une autre ville, où était une femme possédée, dont *Sathan* maudit &

(*h*) Num. 24, v. 8. *Oseæ* 2, v. 1. *Matth.* 2, v. 15.

rebelle s'était emparé, comme elle était allée une fois de nuit puifer de l'eau. Elle ne pouvait ni fouffrir des habits, (i) ni refter dans les maifons : & chaque fois qu'on l'attachait avec des chaînes ou des courroies, elle les rompait, & fuyait toute nue dans les lieux déferts ; & fe tenant dans les carrefours & dans les cimetières, elle jetait des pierres aux hommes, de forte qu'elle caufait beaucoup de dommages à fes proches. La divine *Marie*, l'ayant donc vue, en eut pitié ; & tout d'un coup *Sathan* la quitta, & s'enfuyant fous la forme d'un jeune *homme*, il dit : Malheur à moi, à caufe de vous, *Marie*, & de votre fils ! Ainfi, cette femme fut délivrée de fon tourment, & revenant à fon bon fens, & rougiffant de fa nudité, elle retourna vers fes proches, évitant la rencontre des hommes ; & ayant repris fes habits, elle expliqua la raifon de fon état à fon père & à fes proches, lefquels, étant des principaux de la ville, reçurent chez eux la divine *Marie* & *Jofeph* avec vénération.

X V.

LE jour fuivant, ils partirent de chez eux, munis d'une honnête provifion pour le voyage, & fur le foir du même jour, ils arrivèrent dans une autre ville où l'on célébrait des noces ; mais l'époufée était devenue muette par les tromperies maudites de *Sathan*, & par le moyen de la magie, de forte qu'elle ne pouvait plus ouvrir la bouche. Cette époufée muette, voyant donc la divine dame *Marie*, lorfqu'elle entrait dans la ville en portant dans fes

(i) *Luc* 8, 27, & *Marc* 5, 2.

bras fon fils le Seigneur CHRIST, elle étendit fes
mains vers le Seigneur CHRIST, & l'ayant tiré à foi,
elle le prit dans fes bras; & le ferrant étroitement,
elle lui donna de fréquens baifers, en l'agitant
plufieurs fois, & l'approchant de fon corps. Auffitôt
le nœud de fa langue fe délia, (k) & fes oreilles
s'ouvrirent; & elle commença à chanter des louanges
& des actions de grâces à DIEU, de ce qu'il lui avait
rendu la fanté. C'eft pourquoi il fe répandit cette
nuit une fi grande joie parmi les citoyens de cette
ville, qu'ils penfaient (l) que DIEU & fes anges
étaient defcendus vers eux.

X V I.

ILS y reftèrent trois jours, traités avec grande
vénération, & reçus avec un fplendide appareil.
Munis enfuite de provifions pour le voyage, ils les
quittèrent, & vinrent dans une autre ville, dans
laquelle ils défiraient paffer la nuit, parce qu'elle
était floriffante par la célébrité des hommes. Or, il
y avait dans cette ville une femme noble, laquelle
étant un jour defcendu vers le fleuve pour laver,
voici que le maudit *Sathan*, en forme de ferpent,
avait fauté fur elle, & s'était entortillé autour de
fon ventre, & toutes les nuits, il s'étendait fur elle.
Cette femme, ayant vu la divine dame *Marie*, & le
Seigneur CHRIST enfant dans fon fein, priait la
divine dame *Marie*, qu'elle lui remît cet enfant pour
le tenir & le baifer. Elle y ayant confenti, & ayant
à peine approché l'enfant, *Sathan* s'éloigna d'elle,

(k) *Marc* 7, v. 35.   (l) Act. 14, v. 11.

I 2

& fuyant il la laiffa; & depuis ce jour cette femme ne le vit jamais. Tous les voifins louaient donc le Dieu fuprême; & cette femme les récompenfait avec une grande honnêteté.

X V I I.

L E jour fuivant, la même femme prit de l'eau parfumée, pour laver le Seigneur J E S U S; & l'ayant lavé, elle mit à part cette eau chez elle. Il y avait là une jeune fille dont le corps était blanc de lèpre, qui, s'étant arrofée & lavée avec cette eau, fut guérie de fa lèpre depuis ce temps-là. Le peuple difait donc: Il n'y a point de doute que *Jofeph* & *Marie*, & cet enfant, ne foient des Dieux; car ils ne paraiffent point mortels. Or, comme ils fe préparaient à partir, cette jeune fille que la lèpre avait infectée, s'approchant, les priait qu'ils la priffent pour compagne de voyage.

X V I I I.

I L S y confentaient, & la jeune fille allait avec eux, jufqu'à ce qu'ils vinrent dans une ville dans laquelle était la fortereffe d'un grand prince, dont le palais n'était pas loin de l'hôtellerie. Ils y allaient, lorfque la jeune fille les quitta; & étant entrée vers l'époufe du prince, & l'ayant trouvée trifte & pleurante, elle lui demandait la caufe de fes pleurs. Ne vous étonnez point, dit-elle, de mes fanglots; car j'éprouve une grande calamité que je n'oferai raconter à perfonne. Or la jeune fille dit: Peut-être que, fi vous me confiez votre mal fecret, le remède s'en trouvera auprès de moi. Tenant donc mon fecret caché, répondit l'époufe du prince, vous ne le raconterez à aucun mortel. J'ai été mariée à ce prince qui, comme un roi, a plufieurs terres fous fa domination ; ainfi j'ai long-temps vécu avec lui, & il n'avait point d'enfant de moi. A la fin, je conçus de lui ; mais hélas ! j'accouchai d'un fils lépreux, qu'il ne reconnut point pour fien, lorfqu'il le vit ; & il me dit : Ou tuez-le, ou abandonnez-le à quelque nourrice pour être élevé dans un lieu que je n'en entende jamais parler. D'ailleurs, prenez ce qui eft à vous, je ne vous verrai jamais plus. Ainfi, je me fuis confumée en déplorant mon affliction, & ma condition miférable. Hélas ! mon fils ! hélas, mon époux ! Ne vous ai-je pas dit, reprit la jeune fille, que j'ai trouvé à votre mal un remède dont je vous réponds ? car j'ai été auffi lépreufe ; mais DIEU, qui eft JESUS, fils de la dame *Marie*, m'a guérie. Or, cette femme lui demandant où était ce Dieu dont elle parlait ? Il eft ici avec vous, dit la jeune fille, dans la même maifon. Mais comment, dit-elle, cela fe peut-il faire ? où eft-il ? Voici, répliqua la jeune fille, *Jofeph* & *Marie*: or, l'enfant qui eft avec eux, s'appelle JESUS ; & c'eft lui qui a guéri ma maladie & mon affliction. Mais comment, dit-elle, avez-vous été guérie de la lèpre ? ne me l'indiquerez-vous pas ? Pourquoi non, dit la jeune fille : j'ai pris de l'eau dont fon corps avait été lavé, je l'ai verfée fur moi, & ma lèpre a difparu. C'eft pourquoi l'époufe du prince, fe levant, les logea chez elle, & prépara à *Jofeph* un feftin fplendide dans une nombreufe affemblée. Or le jour fuivant, elle prit de l'eau parfumée pour en laver le Seigneur JESUS, & enfuite de la même eau elle arrofa fon

I 3

fils qu'elle avait pris avec elle, & fur le champ fon
fils fut guéri de fa lèpre. Chantant donc des actions
de grâces, & des louanges à DIEU: Bienheureufe,
dit - elle, eft (*m*) la mère qui vous a enfanté,
ô JESUS! Eft-ce ainfi que de l'eau dont votre corps
a été lavé, vous guériffez les hommes, qui participent avec vous à la même nature? Au refte, elle
fit des préfens confidérables à la dame *Marie*, & la
laiffa aller avec un honneur diftingué.

X I X.

ETANT enfuite arrivés dans une autre ville, ils
défiraient y paffer la nuit. C'eft pourquoi ils entrèrent
chez un homme nouvellement marié, mais qui, étant
enforcelé, ne pouvait pas jouir de fa femme; &
lorfqu'ils eurent paffé cette nuit, fon charme fut
levé. Mais au point du jour, comme ils fe préparaient
à partir, l'époux les en empêcha, & leur prépara un
grand feftin.

X X.

ETANT donc partis le lendemain, & approchant
d'une nouvelle ville, ils aperçoivent trois femmes
qui revenaient d'un certain tombeau en pleurant
beaucoup. La divine *Marie*, les ayant vues, dit à
la jeune fille qui l'accompagnait: Allez, & demandez-
leur quelle eft leur condition, & quelle calamité
leur eft arrivée. La fille le leur ayant demandé,
elles ne répondirent rien, & lui demandèrent à
leur tour: D'où êtes-vous, & où allez-vous? car le

(*m*) *Luc* II, v. 27.

jour va finir , & la nuit approche. Nous fommes
des voyageurs, dit la jeune fille , & nous cherchons
une hôtellerie pour y paffer la nuit. Elles dirent :
Allez avec nous, & paffez la nuit chez nous. Les
ayant donc fuivies, ils furent conduits dans une
maifon neuve, ornée, & diverfement meublée. Or ,
c'était le temps de l'hiver; & la jeune fille, étant
entrée dans la chambre de ces femmes, les trouva
encore qui pleuraient & fe lamentaient. Il y avait
auprès d'elles un mulet couvert d'une étoffe de foie,
ayant un pendant d'ébène à fon cou ; elles lui donnaient des baifers, & lui préfentaient à manger. Or,
la jeune fille difant : O mes dames, que ce mulet eft
beau! Elles répondirent en pleurant, & dirent : Ce
mulet que vous voyez a été notre frère, né de notre
même mère que voilà : & notre père en mourant
nous ayant laiffé de grandes richeffes, comme nous
n'avions que ce feul frère, nous lui cherchions un
mariage avantageux, défirant lui préparer des noces,
fuivant l'ufage des hommes. Mais des femmes,
agitées des fureurs de la jaloufie, l'ont enforcélé à
notre infu : & une certaine nuit, ayant exactement
fermé la porte de notre maifon un peu avant l'aurore,
nous vîmes que notre frère avait été changé en mulet,
comme vous le voyez aujourd'hui. Etant donc triftes,
comme vous voyez, parce que nous n'avions point
de père pour nous confoler, nous n'avons laiffé
dans le monde aucun fage, ou mage, ou enchanteur,
fans le faire venir ; mais cela ne nous a fervi de
rien du tout. C'eft pourquoi, chaque fois que nos
cœurs font accablés de trifteffe, nous nous levons,
& nous allons avec notre mère que voilà , auprès

du tombeau de notre père , & après que nous y avons pleuré , nous revenons.

X X I.

CE qu'ayant entendu la jeune fille , reprenez courage , dit - elle , & ceffez vos pleurs ; car le remède de votre douleur eft proche , ou plutôt il eft avec vous , & au milieu de votre maifon. Car j'ai auffi été lépreufe moi ; mais lorfque je vis cette femme , & avec elle ce petit enfant qui fe nomme JESUS , j'arrofai mon corps de l'eau dont fa mère l'avait lavé , & je fus guérie. Or je fais qu'il peut auffi remédier à votre mal ; c'eft pourquoi levez - vous , allez voir madame *Marie* , & l'ayant conduite dans votre cabinet , découvrez - lui votre fecret , la priant humblement qu'elle ait pitié de vous. Après que les femmes eurent entendu le difcours de la jeune fille , elles allèrent vîte vers la divine dame *Marie* , & l'ayant introduite chez elles , & s'étant affifes devant elles en pleurant , elles lui dirent : O notre dame , divine *Marie* , ayez pitié de vos fervantes ; car il ne nous refte plus ni vieillard , ni chef de famille , ni père , ni frère , qui entre & forte en notre préfence : mais ce mulet , que vous voyez , a été notre frère , que des femmes , par enchantement , ont rendu tel que vous voyez ; c'eft pourquoi nous vous prions que vous ayez pitié de nous. Alors la divine *Marie* , touchée de leur fort , ayant prié le Seigneur JESUS , le mit fur le dos du mulet , & dit à fon fils ! Hé JESUS - CHRIST , guériffez ce mulet par votre rare puiffance , & rendez-lui la forme humaine & raifonnable , telle qu'il l'a eue auparavant. A peine cette parole fut - elle fortie de la bouche de la divine dame *Marie*, que le mulet, changé tout-à-coup, reprit la forme humaine, & redevint un jeune homme, sans qu'il lui restât la moindre difformité. Alors lui, sa mère, & ses sœurs, adoraient la divine dame *Marie*, & baisaient l'enfant en l'élevant sur leurs têtes, disant : (*n*) Bienheureuse est votre mère, ô JESUS, ô Sauveur du monde! bienheureux sont les yeux (*o*) qui jouissent du bonheur de vous voir!

X X I I.

AU reste, les deux sœurs disaient à leur mère : Certainement notre frère a repris sa première forme par le secours du Seigneur JESUS, & par la bénédiction de cette jeune fille qui nous a fait connaître *Marie* & son fils. Actuellement donc, comme notre frère est garçon, il est convenable que nous lui donnions en mariage cette jeune fille, leur servante. En ayant fait la demande à la divine *Marie*, qui la leur accorda, elles préparèrent à cette jeune fille des noces splendides ; & changeant leur tristesse en joie, & leurs pleurs en ris, elles commencèrent à se réjouir, à se divertir, à danser & chanter, après s'être parées de leurs habits & de leurs colliers les plus brillans, à cause de l'excès de leur plaisir. Ensuite, en glorifiant & louant DIEU, elles disaient : O JESUS fils de *David*, qui changez la tristesse en joie, & les pleurs en ris! Et *Joseph* & *Marie* y demeurèrent dix jours. Ensuite ils partirent, accablés d'honneurs par ces personnes qui, leur ayant dit adieu & s'en étant retournées, versaient des larmes, & plus que les autres, la jeune fille.

(*n*) *Luc* 2, v. 27.　　　(*o*) *Luc* 10, v. 23.

XXIII.

Au fortir de là étant arrivés dans une terre déferte, & ayant appris qu'elle était infeftée par les voleurs, *Jofeph* & la divine *Marie* fe préparaient à la traverfer de nuit. Et en marchant, voilà qu'ils aperçoivent dans le chemin deux larrons endormis, & avec eux une multitude de larrons qui étaient leurs affociés, & ronflaient auffi. Et ces deux larrons qu'ils rencontraient, étaient *Titus* & *Dumachus*, (*p*) & *Titus* difait à *Dumachus*: Je vous prie de laiffer en aller librement ces *gens*-là, de peur que nos affociés ne les aperçoivent. Or, *Dumachus* le refufant, *Titus* lui dit une feconde fois : Prenez ces quarante drachmes, & cette ceinture que je vous donne ; & qu'il lui préfentait plus promptement qu'il ne le difait, de peur qu'il n'ouvrît la bouche, ou qu'il ne parlât. Et la divine dame *Marie*, voyant que ce larron leur fefait du bien, lui dit : Le Seigneur D I E U vous recevra à fa droite, & vous accordera la rémiffion des péchés. Et le Seigneur J E S U S répondit, & dit à fa mère : Après trente ans, ô ma mère, les Juifs me crucifieront à Jérufalem ; & ces deux larrons, en même temps que moi, feront élevés en croix, *Titus* à ma droite, & *Dumachus* à ma gauche, & depuis ce jour-là, *Titus* me précédera en paradis. (*q*) Et lorfqu'elle eut dit : Mon fils, que D I E U détourne cela de vous ; (*r*) ils allèrent de là à la ville des idoles, laquelle fût changée en collines de fable, lorfqu'ils en eurent approché.

(*p*) *Nicodème* les appelle *Demas* & *Geftas*, article 9 de fon évangile ; & *Bède*, *Matha* & *Joca*.

(*q*) *Luc* 23, v. 43.   (*r*) *Matth.* 16, 22.

XXIV.

DE là ils allèrent à ce Sycomore, qui s'appelle aujourd'hui Matarea, & le Seigneur JESUS produisit à Matarea une fontaine, dans laquelle la divine *Marie* lava fa tunique; & de la fueur qui y coula du Seigneur JESUS, provint le baume dans cette région.

XXV.

ENSUITE ils defcendirent à Memphis, & ayant vu *Pharaon*, ils reftèrent trois ans en Egypte, & le Seigneur JESUS fit en Egypte plufieurs miracles (qui ne font écrits ni dans l'*Evangile de l'enfance*, ni dans l'*Evangile parfait.*)

XXVI.

MAIS les trois ans étant paffés, il fortit d'Egypte, & revint; & lorfqu'ils approchèrent de la Judée, *Jofeph* craignit d'y entrer; car apprenant qu'*Hérode* était mort, & que fon fils *Archélaüs* avait fuccédé à fa place, il eut peur; & l'ange de DIEU alla en Judée, & lui apparut, & dit : O *Jofeph*, allez dans la ville de Nazareth, & y demeurez. (Chofe étonnante fans doute, que le maître des contrées fut ainfi porté & promené par les contrées.)

XXVII.

ETANT enfuite entrés dans la ville de Bethléem, ils y voyaient des maladies nombreufes & difficiles, qui incommodaient les yeux des enfans, de forte que plufieurs mouraient. Il y avait là une femme, ayant un fils malade, qu'elle amena à la divine dame *Marie*

comme il était près de mourir, & qui la regarda lorfqu'elle lavait JESUS-CHRIST. Cette femme difait
donc : O madame *Marie*, regardez mon fils qui fouffre
de cruels tourmens. Et la divine *Marie* l'entendant:
Prenez, dit-elle, un peu de cette eau dont j'ai lavé mon
fils, & l'en arrofez. Prenant donc un peu de cette eau
comme la divine *Marie* l'avait ordonné, elle en arrofa
fon fils qui, laffé d'une violente agitation, s'affoupit,
& lorfqu'il eut un peu dormi, il s'éveilla après fain
& fauf. La mère fut fi joyeufe de cet événement,
qu'elle alla revoir une feconde fois la divine *Marie;* &
la divine *Marie* lui difait : Rendez grâces à DIEU qui
a guéri votre fils.

X X V I I I.

IL y avait là une autre femme, voifine de celle
dont le fils venait d'être guéri. Comme le fils de celle-ci
avait la même maladie, & que fes yeux étaient prefque
fermés, elle fe lamentait jour & nuit. La mère de
l'enfant guéri lui dit : Pourquoi ne portez-vous pas
votre fils vers la divine *Marie*, comme j'y ai porté
mon fils lorfqu'il était à l'agonie de la mort, qui a
été guéri avec l'eau dont le corps de fon fils JESUS
avait été lavé ? Ce que cette femme ayant appris d'elle,
y alla auffi elle-même ; & ayant pris de la même eau,
elle en lava fon fils, dont le corps & les yeux recou-
vrèrent leur première fanté. La divine *Marie* ordonna
auffi à celle-ci, lorfqu'elle lui apporta fon fils, & lui
raconta cet événement, de rendre grâces à DIEU pour
la fanté que fon fils avait recouvrée, & de ne raconter
à qui que ce foit ce qui était arrivé. (s)

(s) *Matth.* 8, v. 4, 9, 30 ; & 12, v. 16.

XXIX.

IL y avait dans la même ville deux femmes époufes d'un homme, dont chacune avait un fils malade; l'une fe nommait *Marie*, & le nom de fon fils.était *Kaljufe*. (*t*) Celle-là fe leva, & ayant pris fon fils, elle alla vers la divine dame *Marie*, mère de JESUS, & lui ayant préfenté une très-belle ferviette : O madame *Marie*, dit-elle, recevez de moi cette ferviette, & rendez-moi à la place un de vos langes. *Marie* le fit, & la mère de *Kaljufe* s'en allant, en fit une tunique dont elle habilla fon fils. Ainfi fa maladie fut guérie ; mais le fils de fa rivale mourut. De-là vint une méfin-telligence entre elles : comme elles avaient le foin du ménage chacune leur femaine, & que c'était le tour de *Marie*, mère de *Kaljufe*, elle chauffait le four pour cuire du pain; & ayant laiffé fon fils *Kaljufe* auprès du four, elle fortit pour aller chercher de la farine. Sa rivale le voyant feul, (or le four chauffait à grand feu,) le prit, & le jeta dans le four, & fe retira de là. *Marie* revenant, & voyant fon fils *Kaljufe* rire couché au milieu du four, (*u*) & le four refroidi comme fi on n'y avait point mis de feu, elle connut que fa rivale l'avait jeté dans le feu. L'ayant donc retiré, elle le porta à la divine dame *Marie*, & lui raconta fon accident. Taifez-vous, lui dit-elle, car je crains pour nous, fi vous divulguez ces chofes. Enfuite fa rivale alla tirer de l'eau au puits, & voyant *Kaljufe* qui jouait auprès du puits, & qu'il n'y avait perfonne, elle le prit, & le jeta dans le puits. Et lorfque des perfonnes furent venues chercher de l'eau au puits, elles virent

(*t*) *Caleb.*   (*u*) *Daniel 3, v. 23.*

cet enfant affis fur la furface de l'eau, & lui ayant
tendu des cordes, elles le retirèrent. Et cet enfant leur
caufa une fi grande admiration, qu'ils glorifiaient
DIEU. Or fa mère étant furvenue, elle le prit, & le
porta vers la divine dame *Marie* en pleurant & difant:
O madame, voyez ce que ma rivale a fait à mon fils,
& comment elle l'a jeté dans un puits; & il n'y a point
de doute que quelque jour elle ne lui caufe quelque
malheur. La divine *Marie* lui dit : DIEU vengera
l'injuftice qu'elle vous a faite. Peu de jours après,
comme fa rivale allait puifer de l'eau au puits, fon
enfant s'embarraffa dans la corde, de façon qu'il fut
précipité dans le puits; & ceux qui accoururent à fon
fecours, lui trouvèrent la tête caffée, & les os brifés.
Ainfi il périt miférablement, & ce proverbe d'un
auteur s'accomplit en elle : (x) ils ont creufé un puits,
& ont jeté la terre fort loin; mais ils font tombés dans
la foffe qu'ils avaient préparée.

X X X.

IL y avait une autre femme qui avait deux enfans
attaqués de la même maladie : l'un étant mort, &
l'autre près de mourir, elle le prit dans fes bras, &
le porta à la divine dame *Marie* en fondant en larmes:
O madame, dit-elle, aidez-moi, & me donnez du
fecours; car j'avais deux fils, je viens d'en enfevelir
un, & je vois l'autre à deux doigts de la mort; voyez
comment je demande grâce à DIEU, & je le prie
humblement, & elle commença à dire : O Seigneur,
vous êtes clément, miféricordieux, & doux ! vous
m'avez donné deux fils, & comme vous en avez retiré

(x) Prov. 26, v. 27.

un à vous, laiffez-moi au moins celui-ci. C'eft pourquoi la divine *Marie*, voyant la violence de fes larmes,
eut pitié d'elle, & lui dit : Hé! mettez votre fils dans le
lit de mon fils, & couvrez-le de fes habits. Et lorfqu'elle l'eut mit dans le lit où le Christ était couché,
(or fes yeux allaient fe fermer pour toujours,) auffitôt
que l'odeur des habits du Seigneur Jesus-Christ
eut touché cet enfant, fes yeux s'ouvrirent, & appelant fa mère d'une voie forte, (*y*) il demanda du pain,
& quand on lui en eut donné, il le fuçait. Alors fa
mère dit : O dame *Marie*, je connais maintenant que
la vertu de Dieu habite en vous, de forte que votre
fils guérit les enfans, qui deviennent avec lui parti-
cipans de la même nature, auffitôt qu'ils touchent
fes habits. Cet enfant qui fut guéri de cette forte, eft
celui qui, dans l'Evangíle, eft appelé *Barthelemi*. (*z*)

X X X I.

Au refte, il y avait là une femme lépreufe qui,
allant voir la divine dame *Marie* mère de Jesus,
difait : Madame, aidez-moi. Et la divine dame *Marie*
répondait : quel fecours demandez-vous? eft-ce de
l'or ou de l'argent, ou que votre corps foit guéri de
la lèpre? Mais qui eft-ce, demandait cette femme,
qui pourrait me donner cela? La divine *Marie* lui dit :
Attendez un moment, jufqu'à ce que j'aie lavé mon
fils Jesus, & que je l'aie remis au lit. La femme
attendait comme on lui avait dit : & *Marie*, après
qu'elle eut mis Jesus au lit, donnant à la femme
l'eau dont elle avait lavé fon corps : Prenez, dit-elle,

(*y*) Aâ. 9, v. 40.
(*z*) *Matth.* 10, v. 3. *Marc* 3, v. 18; & *Luc* 6, v. 14.

un peu de cette eau , & la répandez fur votre corps :
ce qu'ayant fait, étant guérie fur le champ , elle glo-
rifiait D I E U , & lui rendait grâces.

X X X I I.

ELLE s'en alla donc après qu'elle eut demeuré trois
jours chez elle ; & lorfqu'elle fut revenue à la ville,
elle y vit un prince qui avait époufé la fille d'un autre
prince : mais lorfqu'il eut regardé fa femme , il aperçut
entre fes yeux des marques de lèpre , de la forme d'une
étoile , de forte que fon mariage fut caffé & déclaré
nul. Cette femme les ayant vues dans cet état, cha-
grines & fondantes en pleurs , leur demanda la caufe
de leurs larmes. Mais ne vous informez pas, lui dirent-
elles , de notre état; car nous ne pouvons raconter
notre malheur à aucun mortel , ou le communiquer
à aucun étranger. Elle infiftait cependant, & les priait
de le lui confier, qu'elle leur en montrerait peut-être
le remède. Comme ils lui montrèrent donc la jeune
femme , & les marques de lèpre qui paraiffaient entre
fes yeux : Moi que vous voyez ici, dit la femme, j'ai
eu la même maladie, & j'allai à Bethléem pour mes
affaires. Y étant entrée dans une certaine caverne, je
vis une femme nommée *Marie*, laquelle avait un fils
qui s'appelait J E S U S : me voyant lépreufe, elle me
plaignit , & me donna de l'eau dont elle avait lavé le
corps de fon fils ; j'en arrofai mon corps, & j'ai été
guérie. Ces femmes difaient donc : O madame, ne vous
leverez-vous pas, & partant avec nous , ne nous mon-
trerez-vous pas la divine dame *Marie?* Elle y confentant,
elles fe levèrent, & allerent vers la divine dame *Marie*,
portant avec elles de magnifiques préfens. Et lorfqu'elles furent entrées, & lui eurent offert les préfens,

. elles

elles lui montraient cette jeune femme lépreufe qu'elles avaient amenée. La divine-*Marie* difait donc : que la miféricorde du Seigneur JESUS-CHRIST habite fur vous ; & leur donnant un peu de l'eau dont elle avait lavé le corps de JESUS-CHRIST, elle ordonnait qu'on en lavât la malade ; ce qu'elles firent ; & tout-d'un-coup elle fut guérie, & elles & tous les affiftans glorifiaient DIEU. Etant donc joyeufes & de retour dans leur ville, elles chantaient des louanges au Seigneur. Or le prince apprenant que fon époufe était guérie, la reçut chez lui, & célébrant des fecondes noces il rendit grâces à DIEU de ce que fon époufe avait recouvré la fanté.

XXXIII.

IL y avait auffi une jeune fille tourmentée par *Sathan* ; car ce maudit lui apparaiffait de temps en temps fous la forme d'un grand dragon, & avait envie de l'avaler ; il avait auffi fucé tout fon fang, de forte qu'elle reffemblait à un cadavre. Chaque fois donc qu'il s'approchait d'elle, joignant fes mains fur fa tête, elle criait & difait : malheur, malheur à moi ! parce qu'il n'y a perfonne qui me délivre de ce très-méchant dragon. Or fon père & fa mère, & tous ceux qui étaient autour d'elle ou la voyaient, s'attriftaient fur elle, & pleuraient ; & tous ceux qui étaient préfens, pleuraient & fe lamentaient, principalement lorfqu'elle pleurait & difait : O mes frères & mes amis, n'y a-t-il perfonne qui me délivre de cet homicide ? Mais la fille du prince, qui avait été guérie de fa lèpre, entendant la voix de cette jeune fille, monta fur le toit de fon château, & la vit qui fondait en larmes les mains jointes fur fa tête, & toute l'affemblée qui l'environnait pleurait

également. Ainfi elle demanda au mari de la poffédée
fi la mère de fa femme était vivante ? Lui ayant dit
que fon père & fa mère vivaient, envoyez-moi, dit-
elle, fa mère. Et lorfqu'elle la vit venir, cette poffédée,
dit-elle, eft-elle votre fille ? Oui, dit-elle, trifte & pleurante : O Madame, elle eft engendrée de moi. La fille
du prince répondit : cachez mon fecret ; car je vous
avoue que j'ai été lépreufe ; mais la dame *Marie*,
mère de JESUS-CHRIST, m'a guérie. Que fi vous défirez
que votre fille recouvre fa première fanté, la menant
à Bethléem, cherchez *Marie*, mère de JESUS ; & ayez
confiance que votre fille fera guérie, car je crois que
votre fille étant faine vous reviendrez joyeufe. Elle
n'eût pas achevé le mot qu'elle fe leva, & étant partie
avec fa fille pour le lieu défigné, elle alla vers la divine
dame *Marie*, & lui apprit l'état de fa fille. La divine
Marie ayant entendu fa prière, lui donna un peu de
l'eau dont elle avait lavé le corps de fon fils JESUS,
& ordonna de la répandre fur le corps de la fille. Et
lui ayant donné une petite bande des langes du Seigneur JESUS : Prenez, dit-elle, cette bande, & faites-la
voir à votre ennemi chaque fois que vous le verrez :
& elle les renvoya en paix.

XXXIV.

LORSQU'ELLES l'eurent quittée & furent de retour
dans leur ville, le temps auquel *Sathan* avait coutume
de l'épouvanter approchait, & à la même heure ce
maudit lui apparut fous la forme d'un grand dragon ;
la fille le voyant fut faifie de frayeur. O ma fille, dit
fa mère, ceffez de craindre, & laiffez-le approcher de
vous ; alors vous lui oppoferez la bande que la dame

Marie nous a donnée , & voyons ce qui en arrivera. Ainfi ce *Sathan* approchant en dragon terrible , le corps de la fille fut faifi d'une crainte effroyable ; mais auffitôt qu'elle montra cette bande mife fur fa tête & déployée aux yeux , il fortait de la bande des flammes & des étincelles de feu qui s'élançaient contre le dragon. Ah ! combien grand eft ce miracle , qui arrivait à mefure que le dragon regardait la bande du Seigneur JESUS ! car le feu en fortait & fe répandait contre fa tête & fes yeux , de forte qu'il s'écriait d'une voix forte : (*a*) Qu'ai-je *à faire* avec vous , ô JESUS fils de *Marie* ? Où fuirai-je *loin* de vous ? Et étant tout effrayé & fe retirant , il laiffa la jeune fille. Ainfi il ceffa de faire de la peine à cette jeune fille, qui chantait à DIEU des actions de grâces & des louanges , & avec elle tous ceux qui avaient été préfens à ce miracle.

X X X V.

DANS ce même endroit était une autre femme dont le fils était tourmenté par *Sathan.* Il fe (*b*) nommait *Judas*, & chaque fois que *Sathan* s'emparait de lui, il mordait tous ceux qui étaient préfens ; & s'il ne trouvait perfonne devant lui , il fe mordait les mains & les autres membres. La mère de ce miférable entendant donc parler de la divine *Marie* & de fon fils JESUS , fe leva promptement ; & ayant pris fon fils *Judas* dans fes bras , elle le porta vers la dame *Marie*. Cependant *Jacques* & *Jofes* (*c*) venaient d'emmener le Seigneur enfant JESUS , pour jouer avec les autres

(*a*) *Marc* I , v. 24. *Luc* 4 , v. 34 &c.
(*b*) *Luc* 22 , v. 3 ; & *Johan.* 13 , v. 27.
(*c*) Deux fils de *Jofeph*, frères de JESUS. Voyez l'article XVI du Protévangile de *Jacques*, note (*g*).

K 2

enfans ; & étans fortis de la maifon , ils s'étaient affis ,
& avec eux le Seigneur JESUS. Or *Judas* le poffédé
s'approchait , & s'afféyant à la droite de JESUS , comme
Sathan le tourmentait fuivant la coutume, il tâchait
de mordre le Seigneur JESUS , & ne pouvant pas
l'atteindre , il le frappait au côté droit; de forte que
JESUS pleurait. Et à la même heure *Sathan* fuyant, fortit
de cet enfant fous la forme d'un chien enragé. Or
cet enfant qui frappa JESUS , & duquel *Sathan* fortit
fous la forme d'un chien , fut *Judas Ifchariotes* , qui
le livra aux Juifs ; & les Juifs percèrent d'une lance ce
même côté où *Judas* l'avait frappé.

X X X V I.

LORS donc que le Seigneur JESUS eut fept ans
accomplis , un certain jour qu'il était avec d'autres
enfans fes camarades du même âge , lefquels en
jouant fefaient différentes figures avec de la terre ,
des ânes, des bœufs, des oifeaux, & autres femblables ;
& chacun vantant fon ouvrage tâchait de l'élever au-
deffus de celui des autres. Alors le Seigneur JESUS
difait aux enfans : pour moi j'ordonnerai aux figures
que j'ai faites qu'elles marchent. Ces enfans lui
demandant s'il était le fils du Créateur , le Seigneur
JESUS leur commandait qu'elles marchaffent ; & à la
même heure elles fautaient, & lorfqu'il leur ordonnait
de revenir, elles revenaient. Il avait auffi fait des
figures d'oifeaux & de moineaux, lefquelles, lorfqu'il
leur ordonnait de voler , volaient, & s'arrêtaient
lorfqu'il le leur commandait ; que s'il leur préfentait
à manger & à boire , elles mangeaient & buvaient.
Lorfqu'enfuite les enfans fe furent en allés & eurent

rapporté ces chofes à leurs parens, leurs pères leur difaient : Gardez-vous, ô mes enfans, d'aller davantage avec lui, parce qu'il eft forcier ; fuyez-le & l'évitez, & dès ce moment ne jouez jamais avec lui.

XXXVII.

U n certain jour auffi le Seigneur JESUS jouant & courant avec des enfans, paffait devant la boutique d'un teinturier, dont le nom était *Salem* ; & il y avait dans fa boutique plufieurs pièces d'étoffe des citoyens de cette ville, qu'ils voulaient faire teindre de diverfes couleurs. Le Seigneur JESUS étant donc entré dans la boutique du teinturier, prit tous ces morceaux d'étoffe & les jeta dans la chaudière de teinture. *Salem* étant de retour & voyant fes étoffes perdues, commença à crier très-fort, & à gronder le Seigneur JESUS, difant : Que m'avez-vous fait, ô fils de *Marie* ? vous avez fait tort à moi & à mes citoyens ; car chacun demande la couleur qui lui convient, & vous êtes venu tout perdre. Le Seigneur JESUS répondait : de quelque pièce d'étoffe que vous vouliez changer la couleur, je vous la changerai ; & auffi-tôt il commença à tirer de la chaudière les morceaux d'étoffe teints chacun de la couleur que le teinturier défirait, jufqu'à ce qu'il les eût tous fortis. (*d*) Les Juifs voyant ce prodige & ce miracle, glorifiaient DIEU.

XXXVIII.

O r *Jofeph*, qui allait par toute la ville, menait

(*d*) *Pline* (L. 35, c. 11.) dit que les teinturiers d'Egypte favaient donner diverfes couleurs aux étoffes, en les plongeant dans la même chaudière.

avec lui le Seigneur JESUS, lorfqu'à caufe de (e) fon
métier des perfonnes le demandaient pour leur faire
des portes, ou des pots au lait , ou des cribles, ou
des coffres; & le Seigneur JESUS l'accompagnait où
qu'il allât. Et chaque fois qu'il arrivait à *Jofeph* de
faire quelque ouvrage trop long ou trop court, trop
large ou trop étroit, le Seigneur JESUS étendait fa
main contre , & cela s'arrangeait auffitôt comme
Jofeph le défirait ; de forte qu'il n'avait pas befoin
d'achever aucun ouvrage de fa main, parce qu'il n'était
pas fort entendu dans fon métier.

XXXIX.

OR un certain jour *Hérode* roi de Jérufalem le fit
venir & lui dit : *Jofeph*, je veux que vous me conftrui-
fiez un trône de la mefure de ce lieu où j'ai coutume
de m'affeoir. *Jofeph* obéit, & mettant auffitôt la main
à l'ouvrage, il demeura deux ans dans le palais ,
jufqu'à ce qu'il eût achevé la conftruction de ce trône.
Et comme il le pofait à fa place , il vit qu'il s'en
manquait de chaque côté dix-huit pouces de la mefure
fixée : ce qu'ayant vu, le roi fe fâchait très-fort contre
Jofeph, & *Jofeph* craignant la colère du roi, allait
coucher fans fouper , n'ayant rien goûté du tout.
Alors le Seigneur JESUS lui demandant pourquoi il
avait peur ? parce que , dit *Jofeph*, j'ai perdu un
ouvrage auquel j'ai travaillé deux ans entiers. Et le
Seigneur JESUS lui dit : Quittez la crainte & ne vous

(e) *Marc* 6, v. 3 , & *Matth.* 13 , v. 55. *Juftin* , pag. 316 de fon
dialogue avec *Tryphon* , dit que JESUS avait fait des charrues , des jougs
& autres ouvrages. *Théodoret* (L. 3 , hift. c. 23.) rapporte auffi que
Libanius ayant demandé à fon précepteur chrétien ce que fefait le charpentier , il lui répondit : Il fait une bière pour *Julien*.

abattez pas l'esprit; vous prendrez un des côtés de ce trône & moi l'autre, afin que nous le reduisions à la jufte mefure. Et lorfque *Jofeph* eut fait comme le Seigneur JESUS avait dit, & que l'un & l'autre tirait fortement de fon côté, le trône obéit & fut réduit à la jufte mefure de ce lieu. Les affiftans qui voyaient ce prodige en étaient étonnés & glorifiaient DIEU. Or ce trône était fait de ce bois qui avait exifté du temps de *Soleiman;* (*f*) c'eft-à-dire d'un bois marqueté de différentes formes & figures.

X L.

UN certain autre jour le Seigneur JESUS étant forti dans la rue, & ayant vu des enfans qni s'étaient affemblés pour jouer, il fe mêla dans la troupe. Ceux-ci l'ayant vu, comme ils fe cachaient, pour qu'il les cherchât, le Seigneur JESUS vint à la porte d'une certaine maifon, & demanda à des femmes qui étaient là, où ces enfans étaient allés? Et comme elles répondirent qu'il n'y avait perfonne là, le Seigneur JESUS reprit : Qui font ceux que vous voyez dans le four ? Comme elles répondirent que c'étaient des chevreaux de trois ans, le Seigneur JESUS s'écria & dit : Sortez ici, chevreaux, vers votre pafteur. Et auffitôt les enfans fortaient femblables à des chevreaux, & bondiffaient autour de lui; ce que ces femmes ayant vu, elles furent fortétonnées, & la crainte & le trèmblement les faifit. Tout d'un coup donc elles adoraient le Seigneur JESUS, & le priaient, difant : O notre Seigneur JESUS, fils de *Marie*, vous êtes véritablement ce bon pafteur d'Ifraël! (*g*) ayez pitié de vos fervantes,

{*f*) *Salomon.*   (*g*) *Joh.* 10, v. 11.

qui fe tiennent devant vous , & qui ne doutent point
que vous , ô notre Seigneur, ne foyez venu pour guérir,
mais non pas pour détruire. (*h*) Enfuite , comme
le Seigneur JESUS eût répondu que les enfans d'Ifraël
étaient entre les peuples comme les Ethiopiens ; (*i*)
les femmes difaient : Seigneur, vous connaiffez toutes
chofes & rien ne vous eft caché ; (*k*) maintenant donc
nous vous prions , & nous demandons à votre douceur
que vous rétabliffiez ces enfans , vos ferviteurs , dans
leur premier état. Le Seigneur JESUS difait donc :
Venez , enfans , afin que nous nous en allions & que
nous jouions : & fur le champ , en préfence de ces
femmes , les chevreaux furent changés , & revinrent
fous la forme d'enfans.

XLI.

Au mois d'Adar (*l*) JESUS affembla des enfans ,
& les rangea comme *étant leur* roi ; car ils avaient
étendu leurs habits (*m*) par terre pour qu'il s'affît
deffus , & avaient mis fur fa tête une couronne de
fleurs , & fe tenaient à droite & à gauche comme des
gardes fe tiennent auprès d'un roi. Or fi quelqu'un
paffait par ce chemin-là , ces enfans l'amenaient par
force , difant : Venez ici , & adorez le roi, afin que
vous faffiez un bon voyage.

XLII.

CEPENDANT , tandis que ces chofes fe paffaient ,

(*h*) *Joh.* 3 , v. 17.
(*i*) *Jérémie* 13 , v. 23.
(*k*) *Joh.* 2 . v. 24 , feq. 16 , 30 & 21 , 17.
(*l*) C'eft le 12 chez les Juifs ; il répond à la fin de février & au
commencement de Mars.
(*m*) *Matth.* 21 , v. 8.

des hommes qui portaient un enfant dans une litière approchaient. Car cet enfant était allé fur la montagne chercher du bois avec fes camarades , & y ayant trouvé un nid de perdrix , & y ayant porté la main pour en prendre les œufs , un malin ferpent fe gliffant du milieu du nid , le piqua, de forte qu'il implorait le fecours de fes camarades , lefquels étant accourus promptement , le trouvèrent étendu par terre comme mort ; & fes parens étaient venus & l'ayant enlevé , ils le reportaient à la ville. Etant donc parvenus à l'endroit où le Seigneur J E S U S était affis comme un roi , & les autres enfans l'entouraient comme fes miniftres , les enfans couraient au-devant de celui qui avait été mordu du ferpent , & difaient à fes proches : Approchez, & faluez le roi. Mais comme ils ne voulaient pas approcher à caufe de la trifteffe où ils étaient plongés , les enfans les entraînaient malgré eux. Et quand ils furent venus auprès du Seigneur JESUS , il leur demandait pourquoi ils portaient cet enfant ? Et comme ils répondaieut qu'un ferpent l'avait mordu , le Seigneur JESUS difait aux enfans : Allez avec nous, afin que nous tuions ce ferpent. Or les parens de l'enfant demandant qu'on le laiffât en aller , parce que leur enfant était à l'agonie de la mort , les enfans répondaient , difant : N'avez-vous pas entendu ce que le roi a dit ? Allons & tuons le ferpent , & vous ne lui obéiffez pas ? Et ils fefaient ainfi rebrouffer chemin à la litière. Et lorfqu'ils furent arrivés auprès du nid , le Seigneur JESUS difait aux enfans : Eft-ce là le trou du ferpent ? Eux difant qu'oui , le ferpent ayant été appelé par le Seigneur J E S U S, paraiffait auffitôt, & fe foumettait à lui. Allez, lui-dit-il,

& fucez tout le venin que vous avez infinué à cet enfant. C'eft pourquoi ce ferpent fe gliffant vers l'enfant, enleva de nouveau tout fon venin ; & alors le Seigneur JESUS le maudit, pour qu'il mourût déchiré fur le champ ; & il toucha l'enfant de fa main , pour qu'il recouvrât fa première fanté. Et comme il commençait à pleurer, retenez vos larmes, lui dit le Seigneur JESUS ; car vous ferez bientôt mon difciple : & *c'eft lui qui* eft *Simon* le cananéen, dont il eft fait mention dans l'Evangile. (*n*)

X L I I I.

Un autre jour *Jofeph* avait envoyé fon fils *Jacques* au bois , & le Seigneur JESUS l'avait accompagné : & lorfqu'ils furent arrivés à l'endroit où il y avait du bois , & que *Jacques* eût commencé à en ramaffer, voilà qu'une maligne vipère le mordit, de forte qu'il commençait à pleurer & à crier. JESUS le voyant donc en cet état, s'approcha de lui , & fouffla fur l'endroit où la vipère l'avait mordu, pour qu'il fût guéri fur le champ.

X L I V.

Un certain jour auffi que JESUS fe trouvait parmi des enfans qui jouaient fur un toit , un des enfans tombant d'en haut, mourut tout d'un coup. Or les autres enfans s'enfuyant, le Seigneur JESUS refta feul fur le toit, & lorfque les parens de cet enfant furent venus, ils difaient au Seigneur JESUS : Vous avez jeté notre fils à bas du toit. Mais lui le niant, ils criaient en difant : Notre fils eft mort , & voilà celui qui l'a tué. Le Seigneur JESUS leur dit : Ne m'accufez pas

(*n*) *Matth.* 10, v. 4.

d'une action dont vous ne pourrez nullement me
convaincre ; mais écoutez, interrogeons l'enfant lui-
même, qu'il mette au jour la vérité. Alors le Seigneur
JESUS defcendant, fe tint debout fur la tête de l'enfant, & d'une voix forte : *Zeinun*, (*o*) dit-il, *Zeinun*,
qui eft-ce qui vous a précipité du toit? Alors le mort
répondant : Seigneur, dit-il, ce n'eft pas vous qui
m'avez jeté, mais c'eft quelqu'un qui m'en a fait
tomber. Et lorfque le Seigneur eut dit aux affiftans
qu'ils fiffent attention à fes paroles, tous ceux qui
étaient préfens louaient DIEU pour ce miracle.

X L V.

UNE fois la divine dame *Marie* avait ordonné au
Seigneur JESUS de s'en aller, & de lui apporter de l'eau
d'un puits. Lors donc qu'il fût allé puifer de l'eau,
la cruche pleine fe brifa en la retirant ; mais le Seigneur
JESUS étendant fa ferviette, en ramaffa l'eau & la portait à fa mère, laquelle étonnée d'une chofe toute
merveilleufe, tenait cependant cachées & confervait
dans fon cœur (*p*) toutes celles qu'elle avait vues.

X L V I.

UN autre jour le Seigneur JESUS fe trouvait encore
avec des enfans fur le bord de l'eau, & ils avaient
détourné l'eau de ce ruiffeau par des foffés, fe conftrui-
fant de petites pifcines ; & le Seigneur JESUS avait
douze moineaux, & les avait arrangés, trois de chaque
côté, autour de la pifcine. Or c'était un jour de fabbat ;
& le fils du juif *Hanani*, s'approchant & les voyant agir
de la forte : Eft-ce ainfi, dit-il, qu'un jour de fabbat

(*o*) *Zenon.*   (*p*) *Luc 2, v. 19.*

vous faites des figures de terre ? & accourant promptement il détruifait leurs pifcines. Mais lorfque le
Seigneur JESUS eut frappé des mains fur les moineaux
qu'il avait faits , ils s'envolaient en criant. Enfuite le
fils d'*Hanani* s'approchant auffi de la pifcine de JESUS
pour la détruire , fon eau s'évanouit , & le Seigneur
JESUS lui dit : Comme cette eau s'eft évanouie , de
même votre vie s'évanoüïra , & fur le champ cet enfant
fe deffécha.

X L V I I.

DANS un autre temps, comme le Seigneur JESUS
retournait le foir à la maifon avec *Jofeph*, il fut ren-
contré par un enfant qui , courant rapidement , le
heurta & le fit tomber. Le Seigneur JESUS lui dit :
Comme vous m'avez pouffé , de même vous tomberez,
& ne vous releverez pas ; & à la même heure l'enfant
tomba & expira.

X L V I I I.

AU refte , il y avait à Jérufalem un certain *Zachée*
qui enfeignait la jeuneffe. Il difait à *Jofeph* : Pourquoi,
ô *Jofeph* , ne m'envoyez-vous pas JESUS, pour qu'il
apprenne les lettres ? *Jofeph* le lui promettait, & le
rapportait à la divine *Marie*. Ils le menaient donc au
maître qui , auffitôt qu'il l'eut vu , lui écrivit un alphabet, & lui commanda qu'il dît *aleph*. Et lorfqu'il eut
dit *aleph* , le maître lui ordonnait de prononcer *beth*.
Le Seigneur JESUS lui *repartit :* Dites-moi premièrement la fignification de la lettre *aleph* , & alors je
prononcerai *beth*. Et comme le maître lui donnait des
coups , le Seigneur JESUS expliquait les fignifications

des lettres aleph & beth ; de même quelles figures des lettres étaient droites , obliques , doublées, avaient des points , en manquaient, pourquoi une lettre précédait une autre ; & il se mit à détailler & éclaircir plusieurs autres choses que le maître n'avait jamais ni entendues ni lues dans aucun livre. Ensuite le Seigneur JESUS dit au maître : Faites attention à ce que je vais dire : & il commença à réciter clairement & distinctement aleph, beth, ghimel, daleth, jusqu'à la fin de l'alphabet. Ce que le maître admirant : Je pense, dit-il, que cet enfant est né avant *Noé :* & se tournant vers *Joseph :* Vous m'avez , dit-il , donné à instruire un enfant plus savant que tous les maîtres. Il dit aussi à la divine *Marie :* Vous avez là un fils qui n'a besoin d'aucun enseignement.

X L I X.

ILS le menèrent ensuite à un autre maître qui lorsqu'il le vit : Dites aleph , dit-il. Et lorsqu'il eut dit aleph , le maître lui commandait de prononcer beth. Le Seigneur JESUS lui répondit : Dites-moi premièrement la signification de la lettre aleph , & alors je prononcerai beth. Comme ce maître le frappait de la main, aussitôt sa main sécha & il mourut. Alors *Joseph* disait à la divine *Marie :* Dorénavant ne le laissons plus sortir de la maison , parce que qui que ce soit qui le contrarie , il est puni de mort.

L,

ET lorsqu'il eut douze ans , ils le menèrent à Jérusalem à la fête ; (*q*) & la fête passée , ils s'en retournaient : mais le Seigneur JESUS restait en arrière dans

(*q*) *Luc* 2, v. 42.

le temple parmi les docteurs & les vieillards, & les
favans des enfans d'Ifraël, à qui il fefait diverfes
queftions fur les fciences, & répondait aux leurs. Car
il leur difait : Le meffie de qui eft-il fils ? (r) Ils lui
répondaient : Fils de *David*. Pourquoi donc, dit-il,
l'appelle-t-il en efprit fon Seigneur ? quand il dit : (s)
*Le Seigneur a dit à mon Seigneur : Affeyez-vous à ma
droite, afin que je foumette vos ennemis aux traces de vos
pieds.* Alors un certain prince des maîtres l'interrogeait :
Avez-vous lu des livres ? Et des livres, répondait le
Seigneur JESUS, & les chofes qui font renfermées dans
les livres ; & il expliquait les livres & la loi, & les
préceptes, & les ftatuts, & les myftères contenus dans
les livres des prophètes, chofes que l'entendement
d'aucune créature n'a comprifes. Ce maître difait
donc : Pour moi, jufqu'à préfent je n'ai vu ni entendu
une telle fcience : que penfez-vous que fera cet
enfant ? (t)

L I.

ET comme il fe trouvait là un philofophe favant
dans l'aftronomie, & qui demandait au Seigneur
JESUS s'il avait étudié l'aftronomie ; le Seigneur JESUS
lui répondait, & expliquait le nombre des fphères &
des corps céleftes, & leurs natures & opérations ;
l'oppofition, l'afpect trine, quadrat, & fextil ; leur
progreffion & rétrogradation ; enfin le comput & le
prognoftic, & autres chofes que jamais la raifon d'aucun homme n'a approfondies.

L I I.

IL y avait auffi parmi eux un philofophe très-favant

(r) *Matth.* 22, v. 41.   (s) Pf. 110, v. 1.
(t) *Luc* 1, v. 66.

en médecine & en fcience naturelle, qui comme il demandait au Seigneur JESUS s'il avait étudié en médecine? lui répondant, lui expliqua la phyfique & la métaphyfique, l'hyperphyfique & l'hypophyfique, les vertus & les humeurs du corps & leurs effets; le nombre des membres & des os, des veines, des artères, & des nerfs; auffi les tempéramens, le chaud & le fec, le froid & l'humide, & ceux qui en dérivaient; quelle était l'opération de l'ame fur le corps, fes fenfations & fesvertus; les facultés de parler, de fe fâcher, & de défirer; enfin la congrégation & la diffipation, & autres chofes que jamais l'entendement d'aucune créature n'a pénétrées. Alors ce philofophe fe levait & adorait le Seigneur JESUS : O Seigneur JÈSUS, dit-il, déformais je ferai votre difciple & votre ferviteur.

L I I I.

COMME ils s'entretenaient de ces chofes & d'autres, la divine dame *Marie* arrivait, après avoir couru trois jours en le cherchant avec *Jofeph* : & le voyant affis entre les docteurs, (*u*) les interrogeant & leur répondant tour-à-tour, elle lui difait : Mon fils, pourquoi avez-vous agi ainfi avec nous? voici que moi & votre père vous avons cherché avec une grande fatigue. Mais pourquoi, leur dit-il, me cherchiez-vous? ne faviez-vous pas qu'il convient que je vaque dans la maifon de mon père? Mais eux ne comprenaient pas les paroles qu'il leur difait. Alors les docteurs demandaient à *Marie* s'il était fon fils? & elle difant qu'oui : O *Marie*, difaient-ils, que vous êtes heureufe d'avoir enfanté un tel fils! Or il retournait avec eux à

(*u*) *Luc*, 2, v. 46.

Nazareth , (*x*) & il leur obéiffait en toutes chofes. Et fa mère confervait toutes fes paroles dans fon cœur. Et le Seigneur JESUS profitait en taille , & en fageffe , & en grâce devant DIEU & les hommes.

L I V.

ET depuis ce jour il commença à cacher fes miracles & fes fecrets, & à s'appliquer à la loi, jufqu'à ce qu'il eût trente ans accomplis ; (*y*) quand le père le déclara publiquement vers le Jourdain , par cette voix venue du ciel : (*z*) Celui-ci eft mon fils bien-aimé en qui je me plais ; le St Efprit préfent fous la forme d'une colombe blanche.

L V.

C'EST-LA celui que nous adorons humblement, parce qu'il nous a donné l'effence & la vie , & nous a fait fortir du fein de nos mères ; (*a*) qui a pris un corps humain à caufe de nous , & nous a rachetés , afin que la miféricorde éternelle nous environnât & qu'il nous donnât fa grâce par fa libéralité , fa bien-fefance , fa générofité , & fa bienveillance. A lui foit gloire & louange , & puiffance & empire , depuis ce temps dans les fiècles éternels. Ainfi foit-il.

Fin de tout l'*évangile de l'enfance* , par le fecours du Dieu fuprême, fuivant ce que nous avons trouvé dans l'original.

Enfin le quatrième évangile apocryphe qui nous refte en entier eft celui de Nicodème , dont nous avons donné le préambule , felon quelques manufcrits , ou la conclufion , fui-vant d'autres , n°. XXXVIII .En voici donc actuellement la fuite.

(*x*) *Luc* 2 , v. 51.   (*z*) *Luc* 3 , v. 22.
(*y*) *Luc* 3 , v. 23.   (*a*) Pf. 139 , v. 13.

EVANGILE

DU DISCIPLE NICODEME.

De la paſſion & de la réſurrection de notre maître
& ſauveur JESUS-CHRIST.

ARTICLE PREMIER.

CAR *Annas* & *Caïphas*, & *Summas*, & *Datam*, *Gamaliel*,
Judas, *Lévi*, *Nephthalim*, *Alexandre*, & *Cyrus*, & les
autres juifs, viennent vers *Pilate* au ſujet de JESUS,
l'accuſant de pluſieurs mauvaiſes accuſations , &
diſant : Nous ſavons que JESUS eſt fils de *Joſeph* le
charpentier, né de *Marie* , & il dit qu'il eſt fils de DIEU
(*a*) & roi; & non-ſeulement il dit cela , mais il veut
détruire le ſabbat (*b*) & la loi de nos pères. Les Juifs
lui diſent : Nous avons *pour* loi de ne point guérir un
jour de ſabbat; or il a guéri des boiteux, des ſourds,
des paralytiques , des aveugles, & des lépreux, & des
démoniaques, par de mauvaiſes pratiques. *Pilate* leur
dit : Comment, par de mauvaiſes pratiques? Ils lui
diſent : Il eſt magicien ; & c'eſt par le prince des
démons qu'il chaſſe les démons, & qu'ils lui ſont tous
ſoumis. (*c*) *Pilate* dit : Ce n'eſt point là chaſſer les
démons par l'eſprit immonde , mais par la vertu de
DIEU. (*d*) Et les Juifs diſent à *Pilate* : Nous prions

(*a*) *Matth.* 17 , v. 11. *Marc* 15 , v. 2; & *Luc* 23 , v. 2.
(*b*) *Matth.* 12. *Luc* 13 , v. 18; & *Joan.* 5 , v. 18.
(*c*) *Matth.* 9 , v. 34, & 12, v. 14 ; & *Luc* 10 , v. 17.
(*d*) *Matth.* 12 , v. 13. *Luc* 2 , v. 20.

votre grandeur que vous le faffiez paraître devant
votre tribunal, & entendez-le. Or *Pilate* appelant un
coureur, lui dit : Par quel moyen amènera-t-on le
CHRIST ? Mais le coureur fortant & le connaiffant,
il l'adora, & étendit par terre un manteau qu'il portait
à fa main, difant : Seigneur, marchez là-deffus,
entrez, parce que le gouverneur vous demande. Mais
les Juifs voyant ce que fit le coureur, s'en plaignirent
à *Pilate*, difant : Pourquoi ne l'avez-vous pas fait
affigner par un huiffier plutôt que par un coureur ?
le coureur le voyant l'a adoré, & a étendu par terre
le manteau qu'il tenait à la main, & lui a dit : Seigneur, le gouverneur vous demande. *Pilate* appelant
le coureur, lui dit : Pourquoi avez-vous fait cela ?
Le coureur lui dit : Lorfque vous m'envoyâtes de
Jérufalem à Alexandrie, (*e*) je vis JESUS monté fur
une humble âneffe, & les enfans des hébreux criaient
Hofanna, tenant des rameaux dans leurs mains; mais
d'autres étendaient leurs habits dans le chemin,
difant : Sauvez-nous, vous qui êtes dans les cieux;
béni celui qui vient au nom du Seigneur. Les Juifs
crièrent donc contre le coureur, difant : A la vérité
les enfans des hébreux criaient en hébreu; mais vous
qui êtes grec, comment entendez-vous la langue
hébraïque ? Le coureur leur dit : J'ai interrogé quelqu'un des Juifs, & lui ai dit : Qu'eft-ce que ces enfans
crient en hébreu ? Et il me l'a expliqué, difant : Ils
crient *Hofanna*, ce qui veut dire; ô Seigneur, rendez
fain; ou bien, Seigneur, fauvez. *Pilate* leur dit : Mais
vous, pourquoi atteftez-vous les paroles que les enfans
ont dites ? en quoi le coureur a-t-il péché ? & eux fe

_____

(*e*) Aĉt. 4, v. 6.

turent. Le gouverneur dit au coureur : Sortez , & de quelque manière que ce foit faites-le entrer. Mais le coureur fortant fit comme la première fois , & lui dit : Seigneur , entrez , parce que le gouverneur vous demande. JESUS entra donc vers les porte-enfeignes qui tenaient leurs étendards , & leurs têtes fe courbèrent , & ils adorèrent JESUS ; ce qui fit crier davantage les Juifs contre les porte-enfeignes. Or *Pilate* dit aux Juifs : Vous n'approuvez pas que les têtes des étendards fe font courbées d'elles-mêmes , & ont adoré JESUS ; mais comment criez-vous contre les porte - enfeignes parce qu'ils fe font baiffés & l'ont adoré ? Eux dirent à *Pilate* : Nous avons vu que les porte-enfeignes fe font inclinés & ont adoré JESUS. Mais le gouverneur appelant les porte-enfeignes , il leur dit : Pourquoi avez-vous fait ainfi ? Les porte-enfeignes difent à *Pilate* : Nous fommes des hommes païens & ferviteurs des temples; comment l'avons-nous adoré ? mais comme nous tenions nos étendards , ils fe font courbés , & l'ont adoré. *Pilate* dit aux chefs de la fynagogue : Choififfez vous-mêmes des hommes forts , & qu'ils tiennent les étendards , & voyons s'ils fe courberont d'eux-mêmes. Les vieillards des Juifs voyant donc douze hommes très-forts , ils leur firent tenir les étendards , & paraître devant le gouverneur. *Pilate* dit au coureur : Faites fortir JESUS , & faites-le rentrer comme vous voudrez ; & JESUS & le coureur fortirent du prétoire. Et *Pilate* appelant les premiers porte-enfeignes , leur jurant par le falut de *Céfar* que s'ils ne portent pas ainfi les étendards lorfque JESUS entrera, je couperai vos têtes. Et le gouverneur ordonna que JESUS entrât une feconde fois ; & le coureur fit

comme la première fois, & pria inftamment JESUS de
marcher fur fon manteau ; & il y marcha & entra.
Mais comme JESUS entrait, les étendards fe courbèrent
& l'adorèrent.

I I.

OR *Pilate* voyant cela fut faifi de crainte & commença
à fe lever de fon fiége. Mais comme il penfait à fe
lever, l'époufe de *Pilate*, qui était éloignée, lui envoya
dire : Ne vous mêlez point de ce jufte, (*f*) car j'ai
beaucoup fouffert à caufe de lui cette nuit en fonge.
Les Juifs entendant cela dirent à *Pilate* : Ne vous avons-
nous pas dit qu'il eft magicien ? voilà qu'il a envoyé
ce fonge à votre époufe. Mais *Pilate* appelant JESUS
lui dit : Entendez-vous ce qu'ils dépofent contre vous ?
& vous ne dites rien. JESUS lui répondit : S'ils n'avaient
pas le pouvoir de parler, ils ne parleraient pas, mais
parce que chacun a le pouvoir de parler bien ou mal,
ils verront. Les vieillards des Juifs répondirent à
JESUS : Que verrons-nous ? La première chofe que
nous avons vue de vous, c'eft que vous êtes né de la
fornication. Secondement, qu'à votre naiffance les
enfans de Bethléem ont été maffacrés. Troifièmement,
que votre père & votre mère *Marie* s'enfuirent en
Egypte, parce qu'ils n'avaient pas confiance au peuple.
Quelques-uns des Juifs affiftans qui penfaient bien
difent : Nous ne difons pas qu'il eft né de la fornication ; le difcours que vous tenez là n'eft pas vrai,
parce que le mariage s'eft fait, comme le difent ceux
mêmes qui font de votre nation. *Annas* & *Caïphas*
difent à *Pilate* : Il faut entendre toute la multitude

(*f*) *Matth.* 27, 19.

qui crie qu'il eft né de la fornication , & qu'il eft
magicien. Mais ceux qui nient qu'il foit né de la
fornication, font des profélytes & fes difciples. *Pilate*
dit à *Annas* & *Caïphas* : Quels font les profélytes ? Ils
difent : Ils font fils de païens, & maintenant ils font
devenus juifs. *Eliézer* & *Aflérius*, & *Antoine* & *Jacques*,
Caras (g) & *Samuel* , *Ifac* & *Phinées*, *Crippus* &
Agrippa, *Annas* & *Judas*, difent : Nous ne fommes
point profélytes , mais nous fommes fils de juifs, &
nous difons la vérité, & nous avons affifté au mariage
de *Marie*. Or *Pilate* portant la parole aux douze
hommes qui dirent cela, leur dit : Je vous conjure
par le falut de *Céfar* s'il n'eft pas né de la fornication,
ou fi ce que vous avez dit eft véritable. Ils difent à
Pilate : Nous avons pour loi de ne point jurer parce
que cela eft péché : qu'ils jurent eux par le falut de
Céfar , que ce n'eft pas comme nous avons dit , &
nous fommes coupables de mort. *Annas* & *Caïphas*
difent à *Pilate* : Ces douze ne *nous* croiront pas, parce
que nous favons qu'il eft né du crime, & qu'il eft
magicien ; & il dit qu'il eft fils de Dieu & roi, ce que
nous ne croyons pas, & que nous craignons d'entendre. *Pilate* fefant donc fortir tout le peuple excepté
les douze hommes qui ont dit qu'il n'eft pas né de la
fornication, & ayant auffi fait retirer JESUS à l'écart,
il leur dit : Pour quelle raifon les Juifs veulent-ils
faire mourir JESUS ? Ils lui difent : Leur zèle vient de
ce qu'il guérit le jour du fabbat. *Pilate* dit : C'eft pour
une bonne œuvre qu'ils veulent le faire mourir ? Ils
lui difent : Oui, Seigneur.

(g) *Cyrus.*

L 3

I I I.

Pilate alors rempli de colère, fortit du prétoire &
dit aux Juifs : Je prends la terre à témoin que je ne
trouve aucune faute en cet homme. Les Juifs difent
à *Pilate :* S'il n'était pas un malfaiteur, nous ne vous
l'euffions pas livré. *Pilate* leur dit : Prenez-le, vous, &
le jugez felon votre loi. Les Juifs difent à *Pilate :* Il
ne nous eft permis de faire mourir perfonne. *Pilate*
dit aux Juifs : Elle vous dit donc : (*h*) Ne tuez point,
mais non pas à moi? Et il entra une feconde fois dans
le prétoire, & il fit venir JESUS feul, & lui dit : Etes-
vous le roi des Juifs ? Et JESUS répondant dit à *Pilate :*
Dites-vous cela de vous-même, ou d'autres vous l'ont-
ils dit de moi ? *Pilate* répondant dit à JESUS : Eft-ce
que je fuis juif moi? la nation & les princes des prêtres vous ont livré à moi : qu'avez-vous fait ? JESUS
répondant, dit : Mon royaume n'eft pas de ce
monde : fi mon royaume était de ce monde, mes
miniftres réfifteraient, & je n'aurais pas été livré aux
Juifs ; mais maintenant mon royaume n'eft pas d'ici.
Pilate dit : Vous êtes donc roi ? JESUS répondit :
Vous dites que je fuis roi. JESUS dit encore à *Pilate :*
Je fuis né en cela, & je fuis né pour cela, & je
fuis venu pour cela, afin que je rende témoignage
à la vérité ; & tout *homme* qui eft de la vérité, entend
ma voix. *Pilate* lui dit : Qu'eft-ce que la vérité ?
JESUS dit : La vérité eft du ciel. *Pilate* dit : La vérité
n'eft donc pas fur la terre ? JESUS dit à *Pilate :*
Faites attention que la vérité eft fur terre parmi ceux
qui, pendant qu'ils ont le pouvoir de juger, fe
fervent de la vérité, & rendent des jugemens juftes.

(*h*) Exod. 20, v. 15.

IV.

Pilate laiffant donc JESUS dans le prétoire, fortit dehors vers les Juifs, & leur dit : Je ne trouve pas une feule faute en JESUS. Les Juifs lui difent : Il a dit : (*i*) je puis détruire le temple de DIEU & le rebâtir en trois jours. *Pilate* leur dit : Quel eft ce temple dont il parle? Les Juifs lui difent : Celui que *Salomon* bâtit en quarante-fix ans; (*k*) il a dit *qu'il peut* le détruire & le rebâtir en trois jours. Et *Pilate* leur dit une feconde fois : Je fuis innocent du fang de cet homme, vous verrez. Les Juifs lui difent : Que fon fang *foit* fur nous & fur nos enfans. *Pilate* appelant les vieillards & les fcribes, les prêtres & les lévites, il leur dit fecrétement : Ne faites pas ainfi : je n'ai rien trouvé digne de mort dans votre accufation touchant la guérifon des malades & la violation du fabbat. Les prêtres & les lévites difent à *Pilate* : Par le falut de *Céfar*, fi quelqu'un a blafphémé, (*l*) il eft digne de mort : or celui-ci a blafphémé contre le Seigneur. Le gouverneur fit une feconde fois fortir les Juifs du prétoire, & fefant venir JESUS il lui dit : Que vous ferai-je ? JESUS lui répondit : Ainfi qu'il eft dit. *Pilate* lui dit : Comment eft-il dit? JESUS lui dit : *Moïfe* & les prophètes ont annoncé ma paffion & ma réfurrection. Ce que

---

(*i*) *Joh.* 2 , v. 20.

(*k*) On trouve le même nombre dans l'Evangile de *faint Jean* (c. 2 , v. 20) quoique *Salomon* l'eût bâti en fept ans, (1. 3 , Reg. c. 6 , v. 38.) & qu'il eût été rebâti par *Hérode* en neuf ans & demi. (*Jofephe*, antiq. l. 15, chap. 14.)

(*l*) Lévit. 24 , v. 16. Deut. 13 , v. 10.

les Juifs ayant appris, ils en furent irrités, & dirent a *Pilate* : Que voulez-vous entendre davantage le blafphème de cet *homme* ? *Pilate* leur dit : Si ce difcours vous paraît un blafphème, prenez-le, vous, & le citez à votre fynagogue , & jugez-le felon votre loi. Les Juifs difent à *Pilate* : Notre loi décide que fi un homme péche contre un homme , il foit digne de recevoir quarante moins un *coup* ; (*m*) mais s'il a blafphémé contre le Seigneur , d'être alors lapidé. *Pilate* leur dit : Si ce difcours eft un blafphème , jugez-le vous-mêmes felon votre loi. Les Juifs difent à *Pilate* : Notre loi nous ordonne (*n*) de ne tuer perfonne. Nous voulons qu'il foit crucifié , parce qu'il eft digne de la croix. *Pilate* leur dit : Il n'eft pas bon qu'il foit crucifié ; mais châtiez-le (*o*) & le renvoyez. Or le gouverneur regardant le peuple des Juifs qui l'environnait, vit plufieurs juifs qui pleuraient, & il dit aux princes des prêtres des Juifs : Toute la multitude ne défire pas qu'il meure. Les vieillards des Juifs difent à *Pilate* : Nous ne fommes venus ici nous & toute la multitude , qu'afin qu'il meure. *Pilate* leur dit : Pourquoi mourra-t-il ? Ils lui difent : Parce qu'il fe dit être fils de DIEU & roi.

V.

Or un certain *Nicodème* , homme juif, fe préfenta devant le gouverneur , & dit : Je vous prie , juge miféricordieux , que vous daigniez m'entendre un inftant. *Pilate* lui dit : Parlez. *Nicodème* dit : C'eft moi

(*m*) 2 Corinth. 11 , v. 24.   (*o*) *Luc* 23 , v. 16.
(*n*) Exod. 20 , v 15.

qui ai dit aux vieillards des Juifs , & aux fcribes,
& aux prêtres, & aux lévites, & à toute la multitude
des Juifs dans la fynagogue : Que cherchez - vous
avec cet homme? cet homme fait plufieurs prodiges
bons & glorieux, tels qu'aucun homme fur la terre
n'en a fait ou n'en fera; renvoyez-le, & ne lui faites
aucun mal. S'il eft de D I E U, (*p*) fes prodiges fubfif-
teront ; mais s'il eft des hommes, ils feront diffipés.
De même que *quand Moïfe*, envoyé de D I E U en
Egypte , fit des prodiges que D I E U lui dit de faire
devant *Pharaon* roi d'Egypte ; il y avait *Jannès* &
Mambrès (*q*) magiciens, & ils firent par leurs enchantemens les prodiges qu'avait faits *Moïfe*, mais non
pas tous ; & les prodiges que firent les magiciens
n'étaient pas de D I E U, comme vous favez, vous
fcribes & pharifiens : ils périrent eux qui les firent,
& tous ceux qui les crurent. (*r*) Et maintenant
renvoyez cet homme, parce que les prodiges dont
vous l'accufez font de D I E U, & il n'eft pas digne de
mort. Les Juifs difent à *Nicodème :* Vous êtes devenu
fon difciple & vous parlez pour lui. *Nicodème* leur
dit : Eft-ce que le gouverneur eft auffi devenu fon
difciple & qu'il parle pour lui ? eft-ce qu'il ne tient
pas fa dignité de Céfar? Or les Juifs frémiffaient
lorfqu'ils entendirent ces *paroles* , & grinçaient *les dents*
contre *Nicodème*, & lui difaient : Recevez de lui la
vérité , & ayez votre poffeffion avec le C H R I S T.
Nicodème dit : Ainfi foit-il, que je la reçoive comme
vous l'avez dit.

(*p*) Aa. 5, v. 38.   (*r*) Aa. 5, v. 37.
(*q*) 2 Tim. 3 , v. 8 , on lit *Jambrès.*

V I.

UN certain autre fortant d'entre les Juifs priait le
gouverneur qu'il voulût entendre une parole. Le gouverneur dit : Dites tout ce que vous voulez dire. J'ai
été couché pendant trente ans à Jérufalem auprès de
la pifcine probatique, (s) fouffrant une grande infirmité, attendant la fanté, qui revenait à l'arrivée de
l'ange qui troublait l'eau felon le temps. Et celui qui
defcendait le premier dans l'eau après l'agitation de
l'eau, était guéri de toute infirmité. Et Jesus m'y
trouvant languiffant, me dit : Voulez-vous être guéri ?
Et je répondis : Seigneur, je n'ai pas un homme qui
me mette dans la pifcine, lorfque l'eau aura été trou-
blée. Et il me dit : Levez-vous, prenez votre lit, &
marchez. Etant guéri fur le champ, je pris mon lit &
je marchai. Les Juifs difent à *Pilate* : Seigneur gouverneur, demandez-lui quel jour c'était quand ce
languiffant fut guéri. Le languiffant guéri dit : Le
fabbat. Les Juifs difent à *Pilate* : N'eft-ce pas ainfi
que nous vous avons appris, qu'il guérit dans le
fabbat, & qu'il chaffe les démons par le prince des
démons ? Et un certain autre juif fortant, dit : (t)
J'étais aveugle, j'entendais les voix, & ne pouvais
voir perfonne ; & comme Jesus eût paffé, j'entendis
la troupe qui paffait, & je demandai ce que c'était.
Et ils me dirent que Jesus paffait. Et je criai, difant :
Jesus, fils de *David*, ayez pitié de moi. Et s'arrêtant,
il me fit conduire vers lui, & me dit : Que voulez-
vous ? Et je dis : Seigneur, que je voie. Et il me dit :
Regardez ; & auffitôt je vis, & je le fuivis plein de

(s) *Joh.* 5.   (t) *Marc* 10, v. 40.

joie & rendant grâces. Et un autre juif fortant, dit :
J'étais lépreux, & il m'a guéri d'une feule parole,
difant : Je veux, (*u*) foyez guéri ; & tout d'un coup,
je fus guéri de la lèpre. Et un autre juif fortant, dit :
J'étais courbé, (*x*) & il m'a redreffé d'une parole.

VII.

ET une certaine femme (*y*) nommée *Véronique*,
dit : J'avais une perte de fang depuis douze ans, &
j'ai touché la frange de fon vêtement, & auffitôt le
flux de mon fang s'eft arrêté. Les Juifs difent : Nous
avons une loi (*z*) qu'une femme n'eft pas reçue en
témoignage. Et un certain juif, après autres chofes,
dit : J'ai vu JESUS (*a*) être invité à des noces avec
fes difciples, & le vin manquer en Cana de Galilée ;
& lorfque le vin eut manqué, il ordonna à ceux qui
fervaient, de remplir d'eau fix cruches qui étaient
là ; & ils les remplirent jufqu'au bord. Et il les bénit
& changea l'eau en vin ; & toutes fortes de gens en
burent en admirant ce prodige. Et un autre juif fe
préfenta dans le milieu, & dit : J'ai vu JESUS (*b*) à
Capharnaüm enfeigner dans la fynagogue. Et un
certain homme était dans la fynagogue ayant le
démon, & il s'écria, difant : Laiffez-moi. Qu'y a-t-il
entre nous & vous, JESUS de Nazareth ? Vous êtes
venu nous perdre. Je fais que vous êtes le faint de
DIEU. Et JESUS le reprit, & lui dit : Taifez-vous,
efprit immonde, & fortez de cet homme. Et auffitôt

(*u*) *Matth.* 8, v. 3.

(*x*) *Luc* 13, v. 12, dit que
c'était une femme.

(*y*) *Matth.* 9, 20, ne dit pas
fon nom.

(*z*) Selden. l. 2 de Synedr. ch.
13, n. 11.

(*a*) *Joh.* 2.

(*b*) *Marc* 1, v. 23.

il en fortit & ne lui fit aucun mal. Et un certain pharifien dit ces *paroles :* J'ai vu qu'une grande troupe (*c*) eft venue vers Jesus , de Galilée & de la Judée, & des bords de la mer, & de plufieurs régions en-deçà du Jourdain; & plufieurs infirmes venaient à lui, & il les guériffait tous. (*d*) Et j'ai entendu les efprits immondes (*e*) criant & difant : Vous êtes le fils de Dieu. Et Jesus les menaçait fortement, pour qu'ils ne le fiffent pas connaître.

V I I I.

Après cela , un certain nommé *Centurion* (*f*) dit : J'ai vu Jesus à Capharnaüm, & je l'ai prié, difant : Seigneur, (*g*) mon enfant eft couché paralytique à la maifon. Et Jesus me dit : Allez , & qu'il vous foit fait comme vous avez cru; & l'enfant fut guéri à l'heure même. Enfuite un certain prince (*h*) dit : J'avais un fils à Capharnaüm qui fe mourait; & lorfque j'appris que Jesus arrivait en Galilée, j'allai & le priai qu'il defcendît dans ma maifon & qu'il guérît mon fils, car il commençait à mourir. Et il me dit : Allez, votre fils eft vivant; & mon fils fut guéri à l'heure même. Et plufieurs autres d'entre les Juifs, tant hommes que femmes, crièrent, difant : Celui-là *eft* véritablement le fils de Dieu, puifqu'il guérit tous *les maux* d'une feule parole, & que les démons lui font foumis en toutes chofes. Quelques-uns d'eux difent : Cette puif-fance n'eft que de Dieu. *Pilate* dit aux Juifs : Pour-quoi les démons ne fe foumettent-ils pas à vous qui

(*c*) *Marc* 3 , v. 7.
(*d*) *Matth.* 12 , v. 15.
(*e*) *Marc* 3 , v. 11.
(*f*) *Matth.* 8 , v. 5, dit que

Centurion était le nom de fon office.
(*g*) *Luc* 7 , v. 2 , dit mon fervi-teur.
(*h*) *Joh.* 4, 46.

enseignez ? Quelques-uns d'entr'eux disent : Cette puissance n'est que de DIEU, pour que les démons soient soumis. Mais d'autres dirent à *Pilate* : (*i*) Parce qu'il a fait sortir du tombeau *Lazare* mort depuis quatre jours. Le gouverneur entendant ces *choses*, dit, tout effrayé, à la multitude des Juifs : Que vous servira-t-il de répandre le sang innocent?

I X.

ET *Pilate* sefant venir *Nicodème* & les douze hommes qui dirent qu'il n'était pas né de la fornication, il leur dit : Que ferai-je, parce qu'il se fait une sédition dans le peuple ? Ils lui disent : Nous ne savons pas; que ceux qui excitent la sédition, voient eux-mêmes. *Pilate* sefant revenir une seconde fois la multitude, leur dit : Vous savez que c'est votre coutume, le jour des azymes, (*k*) que je vous délivre un prisonnier; j'ai un insigne prisonnier (*l*) homicide, qui se nomme *Barrabas*, & JESUS qui s'appelle CHRIST, en qui je ne trouve aucune cause de mort. Lequel donc de ces deux voulez-vous que je vous délivre? Ils crièrent tous, disant : Délivrez-nous *Barrabas*. *Pilate* leur dit: Que ferai-je donc de JESUS, qui s'appelle le CHRIST ? Ils disent tous : Qu'il soit crucifié. Ils crièrent une seconde fois, disant à *Pilate* : (*m*) Vous n'êtes pas ami de *Céfar* si vous le délivrez, parce qu'il a dit qu'il est fils de DIEU & roi : est-ce peut-être que vous voulez que ce soit lui & non *Céfar* ? Alors *Pilate* rempli de fureur, leur dit : Votre nation a toujours été séditieuse, & vous avez été contraires à ceux qui vous ont fait du bien. Les Juifs répondirent : Qui

(*i*) *Joh.* 11.   (*l*) *Matth.* 27, v. 16.
(*k*) *Joh.* 18, v. 19.   (*m*) *Joh.* 39, v. 12.

font ceux qui ont été pour nous? *Pilate* leur dit : (*n*) Votre DIEU qui vous a tirés de la dure fervitude des Egyptiens, & vous a fait traverfer la mer Rouge à pied fec, & vous a nourris dans le défert avec la manne & la chair des cailles, & a produit de l'eau de la pierre, & vous a donné une loi du ciel : & en toutes chofes vous avez irrité votre DIEU, & vous avez cherché à vous faire un veau jeté en fonte, & vous avez adoré, & vous avez immolé, & vous avez dit : Ifraël, ce font-là tes dieux, qui t'ont fait fortir de la terre d'Egypte. Et votre DIEU a voulu vous perdre : & (*o*) *Moïfe* a prié pour vous afin que vous ne mouruffiez pas; & votre DIEU l'a écouté, & il vous a remis votre péché. Enfuite étant irrités vous avez voulu tuer (*p*) vos prophètes *Moïfe* & *Aaron*, quand ils s'enfuirent dans le tabernacle; & vous avez toujours murmuré contre DIEU & fes prophètes. Et fe levant de fon tribunal, il voulut fortir dehors. Mais tous les Juifs crièrent : Nous favons que *Céfar* eft roi, *& non* JESUS. ** (*q*) Car quand il naquit, alors des mages vinrent & lui offrirent des préfens. Ce qu'*Hérode* ayant appris, il fut fort troublé, & il voulut le faire mourir. Ce que fon père ayant connu, il s'enfuit en Egypte avec fa mère *Marie*. *Hérode*, lorfqu'il eut appris qu'il était né, voulut le faire mourir, & il envoya maffacrer tous les enfans qui étaient nés à Bethléem, & dans tous fes environs depuis l'âge de deux ans & au-deffous. *Pilate* entendant ces paroles craignit; & le filence étant fait dans le peuple qui criait, il dit à JESUS : (*r*) Vous êtes donc roi? Tous les Juifs difent

---

(*n*) Act. 7.
(*o*) Exod. 32, v. 31.
(*p*) Num. 14.

(*q*) Il femble qu'il manque ici une phrafe. *Matth.* 2.
(*r*) *Joh.* 18, v. 37.

à *Pilate* : C'eſt-là celui qu'*Hérode* cherchait à faire
mourir. Or *Pilate* prenant de l'eau (*s*) lava ſes mains
devant le peuple, diſant : Je ſuis innocent du ſang de
ce juſte, vous n'avez qu'à voir. Et les Juifs répondirent, diſant : Que ſon ſang *ſoit* ſur nous & ſur nos
enfans. Alors *Pilate* fit amener JESUS devant lui, &
lui dit ces paroles : Votre nation vous a réprouvé en
qualité de roi. C'eſt pourquoi, moi *Hérode*, (*t*) j'ordonne que vous ſoyez flagellé ſelon les ſtatuts des
premiers princes, & que vous ſoyez d'abord lié, &
pendu en croix dans le lieu où vous avez été arrêté,
& deux méchans avec vous, dont les noms ſont
Dimas & *Geſtas*.

X.

ET JESUS ſortit du prétoire & deux larrons avec
lui. Et lorſqu'ils furent arrivés au lieu qui s'appelle
Golgotha, (*u*) ils le dépouillent de ſon vêtement, &
le ceignent d'un linge, & mettent une couronne
d'épines ſur ſa tête, & lui donnent un roſeau dans
ſa main. Et ils pendent pareillement les deux larrons
avec lui, *Dimas* à ſa droite & *Geſtas* à ſa gauche. Or
JESUS dit : Mon père, pardonnez-leur, parce qu'ils
ne ſavent ce qu'ils font. Et ils partagèrent ſes vête-
mens en jetant le ſort ſur ſa robe. Et les peuples
ſe tinrent *là ;* & les princes des prêtres, & les vieillards des Juifs le raillaient, diſant : Il a ſauvé les
autres, qu'il ſe ſauve à préſent lui-même s'il peut.
S'il eſt fils de DIEU, qu'il déſcende maintenant de la
croix. Or les ſoldats ſe moquaient de lui, & prenant
du vinaigre & du fiel, ils lui préſentaient à boire &
lui diſaient : Si vous êtes le roi des Juifs, délivrez-

(*s*) *Matth.* 27, v. 24.   (*u*) *Matth.* 27, v. 33.
(*t*) *Matth.* 26, v. 27, dit *Pilate.*

vous vous-même. Mais le soldat *Longin* prenant une
lance, ouvrit son côté; & aussitôt il en sortit du sang
& de l'eau. Or *Pilate* mit sur la croix un écriteau en
lettres hébraïques, & latines, & grecques, contenant
ces *paroles :* Celui-ci est le roi des Juifs. Mais un des
deux larrons, qui étaient crucifiés avec JESUS, nommé
Gestas, dit à JESUS, si vous êtes le CHRIST, délivrez-
vous vous-même & nous *aussi*. Mais le larron qui
était pendu à sa droite, nommé *Dimas*, répondant,
le reprit & dit : Ne craignez-vous pas DIEU, vous qui
êtes *du nombre* des condamnés dans ce jugement? Pour
nous c'est avec raison & justice que nous avons reçu
la récompense de nos actions ; mais ce JESUS quel mal
a-t-il fait? Et après cela il dit en soupirant : Seigneur,
souvenez-vous de moi lorsque vous serez venu dans
votre royaume. Mais JESUS répondit & lui dit : En
vérité, je vous dis que vous serez aujourd'hui avec
moi en paradis.

X I.

OR il était près de la sixième heure, & les ténèbres
couvrirent toute la terre jusqu'à la neuvième heure.
Mais le soleil s'obscurcissant, voilà que le voile du
temple se fendit depuis le haut jusqu'en bas, & les
pierres se fendirent, & les monumens furent ouverts,
& plusieurs corps des saints, qui sont morts, ressus-
citèrent. Et environ la neuvième heure JESUS s'écria
à haute voix, disant : *Hely*, *Hely*, *lamma sabaëthani ;*
ce qu'on a interprété, mon DIEU, mon DIEU,
pourquoi m'avez-vous délaissé? Et après cela JESUS
dit : Mon père, je recommande mon esprit en vos
mains. Et disant cela il rendit l'esprit. Mais le centurion voyant que JESUS, en criant ainsi, avait rendu
l'esprit,

l'efprit, glorifia DIEU & dit : Véritablement cet homme était jufte. Et tous *ceux du* peuple qui étaient préfens, furent grandement troublés à ce fpectacle ; & confidérant ce qui s'était paffé, ils frappèrent leurs poitrines, & alors ils revenaient à la ville de Jérufalem. Le centurion venant vers le gouverneur lui rapporta tout ce qui s'était paffé. Et lorfque le gouverneur eut appris tout ce qui s'était paffé, il fut très-chagrin, & fefant affembler *tous* les Juifs à la fois, il leur dit : Avez-vous vu les fignes qui ont paru au foleil, & tous les autres *prodiges* qui font arrivés tandis que JESUS mourait ? Ce que les Juifs ayant entendu, ils répondirent au gouverneur : L'éclipfe eft arrivée felon la vieille coutume. Or tous ceux de fa connaiffance fe tenaient de loin, de même que les femmes qui avaient fuivi JESUS de la Galilée, en regardant ces chofes. Et voici un certain homme d'Arimathie, nommé *Jofeph*, (*x*) lequel *Jofeph* était auffi difciple, en cachette cependant, à caufe de la crainte des Juifs ; il vint au gouverneur & pria le gouverneur qu'il lui permît qu'il enlevât le corps de JESUS de la croix. Et le gouverneur le permit. Or *Nicodéme* vint apportant avec foi un mélange de myrrhe & d'aloès, d'environ cent livres ; & ils defcendirent, en pleurant, JESUS de la croix, & l'enveloppèrent dans des linges avec des aromates, comme les Juifs ont coutume d'enfevelir, & ils le mirent dans un monument neuf que *Jofeph* avait conftruit, & qu'il avait fait tailler dans la pierre, dans lequel aucun homme n'avait été mis, & ils roulèrent une grande pierre à la porte de la caverne.

(*x*) *Joh.* 19, v. 38.

X I I.

Or les Juifs injuftes apprenant qu'il a demandé le corps de JESUS & qu'il l'a enfeveli, cherchaient & *Nicodème* & ces douze hommes qui ont dit devant le gouverneur qu'il n'eft pas né de la fornication, & les autres bons qui avaient déclaré fes bonnes œuvres. Or, tous s'étant cachés à caufe de la crainte des Juifs, le feul *Nicodème* fe montra à eux quand ils entrèrent dans la fynagogue. Et les Juifs lui dirent: Et vous, comment avez-vous ofé entrer dans la fynagogue, parce que vous étiez fectateur du CHRIST ? Que fa part foit avec vous dans le fiècle à venir. Et *Nicodème* répondit : Ainfi foit-il. Que cela foit ainfi, que ma part foit avec lui dans fon royaume. *Jofeph* pareillement, lorfqu'il fut monté vers les Juifs, il leur dit : Pourquoi êtes-vous irrités contre moi, parce que j'ai demandé à *Pilate* le corps de JESUS ? Voilà que je l'ai mis dans mon monument, & je l'ai enveloppé dans un fuaire propre, & j'ai placé une grande pierre à la porte de la caverne. Pour moi, j'ai bien agi à fon égard, au lieu que vous avez mal agi envers le jufte, pour le crucifier ; mais vous l'avez abreuvé de vinaigre, & vous l'avez couronné d'épines, & vous l'avez déchiré de verges, & vous avez fait des imprécations fur fon fang. Les Juifs entendant cela eurent l'efprit chagrin & troublé. Ils fe faifirent de *Jofeph* & le firent garder avant le jour du fabbat jufqu'après le jour des fabbats. Et ils lui dirent: Reconnaiffez qu'à cette heure il ne convient pas de vous faire aucun mal jufqu'au premier jour du fabbat. Mais nous favons que vous ne ferez pas digne de la fépulture, mais nous donnerons vos chairs aux volatiles du ciel & aux bêtes de la terre. *Jofeph* répondit : Ce difcours eft femblable à l'orgueilleux *Goliath*, qui infulta le DIEU vivant envers S* *David* (*y*). Mais vous, favez-vous, fcribes & docteurs, que DIEU dit par le prophète : (*z*) A moi la vengeance, & je rendrai le mal dont vous me menacez feulement. DIEU que vous avez pendu en croix eft *affez* puiffant pour m'arracher de votre main. Tout le crime viendra fur vous. Car lorfque le gouverneur a lavé fes mains, il a dit : (*a*) Je fuis pur du fang de ce jufte. Et vous répondant, vous avez crié : Que fon fang foit fur nous & fur nos enfans. Puiffiez-vous, comme vous avez dit, périr à jamais! Mais les Juifs entendant ces difcours en furent très-irrités. Et fe faififfant de *Jofeph*, ils l'enfermèrent dans une chambre où il n'y avait point de fenêtre. *Annas* & *Caïphas* mirent le fcellé à la porte fur la clef, y pofèrent des gardes, & tinrent confeil avec les prêtres & les lévites pour faire une affemblée générale après le jour du fabbat. Et ils penfèrent de quelle mort ils feraient mourir *Jofeph*. Cela étant fait, les princes *Annas* & *Caïphas* ordonnèrent qu'on amenât *Jofeph*. Toute l'affemblée, entendant ces chofes, fut faifie d'admiration, parce qu'ils trouvèrent la clef de la chambre fcellée, (*b*) & ne trouvèrent pas *Jofeph. Annas* & *Caïphas* s'en allèrent.

X I I I.

COMME tous admiraient ces chofes, voici qu'un des foldats qui gardaient le fépulcre, dit dans la fynagogue : Que comme nous gardions le monument

(*y*) 1 *Sam.* 17, v. 27.   (*a*) *Matth.* 27, v. 24.
(*z*) Deut. 32, v. 35.   (*b*) Act. 5, 18 & 23.

de J ESUS , il s'eft fait un tremblement de terre , (c)
& nous avons vu l'ange de DIEU , comment il a roulé
la pierre du monument, & il était affis deffus , &
fon regard était comme la foudre , & fon vêtement comme la neige.. Et nous fommes devenus
comme morts de peur. Et nous avons entendu l'ange
difant aux femmes *qui étaient venues* au fépulcre de
JESUS : Ne craignez point ; je fais que vous cherchez
JESUS crucifié ; il eft reffufcité ici, comme il l'a prédit.
Venez & voyez le lieu où il avait été mis , & allez vîte
dire à fes difciples , qu'il eft reffufcité des morts , &
il vous précédera en Galilée , c'eft-là que vous le
verrez , comme il vous l'a dit. Et les Juifs fefant venir
tous les foldats qui avaient gardé le tombeau de JESUS ,
ils leur dirent : Quelles font ces femmes à qui l'ange a
parlé ? pourquoi ne les avez-vous pas arrêtées ? Les
foldats répondant dirent : Nous ne favons ce qu'ont
été ces femmes, & nous fommes devenus comme morts
par la crainte de l'ange ; & comment aurions-nous
pu arrêter ces femmes ? Les Juifs leur dirent : Le
Seigneur eft vivant parce que nous ne vous croyons
pas. Les foldats répondant dirent aux Juifs : Vous
avez vu & entendu J ESUS qui fefait de fi grands
miracles & vous ne l'avez pas cru, comment pourriez-
vous nous croire ? Vous avez certes bien dit : Le
Seigneur eft vivant , & le Seigneur eft véritablement
vivant. Nous avons appris que vous avez enfermé
Jofeph , qui enfevelit le corps de J ESUS , dans une
chambre dont vous aviez fcellé la clef , & l'ouvrant
vous ne l'avez pas trouvé. Donnez-nous donc *Jofeph*
que vous avez gardé dans une chambre , & nous

(c) *Matth.* 28 , v. 2.

vous donnerons JESUS, que nous avons gardé dans le
sépulcre. Les Juifs répondant dirent : Nous vous
donnerons *Joseph*, donnez-nous JESUS. *Joseph* est
dans sa ville d'Arimathie. Les soldats répondant
dirent : Si *Joseph* est dans Arimathie, JESUS est en
Galilée, comme nous l'avons appris de l'ange qui
le disait aux femmes. Les Juifs entendant ces choses
craignirent, disant en eux-mêmes : certes tous
ceux qui entendront ces discours croiront en JESUS.
Et rassemblant beaucoup d'argent ils le donnèrent aux
soldats, disant : Dites que, comme vous dormiez, les
disciples de JESUS sont venus la nuit & ont dérobé
le corps de JESUS. Et si cela est rapporté à *Pilate* le
gouverneur, nous répondrons pour vous, & nous vous
mettrons en sûreté. Or les soldats en recevant ainsi,
dirent comme les Juifs le leur avaient ordonné, &
leur discours se divulgua par-tout.

X I V.

OR un certain prêtre nommé *Phinées*, & *Ada* maître
d'école, & un lévite nommé *Agée*, ces trois vinrent de
Galilée à Jérusalem, & dirent aux princes des prêtres,
& à tous ceux qui étaient dans les synagogues : Ce
JESUS que vous avez crucifié nous l'avons vu parlant
avec ses onze disciples, étant assis au milieu d'eux sur
la montagne (d) des oliviers, & leur disant : Allez
dans tout le monde, prêchez toutes les nations, les
baptisant au nom du Père, & du Fils, & du St Esprit.
Et (e) celui qui aura cru & aura été baptisé, sera
sauvé. Et lorsqu'il eut dit ces *paroles* à ses disciples,
nous l'avons vu qui montait au ciel. Et les princes
des prêtres, & les vieillards & les lévites entendant

(d) *Matth.* 28, v. 16.　　(e) *Marc* 16, 1, 26 & 19.

M 3

cela, dirent à ces trois hommes : Rendez (ƒ) gloire
au Dieu d'Ifraël, & confeffez-lui fi ce que vous avez
vu & entendu eft vrai. Mais eux répondant dirent :
Le Seigneur de nos pères eft vivant, le Dieu d'*Abraham*,
& le Dieu d'*Ifaac* & le Dieu de *Jacob*, comme nous
avons entendu JESUS parler avec fes difciples, &
comme nous l'avons vu monter au ciel ; ainfi nous
vous difons la vérité. Et ces trois hommes répondant
dirent : (g) *** Et ajoutant ces paroles, ces trois
hommes dirent : Nous pécherons, fi nous ne difons
pas les paroles que nous avons entendues de JESUS
& que nous l'avons vu monter au ciel. Auffitôt les
princes des prêtres fe levant, tenant la loi du Seigneur,
ils jurèrent contre eux, difant : N'annoncez plus déformais les paroles que vous avez dites de JESUS, & ils
leur donnèrent beaucoup d'argent. Et ils envoyèrent
avec eux d'autres hommes, pour les conduire jufque
dans leur contrée, afin qu'ils ne s'arrêtaffent point à
Jérufalem. Tous les Juifs s'affemblèrent donc, & firent
entre eux une grande lamentation, difant : Quel eft ce
prodige qui s'eft fait à Jérufalem ? Mais *Annas* & *Caïphas*
les confolant, dirent : Eft-ce que nous devons croire
les foldats qui ont gardé le monument de JESUS,
qui nous difent qu'un ange a roulé la pierre de la
porte du monument ? Peut-être que ce font fes
difciples qui le leur ont dit, & qui leur ont donné
de l'argent pour le leur faire dire, & pour enlever le
corps de JESUS. Or fachez qu'il ne faut croire en
aucune manière à des étrangers, parce qu'ils ont
reçu de nous beaucoup d'argent. Et ils ont dit à tout

(ƒ) *Jof.* 7, v. 19.

(g) Il femble qu'il manque ici quelques paroles.

le monde comme nous leur avons dit de dire. Ou ils nous garderont la foi, ou aux difciples de JESUS.

X V.

Nicodéme fe levant donc dit: Vous parlez à propos, enfans d'Ifraël. Vous avez entendu tout ce qu'ont dit ces trois hommes jurant en la loi du Seigneur, lefquels ont dit: Nous avons vu JESUS parlant avec fes difciples fur la montagne des oliviers, & nous l'avons vu monter au ciel. Et l'Ecriture nous enfeigne que le bienheureux prophète *Elias* (*h*) fut enlevé, & qu'*Elifée* interrogé par les fils des prophètes: Où eft notre père *Elias?* leur dit qu'il a été enlevé. Et les fils des prophètes lui dirent: Peut-être l'efprit l'a-t-il enlevé dans les montagnes d'Ifraël. Mais choififfons des hommes avec nous, &, parcourant les montagnes d'Ifraël, peut-être le trouverons-nous. Et ils prièrent *Elifée*, & il marcha trois jours avec eux, & ils ne le trouvèrent point. Et maintenant, fils d'Ifraël, écoutez-moi, & envoyant des hommes dans les montagnes d'Ifraël, de peur que l'efprit n'ait enlevé JESUS, & peut-être nous le trouverons & nous ferons pénitence. Et le confeil de *Nicodéme* plut à tout le peuple, & ils envoyèrent des hommes, & cherchant ils ne trouvèrent pas JESUS, & étant de retour ils dirent: En allant de côté & d'autre nous n'avons pas trouvé JESUS, mais nous avons trouvé *Jofeph* dans fa ville d'Arimathie. Les princes & tous les peuples entendant ces chofes fe réjouirent & glorifièrent le DIEU d'Ifraël, parce qu'on a trouvé *Jofeph* qu'ils ont enfermé dans une chambre & qu'ils n'ont pas trouvé. Et fefant une grande affemblée les princes des prêtres dirent: Par quel moyen pouvons-nous

(*h*) 4, Reg. 2.

M 4

faire venir *Joseph* à nous & parler avec lui? Et prenant un tome de papier, ils écrivirent à *Joseph*, difant: La paix foit avec vous & tous ceux qui font avec vous. Nous favons que nous avons péché contre vous & contre DIEU. Daignez donc venir vers vos pères, parce que nous avons admiré votre délivrance. Nous favons que nous avons eu un mauvais deffein contre vous, & le Seigneur a pris foin de vous, & le Seigneur lui-même vous a délivré de notre deffein. Paix à vous, *Joseph* honorable, *de la part* de tout le peuple. Et ils choifirent fept hommes amis de *Joseph*, & ils leur dirent: Lorfque vous ferez arrivés vers *Joseph*, faluez-le en paix en lui donnant la lettre. Et les hommes arrivant vers *Joseph*, le faluant en paix, lui donnèrent le livret de la lettre. Et lorfque *Joseph* eut lu, il dit: Béni *foyez-vous*, Seigneur DIEU, qui m'avez délivré d'Ifraël, afin qu'il ne répandît pas mon fang. Béni *foyez-vous*, Seigneur DIEU, qui m'avez couvert de vos ailes, & *Joseph* les embraffa & les reçut dans fa maifon. Mais un autre jour *Joseph*, montant fon âne, marcha avec eux & ils allèrent à Jérufalem. Et tous les Juifs l'ayant appris, ils lui coururent au-devant criant & difant: Paix à votre entrée, père *Joseph*. Auxquels répondant il dit: Paix à tout le peuple. Et tous l'embraffèrent. Et *Nicodème* le reçut dans fa maifon, fefant un grand feftin. (*i*) Mais un autre jour de préparation, *Annas* & *Caïphas* & *Nicodème* dirent à *Joseph*: Conffefez au DIEU d'Ifraël, & manifeftez-nous toutes chofes fur lefquelles vous ferez interrogé, parce que nous avons été fâchés de ce que vous avez enfeveli le corps du Seigneur JESUS: vous enfermant

(*i*) *Luc*, 3, v. 29.

dans une chambre nous ne vous avons pas trouvé,
& nous avons été fort étonnés, & la crainte nous a
faifis jufqu'à ce que nous vous avons reçu préfent.
Devant DIEU donc manifeftez-nous ce qui s'eſt fait.
Or *Jofeph* répondant, dit: Vous m'enfermâtes bien un
jour de préparation vers le foir. Comme je fefais mon
oraifon le jour du fabbat à minuit, la maifon fut
fufpendue par les quatre angles, & je vis JESUS comme
un éclat de lumière & je tombai par terre de frayeur.
Mais JESUS tenant ma main m'éleva de terre, & une
rofée me couvrit. Et effuyant ma face il m'embraffa &
me dit: Ne craignez point, *Jofeph*, regardez-moi, &
voyez que c'eſt moi. (k) Je regardai donc & je dis: Mon
maître *Elias*. Et il me dit: je ne fuis pas *Elias* moi, mais
je fuis JESUS de Nazareth, dont vous avez enfeveli le
corps. Mais je lui dis: montrez-moi le monument où
je vous ai mis. Or JESUS tenant ma main me conduifit
dans le lieu où je l'ai mis, & me montra le fuaire & le
lange, dans lequel j'avais enveloppé fa tête. Alors je
connus que c'eſt JESUS, & je l'adorai, & je dis: (l)
Béni *foit* celui qui vient au nom du Seigneur. Mais
JESUS tenant ma main me conduifit à Arimathie dans
ma maifon, & me dit: Paix à vous, & jufqu'au
quarantième jour ne fortez pas de votre maifon. Pour
moi, je vais vers mes difciples.

X V I.

LORSQUE les princes des prêtres & les autres
prêtres & les lévites eurent entendu toutes ces chofes,
ils furent étonnés & tombèrent par terre comme
morts fur leurs vifages, & s'écriant entre eux, ils
dirent: Quel eſt ce prodige qui s'eſt fait à Jérufalem?

(k) *Luc*, 24, v. 39.   (l) *Matth.* 23, v. 39.

Nous connaiſſons le père & la mère de JESUS. Et un certain lévite dit : J'ai connu pluſieurs *perſonnes* de ſa parenté craignant D I E U , & offrant toujours dans le temple des hoſties & des holocauſtes avec des oraiſons au Dieu d'Iſraël. Et lorſque le grand-prêtre *Siméon* le reçut , le tenant dans ſes mains , il lui dit : (*m*) Maintenant , Seigneur , vous renvoyez votre ſer- viteur en paix ſelon votre parole , parce que mes yeux ont vu votre ſalut , que vous avez préparé devant la face de tous les peuples. La lumière pour la révé- lation des nations & la gloire de votre peuple d'Iſraël. Pareillement le même *Siméon* bénit *Marie* mère de JESUS , & lui dit : Je vous annonce touchant cet enfant qu'il a été mis pour la ruine & pour la réſurrection de pluſieurs , & pour ſigne de contradiction. Et le glaive traverſera votre ame , & les penſées ſeront révélées de pluſieurs cœurs. Alors tous les Juifs dirent : Envoyons à ces trois hommes qui dirent qu'ils l'avaient vu parlant avec ſes diſciples ſur la montagne des oliviers. Cela étant fait, ils leur demandèrent qu'eſt-ce qu'ils avaient vu ? Leſquels répondant , dirent d'une voix : Le Seigneur Dieu d'Iſraël eſt vivant , parce que nous avons vu clairement J E S U S parlant avec ſes diſciples ſur la montagne des oliviers & montant au ciel. Alors *Annas* & *Caïphas* les ſéparèrent l'un de l'autre & les interrogèrent ſéparément. Leſquels confeſſant unanimement la vérité dirent qu'ils avaient vu JESUS. Alors *Annas* & *Caïphas* dirent : Notre loi contient : (*n*) De la bouche de deux ou de trois témoins toute parole eſt aſſurée. Mais que diſons-nous ? le

(*m*) *Luc* , 2 , v. 22.   (*n*) Deut. 27 , v. 6.

bienheureux *Enoch* plut à Dieu (*o*) & fut tranfporté par la parole de Dieu, & (*p*) la fépulture du bien-heureux *Moïfe* ne fe trouve pas. Mais Jesus a été livré à *Pilate*, flagellé, couvert de crachats, couronné d'épines, frappé d'une lance & crucifié, mort fur le bois & enfeveli, comme l'honorable père *Jofeph* a enfeveli fon corps dans un fépulcre neuf, & a témoigné qu'il l'a vu vivant. Et ces trois hommes ont témoigné qu'ils l'ont vu parlant avec fes difciples fur la montagne des oliviers, & montant au ciel.

X V I I.

Jofeph donc fe levant dit à *Annas* & *Caïphas* : C'eft véritablement avec raifon que vous admirez ce que vous avez entendu, que Jesus depuis fa mort a été vu vivant & montant au ciel. C'eft véritablement admirable, parce que non-feulement il eft reffufcité des morts, mais encore il a reffufcité les morts des monumens & (*q*) ils ont été vus de plufieurs *perfonnes* à Jérufalem. Et maintenant écoutez-moi, parce que nous avons tous connu le bienheureux *Siméon* grand-prêtre qui reçut dans fes mains (*r*) l'enfant Jesus dans le temple. Et ce même *Siméon* a eu deux fils frères de père & de mère, & nous avons tous été à leur mort & à leur fépulture. Marchez donc & voyez leurs monumens, car ils font ouverts, parce qu'ils font reffufcités, & voilà qu'ils font dans la ville d'Ari-mathie, vivant enfemble en oraifons. Quelques-uns les entendent criant, ne parlant cependant avec per-fonne, mais fe taifant comme des morts. Mais venez,

(*o*) Genef. 5, v. 24.
(*p*) Deut. 34, v. 26.
(*q*) *Matth.* 27, v. 53.
(*r*) *Luc*, 2, v. 28.

allons vers eux avec tout honneur & modération, conduifons-les vers nous. Et fi nous les conjurons, peut-être nous diront-ils quelques myftères touchant leur réfurrection. Les Juifs entendant ces chofes fe réjouirent tous grandement ; & *Annas* & *Caïphas*, *Nicodème* & *Jofeph*, & *Gamaliel* allant ne les trouvèrent pas dans leur fépulcre, mais marchant dans la ville d'Arimathie, ils les trouvèrent à genoux appliqués en oraifon. Et les embraffant avec toute vénération & crainte de DIEU, ils les conduifirent à Jérufalem dans la fynagogue. Et ayant fermé les portes, prenant la loi du Seigneur & la mettant dans leurs mains, ils les conjurèrent par le Dieu *Adonaï*, & le Dieu d'Ifraël, qui par la loi & les prophètes a parlé à nos pères, difant : Si vous croyez que c'eft JESUS même qui vous a reffufcités des morts, dites-nous ce que vous avez vu, & comment vous êtes reffufcités des morts. *Charinus* & *Lenthius* entendant cette conjuration trem- blèrent du corps, & troublés du cœur ils gémirent. Et regardant enfemble vers le ciel ils firent un figne de croix fur leurs langues avec leurs doigts. Et auffitôt ils parlèrent ainfi, difant : Donnez-nous à chacun des tomes de papier & nous vous écrirons tout ce que nous avons vu. Et ils leur donnèrent, & s'affeyant ils écrivirent chacun difant :

X V I I I.

SEIGNEUR JESUS & Dieu père, réfurrection & vie des morts, permettez-nous de dire vos myftères que nous avons vus après la mort de votre croix, parce qu'on nous a conjuré par vous. Car vous avez défendu à vos ferviteurs de rapporter les fecrets de votre divine

majefté, que vous avez fait dans les enfers. Or comme
nous étions placés avec nos pères dans le profond de
l'enfer, dans l'obfcurité des ténèbres, tout à coup
une couleur d'or du foleil & une lumière rougeâtre
nous a éclairés, & auffitôt *Adam* le père de tout le
genre-humain avec tous les patriarches & prophètes
ont treffailli, difant : Cette lumière eft l'auteur de la
lumière éternelle, qui nous a promis de nous tranf-
mettre une lumière coéternelle. Et le prophète *Jéfaïas*
s'eft écrié & a dit : C'eft-là la lumière du père & du
fils de Dieu, comme j'ai prédit lorfque j'étais vivant
fur la terre : (s) la terre de Zabulon & la terre de
Nephthalim au-delà du Jourdain ; le peuple qui
marche dans les ténèbres a vu une grande lumière :
& la lumière eft levée à ceux qui habitent dans la
région de l'ombre de la mort. Et maintenant elle eft
arrivée & a brillé pour nous qui étions affis dans la
mort. Et comme nous treffaillions tous de joie dans
la lumière qui a brillé fur nous, ils nous eft furvenu
notre père *Siméon*, & en treffaillant de joie il a dit à
tous : Glorifiez le feigneur JESUS-CHRIST fils de
Dieu, que j'ai reçu enfant dans mes mains dans le
temple, & pouffé par le St Efprit je lui ai dit & confeffé :
Parce que maintenant mes yeux ont vu votre falut,
que vous avez préparé devant la face de tous les
peuples. La lumière pour la révélation des nations &
la gloire de votre peuple d'Ifraël. Tous les faints qui
étaient au profond de l'enfer entendant ces chofes fe
réjouirent davantage. Et enfuite il furvint comme un
ermite (t) & tous lui demandent qui êtes-vous ? Et
leur répondant, il dit : Je fuis la voix de celui qui

(s) *Ef.* 9, v. 1.   (t) *Matth.* 3.

crie dans le défert, *Jehan-Baptifle*, prophète du Très-Haut, préfent devant la face de fon avénement *pour* préparer fes voies, pour donner la fcience du falut à fon peuple, pour la rémiffion de leurs péchés. Et moi *Jehan* voyant JESUS venir à moi, j'ai été pouffé par le Sᵗ Efprit & j'ai dit : Voilà l'agneau de DIEU, voilà celui qui ôte les péchés du monde. Et je l'ai baptifé dans le fleuve du Jourdain, & j'ai vu le Sᵗ Efprit defcendant fur lui en efpèce de colombe. Et j'ai entendu une voix du ciel difant : Celui-ci eft mon fils bien-aimé, dans lequel je me fuis bien complu, écoutez-le. Et maintenant (*u*) le précédant devant fa face, je fuis defcendu vous annoncer que dans très-peu le fils de DIEU même fe levant d'en-haut, nous vifitera, venant à nous qui fommes affis dans les ténèbres & dans l'ombre de la mort.

XIX.

MAIS lorfque le père *Adam*, premier formé, eut entendu ces chofes que JESUS a été baptifé dans le Jourdain, il cria à fon fils *Seth* : Racontez à vos fils les patriarches & les prophètes toutes les chofes que vous avez entendues de *Michel* archange, quand je vous ai envoyé aux portes du paradis, afin que vous priaffiez DIEU, & qu'il oignît (*x*) ma tête lorfque j'étais malade. Alors *Seth* s'approchant des faints patriarches & des prophètes, dit : Moi *Seth*, comme j'étais priant le Seigneur aux portes du paradis, voilà que l'ange du Seigneur, *Michel*, m'apparut, difant : J'ai été envoyé vers vous par le Seigneur, je

(*u*) *Luc* 2, v. 76.   (*x*) *Marc* 6, v. 13, & *Jac.* 5, v. 14.

fuis établi (y) fur le corps humain. Je vous dis,
Seth : ne priez point DIEU dans les larmes, & ne le
fuppliez point à caufe de l'huile de la miféricorde du
bois, afin que vous oigniez votre père *Adam* pour la
douleur de fa tête, parce que vous ne pourrez le
recevoir en aucune façon, fi ce n'eft dans les derniers
jours & les derniers temps, fi ce n'eft quand cinq mille
& cinq cents ans auront été accomplis ; alors le très-
tendre fils de DIEU viendra fur la terre reffufciter le
corps humain d'*Adam*, (z) & reffufciter en même temps
les corps des morts, & lui-même venant fera baptifé
dans l'eau du Jourdain. (a) Et lorfqu'il fera forti de
l'eau du Jourdain, alors il oindra de l'huile de fa
miféricorde tous ceux qui croiront en lui, & l'huile
de fa miféricorde fera pour la génération de ceux qui
doivent naître de l'eau & du St Efprit pour la vie
éternelle. Alors JESUS-CHRIST le très-tendre fils de
DIEU defcendant fur terre, introduira notre père
Adam vers l'arbre de miféricorde dans le paradis.
Tous les patriarches & les prophètes, entendant toutes
ces chofes de *Seth*, treffaillirent davantage de joie.

X X.

Et comme tous les faints treffaillaient de joie,
voilà que *Sathan*, prince & chef de la mort, dit au
prince des enfers : Je m'apprête à prendre JESUS de
Nazareth lui-même, qui s'eft glorifié d'être fils de
DIEU, & *qui* eft un homme craignant la mort, &
difant : (b) Mon ame eft trifte jufqu'à la mort.

(y) *Ex Judæ*, v. 9.
(z) *Matth.* 27, v. 52.
(a) *Matth.* 3, v. 13.
(b) *Matth.* 26, v. 38 ; & Pf. 45, v. 2.

Et me caufant plufieurs maux & à plufieurs autres que j'ai rendus aveugles & boiteux, & que de plus j'ai tourmentés par différens démons, il les a guéris d'une parole. Et il vous a enlevé les morts que je vous ai amenés. Or le prince des enfers répondant, dit à *Sathan :* Quel eft ce prince fi puiffant, puifqu'il eft un homme craignant la mort ? Car tous les puiffans de la terre font tenus affujettis par ma puiffance, *après* que vous les avez amenés affujettis par votre force. Si donc il eft puiffant dans fon humanité, je vous dis véritablement, il eft tout puiffant dans fa divinité, & perfonne ne peut réfifter à fon pouvoir. Et lorfqu'il dit qu'il craint la mort, il veut vous tromper, & malheur à vous fera dans des fiècles éternels. Or *Sathan,* répondant, dit au prince du Tartare : Qu'avez-vous héfité & qu'avez-vous craint de prendre ce J e s u s de Nazareth, votre adverfaire & le mien ? Car je l'ai tenté & j'ai excité contre lui par le zèle & la colère mon ancien peuple juif. J'ai aiguifé une lance pour fa paffion, j'ai mêlé du fiel & du vinaigre, & je lui ai fait donner à boire, & j'ai préparé du bois pour le crucifier & des clous pour percer fes mains & fes pieds, & fa mort eft très-proche, & je vous l'amènerai, affujetti à vous & à moi. Or le prince du Tartare répondant, dit : Vous m'avez dit que c'eft lui qui m'a arraché les morts. Ceux qui font détenus ici, pendant qu'ils vivaient fur la terre, n'ont point été enlevés par leurs pouvoirs, mais par les divines prières, & leur D i e u tout-puiffant me les a arrachés. Quel eft donc ce J e s u s de Nazareth,

Nazareth , qui par fa parole m'a arraché les morts
fans prières ? C'eft peut-être lui qui m'a arraché &
a rendu à la vie par fon pouvoir, *Lazare* mort depuis
quatre jours , fentant mauvais & diffous , (*c*) que
je détenais mort. *Sathan* répondant au prince des
enfers , dit : C'eft ce même J E S U S de Nazareth. Le
prince des enfers entendant ces chofes , lui dit : Je
vous conjure par vos vertus & par les miennes , ne
me l'amenez pas. Car lorfque j'ai appris la force de
fa parole , j'ai tremblé très - effrayé de crainte ; &
en même temps tous mes mauvais miniftres ont été
troublés avec moi ; & nous n'avons pas pu retenir
Lazare même , mais fe fecouant avec toute la
malignité & la vîteffe *poffibles* , il eft forti fain d'avec
nous , & la terre même qui tenait le corps mort
de *Lazare* l'a auffitôt rendu vivant. Or je fais maintenant que le D I E U tout-puiffant a pu faire ainfi
ces chofes , *lui* qui eft puiffant dans fon empire , &
puiffant dans fon humanité , & qui eft le Sauveur
du genre-humain. Ne me l'amenez donc point ,
car tous ceux que je retiens ici renfermés en prifon
fous l'incrédulité , & enchaînés par les liens de leurs
péchés, il les dégagera & les conduira à la vie éternelle
de fa divinité.

X X I.

ET comme *Sathan* & le prince de l'enfer difaient
ces chofes alternativement , tout d'un coup on
entendit une voix comme le tonnerre (*d*) & un
bruit comme un orage. Princes , levez vos portes ;
& portes éternelles , élevez-vous ; & le roi de gloire

(*c*) *Joh.* 11 , v. 44.   (*d*) *Apocal.* 14 , v. 2.

entrera. (*e*) Or quand le prince du Tartare eut entendu ces *paroles*, il dit à *Sathan* : Eloignez-vous de moi & fortez dehors de mes demeures ; fi vous êtes un puiffant combattant , combattez contre le roi de gloire. Mais qu'avez-vous avec lui ? Et il renvoya *Sathan* hors de fes demeures. Et le prince dit à fes impies miniftres : Fermez les folides portes d'airain , & pouffez les verroux de fer , & réfiftez vaillamment , de peur que nous ne foyons emmenés captifs en captivité. Toute la multitude des faints entendant ces *paroles* ils dirent au prince des enfers , en le réprimandant d'une voix forte : Ouvrez vos portes afin que le roi de gloire entre. Et *David* ce divin prophète s'écria difant : Eft-ce que lorfque j'étais vivant fur la terre je ne vous ai pas bien prédit ? (*f*) Que les miféricordes du Seigneur le louent & fes merveilles pour les enfans des hommes , parce qu'il a rompu les portes d'airain & brifé les verroux de fer. Il les a retirés de la voie de leur iniquité , car ils ont été humiliés à caufe de leurs injuftices. Et après cela un autre prophète , favoir , *S* *Efaïas* , dit pareillement à tous les faints : Eft-ce que lorfque j'étais favant fur la terre , je ne vous ai pas bien prédit ? (*g*) Les morts qui font dans les monumens s'éveilleront & reffufciteront ; & ceux qui font dans la terre treffailleront de joie , parce que la rofée qui eft du Seigneur eft leur fanté. Et j'ai encore dit : (*h*) Mort , où eft votre viêtoire ? Mort , où eft votre aiguillon ? Or

(*e*) Pf. 24 , v. 7.　　　　　(*g*) Ef. 26 , v. 14.
(*f*) Pf. 106 , v. 15 & feq.　　(*h*) Hofeas , 13 , v. 14.

tous les faints entendant ces paroles d'*Ifaïe*, dirent
au prince des enfers : Ouvrez maintenant vos portes
& enlevez vos verroux de fer, parce que vous ferez
vaincu & fans pouvoir. Et on entendit une grande
voix comme le bruit du tonnerre , difant : (*i*)
Princes , levez vos portes , & portes infernales ,
élevez-vous ; & le roi de gloire entrera. Mais le
prince des enfers voyant qu'on avait crié deux fois ,
feignant d'ignorer , dit : Qui eft le roi de gloire ?
Or *David* répondant au prince des enfers , dit : Je
connais ces paroles de la voix , parce que ce font
les mêmes que j'ai prophétifées par fon efprit. Et
maintenant je vous dis ce que j'ai dit ci-devant. Le
Seigneur fort & puiffant, le Seigneur puiffant dans
le combat , c'eft lui qui eft le roi de gloire ; & (*k*)
le Seigneur eft dans le ciel ; & il a regardé fur la
terre, afin qu'il entendît les gémiffemens de ceux qui
font dans les fers , & qu'il délivrât les fils de ceux
qui ont été mis à mort. Et maintenant, très-vilain &
très-fale prince de l'enfer , ouvrez vos portes , & que
le roi de gloire entre , parce qu'il eft le Seigneur du
ciel & de la terre. *David* difant ces *mots* au prince
des enfers , le Seigneur de majefté furvint en forme
d'homme ; & il éclaira les ténèbres éternelles ; &
il rompit les liens indiffolubles ; & par une vertu
invincible il vifita ceux qui étaient affis dans les
profondes ténèbres des crimes , & dans l'ombre de
la mort des péchés.

X X I I.

LA mort impie entendant cela avec fes cruels

(*i*) Pf. 24 , v. 10.   (*k*) Pf. 102 , v. 19 & 20.

miniftres , ils furent faifis de crainte dans leurs
propres royaumes ayant connu la clarté de la
lumière : tandis qu'ils virent tout d'un coup le
CHRIST établi dans leurs demeures , ils s'écrièrent ,
difant : Nous fommes déjà vaincus par vous , vous
dirigez au Seigneur notre confufion. Qui êtes- vous ,
qui fans atteinte de corruption avez pour preuve
incorruptible de majefté des fplendeurs que vous
méprifez ? Qui êtes-vous fi puiffant ou impuiffant ,
grand & petit , humble & élevé foldat , qui pouvez
commander fous la forme de ferviteur , comme
humble combattant ? & roi de gloire mort & vivant ,
que la croix a porté étant tué. Qui avez été couché
mort dans le fépulcre , & qui êtes defcendu vivant
vers nous. Et à votre mort toute créature a tremblé ,
& tous les aftres ont été ébranlés ; & maintenant
vous êtes devenu libre entre les morts , & vous troublez nos légions. Qui êtes-vous , qui déliez les
captifs , & remettez dans leur première liberté ceux
qui font tenus liés par le péché originel ? Qui êtes-
vous qui pénétrez d'une lumière divine , brillante ,
& éclatante , *ceux qui font* aveuglés par les ténèbres
des péchés ? De même toutes les légions des démons ,
effrayées d'une pareille crainte , crièrent avec une
foumiffion craintive & d'une voix , difant : Comment
& d'où vient , JESUS-CHRIST , que vous êtes un
homme fi fort & brillant de majefté , fi beau , fans
tache , & pur de crime ? car ce monde terreftre qui
nous a toujours été affujetti jufqu'à préfent , qui
nous payait des tributs pour nos fombres ufages ,
ne nous a jamais fourni un tel homme mort , n'a
jamais deftiné de pareils préfens aux princes des

enfers. Qui êtes-vous donc , vous qui êtes ainfi
entré fans crainte dans nos confins ; & non-feulement vous ne craignez pas de nous caufer de
grands fupplices , mais de plus vous tâchez de
nous délivrer de tous nos liens ? Peut-être êtes-
vous ce J E S U S , de qui *Sathan* difait tout-à-l'heure
à notre prince , que par votre mort de la croix
vous deviez enlever toute la puiffance de la mort.
Alors le Seigneur de gloire foulant aux pieds la
mort, & faififfant le prince des enfers , le priva de
toute fa puiffance , & attira notre père terreftre à fa
clarté.

X X I I I.

A L O R S les princes du Tartare prenant *Sathan*,
lui dirent en le reprenant fortement : O *Belzebuth* ,
prince de perdition & chef de deftruction , dérifion
des anges de D I E U , ordure des juftes, qu'avez-vous
voulu faire ici ? Vous avez voulu crucifier le roi
de gloire , dans la ruine duquel vous nous avez
promis de fi grandes dépouilles : ignorant comme
infenfé, qu'avez-vous fait ? Car ne voilà-t-il pas
que déjà ce J E S U S de Nazareth par l'éclat de fa
glorieufe divinité chaffe toutes les horribles ténèbres de la mort , a brifé les bas & les hauts des
prifons , & a mis dehors tous les captifs , & a délivré tous ceux qui étaient dans les fers ; & tous
ceux qui à caufe des cruels tourmens avaient coutume de foupirer & de gémir , nous infultent ; &
nous fommes accablés de leurs imprécations ? Nos
royaumes impies font vaincus ; & il ne nous refte plus

N 3

aucun genre d'homme , mais plutôt ils nous menacent fortement , parce que ces morts ne nous ont jamais été fuperbes , & ces captifs n'ont jamais pu être joyeux. O *Sathan* prince de tous les maux , père des impies & des violateurs , qu'avez-vous voulu faire ici , parce que depuis le commencement jufqu'à préfent, ils ont défefpéré du falut & de la vie ? maintenant aucun de leurs gémiffemens ne fe fait entendre, & ne trouve aucune trace de larmes dans la face d'aucun d'eux. O prince *Sathan*, poffeffion des enfers, vous avez maintenant perdu par le bois de la croix vos richeffes que vous aviez acquifes par le bois de la prévarication & la perte du paradis , & toute votre joie a péri : pendant que vous avez pendu ce JESUS-CHRIST roi de gloire , vous avez agi contre vous & contre moi : déformais vous connaîtrez quels grands tourmens & *quels* fupplices éternels & infinis vous devez fouffrir. O *Sathan* prince de tous les méchans , auteur de la mort & fource de tout orgueil, vous auriez dû premièrement chercher une mauvaife caufe de ce JESUS de Nazareth contre lequel vous n'avez trouvé aucune caufe de mort. Pourquoi fans raifon avez-vous ofé le crucifier injuftement, & amener dans notre région l'innocent & le jufte ? & vous avez perdu les mauvais , les impies , & les injuftes, de tout le monde. Et comme le prince des enfers parlait à *Sathan* , alors le roi de gloire dit au prince même des enfers *Belzébuth* : Le prince *Sathan* fera fous votre puiffance pendant tous les fiècles fubftitué à la place d'*Adam* & de fes enfans mes juftes.

XXIV.

ET JESUS étendant sa main dit : Venez à moi, tous mes saints, qui avez été créés à mon image, qui avez été damnés par le bois, le diable, & la mort. Vivez par le bois de ma croix, maintenant que le diable prince du monde est damné, & que la mort est renversée. Alors aussitôt tous les saints de DIEU furent réunis sous la main de DIEU très-haut. Mais le Seigneur JESUS tenant la main d'*Adam* lui dit : Paix à vous avec tous vos enfans mes justes. Or *Adam* se jetant aux genoux du Seigneur JESUS-CHRIST, le supplia humblement avec larmes, disant d'une voix forte : (*l*) *Seigneur, je vous exalterai, parce que vous m'avez reçu, & que vous n'avez pas délecté mes ennemis sur moi. Seigneur Dieu, j'ai crié à vous, & vous m'avez guéri, Seigneur. Vous avez retiré mon ame de l'enfer, vous m'avez sauvé de ceux qui descendaient dans le lac. Chantez des pseaumes au Seigneur, tous ses saints, & confessez à la mémoire de sa sainteté. Parce que la colère est dans son indignation, & la vie dans sa volonté.* Et pareillement tous les saints de DIEU se jetant aux genoux du Seigneur JESUS dirent d'une voix : Vous êtes arrivé, rédempteur du monde, & vous avez accompli par les faits en ce moment, comme vous avez prédit par la loi & par vos saints prophètes. Vous avez racheté les vivans par votre croix, & par la mort de la croix vous êtes descendu vers nous, pour nous arracher des enfers & de la mort par votre majesté. Seigneur, comme vous avez placé votre croix, le titre de votre gloire, dans le ciel, & vous

_____

(*l*) Pf. 30, v. 1, 2 & 3.

N 4

l'avez érigée le titre de la rédemption fur la terre ;
de même, Seigneur, placez dans l'enfer le figne de
la victoire de votre croix, afin que la mort ne domine
plus. Et le Seigneur J E S U S étendant fa main fit un
figne de croix fur *Adam* & fur tous fes faints, &
prenant la *main* droite d'*Adam* il fortit des enfers. Et
tous les faints de D I E U le fuivirent. Alors le prophète
royal *St David* cria fortement difant : (*m*) *Chantez au
Seigneur un cantique nouveau, parce qu'il a fait des chofes
admirables. Sa droite & fon faint bras nous a fauvés pour
lui. Le Seigneur a fait connaître fon falut & a révélé fa
juftice en face des nations.* Et toute la troupe des faints
répondirent difant : (*n*) *Toute cette gloire eft à tous les
faints* de D I E U. Ainfi foit-il. Louez Dieu. Et après
cela le prophète *Habacuc* s'écria difant : (*o*) *Vous êtes
forti pour le falut de votre peuple, pour délivrer vos
peuples.* Et tous les faints répondirent difant : (*p*) Béni
foit celui qui vient au nom du Seigneur, le Seigneur
D I E U qui nous a éclairés. C'eft ici notre Dieu à
jamais & pour le fiècle du fiècle, il nous régira pour
les fiècles. Ainfi foit-il. Louez D I E U. Et de même
tous les prophètes rapportant des *textes* facrés de fes
louanges, fuivaient le Seigneur.

X X V.

O R le Seigneur tenant la main d'*Adam* la donna à
Michel archange, & tous les faints fuivaient *Michel*
archange, & la grâce glorieufe les introduifit dans
le paradis ; & deux hommes anciens des jours vinrent
au-devant d'eux, mais étant interrogés par les faints :

(*m*) Pf. 148, v. 1, 2 & 3.   (*o*) *Habacuc* 3, v. 13.
(*n*) Pf. 149, v. 9.   (*p*) *Matth.* 23, v. 39.

Qui êtes-vous , qui n'avez pas encore été avec nous
dans les enfers , & qui avez été placés corporellement
en paradis ? Un d'eux répondant dit : Je fuis *Enoch*
qui ai été tranfporté par une parole. Et celui-ci qui
eft avec moi eft *Elias Thesbite* , qui a été enlevé par
un char de feu. (*q*) Ici & jufqu'à préfent nous n'avons
point éprouvé la mort, mais nous devons revenir
pour l'avènement du C H R I S T , armés de fignes divins
& de prodiges pour combattre avec lui & en être tués
dans Jérufalem , & après trois jours & demi (*r*)
vivans derechef être enlevés dans les nuées.

X X V I.

ET comme St *Enoch* & *Elias* difaient ces *paroles* ,
voici qu'il furvient un autre homme très-miférable ,
portant fur fes épaules le figne de la croix. Et lorfque
tous les faints le virent, ils lui dirent : Qui êtes-vous ?
parce que vous avez l'air d'un larron , & pourquoi
portez-vous une croix fur vos épaules ? Et leur répondant , il dit : Vous avez dit vrai que j'ai été un larron
fefant tous les maux fur la terre. Et les Juifs me
crucifièrent avec J E S U S ; & je vis les merveilles des
créatures qui furent faites par la croix du Seigneur
J E S U S crucifié ; & je crus qu'il eft le créateur de toutes
les créatures , & le roi tout-puiffant ; & je le priai ,
difant : Souvenez-vous de moi , Seigneur , lorfque
vous ferez venu dans votre royaume. Auffitôt ayant
égard à ma prière , il me dit : (*s*) En vérité je vous
dis , vous ferez aujourd'hui avec moi en paradis. Et
il me donna ce figne de croix difant : Portez-le , &
marchez dans le paradis ; & fi l'ange (*t*) gardien du

(*q*) 4 Reg. II, v. 11.   (*s*) *Luc* , XXIII , v. 43.
(*r*) Apoc. XI , v. 11.   (*t*) Gen. III , v. 24.

paradis ne vous laiffe pas entrer , montrez-lui le
figne de croix , & dites-lui que J E S U S - C H R I S T fils
de D I E U , qui eft maintenant crucifié , m'a envoyé
à vous. Lorfque j'eus fait cela , je dis toutes ces chofes
à l'ange gardien du paradis ; qui lorfqu'il me les
entendit *dire* , ouvrant auffitôt , il me fit entrer , &
me plaça à la droite du paradis , difant : Voilà ,
tenez-vous un moment là , afin qu'*Adam* le père de
tout le genre-humain entre avec tous fes fils les faints
& les juftes du C H R I S T Seigneur crucifié. Lorfqu'ils
eurent entendu toutes les paroles du larron , tous
les patriarches d'une voix dirent : Vous êtes béni ,
D I E U tout-puiffant , père des biens éternels , & père
des miféricordes , qui avez donné une telle grâce à
fes péchés , & l'avez rétabli en grâce du paradis , &
l'avez placé par une vie fpirituelle très-fainte dans
vos pâturages fpirituels & abondans. Ainfi foit-il.

X X V I I.

CE font-là les divins & facrés myftères que nous
avons vus & entendus , moi *Charinus* & *Lenthius;* il
ne nous eft plus permis de raconter les autres myftères
de D I E U , comme *Michel* archange déclarant haute
ment nous dit : Allant avec mes frères à Jérufalem ,
vous ferez en oraifon criant & glorifiant la réfurrection du Seigneur J E S U S - C H R I S T , *vous* qu'il a reffufcités avec lui. Et vous ne parlerez avec aucun homme ,
& vous refterez comme muets , jufqu'à ce que l'heure
arrive que le Seigneur vous permette de rapporter
les myftères de fa divinité. Or *Michel* archange nous
ordonna d'aller au-delà du Jourdain , dans un lieu
très-bon & abondant , où font plufieurs qui font

reffufcités en témoignage de la réfurrection du CHRIST :
parce que c'eft feulement pour trois jours que nous
fommes reffufcités des morts , que nous avons été
envoyés à Jérufalem pour célébrer la pâque du
Seigneur avec nos parens en témoignage du Seigneur
CHRIST , & nous avons été baptifés dans le faint
fleuve du Jourdain. Et depuis nous n'avons été vus
de perfonne. Ce font-là les grandes chofes que DIEU
nous a ordonné de vous rapporter , & donnez-lui
louange & confeffion , & faites pénitence , & il aura
pitié de vous. Paix à vous par le Seigneur DIEU
JESUS-CHRIST & Sauveur de tous les nôtres. Ainfi
foit-il , ainfi foit-il , ainfi foit-il. Et après qu'en écri-
vant ils eurent accompli toutes chofes , ils écrivirent
chaque tome de **papier.** Or *Charinus* donna ce qu'il
écrivit dans les mains d'*Annas* & de *Caïphas* , & de
Gamaliel. Et pareillement *Lenthius* donna ce qu'il
écrivit dans les mains de *Nicodéme* & de *Jofeph ;* &
tout-d'un-coup ils furent transfigurés très-blancs , (*u*)
& on ne les vit plus. Or leurs écrits fe trouvèrent
égaux , n'ayant rien , *pas même* une lettre de moins
ou de plus. Toute la fynagogue des Juifs entendant
tous ces difcours admirables de *Charinus* & de *Lenthius* ,
fe dirent l'un à l'autre : Véritablement c'eft DIEU qui
a fait toutes ces chofes , & béni foit le Seigneur JESUS
dans les fiècles des fiècles, ainfi foit-il. Et ils fortirent
tous avec une grande inquiétude , avec crainte &
tremblement , & ils frappèrent leurs poitrines , &
chacun fe retira chez foi. (*x*) Toutes ces chofes que
les Juifs dirent dans leur fynagogue, *Jofeph* & *Nicodéme*
l'annoncèrent auffitôt au gouverneur, & *Pilate* écrivit

(*u*) *Marc* , IX , v. 3.   (*x*) Aâ. XXI , v. 6.

tout ce que les Juifs avaient fait & dit touchant
JESUS, & mit toutes ces paroles dans les regiſtres
publics de ſon prétoire.

X X V I I I.

APRÈS cela *Pilate* étant entré dans le temple des
Juifs, aſſembla tous les princes des prêtres, & les
ſcribes, & les docteurs de la loi ; & il entra avec eux
dans le ſanctuaire du temple, & ordonna que toutes
les portes fuſſent fermées, & il leur dit : Nous avons
appris que vous avez une certaine grande bibliothèque
dans ce temple, c'eſt pourquoi je vous prie qu'elle
ſoit préſentée devant nous ; & lorſqu'ils eurent apporté
cette grande bibliothèque ornée d'or & de pierres
précieuſes par quatre miniſtres, *Pilate* dit à tous :
Je vous conjure par le DIEU votre père qui a fait &
ordonné que ce temple fût bâti, de ne me point
taire la vérité : vous ſavez tout ce qui eſt écrit dans
cette bibliothèque, mais dites-moi maintenant, ſi
vous avez trouvé dans les écritures que ce JESUS que
vous avez crucifié eſt le fils de DIEU qui doit venir
pour le ſalut du genre-humain, & manifeſtez-moi
en combien d'années des temps il devait venir.
Etant ainſi conjurés *Annas* & *Caïphas* firent ſortir du
ſanctuaire tous les autres qui étaient avec eux, &
ils fermèrent eux-mêmes les portes du temple & du
ſanctuaire, & ils dirent à *Pilate* : Nous ſommes conjurés par vous, ô juge, par l'édification de ce temple
de vous manifeſter la vérité & la raiſon. Après que
nous avons crucifié JESUS, ignorant qu'il était le fils
de DIEU, & penſant qu'il feſait les vertus par quelque
enchantement, nous avons fait une grande aſſemblée

dans ce temple. Et conférant l'un avec l'autre les
fignes des vertus que J E S U S avait faites, nous avons
trouvé plufieurs témoins de notre race qui ont dit
qu'ils l'ont vu vivant après la paffion de fa mort, &
nous avons vu deux témoins dont J E S U S a reffufcité
les corps d'entre les morts; qui nous ont annoncé
plufieurs merveilles que J E S U S a faites chez les morts,
que nous avons écrites entre nos mains. Et c'eft notre
coutume que chaque année ouvrant cette fainte
bibliothèque devant notre fynagogue nous cherchons
le témoignage de D I E U, & nous avons trouvé dans
le premier livre des Septante où *Michel* archange parla
au troifième fils d'*Adam* le premier homme, de cinq
mille cinq cents ans dans lefquels devait venir du ciel
le très-aimé fils de D I E U le C H R I S T, & nous avons
encore confidéré que peut-être il eft le D I E U d'Ifraël
qui dit à *Moïfe :* (y) Faites-vous une arche du teftament de la longueur de deux coudées & demie, de
la hauteur d'une coudée & demie, de la largeur d'une
coudée & demie. Dans ces cinq coudées & demie
nous avons compris & nous avons connu dans la
fabrique de l'arche du vieux teftament, que dans
cinq mille ans & demi J E S U S-C H R I S T devait venir
dans l'arche de fon corps ; & ainfi nos écritures
atteftent qu'il eft le fils de D I E U & le Seigneur & le
roi d'Ifraël. Parce qu'après fa paffion, nous princes
des prêtres admirant les fignes qui fe fefaient à caufe
de lui, nous avons ouvert cette bibliothèque, examinant toutes les générations jufqu'à la génération de
Jofeph & de *Marie* mère de J E S U S, penfant qu'il était
de la race de *David ;* nous avons trouvé ce que fit le

(y) Exod. XXV, v. 10.

Seigneur , & quand il fit le ciel & la terre , & *Adam*
le premier homme, jufqu'au déluge, deux mille deux
cents & douze ans. Et depuis le déluge jufqu'à
Abraham neuf cents douze ans. Et depuis *Abraham*
jufqu'à *Moïfe* quatre cents trente ans. Et depuis *Moïfe*
jufqu'au roi *David* cinq cents dix ans. Et depuis *David*
jufquà la tranfmigration de Babylone cinq cents ans.
Et depuis la tranfmigration de Babylone jufqú'à
l'incarnation du CHRIST quatre cents ans. Et ils font
enfemble cinq mille & demi ; (z) & ainfi il apparaît
que JESUS , que nous avons crucifié, eft JESUS-CHRIST
fils de DIEU, vrai DIEU & tout-puiffant. Ainfi foit-il.

*Pour rendre ce recueil plus intéreffant , nous joindrons
ici deux lettres & une relation de Pilate à l'empereur Tibère ;
& nous finirons par les actes de Pierre & de Paul que
nous avons promis dans l'avant-propos.*

(z) De 5500 , il s'en manque 536 ; l'addition ne donne que 4964.

DEUX LETTRES

DE PILATE

A L'EMPEREUR TIBERE.

LETTRE PREMIERE.

Ponce Pilate falue Claude. (a)

IL arriva dernièrement, & je l'ai moi-même prouvé, que les Juifs par envie fe punirent, ainfi que leurs defcendans, par une cruelle condamnation. Comme il avait été promis à leurs pères que DIEU leur enverrait du ciel fon faint qui ferait à jufte titre appelé leur *roi*, & qu'il leur avait promis de l'envoyer fur terre par une vierge; & comme le Dieu des Hébreux l'avait envoyé en Judée lorfque jen étais gouverneur, voyant qu'il avait rendu la vue aux aveugles, purifié les lépreux, guéri les paralytiques, chaffé les démons des poffédés, même reffufcité des morts, commmandé aux vents, marché à pied fec fur les eaux de la mer, & fait plufieurs autres miracles; tout le peuple des Juifs difait qu'il était fils de DIEU; mais les princes des Juifs prirent envie contre lui, s'en faifirent, me le livrèrent, & le chargèrent de fauffes accufations, m'affurant qu'il était magicien, & qu'il agiffait contre la loi. Je crus

(a) *Tibire* avait ce nom, parce qu'il était de la famille patricienne *Cud* (*Sueton. c. 1 & 42 in ejus vitâ.*)

que cela était ainfi , & l'ayant fait flageller , je le leur abandonnai pour en faire ce qu'ils voudraient. Ils le crucifièrent & mirent des gardes à fon tombeau. Mais comme mes foldats le gardaient , il reffufcita le troifième jour ; mais la méchanceté des Juifs en fut fi irritée , qu'ils donnèrent de l'argent aux gardes pour leur faire dire que fes difciples avaient enlevé fon corps ; mais quoiqu'ils euffent reçu de l'argent , ils ne purent taire ce qui était arrivé ; car ils atteftèrent qu'ils l'avaient vu reffufciter , & que les Juifs leur avaient donné de l'argent. C'eft pourquoi je vous l'ai écrit, de peur que quelqu'un ne le rapporte autrement, & ne croie devoir ajouter foi aux menfonges des Juifs.

LETTRE II.

Pilate falue Tibère Céfar.

JE vous ai nettement déclaré dans ma dernière lettre que par le complot du peuple, JESUS-CHRIST avait enfin fubi un cruel fupplice , comme malgré moi , & fans que j'aie ofé m'y oppofer. Aucun âge n'a certainement vu ni ne verra un homme fi pieux & fi fincère. Mais ce qu'il y a d'étonnant dans cet acharnement du peuple, & cet accord de tous les fcribes & vieillards, c'eft que leurs prophètes ainfi que nos fibylles ont prédit le crucifiement de cet interprète de la vérité , & les fignes furnaturels qui ont paru tandis qu'il était en croix , & qui ont fait craindre la ruine de l'univers de l'aveu des philofophes. Ses difciples, loin de démentir leur maître par leurs œuvres , & la continence de leur

leur vie, font au contraire beaucoup de bien en fon
nom. Si je n'avais pas craint la fédition du peuple qui
était prête à éclater, peut-être ce gentilhomme vivrait
encore *parmi* nous. Mais fuivant moins ma volonté,
que me laiffant entraîner par la foi de votre grandeur,
je n'ai pas réfifté de toutes mes forces pour *empêcher*
que le fang du jufte, exempt de toute accufation, ne
fût livré & répandu pour affouvir la cruelle méchanceté des hommes, (comme les écritures l'expliquent.)
Portez-vous bien. Le quatre des nones d'avril, c'eft-
à-dire le premier.

RELATION

DU GOUVERNEUR PILATE,

Touchant JESUS-CHRIST *notre Seigneur, envoyée*
à l'empereur Tibère qui était à Rome. (a)

LORSQUE notre Seigneur JESUS-CHRIST eut
fouffert la mort fous *Ponce Pilate*, gouverneur de la
province de Paleftine & de Phénicie, ces actes furent
compofés à Jérufalem *fur ce* que les Juifs firent contre
le Seigneur. Mais *Pilate*, de fa province, en envoya
à Rome une copie à l'empereur en ces termes :

Au très-puiffant, très-augufte, & invincible empereur *Tibère*, *Pilate* gouverneur de l'Orient.

(a) N° 2493 de *Colbert*.

Philofophie &c. Tome IV.   O

Je fuis obligé, très-puiffant empereur, quoique faifi de crainte & de terreur, de vous apprendre par ces lettres ce qu'un tumulte a caufé dernièrement; d'où je prévois ce qui peut arriver par la fuite. A Jérufalem, ville de cette province où je préfide, toute la multitude des Juifs m'a livré un homme nommé JESUS, & l'a dit coupable de plufieurs crimes, fans pouvoir le prouver par de folides raifons. Ils s'accordèrent cependant tous à dire que JESUS avait enfeigné qu'il ne fallait pas obferver le fabbat. Car il en a guéri plufieurs ce jour-là, a rendu la vue aux aveugles, la faculté de marcher aux boiteux, a reffufcité des morts, purifié des lépreux, fortifié des paralytiques qui étaient fi débiles, qu'il ne leur reftait plus aucune force du corps ou des nerfs. Non-feulement d'une feule parole il a rendu à tous ces malades l'ufage de la voix, de l'ouïe, & la faculté de marcher & de courir; mais il a fait quelque chofe de plus grand, & que nos Dieux ne peuvent faire: il a reffufcité un mort de quatre jours d'une feule parole, & feulement en l'appelant par fon nom; & le voyant dans le tombeau, déjà rongé de vers, & puant comme un chien, il lui ordonna de courir; de forte qu'il reffemblait moins à un mort qu'à un époux fortant du lit nuptial, tout parfumé. Et ceux qui avaient l'efprit aliéné, étaient poffédés des démons, & fe tenaient dans les déferts comme des bêtes féroces, & fe nourriffaient avec les ferpens: il les a rendus doux & tranquilles; & d'une feule parole les a fait revenir à eux, habiter de nouveau les villes, parmi des hommes nobles qui, ayant tout leur efprit & toutes leurs forces, mangeaffent avec eux, & les viffent combattre en ennemis les démons pernicieux

dont ils avaient été tourmentés. Il y avait un homme
qui avait une main fèche, ou plutôt la moitié du
corps comme changé en pierre, & qui, à force de
maigreur, avait à peine la forme d'homme; il l'a auffi
guéri, & lui a rendu la fanté d'une feule parole. De
même une femme ayant une perte de fang, les veines
& les artères épuifées, tenant à peine aux os, elle
reffemblait à une morte, avait perdu la voix, & les
médecins de cet endroit n'y pouvaient apporter aucun
remède : comme JESUS paffait, ayant repris des forces
par fon ombre, elle toucha en fecret la frange de fa
robe par derrière, & à la même heure elle fut remplie
de fang, & délivrée de fon mal; ce qu'étant fait, elle
courut bien vîte dans fa ville de Capharnaüm, & put
faire le chemin en fix jours. Or je vous ai rapporté
ces miracles de JESUS, plus grands que ceux des
Dieux que nous adorons; comme ils fe font d'abord
préfentés à ma mémoire. *Hérode, Archelaüs, Philippe,
Annas, & Caïphas*, avec tout le peuple, me le livrèrent,
ayant excité contre moi un grand tumulte à fon fujet.
J'ordonnai donc qu'après avoir été flagellé, il fût mis
en croix, quoique je n'euffe trouvé en lui aucune
caufe de maléfices & de crimes. Mais auffitôt qu'il
fut crucifié, les ténèbres couvrirent toute la terre, le
foleil s'étant obfcurci en plein midi, & les aftres
paraiffant; tandis qu'au milieu des étoiles la lune,
loin de briller, était comme teinte de fang, & éclipfée.
Alors tout l'ornement des chofes terreftres était enfeveli, de forte qu'à caufe de l'épaiffeur des ténèbres,
les Juifs ne pouvaient pas même voir ce qu'ils appellent
leur fanctuaire; mais on entendait le bruit de la terre
qui s'ouvrait, & des foudres qui éclataient. Au milieu

de cette terreur, des morts reffufcités fe firent voir, comme les Juifs eux-mêmes qui furent témoins, l'affirmèrent. *On vit* entre autres *Abraham*, *Ifaac*, *Jacob*, les douze patriarches, *Moïfe* & *Jean*, dont une partie était morte, comme ils difent, il y avait plus de trois mille & cinq cents ans. Et plufieurs qu'ils avaient connus pendant leur vie, pleuraient la guerre qui les menaçait à caufe de leur impiété, & plaignaient le renverfement des Juifs & de leur loi. Le tremblement de terre dura depuis la fixième heure du jour de la préparation jufqu'à la neuvième. Mais le premier jour de la femaine étant arrivé, on entendit un bruit du ciel le matin, & le ciel parut fept fois plus lumineux que les autres jours. Le troifième jour de la nuit le foleil parut brillant d'une clarté incomparable; & comme les éclairs brillent tout-à-coup dans une tempête, de même des hommes, vêtus d'une robe brillante & d'une grande gloire, apparurent avec une multitude innombrable qui criait & difait d'une voix comme d'un fort tonnerre: *Le* CHRIST *crucifié eft reffufcité*. Et ceux qui avaient été en fervitude fous terre, dans les enfers, revinrent à la vie, la terre s'étant aufli fort ouverte que fi elle n'avait point eu de fondemens; de forte que les eaux mêmes paraiffaient fous l'abyme, tandis que des efprits céleftes, ayant pris un corps, venaient au-devant de plufieurs morts qui étaient reffufcités. Mais JESUS qui avait reffufcité tous les morts, & qui avait enchaîné les enfers: Dites aux difciples, dit-il, qu'il vous précédera en Galilée; c'eft là que vous le verrez. Au refte, cette lumière ne ceffa point d'éclairer pendant toute la nuit: mais un grand nombre de Juifs furent engloutis dans l'ouverture de la terre, de forte que le lendemain il manquait plufieurs des Juifs qui avaient parlé contre le CHRIST. Les autres virent des fantômes tels qu'aucun de nous n'en a jamais vu. Et il ne fubfifta pas à Jérufalem une feule fynagogue des Juifs, car elles furent toutes renverfées. Au refte, les foldats qui gardaient le fépulcre de JESUS, effrayés de la préfence de l'ange, s'en allèrent tout hors d'eux-mêmes par l'excès de la crainte & de la terreur. Ce font-là les chofes que j'ai vues fe paffer de mon temps; & fefant le rapport à votre puiffance de tout ce que les Juifs ont fait avec JESUS, Seigneur, & je l'ai envoyé à votre divinité.

Lorfque ces lettres furent arrivées à Rome, & qu'on en eut fait la lecture, plufieurs qui étaient dans la ville, étaient tout étonnés que l'injuftice de *Pilate*, les ténèbres, & les tremblemens de terre, euffent affligé toute la terre. C'eft pourquoi l'empereur rempli d'indignation, ayant envoyé des foldats, fe fit amener *Pilate* enchaîné.

Extrait de Jean d'Antioche. (a)

PENDANT la jeuneffe de *Néron* augufte, l'admi-niftration de la république était entre les mains de *Sénèque* & de *Burrus*. Cependant *Néron* s'appliquait aux études de la philofophie, & entre autres, s'infor-mait de JESUS, qu'il croyait certainement être encore vivant. Mais lorfqu'il eut appris que les Juifs l'avaient mis en croix, il en fut fi irrité, qu'il fe fit amener les pontifes *Annas* & *Caïphas* avec *Pilate* enchaînés, & les queftionna fur tout ce qui s'était paffé dans

(a) *In excerptis Peryefc.* pag. 809.

O 3

fon jugement. *Annas* & *Caïphas* dirent que, pour eux,
ils l'avaient jugé fuivant leurs lois, & qu'ils n'avaient
en rien péché contre la majefté du prince, & que
tout s'était paffé à la volonté du gouverneur *Pilate*.
Ce qu'ayant entendu, *Néron* mit *Pilate* en prifon,
mais renvoya *Annas* avec *Caïphas* fans leur faire aucun
mal. Et peu de temps après, il fit paffer *Pilate* au fil
de l'épée, parce qu'il avait ofé punir de mort un
fi grand-homme fans l'autorité du prince. Après
cela, *Néron* fit élever *Pierre* en croix, & décapiter
Paul.

RELATION DE MARCEL

Des chofes merveilleufes, & des actes des bienheureux
apôtres Pierre & Paul, & des arts magiques de
Simon le magicien.

LORSQUE *Paul* fut venu à Rome, tous les Juifs
s'affemblèrent auprès de lui, difant : Défendez notre
foi dans laquelle vous êtes né ; car il n'eft pas jufte
que vous qui êtes hébreu venant des Hébreux, vous
vous déclariez le maître des Gentils ; & que, devenu
le défenfeur des incirconcis, vous qui êtes circoncis,
vous anéantiffiez la foi de la circoncifion. Lors donc
que vous verrez *Pierre*, entreprenez de difputer contre
lui, parce qu'il a anéanti toute l'obfervation de notre
loi : il a retranché le fabbat & les néoménies, (*a*) &
fupprimé toutes les fêtes établies par les lois. *Paul*

(*a*) Nouvelles lunes.

leur répondit : Vous pourrez éprouver ici que je fuis juif, & vrai juif, puifque vous pourrez voir que j'obferve véritablement le fabbat & la circoncifion. Car le jour du fabbat, D I E U fe repofa de fes œuvres. Nous avons les pères, & les patriarches, & la loi. Que prêche de tel *Pierre* dans le royaume des Gentils? Mais fi par hafard il veut introduire quelque nouvelle doctrine, fans trouble, fans envie, & fans bruit, annoncez-lui que nous nous voyons, & je le convaincrai en votre préfence. Que fi par hafard fa doctrine eft munie d'un véritable témoignage, & des livres des Hébreux, il eft convenable que nous lui obéiffions tous. Comme *Paul* tenait ces difcours, & autres femblables, les Juifs allèrent vers *Pierre*, & lui dirent : *Paul* vient des Hébreux, il vous prie de venir vers lui, parce que ceux qui l'ont amené, difent qu'ils ne peuvent pas lui permettre de voir qui il veut, avant qu'ils le préfentent à *Céfar*. *Pierre*, entendant ces chofes, en eut une grande joie, & fe levant auffitôt, il alla vers lui. En fe voyant ils pleurèrent de joie, & fe tenant très-long-temps embraffés, ils fe mouillèrent réciproquement de leurs larmes. Et lorfque *Paul* lui eut rendu compte de toutes fes affaires, & que *Pierre* lui eut dit quelles embûches lui dreffait *Simon* le magicien, *Pierre* fe retira fur le foir, pour revenir le lendemain matin.

A peine le jour commençait avec l'aurore, que voilà *Pierre* qui arrive à la porte de *Paul*, où il trouva une multitude de Juifs. Or, il y avait une grande altercation entre les Juifs, les chrétiens, & les Gentils. Car les Juifs difaient : Nous fommes la race choifie, royale, des amis de D I E U, *Abraham*, *Ifaac*, &

Jacob, & de tous les prophètes avec lesquels DIEU a parlé, auxquels DIEU a montré ses secrets ; mais vous, Gentils, vous n'avez rien de grand dans votre race, si ce n'est dans les idoles, & souillés par vos figures taillées, vous avez été exécrables. A ces choses & autres semblables que disaient les Juifs, les Gentils répondaient, disant : Pour nous, aussitôt que nous avons entendu la vérité, nous avons abandonné nos erreurs, & nous l'avons suivie ; mais vous, qui avez vu les vertus de vos pères, les sectes, & les signes des prophètes, & avez reçu la loi, & avez passé la mer à pieds secs, & avez vu vos ennemis abaissés, & une colonne vous a apparu dans le ciel pendant le jour, & du feu pendant la nuit, & la manne vous a été donnée du ciel, & les eaux ont coulé pour vous de la pierre ; & après toutes ces choses vous vous êtes fait l'idole d'un veau, & vous avez adoré une figure taillée ; mais nous, sans avoir aucun signe, nous avons cru ce Seigneur que vous avez abandonné sans croire en lui. Comme ils disputaient sur ces choses, & autres semblables, l'apôtre *Paul* leur dit qu'ils ne devaient point avoir ces disputes entre eux, mais plutôt faire attention que le Seigneur avait accompli ses promesses, qu'il avait juré à *Abraham* notre père, que dans sa race toutes les nations deviendraient son héritage ; car il n'y a point d'accep-tion de personnes auprès du Seigneur ; que quiconque aurait péché sous la loi, serait jugé selon la loi, & que ceux qui auraient erré sans la loi, périraient sans la loi ; car il y a tant de sainteté dans les sens humains, que la nature loue les bonnes choses, & punit les mauvaises, tandis qu'elle punit jusqu'aux penfées qui s'accufent entre elles, ou récompenfe celles qui s'excufent.

Comme *Paul* difait ces chofes, & autres femblables, il arriva que les Juifs & les Gentils furent apaifés ; mais les princes des Juifs infiftaient. Or, *Pierre* dit à ceux qui le reprenaient de ce qu'il interdifait leurs fynagogues : Mes frères, écoutez le St Efprit, qui promit au patriarche *David*, qu'il mettrait fur fon fiége du fruit de fon ventre. C'eft donc celui à qui le Père dit *du haut* des cieux, vous êtes mon Fils, je vous ai engendré aujourd'hui. C'eft celui que les princes des prêtres ont crucifié par envie; mais, pour qu'il accomplît la rédemption néceffaire au fiècle, il a permis qu'on lui fît fouffrir toutes ces chofes, afin que, de même que de la côte d'*Adam* fut formée *Eve*, de même du côté du CHRIST mis en croix fût formée l'Eglife qui n'eût ni tache, ni ride. DIEU a ouvert cette entrée à tous les fils d'*Abraham*, d'*Ifaac*, & de *Jacob*, afin qu'ils foient dans la foi de l'Eglife, & non dans l'infidélité de la fynagogue. Convertiffez-vous donc, & entrez dans la joie d'*Abraham* votre père, parce que ce qu'il lui a promis, il l'a accompli; auffi le prophète chante-t-il : Le Seigneur a juré, & il ne s'en repentira pas, vous êtes prêtre pour toujours, felon l'ordre de *Melchifédech*. Car il a été fait prêtre fur la croix, lorfqu'étant hoftie, il a offert le facrifice de fon corps & de fon fang pour tout le fiècle. *Pierre* & *Paul* difant ces chofes, & autres femblables, la plus grande partie des peuples crut: & il y en eut peu qui, avec une foi feinte, ne pouvaient cependant négliger ouvertement leurs avis, ou leurs préceptes. Or les principaux de la fynagogue

& les pontifes des Gentils voyant que, par leur
prédication, leur fin en particulier approchait, ils
firent en forte que leur difcours excitât le murmure
du peuple; d'où il arriva qu'ils firent paraître *Simon*
le magicien devant *Néron*, & qu'ils les accuſèrent.
Car tandis que des peuples innombrables ſe conver-
tiſſaient au Seigneur par la prédication de *Pierre*, il
arriva que *Livie*, femme de *Néron*, & que la femme
du gouverneur *Agrippa*, nommée *Agrippine*, ſe convertirent auſſi, & ſe retirèrent d'auprès de leurs maris. Or,
par la prédication de *Paul*, pluſieurs, abandonnant
la milice, s'attachaient au Seigneur, de forte qu'ils
venaient même à lui de la chambre du roi; & étant
chrétiens, ils ne voulurent retourner ni à la milice,
ni au palais. De-là *Simon*, irrité par le murmure ſédi-
tieux des peuples, ſe mit à dire beaucoup de mal de
Pierre, diſant qu'il était un magicien & un ſéducteur.
Or, ceux qui admiraient ſes ſignes, le croyaient; car
il feſait qu'un ſerpent d'airain ſe mouvait, courait, &
paraiſſait tout-à-coup dans l'air. Au contraire, *Pierre*
guériſſait les malades par la parole, rendait la vue
aux aveugles en priant, feſait fuir les démons à ſon
ordre, & cependant reſſuſcitait les morts mêmes.
Or, il diſait au peuple, non-ſeulement de fuir ſa
ſéduction, mais encore de l'abandonner, de peur
qu'ils ne paruſſent s'accorder avec le diable. Ainſi,
il arriva que tous les hommes religieux, ayant *Simon*
en exécration, l'abandonnèrent comme un magicien
ſcélérat, & vantèrent *Pierre* dans les louanges du
Seigneur. Au contraire, tous les ſcélérats, les rail-
leurs, les ſéducteurs, & les méchans, s'attachèrent à
Simon, en quittant *Pierre* comme magicien, ce qu'ils

étaient eux-mêmes, puifqu'ils difaient que *Simon*
était Dieu. Et ce difcours vint jufqu'à *Néron* céfar,
& il ordonna que *Simon* le magicien entrât vers lui;
lequel étant entré, commença à fe tenir debout devant
Néron, & à changer tout-à-coup de figure, de forte
qu'il devenait d'abord enfant, & enfuite vieillard,
& à une autre heure jeune homme. Il changeait de
fexe & d'âge, & prenait fucceffivement plufieurs
figures par le miniftère du diable. Ce que voyant
Néron, il penfait qu'il était le véritable fils de D I E U :
mais l'apôtre *Pierre* enfeignait qu'il était voleur,
menteur, magicien, vilain, fcélérat, & dans toutes
les chofes qui font de D I E U, adverfaire de la vérité ;
& qu'il ne reftait plus rien qu'à faire connaître par
l'ordre de D I E U fon iniquité devant tout le monde.
Alors *Simon*, étant entré vers *Néron*, dit : Ecoutez-
moi, bon empereur; je fuis le fils de D I E U qui fuis
defcendu du ciel : jufqu'à préfent je fouffrais *Pierre*
qui fe dit apôtre; mais à préfent le mal eft doublé ;
car l'on dit que *Paul*, qui enfeigne auffi les mêmes
chofes, & qui penfe contre moi, prêche avec lui :
ce qu'il y a de certain, c'eft que fi vous ne penfez
pas à les faire mourir, votre royaume ne pourra pas
fubfifter.

Alors *Néron*, agité d'inquiétude, ordonna qu'on les
lui amenât promptement. Or le lendemain, comme
Simon le magicien, & les apôtres de C H R I S T, *Pierre*
& *Paul*, furent entrés vers *Néron*, *Simon* dit : Ce font-
là les difciples de ce nazaréen, qui n'ont pas tant de
bonheur que d'être du peuple des Juifs. *Néron* dit :
Qu'eft-ce que le nazaréen? *Simon* dit : Il y a une ville
dans la Judée, qui a toujours fait contre vous : elle

s'appelle Nazareth, & leur maître en était. *Néron* dit : DIEU avertit tout homme, & le chérit. Pourquoi les persécutez-vous ? *Simon* dit : C'est cette race d'hommes qui ont détourné toute la Judée de me croire. *Néron* dit à *Pierre* : Pourquoi êtes-vous si perfides, comme votre race? Alors *Pierre* dit à *Simon* : vous en avez pu imposer à tous, mais jamais à moi ; & ceux que vous aviez trompés, DIEU les a retirés par moi de votre erreur ; & puisque vous avez éprouvé que vous ne pouvez me surpasser, j'admire de quel front vous vous vantez en présence du roi de surpasser par votre art magique les disciples de CHRIST. *Néron* dit : Quel est le CHRIST? *Pierre* dit : Celui-là est le CHRIST, qui a été crucifié pour la rédemption du monde ; & ce *Simon* le magicien affirme que c'est lui qui l'est ; mais il est un homme très-méchant, & ses œuvres sont diaboliques. Or, si vous voulez savoir, ô empereur, ce qui s'est passé en Judée touchant le CHRIST, envoyez, & prenez les lettres de *Ponce Pilate*, adressées à *Claude* césar ; & ainsi vous connaîtrez toutes choses. *Néron*, ayant entendu cela, les fit prendre & lier en sa présence. Or le texte de l'Ecriture était de cette manière :

Ponce Pilate salue Claude &c.

ET lorsque la lettre eut été lue, *Néron* dit : Dites-moi, *Pierre*, est-ce ainsi que toutes choses ont été faites par lui? *Pierre* dit : Oui, je ne vous trompe pas, bon empereur. Ce *Simon*, plein de mensonges & environné de tromperies, pense être aussi ce que DIEU est, quoiqu'il soit un homme très-méchant.

Or il y a dans le CHRIST les deux fubftances de DIEU, & de l'homme; de l'homme qu'a pris cette majefté incompréhenfible, qui par l'homme a daigné fubvenir aux hommes; mais dans ce *Simon* il y a les deux fubftances de l'homme & du diable, qui par l'homme tâche d'embarraffer les hommes. (*b*) *Simon* dit : Je vous admire, ô empereur, que vous regardiez comme de quelque conféquence cet homme ignorant, pêcheur, très-menteur, qui n'eft remarquable ni par la parole, ni par fa famille, ni par quelque puiffance. Mais, pour ne pas fouffrir plus long-temps cet ennemi, je vais commander à mes anges qu'ils viennent, & me vengent de lui. *Pierre* dit : Je ne crains pas vos anges, mais eux pourront me craindre dans la vertu, & dans la confiance de mon Seigneur JESUS-CHRIST, que vous prétendez fauffement être. *Néron* dit : *Pierre*, vous ne craignez pas *Simon*, qui affirme fa divinité par des effets! *Pierre* dit : La divinité eft dans celui qui fonde les fecrets des cœurs; fi donc la divinité eft en lui, qu'il me dife maintenant ce que je penfe ou ce que je fais. Avant qu'il devine ma penfée, je vais vous la dire à l'oreille, afin qu'il n'ofe pas mentir ce que je penfe. *Néron* dit : Dites-moi qu'eft-ce que vous penfez? *Pierre* dit : Ordonnez que l'on m'apporte un pain d'orge, & qu'on me le donne en cachette. Et lorfqu'il eut ordonné qu'on l'apportât, & qu'on le

(*b*) *Hégéfippe*, l. 3, c. 2 *de excidio Hierofol.*; & *Abdias*, c. 16 *apoftol. hiftor.*, avant de rapporter l'aventure des chiens & du pain d'orge, racontent comment *Pierre*, par la prière, reffufcita au nom de JESUS-CHRIST un jeune homme, noble & parent de *Céfar*, après que *Simon* eut en vain tâché de le faire revivre par fes enchantemens. Le mort avait paru remuer la tête; mais *Pierre* le fit parler, marcher, & le rendit vivant à fa mère.

donnât à *Pierre ;* ayant pris le pain , *Pierre* le rompit, le cacha fous fa manche , & dit : Qu'il dife maintenant ce que j'ai penfé , ce qu'on a dit, ou ce qu'on a fait. *Néron* dit : Voulez - vous donc que je croie, parce que *Simon* n'ignore pas ces chofes, lui qui a reffufcité un mort , & qui , ayant été décollé , s'eft repréfenté après le troifième jour , & a fait tout ce qu'il avait dit qu'il ferait ? *Pierre* dit : Mais il ne l'a pas fait devant moi. *Néron* dit : Il a fait toutes ces chofes en ma préfence , car il a dit à fes anges de venir à lui , & ils font venus. *Pierre* dit : Donc il a fait ce qui eft très - grand , pourquoi ne fait - il pas ce qui eft moindre ? Qu'il dife ce que j'ai penfé , & ce que j'ai fait. *Néron* dit : Que dites-vous , *Simon* ? Je ne faurais être d'accord entre vous. *Simon* dit : Que *Pierre* dife ce que je penfe. *Pierre* répondit : Je vous ferai voir que je fais ce que penfe *Simon* , pourvu que je faffe ce qu'il aura penfé. *Simon* dit : Sachez cela, ô empereur, que perfonne ne connaît les penfées des hommes, finon DIEU feul. *Pierre* dit : Vous donc qui dites que vous êtes fils de DIEU, dites ce que je penfe, exprimez, fi vous pouvez, ce que je viens de faire en cachette. Car *Pierre* avait béni le pain d'orge qu'il avait reçu , & l'avait rompu , & l'avait mis dans fa manche droite & gauche. Alors *Simon*, indigné de ce qu'il ne pouvait pas dire le fecret de l'apôtre , s'écria , difant : Que des grands chiens s'avancent , & le dévorent en préfence de *Céfar ;* & fur le champ parurent des chiens d'une grandeur étonnante, & ils s'élancèrent contre *Pierre*. Or *Pierre*, étendant les mains pour prier , montra aux chiens le pain qu'il avait béni. Et les chiens ne l'eurent pas

plutôt vu , qu'ils difparurent tout-à-coup. Alors
Pierre dit à *Néron :* Voilà que je vous ai montré que
je fais ce qu'a penfé *Simon*, non par des paroles, mais
par des faits ; car ayant promis qu'il ferait venir
contre moi des anges , il n'a fait paraître que des
chiens, afin qu'il montrât qu'il n'avait pas des anges
de D I E U, mais de chien. Alors *Néron* dit à *Simon :*
Qu'eft-ce que c'eft, *Simon* ? nous fommes vaincus ,
je penfe. *Simon* dit : Il m'a fait ces chofes dans la
Judée, dans toute la Paleftine, & dans la Céfarée ;
& en combattant fouvent avec moi, c'eft pourquoi
il dit que cela lui eft contraire ; il dit donc cela pour
m'échapper. Car, comme j'ai dit, perfonne ne connaît
les penfées des hommes que D I E U feul. Et *Pierre*
dit à *Simon :* Certes vous mentez en vous difant
Dieu ; pourquoi donc ne manifeftez-vous pas les
penfées de chacun ? Alors *Néron*, s'étant tourné vers
Paul, dit ainfi : *Paul*, pourquoi ne dites-vous rien ?
Paul dit : Sachez cela, *Céfar*, parce que fi vous laiffez
ce magicien faire de fi grandes chofes, il en arrivera
un plus grand mal à votre patrie, & il fera décheoir
votre royaume de fon état. *Néron* dit à *Simon :* Que
dites-vous, *Simon* ? *Simon* répondit : Si je ne démontre
pas ouvertement que je fuis Dieu, perfonne ne me
rendra la vénération qui m'eft due. *Néron* dit : Et
pourquoi différez-vous, & ne montrez-vous pas que
vous êtes Dieu, afin que ceux-ci foient punis ? *Simon*
dit : Ordonnez que l'on me faffe une tour élevée
de bois, & je monterai deffus, & j'appellerai mes
anges, & je leur ordonnerai qu'à la vue de tout le
monde ils me portent au ciel vers mon père. Comme
ceux-ci ne pourront pas le faire, vous éprouverez

qu'ils font des hommes ignorans. Or *Néron* dit à *Pierre* : Avez-vous entendu, *Pierre*, ce que *Simon* a dit ? de-là il apparaîtra quelle grande vertu il a, ou lui ou votre D I E U. *Pierre* répondit à cela : Très-bon empereur, fi vous vouliez, vous pouviez le comprendre, parce qu'il eft plein du démon. L'empereur *Néron* dit : Que me faites-vous chercher des détours de paroles ? Le jour de demain vous éprouvera. *Simon* dit : Vous croyez, bon empereur, que je fuis magicien, puifque j'ai été mort, & je fuis reffufcité. Car le perfide *Simon* avait fait, par fon preftige, qu'il avait dit à *Néron* : Ordonnez que l'on me décolle dans l'obfcurité, & que l'on m'y laiffe, après m'avoir tué ; & fi je ne reffufcite pas le troifième jour, fachez que j'étais magicien ; mais fi je reffufcite, fachez que je fuis le fils de D I E U. Et comme *Néron* avait ordonné que cela fe fît dans l'obfcurité, il fit, par fon art magique, qu'un bélier fut décollé, lequel bélier parut être *Simon* pendant le temps qu'on le décollait. Ayant été décollé dans l'obfcurité, lorfque celui qui l'avait décollé, eut examiné & porté fa tête à la lumière, il trouva que c'était une tête de bélier ; mais il n'en voulut rien dire au roi, de peur de fe découvrir ; car on lui avait ordonné de faire cela en cachette. C'était donc de-là que *Simon* difait qu'il était reffufcité le troifième jour, parce qu'il avait enlevé la tête & les membres du bélier, & le fang y était figé ; & le troifième jour il fe montra à *Néron*, & dit : Faites effuyer mon fang qui a été répandu, parce que voilà que j'avais été décollé, & que je fuis reffufcité le troifième jour, comme je l'ai promis. Lors donc que *Néron* eut dit, le jour de demain vous éprouvera,

s'étant

s'étant tourné vers *Paul*, il dit : Vous *Paul*, pourquoi ne dites-vous rien, ou qui vous a enseigné, ou quel maître avez-vous eu, ou comment avez-vous enseigné dans les villes, ou quels *difciples* avez-vous formés par votre doctrine ? Car je penfe que vous n'avez aucune fageffe, & que vous ne pouvez opérer aucune vertu. A cela *Paul* répondit : Penfez-vous que je doive parler contre un homme perfide, & un magicien défefpéré, un enchanteur qui a deftiné fon ame à la mort, & à qui le trépas & la perdition arriveront bientôt, qui feint d'être ce qu'il n'eft pas, & par l'art magique fait illufion aux hommes pour leur perdition ? Si vous voulez écouter fes paroles, vous perdrez peut-être votre ame & votre empire ; car cet homme eft très-méchant. Et comme les magiciens d'Egypte, *Jannès* & *Mambrès*, qui entraînèrent *Pharaon* & fon armée dans l'erreur jufqu'à ce qu'ils fuffent engloutis dans la mer, de même celui-ci perfuade les hommes par la fcience du diable fon père ; & fait plufieurs maux par la nécromancie, & d'autres maux s'il y en a chez les hommes ; & en féduit ainfi plufieurs qui ne fe tiennent point fur leurs gardes, pour la perdition de votre empire. Mais moi, voyant répandre la parole du diable par cet homme, j'agis avec le Saint-Efprit, par les gémiffemens de mon cœur, afin qu'il puiffe bientôt paraître ce qu'il eft ; car autant qu'il penfe s'élever vers les cieux, autant il fera englouti dans le plus profond de l'enfer, où il y a des pleurs, & le grincement des dents. Or quant à la doctrine de mon maître fur laquelle vous m'avez interrogé, il n'y a que ceux qui y apportent un cœur pur qui la comprennent ; car je n'ai enfeigné que ce qui regarde

la paix & la charité, & j'ai accompli la parole de
paix par le circuit depuis Jérufalem jufqu'en Illyrie,
& j'ai furtout enfeigné que les hommes fe chériffent.
J'ai enfeigné qu'ils fe préviennent réciproquement
d'honneur. J'ai enfeigné aux grands & aux riches de
ne pas s'élever, & de ne pas efpérer à l'incertain des
richeffes, mais de mettre en DIEU leur efpérance.
J'ai enfeigné aux médiocres à être contens de la vie
& du vêtement. J'ai enfeigné aux pauvres à fe réjouir
dans leur indigence. J'ai enfeigné aux pères à enfeigner à leurs fils la difcipline de la crainte du Seigneur.
J'ai enfeigné aux fils à obéir à leurs parens, & à
leurs avis falutaires. J'ai enfeigné à ceux qui ont des
poffeffions, à payer les impôts aux miniftres de la
république. J'ai enfeigné aux femmes à chérir leurs
maris, & à les craindre comme leurs feigneurs. J'ai
enfeigné aux hommes à garder la foi à leurs époufes,
comme ils veulent qu'elles leur gardent la pudeur en
toutes manières; car ce qu'un mari punit dans une
époufe adultère, le Seigneur, père & créateur des
chofes, le punit dans un mari adultère. J'ai enfeigné
aux maîtres qu'ils traitent leurs ferviteurs plus douce-
ment. J'ai enfeigné aux ferviteurs qu'ils fervent leurs
maîtres fidellement, & comme DIEU. J'ai enfeigné
aux églifes des croyans à adorer un Dieu tout-puiffant
& invifible. Or cette doctrine ne m'a pas été donnée
des hommes, ni par quelque homme, mais par
JESUS-CHRIST, & par le père de gloire, qui m'a
parlé du ciel; & tandis que mon Seigneur JESUS-
CHRIST m'envoyait pour la prédication, il me dit:
Allez, & je ferai avec vous, & tout ce que vous
direz ou ferez, je le juftifierai. *Néron* ayant entendu

ces chofes, fut interdit, & s'étant tourné vers *Pierre*, il dit : Et vous, que dites-vous ? *Pierre* dit : Toutes les chofes que *Paul* a dites font vraies. Car il y a quelques années que j'ai reçu des lettres de nos évêques qui font dans tout l'empire romain, & ils m'ont écrit des lettres de prefque toutes les villes, touchant fes actions ; car comme il était perfécuteur de la loi du CHRIST, une voix l'a appelé du ciel, & lui a enfeigné la vérité, parce qu'il n'était pas ennemi de notre foi par envie, mais par ignorance. Car il y a eu avant nous de faux chrifts comme eft *Simon* ; il y a eu de faux apôtres, il y a eu de faux prophètes qui, venant contre les livres facrés, fe font appliqués à détruire la vérité ; & il était néceffaire d'agir contr'eux ; mais celui-ci qui dès fon enfance ne s'était appliqué à autre chofe qu'à examiner les myftères de la loi divine, dans lefquels il avait appris cela, d'où il était le défenfeur de la vérité, & le perfécuteur de la fauffeté, parce que fa perfécution ne fe fefait pas par émulation, mais pour défendre la loi ; la vérité elle-même lui a parlé du ciel, lui difant : Je fuis JESUS de Nazareth, que vous perfécutez ; ceffez de me perfécuter, parce que je fuis la vérité même pour laquelle vous paraiffez combattre. Ayant donc connu que cela était ainfi, il abandonna ce qu'il défendait, & il commença à défendre ce fentier du CHRIST qu'il pourfuivait, qui eft la véritable voie pour ceux qui marchent purement, la vérité pour ceux qui ne trompent point, & la vie éternelle pour ceux qui croient. *Simon* dit : Bon empereur, comprenez leur confpiration, ils font fages contre moi. *Pierre* dit : Il n'y a aucune vérité en vous, ennemi

de la vérité, mais c'eft du feul menfonge que vous
dites & que vous faites toutes ces chofes. *Néron* dit :
Et vous *Paul*, que dites-vous ? *Paul* répondit : Croyez
ce que vous avez entendu dire à *Pierre* & à moi, car
nous avons un feul fentiment, parce que nous avons
un feul Seigneur JESUS-CHRIST. *Simon* dit : Penfez-
vous, ô empereur, que j'aie une difpute avec eux,
qui ont fait un complot contre moi ? Et s'étant tourné
vers les apôtres, il dit : Ecoutez *Pierre* & *Paul;* fi je
ne puis rien faire ici avec vous, nous viendrons où
il faut que vous me jugiez. *Paul* répondit : Bon empereur, voyez quelles menaces il nous fait. Et *Pierre*
dit : Pourquoi ne vous riez-vous pas d'un homme
vain & d'une tête aliénée, qui, joué par les démons,
penfe ne pouvoir pas fe manifefter ? *Simon* répondit :
Je vous pardonne maintenant, jufqu'à ce que je
montre ma vertu. A cela *Pierre* répondit : Si *Simon* ne
voit la vertu de CHRIST notre JESUS-CHRIST,
il ne croira pas qu'il n'eft pas le CHRIST. *Simon*
dit : Très-facré empereur, gardez-vous de les croire,
parce que ce font eux qui font circoncis, & qui cir-
concifent. A cela *Paul* répondit : Pour nous, avant
que nous connuffions la vérité, nous avons gardé la
circoncifion de la chair; mais dès que la vérité nous
a apparu, c'eft de la circoncifion du cœur que nous
fommes circoncis, & que nous circoncifons. Et *Pierre*
dit à *Simon* : Si la circoncifion éft mauvaife, pourquoi
êtes-vous circoncis ? L'empereur dit : *Simon* eft-il
donc auffi circoncis ? *Pierre* répondit : Il ne pouvait
pas autrement tromper les ames, s'il n'eût pas fait
femblant d'être juif, & n'eût montré qu'il enfeignait
la loi de DIEU. L'empereur dit : Vous, *Simon*,

comme je vois, vous êtes conduit par le zèle, c'eſt pourquoi vous les pourſuivez. Car il y a, comme je vois, un grand zèle entre vous & leur CHRIST, & je crains que vous ne ſoyez convaincu par eux, & que vous ne paraiſſiez détruit par de grands maux. *Simon* dit : Etes-vous ſéduit, ô empereur ? *Néron* dit : Qu'eſt-ce que c'eſt, êtes-vous ſéduit ? Ce que je vois en vous, je le dis, que vous êtes l'adverſaire évident de *Pierre* & de *Paul*, & de leur maître. *Simon* répondit : Le CHRIST n'a pas été le maître de *Paul*. *Paul* répondit : celui qui a enſeigné *Pierre*, m'a inſtruit par révélation, car parce qu'il nous accuſe d'être circoncis, qu'il diſe maintenant pourquoi il eſt lui-même circoncis. A cela *Simon* répondit : Pourquoi m'interrogez-vous là-deſſus ? *Paul* dit : C'eſt la raiſon que nous vous interrogions. L'empereur dit : Pourquoi craignez-vous de leur répondre ? *Simon* dit : Je ſuis circoncis moi, parce que la circonciſion était commandée de DIEU dans le temps que je la reçus. *Paul* dit : avez-vous entendu, empereur, ce qu'a dit *Simon* ? Si donc la circonciſion eſt bonne, pourquoi avez-vous trahi les circoncis & les avez-vous obligés d'être tués précipitamment ? L'empereur dit : Mais je ne penſe pas bien de vous. *Pierre* & *Paul* dirent : Que vous penſiez bien ou mal de nous, cela ne fait rien à la choſe ; car il faudra néceſſairement que ce que notre maître nous a promis ſe faſſe. L'empereur dit : Et ſi je ne veux pas, moi ? *Pierre* dit : Ce n'eſt pas ce que vous voudrez, mais ce qu'il nous a promis. *Simon* répondit : Bon empereur, ces hommes ont abuſé de votre clémence, & vous ont mis dans leur parti. *Néron* dit : Mais vous ne m'avez pas encore

raffuré fur votre compte. *Simon* répondit : Je fuis
furpris qu'après que je vous ai fait voir de fi grandes
chofes, & de tels fignes, vous paraiffiez encore douter.
L'empereur répondit : Je ne doute ni ne crois à aucun
de vous, mais répondez-moi plutôt à ce que je vous
demande. *Simon* dit : Je ne vous réponds rien à
préfent. L'empereur dit : Vous dites cela parce que
vous mentez. Et fi je ne puis rien vous faire, DIEU
qui eft puiffant le fera. *Simon* dit : Je ne vous
répondrai plus. L'empereur dit : Et moi je ne vous
compterai plus pour quelque chofe, car comme je le
fens, vous êtes trompeur en tout ; mais à quoi bon
plus *de difcours* ? Vous m'avez fait voir tous trois
votre efprit indécis, & vous m'avez rendu fi incertain
en toutes chofes, que je ne trouve pas à qui je puiffe
croire. A cela *Pierre* répondit : Pour moi, je fuis
juif de nation, & je prêche toutes ces chofes que
j'ai apprifes de mon maître, afin que vous croyiez
qu'il y a un DIEU père invifible, & incompréhenfible,
& immenfe, & un notre Seigneur JESUS-CHRIST,
fauveur & créateur de toutes chofes. Nous annonçons
au genre-humain *celui* qui a fait le ciel & la terre, &
la mer & toutes les chofes qui y font, qui eft le
véritable roi, & fon règne n'aura point de fin. Et
Paul dit : Ce qu'il a dit, je le confeffe femblablement,
d'autant qu'il n'y a point de falut par un autre, finon
par JESUS-CHRIST. L'empereur dit : Qui eft le roi
CHRIST ? *Paul* répondit : Le Sauveur de toutes les
nations. *Simon* dit : Je fuis celui que vous dites ; &
fachez, *Pierre* & *Paul*, qu'il ne vous arrivera pas ce
que vous défirez, que je vous trouve dignes du
martyre. *Pierre* & *Paul* dirent : Que ce que nous

défirons nous arrive, & puiffiez-vous, *Simon* magicien,
& plein d'amertume, n'être jamais bien, parce que
dans tout ce que vous dites, vous mentez. *Simon* dit :
Ecoutez-moi, céfar *Néron*, afin que vous fachiez qu'eux
font des fauffaires, & que moi j'ai été envoyé du ciel ;
le jour de demain j'irai aux cieux, & je rendrai
heureux ceux qui croient en moi ; & je montrerai ma
colère contre ceux-là qui ont ofé me nier. *Pierre* &
Paul dirent : D I E U nous appela autrefois à fa gloire,
mais vous êtes appelé maintenant par le diable, vous
courez aux tourmens. *Simon* dit : Céfar *Néron*, écoutez-
moi. Séparez ces infenfés de vous, afin que lorfque je
ferai venu vers mon père dans les cieux, je puiffe vous
être favorable. L'empereur dit : Et d'où prouvons-nous
cela, que vous allez au ciel ? *Simon* dit : Ordonnez que
l'on faffe une tour élevée de bois & de grandes
poutres, & que l'on la place dans le champ de Mars,
afin que j'y monte ; & lorfque j'y ferai monté, je com-
manderai à mes anges qu'ils defcendent du ciel vers
moi, & qu'ils me portent dans le ciel vers mon
père, afin que vous fachiez que j'ai été envoyé du
ciel. Car ils ne peuvent pas venir à moi fur la terre
entre les pécheurs. L'empereur *Néron* dit : Je veux
voir fi vous accomplirez ce que vous dites. *Simon*
répondit : Ordonnez donc que cela fe faffe au plus
vîte, afin que vous voyiez.

Alors *Néron* fit faire une tour élevée dans le
champ de Mars, & ordonna que tous les peuples,
& toutes les dignités s'affemblaffent à ce fpectacle.
Or le lendemain l'empereur *Néron*, avec le fénat,
& les chevaliers romains, & tout le peuple, vinrent
dans le champ de Mars au fpectacle ; & lorfque

tous furent venus, l'empereur ordonna que *Pierre* &
Paul fuffent préfens dans toute cette affemblée; &
comme ils eurent auffitôt été amenés devant lui,
il leur dit: la vérité va maintenant paraître. *Pierre*
& *Paul* dirent: Ce n'eft pas nous qui le démaf-
quons, mais le Seigneur JESUS-CHRIST fils de
DIEU, qu'il a dit fauffement qu'il était lui-même.
Et *Paul* s'étant tourné vers *Pierre*, dit: C'eft à moi
à prier DIEU à genoux; c'eft à vous à ordonner,
fi vous voyez *Simon* entreprendre quelque chofe,
parce que vous avez été élu le premier par le
Seigneur. Et s'étant mis à genoux, *Paul* priait devant
tout le peuple. Mais *Pierre* regarda *Simon*, difant:
Commencez ce que vous avez entrepris, car le
moment approche que vous allez être découvert,
& que nous allons être appelés de ce fiècle. Car je
vois le CHRIST qui m'appelle & *Paul auffi*. *Néron*
dit: Et où irez-vous contre ma volonté? *Pierre*
répondit: Où le Seigneur nous appellera. *Néron*
dit: Et quel eft votre Seigneur? *Pierre* répondit:
Le Seigneur JESUS-CHRIST que je vois, qui nous
appelle. *Néron* dit: Et irez-vous au ciel? *Pierre*
répondit: Nous irons où il plaira à celui qui
nous appelle. A cela *Simon* répondit: Afin que
vous fachiez, ô empereur, qu'ils font des trompeurs, bientôt quand je ferai monté aux cieux, je
vous enverrai mes anges, & je vous ferai venir à
moi. L'empereur dit: Faites donc comme vous
avez parlé. (*c*) Alors *Simon* monta dans la tour
devant tout le monde, les mains étendues, couronné

(*c*) *Hégéfippe* & *Abdias* difent qu'il monta fur le mont Capitolin, &
que s'élançant d'un rocher, il commença à voler.

de lauriers, & commença à voler. *Néron* l'ayant vu, dit ainsi à *Pierre :* Ce *Simon* eft véritable ; mais vous & *Paul* êtes des féducteurs. Et *Pierre* lui dit : Sans tarder vous faurez que nous fommes de véritables difciples du CHRIST, & que lui n'eft pas le CHRIST, mais un magicien & un enchanteur. L'empereur dit : Perféverez-vous encore dans votre menfonge ? Voilà que vous le voyez pénétrer jufque dans le ciel. Alors *Pierre* dit à *Paul : Paul*, levez la tête & voyez. Et lorfque *Paul* eut élevé la tête pleine de larmes, & qu'il eut vu *Simon* voler, il dit ainfi : *Pierre*, que tardez-vous ? Achevez ce que vous avez commencé, car notre Seigneur JESUS-CHRIST nous appelle maintenant. Et *Néron* les entendant, dit en fouriant : Ils voient déjà qu'ils font vaincus, ils font actuel- lement en délire. *Pierre* répondit : Vous allez éprouver que nous ne fommes pas en délire. *Paul* dit à *Pierre :* Faites au plus vîte ce que vous devez faire. Et regardant contre *Simon, Pierre* dit : Je vous conjure, anges de *Satan*, qui le portez dans les airs pour tromper les cœurs des hommes infidelles, par DIEU créateur de toutes chofes, & par JESUS-CHRIST, que dès cette heure vous ne le portiez plus, mais que vous l'abandonniez. Et ayant été lâché tout-à- coup, (*d*) il tomba dans l'endroit qui s'appelle

(*d*) *Abdias* dit que les ailes qu'il avait prifes s'étant embarraffées, il tomba, fe brifa tout le corps, s'eftropia les cuiffes, & expira dans ce lieu même quelques heures après ; au contraire, *Arnobe*, l. 2 *adverfùs gentes*, rapporte que fon char & fes quatre chevaux de feu s'étant diffipés, il tomba par fon propre poids, fe brifa les cuiffes, & qu'ayant été porté à Brinde, de douleur & de honte il fe précipita une feconde fois du haut d'un bâtiment.

la *Voie facrée*, & s'étant partagé en quatre parts,
il affembla quatre cailloux en un, qui fervent encore
de témoignage à la victoire des apôtres, jufqu'aujourd'hui. Alors *Paul* leva la tête au bruit qu'il fit
en fe brifant, & dit : Nous vous rendons grâces,
Seigneur JESUS-CHRIST, qui nous avez exaucés,
& avez démafqué *Simon* le magicien, & avez prouvé
que nous fommes vos difciples dans la vérité.
Alors *Néron* plein d'une grande colère, fit mettre
Pierre & *Paul* dans les chaînes; & pour le corps de
Simon, il le fit foigneufement garder trois jours &
trois nuits, penfant qu'il reffufciterait le troifième
jour. Et *Pierre* lui dit : Vous vous trompez, ô
empereur, il ne reffufcitera pas, parce qu'il eft véritablement mort, & condamné à la peine éternelle.
Néron lui répondit : Qui vous a permis de commettre
un tel crime ? *Pierre* répondit : fon obftination ;
& fi vous le comprenez, c'eft un grand avantage
pour lui qu'il foit péri, pour ne plus multiplier
de fi grands blafphèmes contre DIEU, qui aggra-
veraient fon fupplice. *Néron* dit : Vous m'avez
rendu l'efprit fufpect, c'eft pourquoi, par un
mauvais exemple, je vous perdrai. *Pierre* répondit:
Ce n'eft pas ce que vous voulez, mais qui nous
a été promis qui doit néceffairement s'accomplir.
Alors *Néron* rempli de colère dit à fon préfet
Agrippa : Il faut perdre miférablement ces hommes
irréligieux; c'eft pourquoi les ayant liés de chaînes
de fer, faites-les périr dans le baffin où fe donne
le combat naval; car il faut que tous les hommes
de cette forte périffent miférablement. Le préfet

Agrippa dit : (*e*) Très-facré empereur, vous ne les faites pas punir par un exemple convenable. *Néron* dit : pourquoi n'eft-il pas convenable ? *Agrippa* dit : Parce que *Paul* paraît innocent. Mais *Pierre*, qui eft coupable d'un homicide, doit fouffrir une peine amère. *Néron* dit : De quel exemple périront-ils donc ? *Agrippa* dit : A ce qu'il me femble, il eft jufte que *Paul* irréligieux ait la tête tranchée; & *Pierre*, qui, de plus, a commis un homicide, faites-le élever en croix. *Néron* dit : Vous avez très-bien jugé. Et fur le champ *Pierre* & *Paul* furent amenés en la préfence de *Néron*. *Paul* fut décollé dans la voie d'Oftie. Mais *Pierre* étant venu vers fa croix, dit : Parce que mon Seigneur JESUS-CHRIST eft defcendu du ciel en terre, il a été élevé fur une croix droite ; mais moi que ma croix daigne appeler de la terre au ciel, ma tête doit être près de la terre, & mes pieds dirigés vers le ciel. Donc parce que je ne fuis pas digne d'être en croix comme mon Seigneur, tournez ma croix, & crucifiez-moi la tête en bas. Mais eux tournèrent la croix, & attachèrent fes pieds en haut, & fes mains en bas. Or il s'affembla en ce lieu une multitude innombrable de peuple qui maudiffaient céfar *Néron*, *qui étaient* fi pleins de fureur, qu'ils voulaient brûler *Néron* lui-même. Mais *Pierre* les empêchait, difant : Gardez-vous bien, mes petits enfans, gardez-vous bien de faire cela, mais écoutez plutôt ce que je m'en vais vous dire. Car il y a peu de jours qu'à

(*e*) *Lin, de paffione Petri* , ajoute une autre caufe du fupplice de l'apôtre, c'eft qu'il avait détourné les époufes d'*Agrippa*, d'*Albin*, & de quelques autres grands, de l'amour conjugal envers leurs maris.

la follicitation des frères, je m'éloignai d'ici; & mon
Seigneur JESUS-CHRIST me rencontra en chemin
à la porte de cette ville, & je l'adorai, & lui dis :
Seigneur, où allez-vous ? Et il me dit : Suivez-
moi, parce que je vais à Rome être crucifié une
feconde fois. Et pendant que je le fuivais, je
revins à Rome, & il me dit : Ne craignez point
parce que je fuis avec vous, jufqu'à ce que je
vous introduife dans la maifon de mon père. C'eft
pourquoi, mes petits enfans, gardez-vous bien
d'empêcher mon voyage. Mes pieds marchent déjà
dans la voie du ciel. Ne vous chagrinez point,
mais réjouiffez-vous avec moi, parce que j'obtiens
aujourd'hui le fruit de mes travaux. Et après qu'il
eut dit ces *paroles*, il dit : Je vous rends grâces,
bon pafteur, parce que les brebis que vous m'avez
données ont compaffion de moi. Je vous demande
qu'elles participent avec moi à votre grâce. Je vous
recommande les brebis que vous m'avez confiées,
afin qu'elles ne fentent pas qu'elles font fans moi,
en vous ayant; & je vous prie qu'elles foient toujours
protégées par votre fecours, Seigneur JESUS-CHRIST,
par qui j'ai pu gouverner ce troupeau. Et difant cela
il rendit l'efprit. Auffitôt y apparurent de faints
hommes que jamais perfonne n'avait vus auparavant,
& qu'ils ne purent voir depuis; car ils difaient que
c'était à caufe d'eux qu'ils étaient arrivés à Jérufalem ; & de compagnie avec *Marcel* homme illuftre,
qui avait cru, & qui laiffant *Simon* avait fuivi *Pierre*,
ils enlevèrent fon corps en cachette, & le mirent
vers le Térébinte auprès du canal où fe donne le
combat naval, dans le lieu qui s'appelle le *Vatican*.

Or ces hommes qui dirent qu'ils étaient arrivés de Jérufalem, dirent au peuple: Réjouiffez-vous, & treffailliffez de joie, parce que vous avez mérité d'avoir de grands patrons, & des amis de notre Seigneur JESUS-CHRIST. Or, fachez que ce *Néron* très-méchant, après la mort des apôtres, ne pourra garder le royaume.

Or, il arriva après cela que *Néron* encourut la haine de fon armée, & la haine du peuple romain, de forte qu'ils réfolurent de lui couper enfin le cou publiquement, jufqu'à ce qu'il fût mort, & expirât. Ayant eu vent de ce complot, il fut faifi d'un tremblement & d'une crainte infupportable, de forte qu'il s'enfuit, & ne parut plus depuis. Il y en eut auffi qui difaient que comme il errait dans les forêts en fuyant, il était mort de froid & de faim, & avait été dévoré par les loups. Or, comme les Grecs enlevaient les corps des faints apôtres *Pierre* & *Paul*, pour les porter en Orient, il furvint un grand tremblement de terre, & le peuple romain courut, & ils les arrêtèrent vers le lieu que l'on nomme *Catacombe*, dans la voie Appienne au troifième mille, & les corps y furent gardés un an & fept mois, jufqu'à ce qu'on eût préparé les lieux où leurs corps furent mis; & c'eft-là qu'ils font confidérés avec l'honneur & la révérence convenables, & par les louanges des hymnes. Et le corps du très-heureux *Pierre* fut mis dans le Vatican du combat naval, & celui de *faint Paul* dans la voie d'Oftie au fecond mille, où reçoivent les bienfaits de leurs prières, ceux qui les demandent affidument & fidellement, pour la louange & la

gloire de notre Seigneur JESUS-CHRIST qui vit &
règne dans les fiècles des fiècles. Ainfi foit-il.

Moi *Marcel*, difciple de mon maître l'apôtre *Pierre*,
j'ai écrit ce que j'ai vu.

*Les curieux trouveront encore beaucoup d'autres piéces
dans Fabricius, Grabius, Cotelerius &c. On a cru que
celles-ci fuffifaient au grand nombre des lecteurs, que les
favans ont toujours trop négligés.*

HISTOIRE

DE

L'ETABLISSEMENT

DU

CHRISTIANISME.

HISTOIRE

HISTOIRE

DE

L'ETABLISSEMENT

DU

CHRISTIANISME.

CHAPITRE PREMIER.

Que les Juifs & leurs livres furent très-long-temps
ignorés des autres peuples.

D'ÉPAISSES ténèbres envelopperont toujours le
berceau du chriftianifme. On en peut juger par les
huit opinions principales qui partagèrent les favans
fur l'époque de la naiffance de *Jefu* ou *Jofuah* ou
Jefchu, fils de *Maria* ou *Mirja*, reconnu pour le
fondateur ou la caufe occafionnelle de cette religion,
quoiqu'il n'ait jamais penfé à faire une religion
nouvelle. Les chrétiens paffèrent environ fix cents
cinquante années avant d'imaginer de dater les événemens de la naiffance de *Jefu*. Ce fut un moine fcythe,
nommé *Dionifios*, (*Denis le Petit*) tranfplanté à Rome,
qui propofa cette ère, fous le règne de l'empereur
Juftinien ; mais elle ne fut adoptée que cent ans après
lui. Son fyftème fur la date de la naiffance de *Jefu*

était encore plus erroné que les huit opinions des autres chrétiens. Mais enfin ce fyftème, tout faux qu'il eft, prévalut. Une erreur eft le fondement de tous nos almanachs.

L'embryon de la religion chrétienne, formé chez les Juifs fous l'empire de *Tibère*, fut ignoré des Romains pendant plus de deux fiècles. Ils furent confufément qu'il y avait une fecte juive appelée galiléenne, ou pauvre, ou chrétienne; mais c'eft tout ce qu'ils en favaient : on voit que *Tacite* & *Suétone* n'en étaient pas véritablement inftruits. *Tacite* parle des Juifs au hafard; & *Suétone* fe contente de dire que l'empereur *Claude* réprima les Juifs qui excitaient des troubles à Rome, à l'inftigation d'un nommé *Chriſt* ou *Chreſt*. *Judeos impulfore Chriſto affidue tumultuantes repreſſit.* Cela n'eft pas étonnant. Il y avait huit mille juifs à Rome qui avaient droit de fynagogue, & qui recevaient des empereurs les libéralités congiaires de blé, fans que perfonne daignât s'informer des dogmes de ce peuple. Les noms de *Jacob*, d'*Abraham*, de *Noé*, d'*Adam*, & d'*Eve*, étaient auſſi inconnus du fénat que le nom de *Manco-Capac* l'était de *Charles-Quint*, avant la conquête du Pérou.

Aucun nom de ceux qu'on appelle patriarches, n'était jamais parvenu à aucun autêur grec. Cet *Adam* qui eft aujourd'hui regardé en Europe comme le père du genre-humain, par les chrétiens, & par les mufulmans, fut toujours ignoré du genre-humain, jufqu'au temps de *Dioclétien* & de *Conſtantin*.

C'eft douze cents dix ans avant notre ère vulgaire qu'on place la ruine de Troye, en fuivant la chronologie des fameux marbres de Paros. Nous plaçons d'ordinaire l'aventure du juif *Jephté* en ce temps-là même. Le petit peuple hébreu ne possédait pas encore la ville capitale. Il n'eut la ville de Shéba que quarante ans après ; & c'est cette Shéba, voisine du grand désert de l'Arabie pétrée, qu'on nomma Hershalaïm, & ensuite Jérusalem, pour adoucir la dureté de la prononciation.

Avant que les Juifs eussent cette forteresse, il y avait déjà une multitude de siècles que les grands empires d'Egypte, de Syrie, de Chaldée, de Perse, de Scythie, des Indes, de la Chine, du Japon, étaient établis. Le peuple judaïque ne les connaissait pas, n'avait que des notions très-imparfaites de l'Egypte, & de la Chaldée. Séparé de l'Egypte, de la Chaldée, & de la Syrie, par un désert inhabitable, sans aucun commerce réglé avec Tyr ; isolé dans le petit pays de la Palestine, large de quinze lieues, & long de quarante-cinq, comme l'affirme *St Hiéronyme* ou *Jérôme*, il ne s'adonnait à aucune science, il ne cultivait presque aucun art. Il fut plus de six cents ans sans aucun commerce avec les autres peuples, & même avec ses voisins d'Egypte & de Phénicie. Cela est si vrai que *Flavien Josephe* leur historien en convient formellement dans sa réponse à *Appion* d'Alexandrie ; réponse faite sous *Titus* à cet *Appion* qui était mort du temps de *Néron*.

Voici les paroles de *Flavien Josephe* au chapitre IV:
" Le pays que nous habitons étant éloigné de la mer,
" nous ne nous appliquons point au commerce, &
" n'avons point de communication avec les autres
" peuples : nous nous contentons de fertiliser nos
" terres, & de donner une bonne éducation à nos

„ enfans. Ces raisons ajoutées à ce que j'ai déjà dit,
„ font voir que nous n'avons point eu de communi-
„ cation avec les Grecs, comme les Egyptiens, & les
„ Phéniciens &c. „

Nous n'examinerons point ici dans quel temps les
Juifs commencèrent à exercer le commerce, le courtage,
& l'usure; & quelle restriction il faut mettre aux paroles
de *Flavien Josephe*. Bornons-nous à faire voir que les
Juifs, tout plongés qu'ils étaient dans une superstition
atroce, ignorèrent toujours le dogme de l'immortalité
de l'ame, embrassé depuis si long-temps par toutes les
nations dont ils étaient environnés. Nous ne cherchons
point à faire leur histoire: il n'est question que de
montrer ici leur ignorance.

CHAPITRE II.

Que les Juifs ignorèrent long-temps le dogme de l'immortalité de l'ame.

Comment
la notion de
l'ame est
venue aux
hommes.

C'EST beaucoup que les hommes aient pu imaginer
par le seul secours du raisonnement, qu'ils avaient
une ame; car les enfans n'y pensent jamais d'eux-
mêmes; ils ne sont jamais occupés que de leurs sens;
& les hommes ont dû être enfans pendant bien des
siècles. Aucune nation sauvage ne connut l'existence
de l'ame. Le premier pas dans la philosophie des
peuples un peu policés fut de reconnaître un je ne sais
quoi qui dirigeait les hommes, les animaux, les
végétaux, & qui présidait à leur vie; ce je ne sais

quoi ils l'appelèrent d'un nom vague & indéterminé qui répond à notre mot d'*ame*. Ce mot ne donna chez aucun peuple une idée diſtincte. Ce fut, & c'eſt encore, & ce ſera toujours une faculté, une puiſſance ſecrète, un reſſort, un germe inconnu par lequel nous vivons, nous penſons, nous ſentons; par lequel les animaux ſe conduiſent, & qui fait croître les fleurs & les fruits. De-là les ames végétatives, ſenſitives, intellectuelles, dont on nous a tant étourdis. Le dernier pas fut de conclure que notre ame ſubſiſtait après notre mort, & qu'elle recevait dans une autre vie la récompenſe de ſes bonnes actions, ou le châtiment de ſes crimes. Ce ſentiment était établi dans l'Inde avec la métempſycoſe, il y a plus de cinq mille années. L'immortalité de cette faculté qu'on appelle *ame*, était reçue chez les anciens Perſes, chez les anciens Chaldéens: c'était le fondement de la religion égyptienne; & les Grecs adoptèrent bientôt cette théologie. Ces ames étaient ſuppoſées être de petites figures légères & aériennes, reſſemblantes parfaitement à nos corps. On les appelait dans toutes les langues connues de noms qui ſignifiaient ombres, manes, génies, daimons, ſpectres, lares, larves, farfadets, eſprits, &c.

Les brachmanes furent les premiers qui imaginèrent un monde, une planète, où DIEU empriſonna les anges rébelles, avant la formation de l'homme. C'eſt de toutes les théologies la plus ancienne.

Les Perſes avaient un enfer: on le voit par cette fable ſi connue qui eſt rapportée dans le livre de la religion des anciens Perſes de notre ſavant *Hyde*. DIEU apparaît à un des premiers rois de Perſe; il le mène en enfer; il lui fait voir les corps de tous les princes

Enfer des Perſes.

qui ont mal gouverné : il s'en trouve un auquel il manquait un pied. Qu'avez-vous fait de son pied, dit le perfan à DIEU ? Ce coquin-là, répond DIEU, n'a fait qu'une action honnête en fa vie : il rencontra un âne lié à une auge, mais fi éloignée de lui, qu'il ne pouvait manger. Le roi eut pitié de l'âne, il donna un coup de pied à l'auge, l'approcha, & l'âne mangea. J'ai mis ce pied dans le ciel, & le refte de fon corps en enfer.

On connaît le tartare des Egyptiens, imité par les Grecs, & adopté par les Romains. Qui ne fait combien de dieux & de fils de DIEU, ces Grecs & ces Romains forgèrent depuis *Bacchus*, *Perfée*, & *Hercule*; & comme ils remplirent l'enfer d'*Yxions* & de *Tantales*?

Les Juifs ne furent jamais rien de cette théologie. Ils eurent la leur, qui fe borna à promettre du blé, du vin, & de l'huile, à ceux qui obéiront au Seigneur, en égorgeant tous les ennemis d'Ifraël; & à menacer de la rogne, & d'ulcères dans le gras des jambes, & dans le fondement, tous ceux qui défobéiront: (a) mais d'âmes, de punitions dans les enfers, de récompenfes dans le ciel, d'immortalité, de réfurrection, il n'en eft dit un feul mot, ni dans leurs lois, ni chez leurs prophètes.

Immortalité d'ame inconnue aux anciens juifs.

Quelques écrivains plus zélés qu'inftruits, ont prétendu que fi le Lévitique & le Deutéronome ne parlent jamais en effet de l'immortalité de l'ame, & de récompenfes ou de châtimens après la mort, il y a pourtant des paffages dans d'autres livres du canon juif, qui pourraient faire foupçonner que quelques juifs connaiffaient l'immortalité de l'ame. Ils allèguent, & ils

(a) Voyez le Deutéronome.

corrompent ce verfet de *Job. Je crois que mon protecteur vit, & que dans quelques jours je me releverai de terre : ma peau tombée en lambeaux fe confolidera. Tremblez alors, craignez la vengeance de mon épée.*

Ils fe font imaginés que ces mots, *je me releverai*, fignifiaient *je reffufciterai après ma mort*. Mais alors comment ceux auxquels *Job* répond, auraient-ils à craindre fon épée? Quel rapport entre la gale de *Job* & l'immortalité de l'ame?

Une des plus lourdes bévues des commentateurs, eft de n'avoir pas fongé que ce *Job* n'était point juif, qu'il était arabe, & qu'il n'y a pas un mot dans ce drame antique de *Job* qui ait la moindre connexité avec les lois de la nation judaïque.

D'autres abufant des fautes innombrables de la traduction latine appelée Vulgate, trouvent l'immortalité de l'ame, & l'enfer des Grecs, dans ces paroles que *Jacob* prononce, (*b*) en déplorant la perte de fon fils *Jofeph* que les patriarches fes frères avaient vendu comme efclave à des marchands arabes, & qu'ils fefaient paffer pour mort. *Je mourrai de douleur, je defcendrai avec mon fils dans la foffe.* La Vulgate a traduit *sheol* la foffe, par le mot enfer; parce que la foffe fignifie fouterrain. Mais quelle fottife de fuppofer que *Jacob* ait dit : *Je defcendrai en enfer, je ferai damné, parce que mes enfans m'ont dit que mon fils Jofeph a été mangé par des bêtes fauvages !* C'eft ainfi qu'on a corrompu prefque tous les anciens livres par des équivoques abfurdes. C'eft ainfi qu'on s'eft fervi de ces équivoques pour tromper les hommes.

(*b*) Voyez la Genèfe.

Q 4

Cértainement le crime des enfans de *Jacob*, & la douleur du pere, n'ont rien de commun avec l'immortalité de l'ame. Tous les théologiens fenfés, tous les bons critiques en conviennent; tous avouent que l'autre vie & l'enfer furent inconnus aux Juifs jufqu'au temps d'*Hérode*. Le docteur *Arnaud*, fameux théologien de Paris, dit en propres mots, dans fon apologie de Port-Royal: *C'eft le comble de l'ignorance de mettre en doute cette vérité qui eft des plus communes, & qui eft atteftée par tous les pères, que les promeffes de l'ancien teftament n'étaient que temporelles & terreftres, & que les Juifs n'adoraient D I E U que pour des biens charnels.* Notre fage *Midleton* a rendu cette vérité fenfible.

Notre évêque *Warburton*, déjà connu par fon commentaire fur *Shakefpeare*, a démontré en dernier lieu, que la loi mofaïque ne dit pas un feul mot de l'immortalité de l'ame, dogme enfeigné par tous les légiflateurs précédens. Il eft vrai qu'il en tire une conclufion qui l'a fait fiffler dans nos trois royaumes. La loi mofaïque, dit-il, ne connaît point l'autre vie; donc cette loi eft divine. Il a même foutenu cette affertion, avec l'infolence la plus groffière. On fent bien qu'il a voulu prévenir le reproche d'incrédulité, & qu'il s'eft réduit lui-même à foutenir la vérité par une fottife; mais enfin cette fottife ne détruit pas cette vérité fi claire & fi démontrée.

L'on peut encore ajouter que la religion des Juifs ne fut fixe & conftante qu'après *Efdras*. Ils n'avaient adoré que des dieux étrangers, & des étoiles, lorfqu'ils erraient dans les déferts, fi l'on en croit *Ezéchiel*, *Amos*, & S* Etienne.* (*c*) La tribu de *Dan* adora long-temps

(*c*) *Ezéchiel*, chap. XX, *Amos*, chap. V. Act. chap. VII.

les idoles de *Michas;* (*d*) & un petit-fils de *Moïfe*, nommé *Eléazar*, était le prêtre de ces idoles, gagé par toute la tribu.

Salomon fut publiquement idolâtre. Les melchim ou rois d'Ifraël adorèrent prefque tous le dieu fyriaque *Baal*. Les nouveaux Samaritains, du temps du roi de Babylone, prirent pour leurs dieux *Socotbenot*, *Nirgel*, *Adramalec*, &c.

Sous les malheureux régules de la tribu de *Juda*, *Ezechias*, *Manaffé*, *Jofias*, il eft dit que les Juifs adoraient *Baal* & *Molock;* qu'ils facrifiaient leurs enfans dans la vallée de Tophet. On trouva enfin le Pentateuque du temps du melck ou roitelet *Jofias;* mais bientôt après, Jérufalem fut détruite, & les tribus de *Juda* & de *Benjamin* furent menées en efclavage dans les provinces babyloniennes.

Ce fut là, très-vraifemblablement, que plufieurs Juifs fe firent courtiers & fripiers : la néceffité fit leur induftrie. Quelques-uns acquirent affez de richeffes pour acheter du roi, que nous nommons *Cyrus*, la permiffion de rebâtir à Jérufalem un petit temple de bois, fur des affifes de pierres brutes, & de relever quelques pans de murailles. Il eft dit dans le livre d'*Efdras*, qu'il revint dans Jérufalem quarante-deux mille trois cents foixante perfonnes, toutes fort pauvres. Il les compte famille par famille, & il fe trompe dans fon calcul, au point qu'en additionnant le tout, on ne trouve que vingt-neuf mille neuf cents dix-huit perfonnes. Une autre erreur de calcul fubfifte dans le dénombrement de *Néhémie;* & une bévue encore plus

Vraie reli-
gion juive.

Erreurs
d'*Efdras*.

(*d*) Voyez l'hiftoire de *Michas* dans les Juges.

grande eſt dans l'édit de *Cyrus*, qu'*Eſdras* rapporte. Il fait parler ainſi le conquérant *Cyrus : Adonaï le Dieu du ciel m'a donné tous les royaumes de la terre, & m'a commandé de lui bâtir un temple dans Jéruſalem qui eſt en Judée.* On a très-bien remarqué que c'eſt préciſé-ment comme ſi un prêtre grec feſait dire au grand turc : S*t Pierre* & S*t Paul* m'ont donné tous les royaumes du monde, & m'ont commandé de leur bâtir une maiſon dans Athènes qui eſt en Grèce.

Si l'on en croit *Eſdras, Cyrus* par le même édit, ordonna que les pauvres qui étaient venus à Jéruſalem, fuſſent ſecourus par les riches qui n'avaient pas voulu quitter la Chaldée où ils ſe trouvaient très-bien, pour un territoire de cailloux, où l'on manquait de tout, & où même on n'avait pas d'eau à boire pendant ſix mois de l'année. Mais, ſoit riches, ſoit pauvres, il eſt conſtant qu'aucun Juif de ce temps-là ne nous a laiſſé la plus légère notion de l'immortalité de l'ame.

CHAPITRE III.

Comment le platoniſme pénétra chez les Juifs.

Philoſophie de *Platon.*

CEPENDANT *Socrate* & *Platon* enſeignèrent dans Athènes ce dogme qu'ils tenaient de la philoſophie égyptienne, & de celle de *Pythagore. Socrate*, martyr de la divinité & de la raiſon, fut condamné à mort, environ trois cents ans avant notre ère, par le peuple léger, inconſtant, impétueux, d'Athènes, qui ſe repen-tit bientôt de ce crime. *Platon* était jeune encore. Ce fut lui qui ; le premier chez les Grecs, effaya de prouver, par des raifonnemens métaphyfiques, l'exiftence de l'ame & fa fpiritualité ; c'eft-à-dire fa nature légère & aérienne, exempte de tout mélange de matière groffière, fa permanence après la mort du corps, fes récompenfes & fes châtimens après cette mort, & même fa réfur-rection avec un corps tombé en pourriture. Il réduifit cette philofophie en fyftème dans fon Phædon dans fon Timée, & dans fa république imaginaire : il orna fes argumens d'une éloquence harmonieufe & d'images féduifantes.

Il eft vrai que fes argumens ne font pas la chofe du monde la plus claire, & la plus convaincante. Il prouve d'une étrange manière, dans fon Phædon, l'immortalité de l'ame dont il fuppofe l'exiftence, fans avoir jamais examiné fi ce que nous nommons ame, eft une faculté donnée de D I E U à l'efpèce animale, ou fi c'eft un être diftinct de l'animal même. Voici fes paroles : ,, Ne dites-vous pas que la mort eft le contraire ,, de la vie ? — Oui. — Et qu'elles naiffent l'une de ,, l'autre ? — Oui. — Qu'eft-ce donc qui naît du vivant ? ,, — Le mort. — Et qu'eft-ce qui naît du mort ? . . . . . ,, Il faut avouer que c'eft le vivant. C'eft donc des ,, morts que naiffent toutes les chofes vivantes ? — Il ,, me le femble. — Et par conféquent les ames vont ,, dans les enfers après notre mort ? — La conféquence ,, eft fure. ,,

C'eft cet abfurde galimatias de *Platon*, (car il faut appeler les chofes par leur nom) qui féduifit la Grèce. Il eft vrai que ces ridicules raifonnemens, qui n'ont pas même le frêle avantage d'être des fophifmes, font quelquefois embellis par de magnifiques images toutes

poëtiques ; mais l'imagination n'eſt pas la raiſon. Ce
n'eſt pas aſſez de repréſenter Dieu arrangeant la
matière éternelle par ſon *logos*, par ſon *verbe ;* ce n'eſt
pas aſſez de faire ſortir de ſes mains des demi-dieux
compoſés d'une matière très-déliée , & de leur donner
le pouvoir de former des hommes d'une matière plus
épaiſſe ; ce n'eſt pas aſſez d'admettre dans le grand Dieu
une eſpèce de trinité compoſée de Dieu , de ſon verbe,
& du monde. Il pouſſa ſon roman juſqu'à dire qu'autrefois les ames humaines avaient des ailes, que les corps
des hommes avaient été doubles. Enfin , dans les
dernières pages de ſa république, il fit reſſuſciter *Hérès*,
pour conter des nouvelles de l'autre monde : mais il
fallait donner quelques preuves de tout cela , & c'eſt
ce qu'il ne fit pas.

　Ariſtote fut incomparablement plus ſage ; il douta
de ce qui n'était pas prouvé. S'il donna des règles du
raiſonnement, qu'on trouve aujourd'hui trop ſcolaſ-
tiques , c'eſt qu'il n'avait pas pour auditeurs, & pour
lecteurs , un *Montagne*, un *Charron*, un *Bâcon*, un
Hobbes, un *Locke*, un *Shaftesbury*, un *Bolingbroke*, & les
bons philoſophes de nos jours. Il fallait démontrer ,
par une méthode ſure, le faux des ſophiſmes de *Platon*,
qui ſuppoſaient toujours ce qui eſt en queſtion. Il était
néceſſaire d'enſeigner à confondre des gens qui vous
diſaient froidement : *Le vivant vient du mort , donc les
ames ſont dans les enfers*. Cependant le ſtyle de *Platon*
prévalut , quoique ce ſtyle de proſe poëtique ne
convienne point du tout à la philoſophie. En vain
Démocrite & enſuite *Epicure*, combattirent les ſyſtèmes
de *Platon ;* ce qu'il y avait de plus ſublime dans ſon
roman de l'ame, fut applaudi preſque généralement ;

& lorfqu'Alexandrie fut bâtie, les Grecs qui vinrent l'habiter furent tous platoniciens.

Les Juifs fujets d'*Alexandre*, comme ils l'avaient été des rois de Perfe, obtinrent de ce conquérant la permiffion de s'établir dans la ville nouvelle dont il jeta les fondemens, & d'y exercer leur métier de courtiers, auquel ils s'étaient accoutumés depuis leur efclavage dans le royaume de Babylone. Il y eut une tranfmigration de Juifs en Egypte, fous la dynaftie des *Ptolomées*, auffi nombreufe que celle qui s'était faite vers Babylone. Ils bâtirent quelques temples dans le Delta, un entr'autres nommé l'Onion dans la ville d'Héliopolis, malgré la fuperftition de leurs pères, qui s'étaient perfuadés que le Dieu des Juifs ne pouvait être adoré que dans Jérufalem.

Alors le fyftème de *Platon*, que les Alexandrins adoptèrent, fut reçu avidement de plufieurs juifs égyptiens qui le communiquèrent aux Juifs de la Paleftine.

CHAPITRE IV.

Sectes des Juifs.

Dans la longue paix dont les Juifs jouirent fous l'arabe iduméen *Hérode*, créé roi par *Antoine*, & enfuite par *Augufte*, quelques juifs de Jérufalem commencèrent à raifonner à leur manière, à difputer, à fe partager en fectes. Le fameux rabin *Hillel*, précurfeur de

Gamaliel de qui *Saul-Paul* fut quelque temps le domeftique, fut l'auteur de la fecte des pharifiens, c'eft-à-dire
des *diftingués*. Cette fecte embraffait tous les dogmes
de *Platon* ; ame, figure légère, enfermée dans un
corps; ame immortelle, ayant fon bon & fon mauvais
démon; ame punie dans un enfer, ou récompenfée
dans une efpèce d'Elyfée ; ame tranfmigrante, ame
reffufcitante.

Les faducéens ne croyaient rien de tout cela; ils
s'en tenaient à la loi mofaïque qui n'en parla jamais.
Ce qui peut paraître très-fingulier aux chrétiens into-
lérans de nos jours, s'il en eft encore, c'eft qu'on ne
voit pas que les pharifiens, & les faducéens, en diffé-
rant fi effentiellement, aient eu entr'eux la moindre
querelle. Ces deux fectes rivales vivaient en paix, &
avaient également part aux honneurs de la fynagogue.

Les efféniens étaient des religieux dont la plupart ne
fe mariaient point, & qui vivaient en commun; ils ne
facrifiaient jamais de victimes fanglantes; ils fuyaient
non-feulement tous les honneurs de la république,
mais le commerce dangereux des autres hommes. Ce
font eux que *Pline* l'ancien appelle une nation éternelle,
dans laquelle il ne naît perfonne.

Les thérapeutes juifs, retirés en Egypte auprès du
lac Mœris, étaient femblables aux thérapeutes des
gentils ; & ces thérapeutes étaient une branche des
anciens pythagoriciens. Thérapeute fignifie ferviteur
& médecin. Ils prenaient ce nom de médecin, parce
qu'ils croyaient purger l'ame. On nommait en Egypte
les bibliothèques, la médecine de l'ame, quoique la
plupart des livres ne fuffent qu'un poifon affoupiffant.

Remarquons en paffant que, chez les papiftes, les révérends pères carmes ont gravement & fortement foutenu que les thérapeutes étaient carmes : pourquoi non ? *Elie* qui a fondé les carmes, ne pouvait-il pas auffi aifément fonder les thérapeutes ?

Les judaïtes avaient plus d'enthoufiafme que toutes ces autres fectes. L'hiftorien *Jofephe* nous apprend que ces judaïtes étaient les plus déterminés républicains qui fuffent fur la terre. C'était à leurs yeux un crime horrible de donner à un homme le titre de mon maître, de milord. *Pompée* & *Sozius* qui avaient pris Jérufalem l'un après l'autre, *Antoine*, *Octave*, *Tibère*, étaient regardés par eux comme des brigands dont il fallait purger la terre. Ils combattaient contre la tyrannie avec autant de courage qu'ils en parlaient. Les plus horribles fupplices ne pouvaient leur arracher un mot de déférence pour les Romains leurs vainqueurs, & leurs maîtres ; leur religion était d'être libres.

Il y avait déjà quelques hérodiens, gens entièrement oppofés aux judaïtes. Ceux-là regardaient le roi *Hérode*, tout foumis qu'il était à Rome, comme un envoyé d'*Adonaï*, comme un libérateur, comme un meffie ; mais ce fut après fa mort que la fecte hérodienne devint nombreufe. Prefque tous les Juifs qui trafiquaient dans Rome, fous *Néron*, célébraient la fête d'*Hérode* leur meffie. *Perfe* parle ainfi de cette fête dans fa cinquième fatire, où il fe moque des fuperftitieux.

> *Herodis venére dies : unctâque feneftrâ*
> *Difpofitæ pinguem nebulam vomuére lucernæ*
> *Portantes violas, rubrumque amplexa catinum*
> *Cauda natat thynni, tumet alba fidelia vino.*

Labra moves tacitus, recutitaque fabbata palles ;
Tunc nigri lemures, ovoque pericula rupto.
Hinc grandes galli, & cum fifiro lufca facerdos,
Incuffere Deos inflantes corpora, fi non
Prædictum ter manè caput guflaveris alli.

  ,, Voici les jours de la fête d'*Hérode*. De fales lam-
,, pions font difpofés fur des fenêtres noircies d'huile ;
,, il en fort une fumée puante ; ces fenêtres font ornées
,, de violettes. On apporte des plats de terre peints
,, en rouge, chargés d'une queue de thon qui nage
,, dans la fauce. On remplit de vin des cruches blan-
,, chies. Alors, fuperftitieux que tu es, tu remues les
,, lèvres tout bas ; tu trembles au fabbat des dépré-
,, pucés ; tu crains les lutins noirs, & les farfadets ;
,, tu frémis fi on caffe un œuf. Là, font des galles,
,, ces fanatiques prêtres de *Cybèle ;* ici eft une prêtreffe
,, d'*Ifis* qui louche en jouant du fiftre. Avalez vîte
,, trois gouffes d'ail confacrées, fi vous ne voulez pas
,, qu'on vous envoie des dieux qui vous feront enfler
,, tout le corps. ,,

  Ce paffage eft très-curieux, & très-important pour
ceux qui veulent connaître quelque chofe de l'antiquité. Il prouve que du temps de *Néron*, les Juifs
étaient autorifés à célébrer dans Rome la fête folemnelle de leur meffie *Hérode*, & que les gens de bon
fens les regardaient en pitié, & fe moquaient d'eux
comme aujourd'hui. Il prouve que les prêtres de
Cybèle, & ceux d'*Ifis*, quoique chaffés fous *Tibère* avec
la moitié des Juifs, pouvaient jouer leurs facéties en
toute liberté.

                               Dignus

Dignus Roma locus, quò Deus omnis eat.

Tout Dieu doit aller à Rome, difait un jour une ftatue qu'on y tranfportait.

Si les Romains, malgré leurs lois des douze tables, fouffraient toutes les fectes dans la capitale du monde, il eft clair, à plus forte raifon, qu'ils permettaient aux Juifs & aux autres peuples d'exercer chacun chez foi les rites & les fuperftitions de fon pays. Ces vainqueurs légiflateurs ne permettaient pas que les barbares foumis immolaffent leurs enfans comme autrefois : mais qu'un juif ne voulût pas manger d'un plat d'un cappadocien, qu'il eût en horreur la chair de porc, qu'il priât *Moloc* ou *Adonaï*, qu'il eût dans fon temple des bœufs de bronze, qu'il fe fît couper un petit bout de l'inftrument de la génération, qu'il fût baptifé par *Hillel* ou par *Jean*, que fon ame fût mortelle ou immortelle, qu'il reffufcitât ou non, & qu'ils répondiffent bien ou mal à la queftion que leur fit *Cléopâtre* s'ils reffufciteraient tout vêtus ou tout nus; rien n'était plus indifférent aux empereurs de la terre.

CHAPITRE V.

Superftitions juives.

LES hommes inftruits favent affez que le petit peuple juif avait pris peu-à-peu fes rites, fes loîs, fes ufages, fes fuperftitions, des nations puiffantes dont il était entouré : car il eft dans la nature humaine que le chétif & le faible tâche de fe conformer au puiffant & au fort. C'eft ainfi que les Juifs prirent des

Philofophie &c. Tome IV.   R

prêtres égyptiens la circoncifion , la diftinction des viandes , les purifications d'eau appelées depuis baptême , le jeûne avant les grandes fêtes qui étaient les jours des grands repas , la cérémonie du bouc *Hazazel* chargé des péchés du peuple , les divinations, les prophéties , la magie , le fecret de chaffer les mauvais démons avec des herbes & des paroles.

Tout peuple , en imitant les autres , a aussi fes propres ufages & fes erreurs particulières. Par exemple , les Juifs avaient imité les Egyptiens & les Arabes dans leur horreur pour le cochon ; mais il n'appartenait qu'à eux de dire , dans leur Lévitique , qu'il eft défendu de manger du lièvre & *qu'il eft impur, parce qn'il rumine & qu'il n'a pas le pied fendu.* Il eft vifible que l'auteur du Lévitique , quel qu'il foit , était un prêtre ignorant les chofes les plus communes , puifqu'il eft conftant que le pied du lièvre eft fendu , & que cet animal ne rumine pas.

La défenfe de manger des oifeaux qui ont quatre pattes , montre encore l'extrême ignorance du légiflateur qui avait entendu parler de ces animaux chimériques.

C'eft ainfi que les Juifs admirent la lèpre des murailles , ne fachant pas feulement ce que c'eft que la moififfure. C'eft cette même ignorance qui ordonnait , dans le Lévitique , qu'on lapidât le mari & la femme qui auraient vaqué à l'œuvre de la génération pendant le temps des règles. Les Juifs s'étaient imaginé qu'on ne pouvait faire que des enfans mal-fains & lépreux dans ces circonftances. Plufieurs de leurs lois tenaient de cette groffièreté barbare.

Ils étaient extrêmement adonnés à la magie, parce que ce n'eſt point un art, & que c'eſt le comble de l'extravagance humaine. Cette prétendue ſcience était en vogue chez eux depuis leur captivité dans Babylone. Ce fut là qu'ils connurent les noms des bons & des mauvais anges, & qu'ils crurent avoir le fecret de les évoquer & de les chaſſer.

L'hiſtoire des roitelets juifs, qui probablement fut compoſée après la tranſmigration de Babylone, nous conte que le roitelet *Saül*, long-temps auparavant, avait été poſſédé du diable, & que *David* l'avait guéri quelquefois en jouant de la 'harpe. La pythoniſſe d'Endor avait évoqué l'ombre de *Samuel*. Un prodigieux nombre de Juifs ſe mêlait de prédire l'avenir. Preſque toutes les maladies étaient réputées des obſeſſions de diables ; & du temps d'*Auguſte* & de *Tibère*, les Juifs ayant peu de médecins exorciſaient les malades, au lieu de les purger & de les ſaigner. Ils ne connaiſſaient point *Hippocrate;* mais ils avaient un livre intitulé *la Clavicule de Salomon*, qui contenait tous les fecrets de chaſſer les diables par des paroles, en mettant ſous le nez des poſſédés une petite racine nommée barath ; & cette façon de guérir était tellement indubitable que *Jeſu* convient de l'efficacité de ce ſpécifique. Il avoue lui-même dans l'évangile de *Matthieu* (e) que les enfans mêmes chaſſaient communément les diables.

On pourrait faire un très-gros volume de toutes les ſuperſtitions des Juifs ; & *Fleuri*, écrivain plus catholique que papiſte, aurait bien dû en parler dans ſon livre intitulé *les Mœurs des Iſraëlites*, où *l'on voit*, dit-il,

(e) *Matth.* chap. XII.

R 2

le modèle d'une politique simple & sincère pour le gouver-
ment des Etats, & la réformation des mœurs.

On ferait curieux de voir par quelle politique *simple*
& sincère, les Juifs, si long-temps vagabonds, surprirent
la ville de Jéricho avec laquelle ils n'avaient rien à
démêler, la brûlèrent d'un bout à l'autre; égorgèrent
les femmes, les enfans, les animaux; pendirent trente
& un rois dans une étendue de cinq ou six milles; &
vécurent, de leur aveu, pendant plus de cinq cents
ans dans le plus honteux esclavage, ou dans le brigan-
dage le plus horrible. Mais comme notre dessein est
de nous faire un tableau véritable de l'établissement
du christianisme, & non pas des abominations de la
nation juive, nous allons examiner ce qu'était *Jesu*
au nom duquel on a formé long-temps après lui une
religion nouvelle.

CHAPITRE VI.

De la personne de Jesu.

QUICONQUE cherche la vérité sincèrement, aura
bien de la peine à découvrir le temps de la naissance
de *Jesu*, & l'histoire véritable de sa vie. Il paraît
certain qu'il naquit en Judée dans un temps où toutes
les sectes dont nous avons parlé disputaient sur l'ame,
sur sa mortalité, sur la résurrection, sur l'enfer. On
l'appela *Jesu*, ou *Josuah*, ou *Jeschu*, ou *Yeschut*,
fils de *Miriah*, ou de *Maria*, fils de *Joseph*, fils de
Panther. Le petit livre juif du *Toldos Jeschut*, écrit
probablement au second siècle de notre ère, lorsque

le recueil du Talmud était commencé, ne lui donne jamais que ce nom de *Jefchut*. Il le fait naître fous le roitelet juif *Alexandre Jannée*, du temps que *Sylla* était dictateur à Rome, & que *Cicéron, Caton, & Céfar*, étaient jeunes encore. Ce libelle fort mal fait, & plein de fables rabbiniques, déclare *Jefu* bâtard de *Maria* & d'un foldat nommé *Jofeph Panther*. Il nous donne *Judas* non pas pour un difciple de *Jefu* qui vendit fon maître, mais pour fon adverfaire déclaré. Cette feule anecdote femble avoir quelque ombre de vrai-femblance, en ce qu'elle eft conforme à l'évangile de St *Jacques*, le premier des évangiles, dans lequel *Judas* eft compté parmi les accufateurs qui firent condamner *Jefu* au dernier fupplice.

Les quatre évangiles canoniques font mourir *Jefu* à trente ans & quelques mois, ou à trente trois ans au plus, en fe contredifant comme ils font toujours. St *Irénée*, qui fe dit mieux inftruit, affirme qu'il avait entre cinquante & foixante années, & qu'il le tient de fes premiers difciples.

Toutes ces contradictions font bien augmentées par les incompatibilités qu'on rencontre prefque à chaque page dans fon hiftoire rédigée par les quatre évangéliftes reconnus. Il eft néceffaire d'expofer fuc-cinctement une partie des principaux doutes que ces évangiles ont fait naître.

Premier doute.

Le livre qu'on nous donne fous le nom de *Matthieu*, commence par faire la généalogie de *Jefu* ; & cette généalogie eft celle du charpentier *Jofeph*, qu'il avoue n'être point le père du nouveau né. *Matthieu*, ou celui qui a écrit fous ce nom , prétend que le charpentier *Jofeph* defcend du roi *David* & d'*Abraham*, par trois fois quatorze générations qui font quarante-deux ; & on n'en trouve que quarante & une. Encore dans fon compte y a-t-il une méprife plus grande. Il dit que *Jufias* engendra *Jéchonias* ; & le fait eft que *Jéchonias* était fils de *Jéojakim*. Cela feul a fait croire à *Toland* que l'auteur était un ignorant ou un fauffaire mal-adroit.

L'évangile de *Luc* fait auffi defcendre *Jefu* de *David* & d'*Abraham* par *Jofeph* qui n'eft pas fon père. Mais il compte de *Jofeph* à *Abraham* cinquante-fix têtes , au lieu que *Matthieu* n'en compte que quarante & une. Pour furcroît de contradiction, ces générations ne font pas les mêmes ; & pour comble de contradiction , *Luc* donne au père putatif de *Jefu* un autre père que celui qui fe trouve chez *Matthieu*. Il faut avouer qu'on ne ferait pas admis parmi nous dans l'ordre de la jarretière fur un tel arbre généalogique , & qu'on n'entrerait pas dans un chapitre d'Allemagne.

Ce qui étonne encore davantage *Toland* , c'eft que des chrétiens qui prêchaient l'humilité aient voulu faire defcendre d'un roi leur meffie. S'il avait été envoyé de D I E U, ce titre était bien plus beau que celui de defcendant d'une race royale. D'ailleurs , un roi & un charpentier font égaux devant l'être fuprême.

Second doute.

Suivant le même *Matthieu* que nous fuivrons toujours, *Maria étant groffe par l'opération du St Efprit....*

Et fon mari Jofeph , homme jufte , ne voulant pas la couvrir d'infamie, voulut la renvoyer fecrétement.... Un ange du Seigneur lui apparut en fonge , & lui dit : Jofeph fils de David , ne craignez point de revoir votre femme Maria, car ce qui eft en elle eft l'œuvre du St Efprit. Or tout cela fe fit pour remplir ce que le Seigneur a dit par fon prophète : une vierge en aura dans le ventre , & elle fera un enfant, & on appellera fon nom Emmanuel.

On a remarqué fur ce paffage que c'eft le premier de tous dans lequel il eft parlé du St Efprit. Un enfant fait par cet efprit, eft une chofe fort extraordinaire ; un ange venant annoncer ce prodige à *Jofeph* dans un fonge , n'eft pas une preuve bien péremptoire de la copulation de *Maria* avec ce St Efprit. L'artifice de dire que *cela fe fit pour remplir une prophétie* paraît à plufieurs trop groffier ; *Jefu* ne s'eft jamais nommé *Emmanuel*. L'aventure du prophète *Ifaïe* , qui fit un enfant à la prophéteffe fa femme , n'a rien de commun avec le fils dé *Maria* . Il eft faux & impoffible que le prophète *Ifaïe* ait dit : *Voici qu'une vierge en aura dans le ventre* , puifqu'il parle de fa propre femme à qui il en mit dans le ventre. Le mot *alma* qui fignifie jeune fille, fignifie auffi femme. Il y en a cent exemples dans les livres des Juifs ; & la vieille *Ruth* , qui vint coucher avec le vieux *Booz* , eft appelée *alma.* C'eft une fraude honteufe de tordre & de falfifier ainfi le fens des mots, pour tromper les hommes ; & cette fraude a été mife en ufage trop fouvent & trop évidemment. Voilà ce que difent les favans ; ils frémiffent quand ils voient les fuites qu'ont eues ces paroles ; ce qu'elle *a dans le ventre eft l'œuvre du St Efprit* ; ils voient avec horreur plus d'un théologien, & furtout *Sanchez* , examiner fcrupuleufement fi le St Efprit , en couchant avec *Marie* , répandit de fa femence , & fi *Marie* répandit la fienne devant ou après le St Efprit , ou en même temps. *Suarez* , *Peromato* , *Silveſtre* , *Tabiena* , & enfin le grand *Sanchez* , décident que *la bienheureuſe vierge ne pouvait devenir mère de* D I E U , *ſi le St Efprit & elle n'avaient répandu leur liqueur enſemble.* (*)

Troiſième doute.

L'aventure des trois mages qui arrivent d'Orient conduits par une étoile , qui viennent faluer *Jefu* dans une étable , & lui donner de l'or , de l'encens & de la myrrhe , a été un grand fujet de fcandale. Ce jour n'eſt célébré chez les chrétiens , & furtout chez les papiſtes , que par des repas de débauche & par des chanfons. Pluſieurs ont dit que fi l'évangile de *Matthieu* était à refaire , on n'y mettrait pas un tel conte plus digne de *Rabelais* & de *Stern* que d'un ouvrage férieux.

Quatrième doute.

L'hiſtoire des enfans de Bethléem , égorgés pluſieurs milles à la ronde , par l'ordre d'*Hérode* qui croit égorger le meſſie dans la foule , a quelque chofe de plus ridicule encore au jugement des critiques ; mais ce ridicule eſt horrible. Comment , difent ces critiques , a-t-on pu imputer une action fi extravagante & fi abominable à un roi de foixante & dix ans , réputé

<hr>

(*) Voyez *de ſunĉlo matrimonii ſacramento.* Tome I , page 141.

fage, & qui était alors mourant ? (*f*) Trois mages
d'Orient ont-ils pu lui faire accroire qu'ils avaient vu
l'étoile d'un petit enfant roi des Juifs, qui venait de
naître dans une écurie de village ? A quel imbécille
aura-t-on pu perfuader une telle abfurdité ? & quel
imbécille peut la lire fans en être indigné ? Pourquoi
ni *Marc*, ni *Luc*, ni *Jean*, ni aucun autre auteur ne
rapporte-t-il cette fable ? *Bolingbroke.*

(*f*) Quelques efprits faibles ou faux, ou ignorans, ou fourbes, ont
prétendu trouver dans l'antiquité des témoignages du maffacre des enfans
qu'on fuppofe égorgés par l'ordre d'*Hérode*, de peur qu'un de ces enfans
nés à Bethléem n'enlevât le royaume à cet *Hérode* âgé de foixante & dix ans,
& attaqué d'une maladie mortelle. Ces défenfeurs d'une fi étrange caufe,
ont trouvé un paffage de *Macrobe* dans lequel il eft dit : *Lorfqu'Augufte apprit
qu'Hérode roi des Juifs en Syrie avait compris fon propre fils parmi les enfans
au-deffous de deux ans qu'il avait fait tuer, il vaut mieux*, dit-il, *être le cochon
d'Hérode que fon fils.*

Ceux qui abufent ainfi de ce paffage ne font pas attention que *Macrobe*
eft un auteur du cinquième fiècle, & par conféquent qu'il ne pouvait être
regardé par les chrétiens de ce temps-là comme un ancien.

Ils ne fongent pas que l'empire romain était alors chrétien, & que
l'erreur publique avait pu aifément tromper *Macrobe* qui ne s'amufe qu'à
raconter de vieilles hiftoriettes. Ils auraient dû remarquer qu'*Hérode*
n'avait point alors d'enfant de deux ans.

Ils pouvaient encore obferver qu'*Augufte* ne put dire qu'il valait mieux
être le cochon d'*Hérode* que fon fils, puifqu'*Hérode* n'avait point de
cochon.

Enfin on pouvait aifément foupçonner qu'il y a une falfification dans
le texte de *Macrobe*, puifque ces mots, *pueros quos infra bimatum Herodes
juffit interfici* (les enfans au-deffous de deux ans qu'*Hérode* fit tuer,) ne
font pas dans les anciens manufcrits.

On fait affez combien les chrétiens fe font permis d'être fauffaires pour
la bonne caufe. Ils ont falfifié, & très-mal-adroitement, le texte de *Flavien
Jofephe* ; ils ont fait parler ce pharifien déterminé, comme s'il eût reconnu
Jefu pour meffie. Ils ont forgé des lettres de *Pilate*, des lettres de *Paul* à
Sénèque, & de *Sénèque* à *Paul*, des écrits des apôtres, des vers des fibylles.
Ils ont fuppofé plus de deux cents volumes. Il y a eu de fiècle en fiècle une
fuite de fauffaires. Tous les hommes inftruits le favent & le difent ; &
cependant l'impofture avérée prédomine. Ce font des voleurs pris en flagrant
délit à qui on laiffe ce qu'ils ont volé.

Cinquième doute.

*On vit alors rempli ce qui fut dit par le prophète Jérémie,
disant : Une voix s'est entendue dans Rama, des lamentations
& des hurlemens, Rachel pleurant ses enfans, car ils
n'étaient plus.* Quel rapport entre un discours de *Jérémie*
sur des esclaves juifs tués de son temps à Rama, &
la prétendue boucherie d'*Hérode !* Quelle fureur de
prédire ce qui n'a pu arriver ! On se moquerait bien
d'un auteur qui trouverait dans une prophétie de
Merlin l'histoire de l'homme qui a prétendu se mettre
de nos jours dans une bouteille de deux pintes.

Sixième doute.

Matthieu dit que *Joseph* & sa femme s'enfuirent &
menèrent le dieu *Jesu* fils de *Marie* en Egypte ; &
c'est-là que le petit *Jesu* désenchante un homme que
les magiciens avaient changé en mulet, si on croit
l'évangile de l'enfance. *Matthieu* ajoute qu'après la
mort d'*Hérode*, *Joseph* & *Marie* ramenèrent le petit
dieu à Nazareth, *afin que la prédiction des prophètes
fût remplie : il sera appelé Nazaréen.*

On voit par-tout ce même soin, ce même grossier
artifice de vouloir que les choses les plus indifférentes
de la vie de *Jesu* soient prédites plusieurs siècles auparavant ; mais l'ignorance & la témérité de l'auteur se
manifestent trop ici. Ces mots, *il sera appelé Nazaréen*,
ne sont dans aucun prophète.

Enfin pour comble, *Luc* dit précisément le contraire
de *Matthieu*. Il fait aller *Joseph*, *Maria*, & le petit dieu

juif droit à Nazareth, fans paffer par l'Egypte. Certainement l'un ou l'autre évangélifte a menti. *Cela ne
s'eſt pas fait de concert*, dit un énergumène. Non, mon
ami ; deux faux témoins qui fe contredifent, ne fe
font pas entendus enfemble ; mais ils n'en font pas
moins faux témoins. Ce font-là les objeƈtions des
incrédules.

Septième doute.

Jean le baptifeur, qui gagnait fa vie à verfer un peu
d'huile fur la tête des Juifs qui venaient fe baigner
dans le Jourdain par dévotion, inftituait alors une
petite feƈte qui fubfifte encore vers Mozul, & qu'on
appelle les oints, les huilés, les chrétiens de *Jean*.
Matthieu dit que *Jefu* vint fe baigner dans le Jourdain
comme les autres. Alors le ciel s'entr'ouvrit ; le St Efprit
(dont on a fait depuis une troifième perfonne de D I E U)
defcendit du ciel en colombe, fur la tête de *Jefu*, &
cria à haute voix devant tout le monde : *Celui-ci eſt
mon fils bien aimé en qui je me fuis complu.*

Le texte ne dit pas expreſſément que ce fut la
colombe qui parla, & qui prononça : *Celui-ci eſt mon
fils bien aimé.* C'eſt donc D I E U le père qui vint auffi
lui-même, avec le St Efprit & la colombe. C'était un
beau fpeƈtacle : & on ne fait pas comment les Juifs
ofèrent faire pendre un homme que DIEU avait déclaré
fon fils fi folemnellement devant eux, & devant la
garnifon romaine qui rempliffait Jérufalem. *Colins*,
page 153.

Huitième doute.

Alors Jefu fut emporté par l'efprit dans le défert, pour être tenté par le diable ; & ayant été quarante jours & quarante nuits fans manger , il eut faim ; & le diable lui dit : Si tu es le fils de D I E U *, dis que ces pierres deviennent des pains. . . . Le diable auffitôt l'emporta fur le pinacle du temple , & lui dit : Si tu es fils de* D I E U *, jette-toi en bas. . . . Le diable l'emporta enfuite fur une montagne du haut de laquelle il lui fit voir tous les royaumes de la terre , & lui dit : Je te donnerai tout cela , fi tu veux m'adorer.*

Il ne faut pas difcuter un tel paffage : c'eft le parfait modèle de l'hiftoire. C'eft *Xénophon , Polybe, Tite-Live, Tacite,* tout pur, ou plutôt c'eft la raifon même écrite de la main de D I E U ou du diable ; car ils y jouent l'un & l'autre un grand rôle. *Tindal.*

Neuvième doute.

Selon *Matthieu,* deux poffédés fortent des tombeaux, où ils fe retiraient, & courent à *Jefu.* Selon *Marc* & *Luc*, il n'y a qu'un poffédé. Quoi qu'il en foit , *Jefu* envoie le diable ou les diables qui tourmentaient ce poffédé ou ces poffédés , dans les corps de deux mille cochons qui vont vîte fe noyer dans le lac de Tibé-riade. On a demandé fouvent comment il y avait tant de cochons dans un pays où l'on n'en mangea jamais, & de quel droit *Jefu* & le diable les avaient noyés, & ruiné le marchand auquel ils appartenaient ; mais nous ne fefons point de telles queftions. *Gordon.*

Dixième doute.

Matthieu, dans fon chapitre II, dit que *Jefu* nourrit cinq mille hommes, fans compter les femmes & leurs enfans, avec cinq pains & deux poiffons, dont il refta deux pleines corbeilles.

Et au chapitre XV, il dit qu'ils étaient quatre mille hommes, & que *Jefu* les raffafia avec fept pains & quelques petits poiffons. Cela femble fe contredire, mais cela s'explique. *Trenchard.*

Onzième doute.

Enfuite *Matthieu* raconte que *Jefu* mena *Pierre*, *Jacques*, & *Jean*, à l'écart fur une haute montagne qu'on ne nomme pas; & que là il fe transfigura pendant la nuit. Cette transfiguration confifta en ce que fa robe devint blanche, & fon vifage brillant. *Moïfe* & *Elie* vinrent s'entretenir avec lui; après quoi il chaffa le diable du corps d'un enfant lunatique qui tombait tantôt dans le feu, tantôt dans l'eau. Notre *Wolfton* demande quel était le plus lunatique, ou celui qui fe transfigurait en habit blanc pour converfer avec *Elie* & *Moïfe*, ou le petit garçon qui tombait dans le feu & dans l'eau. Mais nous traitons la chofe plus férieufement. *Colins.*

Douzième doute.

Jefu après avoir parcouru la province pendant quelques mois, à l'âge d'environ trente ans, vient enfin à Jérusalem avec ses compagnons , que depuis on nomma apôtres , ce qui signifie *envoyés*. Il leur dit en chemin , que *ceux qui ne les écouteront pas doivent être déférés à l'Eglise , & doivent être regardés comme des païens , ou comme des commis de la douane*.

Ces mots font connaître évidemment que le livre attribué à *Matthieu* ne fut composé que très-long-temps après , lorsque les chrétiens furent assez nombreux pour former une église.

Ce passage montre encore que le livre a été fait par un de ces hommes de la populace , qui pense qu'il n'y a rien de si abominable qu'un receveur des deniers publics ; & il n'est pas possible que *Matthieu*, qui avait été de la profession , parlât de son métier avec une telle horreur.

Dès que *Jesu* marchant à pied fut à Bethphagé , il dit à un de ses compagnons : *Allez prendre une ânesse qui est attachée avec son ânon , amenez-la moi , & si quelqu'un le trouve mauvais , dites-lui , le maître en a besoin*.

Or tout ceci fut fait , dit l'évangile attribué à *Matthieu* , pour remplir la prophétie : *Filles de Sion , voici votre doux roi qui vient assis sur une ânesse & sur un ânon*.

Je ne dirai pas ici que parmi nous , le vol d'une ânesse a été long-temps un cas pendable , quand même *Merlin* aurait prédit ce vol. *Lord Herbert.*

Treizième doute.

Jesu étant arrivé sur son ânesse , ou sur son ânon , ou sur tous les deux à la fois , entre dans le parvis du temple , tenant un grand fouet , & chasse tous les marchands légalement établis en cet endroit pour vendre les animaux qu'on venait facrifier dans le temple. C'était affurément troubler l'ordre public, & faire une auffi grande injuftice, que fi quelque fanatique allait dans Pater-nofter-Row, & dans les petites rues auprès de notre églife de St Paul, chaffer à coups de fouet tous les libraires qui vendent des livres de prières.

Il eft dit auffi que *Jefu* jeta par terre tout l'argent des marchands. Il n'eft guère croyable que tant de gens fe foient laiffés battre & chaffer ainfi par un feul homme. Si une chofe fi incroyable eft vraie, il n'eft pas étonnant qu'après de tels excès, *Jefu* fût repris de juftice ; mais cet emportement fanatique ne méritait pas le fupplice qu'on lui fit fouffrir.

Quatorzième doute.

S'il eft vrai qu'il ait toujours appelé les prêtres de fon temps & les pharifiens, *fépulcres blanchis*, *race de vipères*, & qu'il ait prêché publiquement contre eux la populace, il put très-légitimement être regardé comme un perturbateur du repos public, & comme tel être livré à *Pilate* alors préfident de Judée. Il a été un temps où nous aurions fait pendre ceux qui prêchaient dans les rues contre nos évêques, quoiqu'il ait été auffi un temps où nous avons pendu plufieurs de nos évêques mêmes.

Matthieu dit que *Jefu* fit la pâque juive avec fes compagnons, la veille de fon fupplice. Nous ne difcuterons point ici l'authenticité de la chanfon que *Jefu* chanta à ce dernier fouper, felon *Matthieu*. Elle fut long-temps en vogue chez quelques fectes des premiers chrétiens , & St *Auguſtin* nous en a confervé quelques couplets dans fa lettre à *Ceretius.* En voici un :

Je veux délier , & je veux être délié.
Je veux fauver , & je veux être fauvé.
Je veux engendrer , & je veux être engendré.
Je veux chanter , danfez tous de joie.
Je veux pleurer , frappez-vous tous de douleur.
Je veux orner , & je veux être orné.
Je fuis la lampe pour vous qui me voyez.
Je fuis la porte pour vous qui y frappez.
Vous qui voyez ce que je fais , ne dites pas ce que je fais.
J'ai joué tout cela , & je n'ai point du tout été joué.

Quinziéme doute.

On demande enfin s'il eſt poſſible qu'un Dieu ait tenu les difcours impertinens & barbares qu'on lui attribue ; qu'il ait dit : Quand vous donnerez à dîner ou à fouper , n'y invitez ni vos amis , ni vos parens riches : (*g*)

Qu'il ait dit : Va-t-en inviter les borgnes & les boiteux au feſtin, (*h*) & contrains-les d'entrer :

Qu'il ait dit : Je ne fuis point venu apporter la paix , mais le glaive : (*i*)

Qu'il ait dit : Je fuis venu mettre le feu fur la terre : (*k*)

Qu'il ait dit : En vérité, fi le grain qu'on a jeté en

(*g*) *Luc*, chap. XIV.   (*h*) *Luc*, chap. XIV.
(*i*) *Matthieu*, chap. X.   (*k*) *Matthieu*, chap. XII.

terre

terre ne meurt, il reſte ſeul; mais quand il eſt mort, il porte beaucoup de fruits. (*l*)

. Ce dernier trait n'eſt-il pas de l'ignorance la plus groſſière, & les autres ſont-ils bien ſages, & bien humains?

Seizième doute.

Nous n'examinons point ſi *Jeſu* fut mis en croix à la troiſième heure du jour, ſelon *Jean*, ou à la ſixième, ſelon *Marc*. *Matthieu* dit que les ténèbres couvrirent toute la terre (*m*) depuis la troiſième heure juſqu'à

(*l*) *Jean*, chap. XII.

(*m*) Les défenſeurs de ces effroyables abſurdités, payés pour les défendre, & comblés d'honneurs & de biens pour tromper les hommes, ont oſé avancer qu'un grec nommé *Phlégon* avait parlé de ces ténèbres qui couvrirent toute la terre pendant le ſupplice de *Jeſu*. Il eſt vrai qu'*Euſèbe*, évêque arien qui a débité tant de menſonges, cite auſſi ce *Phlégon* dont nous n'avons pas l'ouvrage. Et voici les paroles qu'il rapporte de ce *Phlégon :*

  » La quatrième année de la deux cent-deuxième olympiade, il y eut la » plus grande éclipſe de ſoleil, il feſait nuit vers midi, on voyait les » étoiles; un grand tremblement de terre renverſa la ville de Nicée en » Bithynie. »

1°. Lecteurs ſages & attentifs, remarquez qu'un autre auteur qu'*Euſèbe*, rapportant le même paſſage, dit, la ſeconde année de la deux cent-deuxième olympiade, & non pas la quatrième année. (*)

2°. Remarquez qu'on n'a jamais pu conjecturer, ni dans quelle année *Jeſu* fut condamné au ſupplice, ni dans quelle année il naquit; tant ſa vie & ſa mort furent obſcures.

3°. Remarquez que l'hiſtorien qui a pris le nom de *Matthieu*, place la mort de *Jeſu* au temps de la pleine lune, que tous les chrétiens s'en tiennent à cette époque, & que cependant il eſt impoſſible qu'il arrive vers la pleine lune une éclipſe de ſoleil.

4°. Remarquez que ſi ce prodige était arrivé, un tel miracle aurait ſurpris tout l'univers, & que tous les hiſtoriens en auraient parlé depuis la Chine juſqu'à la Grèce, & juſqu'à Rome.

5°. Enfin, c'eſt de ma patrie, c'eſt de Londres qu'eſt parti le trait de

(*) Cet auteur peu connu eſt *Philipponius*.

la fixième, c'eft-à-dire en cette faifon de l'équinoxe, felon notre manière de compter, depuis neuf heures jufqu'à midi ; le voile du temple fe déchira en deux, les pierres fe fendirent, les fépulcres s'ouvrirent, les morts en fortirent, & vinrent fe promener dans Jérufalem.

Si ces énormes prodiges s'étaient opérés, quelque auteur romain en aurait parlé. L'hiftorien *Jofephe* n'aurait pu les paffer fous filence. *Philon*, contemporain de *Jefu*, en aurait fait mention. Il eft affez vifible que tous ces évangiles, farcis de miracles abfurdes, furent compofés fecrétement, long-temps après, par des chrétiens répandus dans des villes grecques. Chaque petit troupeau de chrétiens eut fon évangile, qu'on ne montrait pas même aux catéchumènes ; & ces livres, entièrement ignorés des Gentils pendant trois cents années, ne pouvaient être réfutés par des hiftoriens romains, qui ne les connaiffaient pas. Aucun auteur parmi les Gentils n'a jamais cité un feul mot de l'évangile.

lumière qui a diffipé les ténèbres ridicules de *Matthieu*. C'eft notre célèbre *Halley* qui a démontré qu'il n'y avait eu d'éclipfe de foleil ni dans la feconde, ni dans la quatrième année de la deux cent-deuxième olympiade, mais qu'il y en avait eu une de quelques doigts dans la première année. *Kepler* avait déjà reconnu cette vérité, & *Halley* l'a pleinement démontrée. C'eft ainfi que la vérité mathématique détruit l'impofture théologique.

Et cependant un évêque papifte, très-fameux, *Boffuet*, précepteur du fils de notre ennemi *Louis XIV*, n'a pas rougi dans fon hiftoire univerfelle, ou plutôt dans fa déclamation non univerfelle, d'apporter en preuve ces ténèbres de *Matthieu*. Ce rhéteur de chaire rapporte auffi en preuve les femaines de *Daniel*, les prophéties de *Jacob*, les pfeaumes attribués à *David*, qui n'ont pas plus de rapport à *Jefu* qu'à *Jean Hus* & à *Jérôme de Prague*.

Ne nous appefantiffons pas fur les contradictions qui fourmillent entre *Matthieu*, *Marc*, *Luc*, *Jean*, & cinquante autres évangéliftes. Voyons ce qui fe paffa après la mort de *Jefu*.

CHAPITRE VII.

Des Difciples de Jefu.

Un homme fenfé ne peut voir dans ce Juif qu'un payfan un peu plus éclairé que les autres, quoiqu'il foit incertain s'il favait lire & écrire. Il eft vifible que fon feul but était de faire une petite fecte dans la populace des campagnes, à-peu-près comme l'ignorant & le fanatique *Fox* en établit une parmi nous, laquelle a eu depuis des hommes très-eftimables.

Tous deux prêchèrent quelquefois une bonne morale. La plus vile canaille jetterait des pierres en tout pays à quiconque en prêcherait une mauvaife. Tous deux déclamèrent violemment contre les prêtres de leurs temps. *Fox* fut pilorié, & *Jefu* fut pendu. Ce qui prouve que nous valons mieux que les Juifs.

Jamais ni *Jefu*, ni *Fox*, ne voulurent établir une religion nouvelle. Ceux qui ont écrit contre *Jefu*, ne l'en ont point accufé. Il eft vifible qu'il fut foumis à la loi mofaïque depuis fa circoncifion jufqu'à fa mort.

Ses difciples, ulcérés du fupplice de leur maître, ne purent s'en venger; ils fe contentèrent de crier contre l'injuftice de fes affaffins, & ils ne trouvèrent d'autre manière d'en faire rougir les pharifiens & les fcribes, que de dire que Dieu l'avait reffufcité. Il eft

vrai que cette imposture était bien grossière; mais ils
la débitaient à des hommes grossiers, accoutumés à
croire tout ce qu'on inventa jamais de plus absurde;
comme les enfans croient toutes les histoires de reve-
nans & de sorciers qu'on leur raconte.

Matthieu a beau contredire les autres évangélistes,
en disant que *Jesu* n'apparut que deux fois à ses disciples après sa résurrection; *Marc* a beau contredire
Matthieu, en disant qu'il apparut trois fois; *Jean* a
beau contredire *Matthieu* & *Marc*, en parlant de quatre
apparitions; en vain *Luc* dit que *Jesu*, dans sa dernière
apparition, mena ses disciples jusqu'en Béthanie, &
là monta au ciel en leur présence, tandis que *Jean*
dit que ce fut dans Jérusalem; en vain l'auteur des
Actes des apôtres assure-t-il que ce fut sur la montagne
des oliviers, & que *Jesu* étant monté au ciel, deux
hommes vêtus de blanc en descendirent, pour leur
certifier qu'il reviendrait. Toutes ces contradictions,
qui frappent aujourd'hui des yeux attentifs, ne pouvaient être connues des premiers chrétiens. Nous avons
déjà remarqué que chaque petit troupeau avait son
évangile à part : on ne pouvait comparer; & quand
même on l'aurait pu, pense-t-on que des esprits pré-
venus & opiniâtres auraient examiné? Cela n'est pas
dans la nature humaine. Tout homme de parti voit
dans un livre ce qu'il y veut voir.

Ce qui est certain, c'est qu'aucun des compagnons
de *Jesu* ne songeait alors à faire une religion nouvelle.
Tous circoncis & non baptisés; à peine le St Esprit
était-il descendu sur eux en langues de feu dans un
grenier, comme il a coutume de descendre, & comme
il est rapporté dans le livre des actions des apôtres;

à peine eurent-ils converti en un moment dans Jérufalem trois mille voyageurs qui les entendaient parler
toutes leurs langues étrangères, lorfque ces apôtres
leur parlaient dans leur patois hébreu ; à peine enfin
étaient-ils chrétiens, qu'auffitôt ces compagnons de
Jefu vont prier dans le temple juif, où *Jefu* allait
lui-même. Ils paffaient les jours dans le temple, *per-
durantes in templo.* (*n*) *Pierre* & *Jean* montaient au
temple pour être à la prière de la neuvième heure.
Petrus (*o*) & *Johannes afcendebant in templum ad horam
orationis nonam.*

Il eft dit dans cette hiftoire étonnante des actions
des apôtres, qu'ils convertirent & qu'ils baptiférent
trois mille hommes en un jour, & cinq mille en un
autre. Où les menèrent-ils baptifer ? dans quel lac les
plongèrent-ils trois fois felon le rit juif ? La rivière du
Jourdain, dans laquelle feule on baptifait, eft à huit
lieues de Jérufalem. C'était-là une belle occafion
d'établir une nouvelle religion à la tête de huit mille
enthoufiaftes : cependant ils n'y fongèrent pas. L'auteur
avoue que les apôtres ne fongeaient qu'à amaffer de
l'argent. *Ceux qui poffédaient des terres & des maifons,
les vendaient, & en apportaient le prix aux pieds des
apôtres.*

Si l'aventure de *Saphira* & d'*Anania* était vraie,
il fallait, ou que tout le monde frappé de terreur
embraffât fur le champ le chriftianifme en frémiffant,
ou que le fanhédrin fît pendre les douze apôtres
comme des voleurs & des affaffins publics.

On ne peut s'empêcher de plaindre cet *Anania* &
cette *Saphira*, tous deux exterminés l'un après l'autre,

(*n*) Actes des apôt, chap. II.   (*o*) Chap. III.

& mourant fubitement d'une mort violente (quelle qu'elle pût être) pour avoir gardé quelques écus qui pouvaient fubvenir à leurs befoins, en donnant tout leur bien aux apôtres. Milord *Bolingbroke* a bien raifon de dire que *la première profeſſion de foi qu'on attribue à cette feĉte appelée depuis l'onguent, (p) ou chriſtianiſme, eſt : Donne-moi tout ton bien, ou je vais te donner la mort. C'eſt donc là ce qui a enrichi tant de moines aux dépens des peuples ; c'eſt donc là ce qui a élevé tant de tyrannies ſanguinaires !*

Remarquons toujours qu'il n'était pas encore queſtion d'établir une religion différente de la loi moſaïque ; que *Jeſu*, né juif, était mort juif ; que tous les apôtres étaient juifs, & qu'il ne s'agiſſait que de ſavoir ſi *Jeſu* avait été prophète ou non.

Une auſſi étonnante révolution que celle de la feĉte chrétienne dans le monde, ne pouvait s'opérer que par degrés ; & pour paſſer de la populace juive fur le trône des *Céſars*, il fallut plus de trois cents trente années.

CHAPITRE VIII.

De Saul dont le nom fut changé en Paul.

LE premier qui fembla profiter de la tolérance extrême des Romains envers toutes les religions, pour commencer à donner quelque forme à la nouvelle feĉte des galiléens, eſt ce *Saul-Paul*, qui fe dit une

(p) Chriſt fignifie oint, chriſtianiſme, onguent.

fois citoyen romain, & qui, felon *Hyéronime* ou *Jérôme*, était natif du village de Gifcala en Galilée. On ne fait pourquoi il changea fon nom de *Saul* en *Paul*. St *Jérôme*, dans fon commentaire de l'épître de *Paul* à *Philémon*, dit que ce mot de *Paul* fignifie l'embouchure de la flûte; mais il paraît qu'il battait le tambour contre *Jefu* & fa troupe. *Saul* était alors petit valet du docteur *Gamaliel*, fucceffeur d'*Hillel*, & l'un des chefs du fanhédrin. *Paul* apprit fous fon maître un peu de fatras rabbinique. Son caractère était ardent, hautain, fanatique, & cruel. Il commença par lapider le nazaréen *Etienne*, partifan de *Jefu* le crucifié; & il eft marqué dans les *actions des apôtres*, qu'il gardait les manteaux des Juifs, qui, comme lui, affommaient *Etienne* à coups de pierres.

Abdias, l'un des premiers difciples de *Jefu*, & prétendu évêque de Babylone, (comme s'il y avait eu alors des évêques,) affure dans fon hiftoire apoftolique, que St *Paul* ne s'en tint pas à l'affaffinat de St *Etienne*, & qu'il affaffina encore St *Jacques* le mineur, *Oblia*, ou le *Jufte*, propre frère de *Jefu*, que l'ignorance fait premier évêque de Jérufalem. Rien n'eft plus vraifemblable que ce meurtre nouveau fut commis par *Saul*, puifque le livre des actions des apôtres dit expreffément que *Saul refpirait le fang & le carnage*. Chap. 9, v. 1.

Il n'y a qu'un fanatique infenfé, ou qu'un fripon très-mal-adroit, qui puiffe dire que *Saul-Paul* tomba de cheval pour avoir vu de la lumière en plein midi; que *Jefu-Chrift* lui cria du milieu d'une nue : *Saul*, *Saul*, pourquoi me perfécutes-tu? & que *Saul* changea vîte fon nom en *Paul*, & de juif perfécuteur & battant

S 4

qu'il était, eut la joie de devenir chrétien perfécuté
& battu. Il n'y a qu'un imbécille qui puiffe croire ce
conte du tonneau. Mais qu'il ait eu l'infolence de
demander la fille de *Gamaliel* en mariage, & qu'on lui
ait refufé cette pucelle, ou qu'il ne l'ait pas trouvée
pucelle, & que, de dépit, ce turbulent perfonnage fe
foit jeté dans le parti des nazaréens, comme les Juifs
& les ébionites l'ont écrit, (*q*) cela eft plus naturel,
& plus dans l'ordre commun.

Il porta la violence de fon caractère dans la nouvelle faction où il entra. On le voit courir comme un
forcené de ville en ville : il fe brouille avec prefque
tous les apôtres ; il fe fait moquer de lui dans l'aréo-
page d'Athènes. S'étant accoutumé à être renégat, il
va faire une efpèce de neuvaine avec des étrangers
dans le temple de Jérufalem, pour montrer qu'il
n'eft pas du parti de *Jefu*. Il judaïfe après s'être fait
chrétien & apôtre : & ayant été reconnu, il aurait été
lapidé à fon tour comme *Etienne* dont il fut l'affaffin,
fi le gouverneur *Feftus* ne l'avait fauvé, en lui difant
qu'il était un fou. (*r*)

Sa figure était fingulière. Les actes de Ste *Thècle* le
peignent gros, court, la tête chauve, le nez gros &
long, les fourcils épais & joints, les jambes torfes.
C'eft le même portrait qu'en fait *Lucien* dans fon
Philopatris; & cependant Ste *Thècle* le fuivait par-tout
déguifée en homme. Telle eft la faibleffe de bien des
femmes, qu'elles courent après un mauvais prédica-
teur accrédité, quelque laid qu'il foit, plutôt qu'après

{*q*) Voyez *Grabe. Spicilegium patrum* , page 48.

(*r*) Voyez les Actes des apôtres, chap. XXVI.

un jeune homme aimable. Enfin ce fut ce *Paul* qui attira le plus de profélytes à la fecte nouvelle.

Il n'y eut de fon temps ni rite établi, ni dogme reconnu. La religion chrétienne était commencée, & non formée; ce n'était encore qu'une fecte de Juifs révoltés contre les anciens Juifs.

Il paraît que *Paul* acquit une grande autorité fur la populace, à Theffalonique, à Philippes, à Corinthe, par fa véhémence, par fon efprit impérieux, & fur-tout par l'obfcurité de fes difcours emphatiques qui fubjuguent le vulgaire d'autant plus qu'il n'y comprend rien.

Il annonce la fin du monde au petit troupeau des Theffaloniciens. (s) Il leur dit qu'ils iront avec lui les premiers dans l'air, au-devant de *Jefu* qui viendra dans les nuées pour juger le monde : il dit qu'il le tient de la bouche de *Jefu* même, lui qui n'avait jamais vu *Jefu*, & qui n'avait connu fes difciples que pour les lapider. Il fe vante d'avoir été déjà ravi au troifième ciel ; mais il n'ofe jamais dire que *Jefu* foit Dieu, encore moins qu'il y a une trinité en DIEU. Ces dogmes, dans les commencemens, euffent paru blafphématoires, & auraient effarouché tous les efprits. Il écrit aux Ephéfiens : *Que le Dieu Notre-Seigneur Jefu-Chrift vous donne l'efprit de fageffe.* Il écrit aux Hébreux : DIEU *a opéré fa puiffance fur Jefu en le reffufcitant.* Il écrit aux Juifs de Rome : *Si, par le délit d'un feul homme, plufieurs font morts, la grâce & le don de* DIEU *ont plus abondé par un feul homme qui eft Jefu-Chrift....* A DIEU, *feul fage, honneur & gloire*

(s) Chap. IV.

par Jefu - Chrift. Enfin, il eft avéré, par tous les
monumens de l'antiquité, que *Jefu* ne fe dit jamais
Dieu ; & que les platoniciens d'Alexandrie furent
ceux qui enhardirent enfin les chrétiens à franchir
cet efpace infini, & qui apprirent aux hommes à fe
familiarifer avec des idées dont le commun des efprits
devait être révolté.

C H A P I T R E IX.

Des Juifs d'Alexandrie, & du Verbe.

JE ne fais rien qui puiffe nous fournir une image
plus fidelle d'Alexandrie que notre ville de Londres.
Un grand port maritime, un commerce immenfe, de
puiffans feigneurs, & un nombre prodigieux d'artifans,
une foule de gens riches, & de gens qui travaillent
pour l'être ; d'un côté, la bourfe & l'allée du change ;
de l'autre, la fociété royale, & le muféum ; des écrivains de toute efpèce, des géomètres, des fophiftes,
des métaphyficiens, & d'autres fefeurs de romans ;
une douzaine de fectes différentes, dont les unes
paffent, & les autres reftent ; mais dans toutes les
fectes, & dans toutes les conditions, un amour
défordonné de l'argent : telle eft la capitale de nos
trois royaumes ; & l'empereur *Adrien* nous apprend
par fa lettre au conful *Servianus*, que telle était
Alexandrie. Voici cette lettre fameufe que *Vopifcus*
nous a confervée.

„ J'ai vu cette Egypte que vous me vantiez tant,
„ mon cher *Servianus* ; je la fais toute entière par

,, cœur. Cette nation eſt inconſtante, incertaine ;
,, elle vole au changement. Les adorateurs de *Sérapis*
,, ſe font chrétiens ; ceux qui ſont à la tête de la
,, religion de Chriſt, ſe font dévots à *Sérapis*. Il n'y
,, a point d'archi-rabbin juif, point de ſamaritain,
,, point de prêtre chrétien, qui ne ſoit aſtrologue,
,, ou devin, ou maquereau. Quand le patriarche
,, grec vient en Egypte, les uns s'empreſſent auprès
,, de lui pour lui faire adorer *Sérapis ;* les autres, le
,, Chriſt. Ils font tous très-ſéditieux, très-vains,
,, très-querelleurs. La ville eſt commerçante, opu-
,, lente, peuplée ; perſonne n'y eſt oiſif.... L'argent
,, eſt un dieu que les chrétiens, les Juifs, & tous les
,, hommes, ſervent également. ,,

Quand un diſciple de *Jeſu*, nommé *Marc*, ſoit
l'évangéliſte, ſoit un autre, vint tâcher d'établir ſa
ſecte naiſſante, parmi les Juifs d'Alexandrie ennemis
de ceux de Jéruſalèm, les philoſophes ne parlaient
que du logos, du verbe de *Platon*. DIEU avait formé
le monde par ſon verbe ; ce verbe fait tout. Le juif
Philon, né du vivant de *Jeſu*, était un grand platonicien ; il dit dans ſes opuſcules, que DIEU ſe maria
au verbe, & que le monde naquit de ce mariage. C'eſt
un peu s'éloigner de *Platon*, que de donner pour
femme à DIEU un être que ce philoſophe lui donnait
pour fils.

D'un autre côté, on avait ſouvent, chez les Grecs
& chez des nations orientales, donné le nom de fils
des dieux aux hommes juſtes ; & même *Jeſu* s'était dit
fils de DIEU, pour exprimer qu'il était innocent, par
oppoſition au mot, *fils de Bélial*, qui ſignifie un coupable : d'un autre côté encore, ſes diſciples aſſuraient

qu'il était envoyé de DIEU. Il devint bientôt fils, de fimple envoyé qu'il était : or le fils de DIEU était fon verbe chez les platoniciens ; ainfi donc *Jefu* devint verbe.

Tous les pères de l'Eglife chrétienne ont cru en effet lire un platonicien, en lifant le premier chapitre de l'évangile attribué à *Jean* : *Au commencement était le verbe, & le verbe était avec* DIEU, *& le verbe était* DIEU. On trouva du fublime dans ce chapitre. Le fublime eft ce qui s'élève au-deffus du refte ; mais fi ce premier chapitre eft écrit dans l'école de *Platon*, le fecond, il faut l'avouer, femble fait fous la treille d'*Epicure*. Les auteurs de cet ouvrage paffent tout d'un coup du fein de la gloire de DIEU, du centre de fa lumière, & des profondeurs de fa fageffe, à une noce de village. *Jefu* de Nazareth eft de la noce avec fa mère. Les convives font déjà plus qu'échauffés par le vin, *inebriati ;* le vin manque, *Marie* en avertit *Jefu*, qui lui dit très-durement : Femme, qu'y a - t - il entre toi & moi? Après avoir ainfi maltraité fa mère, il fait ce qu'elle lui demande. Il changea feize cents vingt pintes d'eau qui étaient là à point nommé dans de grandes cruches, en feize cents vingt pintes de vin.

On peut obferver que ces cruches, à ce que dit le texte, étaient là *pour les purifications des Juifs, felon leur ufage*. Ces mots ne marquent-ils pas évidemment que ce ne peut être *Jean*, né juif, qui ait écrit cet évangile? Si moi qui fuis né à Londres, je parlais d'une meffe célébrée à Rome, je pourrais dire : Il y avait une burette de vin contenant environ demi-fetier ou chopine, felon l'ufage des Italiens ; mais certainement un Italien ne s'exprimerait pas ainfi.

Un homme qui parle de fon pays, en parle-t-il comme un étranger?

Quels que foient les auteurs de tous les évangiles ignorés du monde entier pendant plus de deux fiècles, on voit que la philofophie de *Platon* fit le chriftianifme. *Jefu* devint peu-à-peu un Dieu engendré par un autre Dieu avant les fiècles, & incarné dans les temps prefcrits.

CHAPITRE X.

Du dogme de la fin du monde, joint au platonifme.

LA méthode des allégories s'étant jointe à cette philofophie platonicienne, la religion des chrétiens, qui n'était auparavant que la juive, en fut totalement différente par l'efprit, quoiqu'elle en confervât les livres, les prières, le baptême, & même affez long-temps la circoncifion. Je dis la circoncifion, car dès que les chrétiens eurent une efpèce d'hiérarchie, les quinze premiers prêtres, ou furveillans, ou évêques de Jérufalem, furent tous circoncis. (*t*)

Auparavant les Juifs chaffaient les prétendus diables, & exorcifaient les prétendus poffédés au nom de *Salomon;* les chrétiens firent les mêmes cérémonies au nom de *Jefu-Chrift.* Les filles malades des pâles couleurs ou du mal hyftérique, fe croyaient poffédées, fe fefaient exorcifer, & penfaient être guéries. On les infcrivait de bonne foi dans la lifte des miracles.

(*t*) Voyez *Grabe*, *Bingham*, *Fabricius*.

Ce qui contribua le plus à l'accroiſſement de la
religion nouvelle, ce fut l'idée qui ſe répandait alors
que le temps de la fin du monde approchait. La plupart des philoſophes , & encore plus le peuple de
preſque tous les pays, crurent que notre globe péri-
rait un jour *par le ſec* qui l'emporterait ſur l'*humide*.
Ce n'était pas l'opinion des platoniciens ; *Philon* même
a fait un traité exprès pour prouver que l'univers eſt
incréé & impériſſable ; & il n'a guère mieux prouvé
l'éternité du monde , que ſes adverſaires n'en ont
prouvé l'embrâſement futur. Les Juifs, qui ne ſavaient
pas mieux l'avenir que le paſſé, diſaient, & *Flavien
Joſephe* le raconte, que leur *Adam* avait prédit deux
deſtructions de notre terre , l'une par l'eau , l'autre par
le feu : ils ajoutaient que les enfans de *Seth* érigèrent
une grande colonne de brique pour réſiſter au feu,
quand le monde ſerait brûlé , & une de pierre pour
réſiſter à l'eau, quand il ſerait noyé ; précaution aſſez
inutile , quand il n'y aurait plus perſonne pour voir
les deux colonnes.

On ſait quels malheurs fondirent ſur la Judée du
temps de *Néron* & de *Veſpaſien*, & enſuite ſous *Adrien*.
Les Juifs furent en droit d'imaginer que la fin de toutes
choſes arriverait, du moins pour eux. Ce fut vers ce
temps que chaque troupeau de demi-juifs, de demi-
chrétiens , eut ſon petit évangile ſecret. Celui qui eſt
attribué à *Luc*, parle nettement de la fin du monde qui
arrive, & du jugement dernier que *Jeſu* va prononcer
dans les nuées ; il fait parler ainſi *Jeſu* :

,, Il y aura des ſignes dans la lune & dans les
,, étoiles ; des bruits de la mer & des flots ; les
,, hommes , ſéchans de crainte , attendront ce qui

,, doit arriver à l'univers entier. Les vertus des cieux
,, feront ébranlées. Et alors ils verront le fils de
,, l'homme venant dans une nuée avec grande puif-
,, fance & grande majefté. En vérité, je vous dis que
,, la génération préfente ne paffera point que tout
,, cela ne s'accompliffe. ,,

Nous avons déjà vu au chapitre VIII, que *Paul*
écrivait aux Theffaloniciens qu'ils iraient avec lui
dans les nuées au-devant de *Jefu*.

Pierre dit dans une épître qu'on lui attribue :
*L'évangile a été prêché aux morts ; (u) la fin du monde
approche..... nous attendons de nouveaux cieux, & une
nouvelle terre.* C'était apparemment pour vivre fous ces
nouveaux cieux & dans cette nouvelle terre, que les
apôtres fefaient apporter à leurs pieds tout l'argent
de leurs profélytes, & qu'ils fefaient mourir *Anania*
& *Saphira* pour n'avoir pas tout donné.

Le monde allant être détruit ; le royaume des cieux
étant ouvert ; *Simon Barjone* en ayant les clefs, ainfi
qu'il eft d'ufage d'avoir les clefs d'un royaume ; la
terre étant prête à fe renouveler ; la Jérufalem célefte
commençant à être bâtie, comme de fait elle fut bâtie
dans l'Apocalypfe, & parut dans l'air pendant quarante
nuits de fuite ; toutes ces grandes chofes augmentèrent
le nombre des croyans. Ceux qui avaient quelque
argent, le donnèrent à la communauté, & on fe fervit
de cet argent pour attirer des gueux au parti ; la
canaille étant d'une néceffité abfolue pour établir toute
nouvelle fecte. Car les pères de famille qui ont pignon
fur rue font tièdes ; & les hommes puiffans qui fe
moquent long-temps d'une fuperftition naiffante, ne

(u) Chap. IV.

l'embraſſent que quand ils peuvent s'en ſervir pour leurs intérêts, & mener le peuple avec le licou qu'il s'eſt fait lui-même.

Les religions dominantes, la grecque, la romaine, l'égyptiaque, la ſyriaque, avaient leurs myſtères. La ſecte chriſtiaque voulut avoir les ſiens auſſi. Chaque ſociété chriſtiaque eut donc ſes myſtères, qui n'étaient pas même communiqués aux catéchumènes, & que les baptiſés juraient ſous les plus horribles ſermens de ne jamais révéler. Le baptême des morts était un de ces myſtères; & cette ſingulière ſuperſtition dura ſi long-temps, que *Jean Chryſoſtome* ou *bouche d'or*, qui mourut au cinquième ſiècle, dit à propos de ce baptême des morts qu'on reprochait tant aux chrétiens : *Je voudrais m'expliquer plus clairement, mais je ne le puis qu'à des initiés. On nous met dans un triſte défilé; il faut ou être inintelligible, ou trahir des myſtères que nous devons cacher.*

Les chrétiens, en minant ſourdement la religion dominante, oppoſaient donc myſtères à myſtères, initiation à initiation, oracles à oracles, miracles à miracles.

CHAPITRE XI.

De l'abus étonnant des myſtères chrétiens.

LES ſociétés chrétiennes étant partagées dans les premiers ſiècles en pluſieurs Egliſes, différentes de pays, de mœurs, de rites, de langages; d'étranges infamies ſe gliſſèrent dans pluſieurs de ces Egliſes. On ne les croirait pas, ſi elles n'étaient atteſtées par un ſaint

au-deſſus

au-deſſus de tout ſoupçon, *St Epiphane*, père de
l'Egliſe du quatrième ſiècle, celui-là même qui s'éleva
avec tant de force contre l'idolatrie des images déjà
introduite dans l'Egliſe. Il fait éclater ſon indignation
contre pluſieurs ſociétés chrétiennes qui mêlaient,
dit-il, à leurs cérémonies religieuſes les plus abominables impudicités. Nous rapportons ſes propres
paroles.

,, Pendant leur ſinaxe, (c'eſt-à-dire pendant la
,, meſſe de ce temps-là,) les femmes chatouillent les
,, hommes de la main, & leur font répandre le
,, ſperme, qu'elles reçoivent. Les hommes en font
,, autant aux jeunes gens; tous élèvent leurs mains
,, remplies de ce..... ſperme, & diſent à DIEU le
,, père : Nous t'offrons ce préſent qui eſt le corps du
,, Chriſt ; c'eſt-là le corps du Chriſt : enſuite ils
,, l'avalent, & répètent : C'eſt le corps du Chriſt, c'eſt
,, la pâque ; c'eſt pourquoi nos corps ſouffrent tout
,, cela pour manifeſter les ſouffrances du Chriſt.

,, Quand une femme de l'Egliſe a ſes ordinaires,
,, ils prennent de ſon ſang & le mangent, & ils
,, diſent : C'eſt le ſang du Chriſt ; car ils ont lu dans
,, l'Apocalypſe ces paroles : J'ai vu un arbre qui
,, porte du fruit douze mois de l'année, & qui eſt
,, l'arbre de vie ; ils en ont conclu que cet arbre
,, n'eſt autre choſe que les menſtrues des femmes.
,, Ils ont en horreur la génération ; c'eſt pourquoi
,, ils ne ſe ſervent que de leurs mains pour ſe donner
,, du plaiſir, & ils avalent leur propre ſperme. S'il
,, en tombe quelques gouttes dans la vulve d'une
,, femme, ils la font avorter ; ils pilent le fœtus

,, dans un mortier , & le mêlent avec de la farine ,
,, du miel , & du poivre , & prient DIEU en le
,, mangeant. ,, (*x*)

L'évêque *Epiphane* continuant ſes accuſations contre
d'autres chrétiens, dit qu'ils aſſiſtent tout nus à la
ſinaxe, (à la meſſe,) qu'ils y commettent l'acte de
ſodomie ſur les garçons & ſur les filles , qu'ils mettent
la partie virile tantôt dans le derrière , & tantôt dans
la bouche ; qu'ils conſomment ce ſacrifice, tantôt
dans l'un , & tantôt dans l'autre, &c. &c. &c. (*y*)

Il eſt vrai que ceux à qui l'évêque reproche ces
épouvantables infamies , ſont appelés par lui hérétiques ; mais enfin ils étaient chrétiens. Et le ſénat
romain, ni les proconſuls des provinces, ne pouvaient
ſavoir ce que c'eſt qu'une héréſie & une erreur dans
la foi. Il n'eſt donc pas ſurprenant qu'ils aient quelquefois défendu ces aſſemblées ſecrètes, accuſées par
des évêques même de crimes ſi énormes.

A DIEU ne plaiſe qu'on reproche à toutes les
ſociétés chrétiennes des premiers ſiècles, ces infamies
qui n'étaient le partage que de quelques énergumènes. Comme on allégoriſait tout, on leur avait
dit que *Jeſus* était le ſecond *Adam*. Cet *Adam* fut le
premier homme ſelon le peuple juif. Il marchait
tout nu auſſi-bien que ſa femme. De-là ils conclurent
qu'on devrait prier DIEU tout nu. Cette nudité
donna lieu à toutes les impuretés auxquelles la nature
s'abandonne, quand , loin d'être retenue, elle s'au-
toriſe de la ſuperſtition.

(*x*) *Saint Epiphane* , pages 38 & ſuivantes, éditions de Paris , chez *Petit* ,
à l'enſeigne de ſaint Jacques.

(*y*) Pages 41 , 46 , 47.

Si de pieux chrétiens ont fait ces reproches à d'autres chrétiens qui fe croyaient pieux auffi au milieu de leurs ordures, ne foyons donc pas étonnés que les Romains & les Grecs aient imputé aux chrétiens des repas de *Thiefte*, des noces d'*Oedipe*, & des amours de *Giton*.

N'accufons pas non plus les Romains d'avoir voulu calomnier les chrétiens en leur reprochant d'avoir adoré une tête d'âne. Ils confondaient ces chrétiens demi-Juifs avec les vrais Juifs qui exerçaient le courtage & l'ufure dans tout l'empire. Quand *Pompée*, *Craffus*, *Sofius*, *Titus*, entrèrent dans le temple de Jérufalem avec leurs officiers, ils y virent des chérubins, animaux à deux têtes, l'une de veau & l'autre de garçon. Les Juifs devaient être de très-mauvais fculpteurs, puifque la loi, à laquelle ils avaient faiblement dérogé, leur défendait la fculpture. Les têtes de veau reffemblèrent à des têtes d'ânes, & les Romains furent très-excufables de croire que les Juifs, & par conféquent les chrétiens confondus avec les Juifs, révéraient un âne, ainfi que les Egyptiens avaient confacré un bœuf & un chat.

Sortons maintenant du temple de Jérufalem, où deux veaux aîlés furent pris pour des ânons; fortons de la finaxe de quelques chrétiens, où l'on fe livrait à tant d'impuretés, & entrons un moment dans la bibliothèque des pères.

CHAPITRE XII.

Que les quatre Evangiles furent connus les derniers.
Livres, miracles, martyrs supposés.

C'EST une chose très-remarquable, & aujourd'hui
reconnue pour incontestable, malgré toutes les faus-
setés alléguées par *Abadie*, qu'aucun des premiers
docteurs chrétiens nommés pères de l'Eglise, n'a cité
le plus petit passage de nos quatre évangiles canoniques; & qu'au contraire ils ont cité les autres évangiles
appelés apocryphes, & que nous réprouvons. Cela
seul démontre que ces évangiles apocryphes furent
non-seulement écrits les premiers, mais furent quelque temps les seuls canoniques; & que ceux attribués
à *Matthieu*, à *Marc*, à *Luc*, à *Jean*, furent écrits les
derniers.

Vous ne retrouvez chez les pères de l'Eglise du premier & du second siècle, ni la belle parabole des filles
sages, qui mettaient de l'huile dans leurs lampes, &
des folles qui n'en mettaient pas; ni celle des usuriers
qui font valoir leur argent à cinq cents pour cent;
ni le fameux *contrains-les d'entrer*.

Au contraire, vous voyez dès le premier siècle,
Clément le romain qui cite l'évangile des Egyptiens
dans lequel on trouve ces paroles : *On demanda à Jesu
quand viendrait son royaume, il répondit : quand deux
feront un, quand le dehors sera semblable au dedans,
quand il n'y aura ni mâle ni femelle.* Cassien rapporte le
même passage, & dit que ce fut *Salomé* qui fit cette

queſtion. Mais la réponſe de *Jeſu* eſt bien étonnante. Elle veut dire préciſément: Mon royaume ne viendra jamais, & je me ſuis moqué de vous. Quand on ſonge que c'eſt un DIEU qu'on a fait parler ainſi ; quand on examine avec attention & ſincérité tout ce que nous avons rapporté, que doit penſer un lecteur rai-ſonnable ? Continuons.

Juſtin, dans ſon dialogue avec *Triphon*, rapporte un trait tiré de l'évangile des douze apôtres; c'eſt que quand *Jeſu* fut baptiſé dans le Jourdain, les eaux ſe mirent à bouillir.

A l'égard de *Luc*, qu'on regarde comme le dernier en date des quatre évangiles reçus, il ſuffira de ſe ſouvenir qu'il fait ordonner par *Auguſte* un dénombrement de l'univers entier au temps des couches de *Marie*, & qu'il fait rédiger une partie de ce dénombrement en Judée par le gouverneur *Cirénius*, qui ne fut gouverneur que dix ans après.

Une ſi énorme bévue aurait ouvert les yeux des chrétiens même, ſi l'ignorance ne les avait pas cou-verts d'écailles. Mais quel chrétien pouvait ſavoir alors que ce n'était pas *Cirénius*, mais *Varus*, qui gouvernait la Judée ? Aujourd'hui même y a-t-il beaucoup de lecteurs qui en ſoient informés ? Où ſont les ſavans qui ſe donnent la peine d'examiner la chronologie, les anciens monumens, les médailles ? cinq ou ſix, tout au plus, qui ſont obligés de ſe taire devant cent mille prêtres payés pour tromper, & dont la plupart ſont trompés eux-mêmes.

Avouons-le hardiment, nous qui ne ſommes point prêtres, & qui ne les craignons pas, le berceau de l'Egliſe naiſſante n'eſt entouré que d'impoſtures. C'eſt

une fucceffion non interrompue de livres abfurdes
fous des noms fuppofés, depuis la lettre d'un petit
toparque d'Edeffe à *Jefu-Chrift*, & depuis la lettre de
la *Ste Vierge* à *St Ignace* d'Antioche, jufqu'à la donation de *Conftantin* au pape *Silveftre*. C'eft un tiffu de
miracles extravagans depuis *St Jean*, qui fe remuait
toujours dans fa foffe, jufqu'aux miracles opérés par
notre roi *Jacques*, lorfque nous l'eûmes chaffé. C'eft
une foule de martyrs qui ne tiendraient pas dans le
Pandemonion de *Milton*, quand ils ne feraient pas
plus gros que des mouches. Je ne prétends pas effuyer
& donner le mortel ennui d'étaler le vafte tableau
de toutes ces turpitudes. Je renvoie à notre *Midleton*,
qui a prouvé, quoiqu'avec trop de retenue, la fauffeté
des miracles; je renvoie à notre *Dodwel* qui a démontré la paucité des martyres.

On demande comment la religion chrétienne a pu
s'établir par ces mêmes fraudes abfurdes qui devaient
la perdre? Je réponds que cette abfurdité était très-
propre à fubjuguer le peuple. On n'allait pas difcuter
dans un comité nommé par le fénat romain, fi un
ange était venu avertir une pauvre juive de village,
que le St Efprit viendrait lui faire un enfant; fi *Enoch*,
feptième homme après *Adam*, a écrit ou non, que les
anges avaient couché avec les filles des hommes; &
fi *St Jude Thadée* a rapporté ce fait dans fa lettre.
Il n'y avait point d'académie chargée d'examiner fi
St Polycarpe ayant été condamné à être brûlé dans
Smyrne, une voix lui cria du haut d'une nuée, *maële
animo, Polycarpe*; fi les flammes, au lieu de le toucher,
formèrent un arc de triomphe autour de fa perfonne;
fi fon corps avait l'odeur d'un bon pain cuit; fi ne

pouvant être brûlé, il fut livré aux lions, lefquels fe trouvent toujours à point nommé quand on a befoin d'eux; fi les lions lui léchèrent les pieds au lieu de le manger ; & fi enfin le bourreau lui coupa la tête. Car il eft à remarquer que les martyrs, qui réfiftent toujours aux lions, au feu, & à l'eau, ne réfiftent jamais au tranchant du fabre, qui a une vertu toute particulière.

Les centumvirs ne firent jamais d'enquête juridique pour conftater fi les fept vierges d'Ancire, dont la plus jeune avait foixante & dix ans, furent condamnées à être déflorées par tous les jeunes gens de la ville; & fi le faint cabaretier *Théodote* obtint de la *Ste Vierge* qu'on les noyât dans un lac pour fauver leur virginité.

On ne nous a point confervé l'original de la lettre que *St Grégoire Thaumaturge* écrivit au diable, & de la réponfe qu'il en reçut.

Tous ces contes furent écrits dans des galetas, & entièrement ignorés de l'empire romain. Lorfqu'enfuite les moines furent établis, ils augmentèrent prodigieufement le nombre de ces rêveries; & il n'était plus temps de les réfuter & de les confondre.

Telle eft même la miférable condition des hommes que l'erreur, mife une fois en crédit, & bien fondée fur l'argent qui en revient, fubfifte toujours avec empire, lors même qu'elle eft reconnue par tous les gens fenfés, & par les miniftres même de l'erreur. L'ufage alors & l'habitude l'emportent fur la vérité. Nous en avons par-tout des exemples. Il n'y a guère aujourd'hui d'étudiant en théologie, de prêtre de paroiffe, de balayeur d'églife, qui ne fe moque des oracles des fibylles, forgés par les premiers chrétiens en faveur de *Jefu*, & des vers acroftiches attribués à

T 4

ces fibylles. Cependant, les papiftes chantent encore
dans leurs églifes des hymnes fondées fur ces menfonges ridicules. Je les ai entendus dans mes voyages
chanter à plein gofier :

Solvet fæclum in favillâ,
Tefte David cum fibyllâ.

C'eft ainfi que j'ai vu le peuple même à Lorette
rire de la fable de cette maifon, que le déteftable
pape *Boniface VIII* dit avoir été tranfportée fous fon
pontificat de Jérufalem à la marche d'Ancône, par
les airs. Et cependant il n'y a point de vieille femme
qui, dès qu'elle eft enrhumée, ne prie Notre-Dame de
Lorette, & ne mette quelques oboles dans fon tronc
pour augmenter le tréfor de cette Madone, qui eft
certainement plus riche qu'aucun roi de la terre, &
qui eft auffi plus avare ; car il ne fort jamais un
fcheling de fon échiquier.

Il en eft de même du fang de *San Gennaro* qui fe
liquéfie tous les ans à jour nommé dans Naples. Il en
eft de même de la fainte ampoule en France. Il faut
de nouvelles révolutions dans les efprits, il faut un
nouvel enthoufiafme pour détruire l'enthoufiafme
ancien, fans quoi l'erreur fubfifte, reconnue & triom-
phante.

CHAPITRE XIII.

Des progrès de l'association chrétienne. Raisons de
ces progrès.

IL faut favoir maintenant par quel enthoufiafme,
par quel artifice, par quelle perfévérance, les chrétiens
parvinrent à fe faire, pendant trois cents ans, un fi
prodigieux parti dans l'empire romain, que *Conftantin*
fut enfin obligé, pour régner, de fe mettre à la tête
de cette religion, dont il n'était pourtant pas, n'ayant
été baptifé qu'à l'heure de la mort, heure où l'efprit
r'eft jamais libre. Il y a plufieurs caufes évidentes de
ce fuccès de la religion nouvelle.

Premièrement, les conducteurs du troupeau naiffant
le flattaient par l'idée de cette liberté naturelle que
tout le monde chérit, & dont les plus vils des hommes
font idolâtres. Vous êtes les élus de DIEU, difaient-
ils ; vous ne fervirez que DIEU, vous ne vous avilirez
pas jufqu'à plaider devant les tribunaux romains ;
nous qui fommes vos frères, nous jugerons tous vos
différends. Cela eft fi vrai, qu'il y a une lettre de
St *Paul* à fes demi-juifs de Corinthe, (1) dans laquelle il
leur dit : *Quand quelqu'un d'entre vous eft en différend avec*
un autre, comment ofe-t-il fe faire juger (par des Romains)
par des méchans & non par des faints? Ne favez-vous pas
que nous ferons les juges des anges même? A combien plus

____

(1) Première aux Corinthiens, chap. VI.

forte raifon devons-nous juger les affaires du fiècle !....
Quoi ! un frère plaide contre fon frère devant des infidelles !

Cela feul formait infenfiblement un peuple de
rebelles, un Etat dans l'Etat, qui devait un jour être
écrafé, ou écrafer l'empire romain.

Secondement, les chrétiens, formés originairement
chez les Juifs, exerçaient comme eux le commerce,
le courtage, & l'ufure. Car ne pouvant entrer dans les
emplois, qui exigeaient qu'on facrifiât aux dieux de
Rome, ils s'adonnaient néceffairement au négoce, ils
étaient forcés de s'enrichir. Nous avons cent preuves
de cette vérité, dans l'hiftoire eccléfiaftique ; mais
il faut être court. Contentons-nous de rapporter les
paroles de *Cyprien*, évêque fecret de Carthage, ce
grand ennemi de l'évêque fecret de Rome *St Etienne.*
Voici ce qu'il dit dans fon traité des tombés : „Chacun
„ s'eft efforcé d'augmenter fon bien avec une avidité
„ infatiable ; les évêques n'ont point été occupés de
„ la religion ; les femmes fe font fardées ; les hommes
„ fe font teint la barbe, les cheveux, & les fourcils ;
„ on jure, on fe parjure ; plufieurs évêques négligeant
„ les affaires de DIEU, fe font chargés d'affaires
„ temporelles ; ils ont couru de province en province,
„ de foire en foire, pour s'enrichir par le métier de
„ marchands. Ils ont accumulé de l'argent par les
„ plus bas artifices, ils ont ufurpé des terres, &
„ exercé les plus grandes ufures. „

Qu'aurait donc dit *St Cyprien*, s'il avait vu des
évêques oublier l'humble fimplicité de leur état jufqu'à
fe faire princes fouverains ?

C'était bien pis à Rome ; les évêques fecrets de
cette capitale de l'empire s'étaient tellement enrichis,

que le conful *Caïus Pretextatus*, au milieu du troifième fiècle, difait : Donnez-moi la place d'évêque de Rome, & je me fais chrétien. Enfin les chrétiens furent affez riches pour prêter de l'argent au céfar *Conftance le Pâle*, père de *Conftantin*, qu'ils mirent bientôt fur le trône.

Troifièmement, les chrétiens eurent prefque toujours une pleine liberté de s'affembler & de difputer. Il eft vrai que, lorfqu'ils furent accufés de fédition & d'autres crimes, on les réprima ; & ç'eft ce qu'ils ont appelé des perfécutions.

Il n'était guère poffible que quand un *St Théodore* s'avifa de brûler, par dévotion, le temple de *Cybèle* dans Amafée, avec tous ceux qui demeuraient dans ce temple, on ne fît pas juftice de cet incendiaire. On devait fans doute punir l'énergumène *Polyeucle*, qui alla caffer toutes les ftatues du temple de Mélitêne, lorfqu'on y remerciait le ciel pour la victoire de l'empereur *Décius*. On eut raifon de châtier ceux qui tenaient des conventicules fecrets dans les cimétières, malgré les lois de l'empire, & les défenfes expreffes du fénat. Mais enfin ces punitions furent très-rares. *Origène* lui-même l'avoue, on ne peut trop le répéter ; *Il y a eu*, dit-il, *peu de perfécutions, & un très-petit nombre de martyrs, & encore de loin en loin.* (*a*)

Notre *Dodwel* a fait main baffe fur tous ces faux martyrologes inventés par des moines, pour excufer, s'il fe pouvait, les fureurs infames de toute la famille de *Conftantin*. *Elie Dupin*, l'un des moins déraifonnables écrivains de la communion papifte, déclare pofitivement que les martyres de *St Céfaire*, de *St Nérée*,

(*a*) Réponfe à *Celfe*, liv. III.

de St *Achille*, de Ste *Domitile*, de St *Hyacinthe*, de
St *Zénon*, de St *Macarie*, de St *Eudoxe*, &c. font auſſi
faux & auſſi indignement ſuppoſés que ceux des onze
mille ſoldats chrétiens , & des onze mille vierges
chrétiennes. (*b*)

L'aventure de la légion fulminante , & celle de la
légion thébaine , font aujourd'hui ſifflées de tout le
monde. Une grande preuve de la fauſſeté de toutes
ces horribles perſécutions , c'eſt que les chrétiens ſe
vantent d'avoir tenu cinquante-huit conciles dans
leurs trois premières centuries : conciles reçus , ou
non reçus à Rome, il n'importe. Comment auraient-
ils tenu tous ces conciles , s'ils avaient été toujours
perſécutés?

Il eſt certain que les Romains ne perſécutèrent
jamais perſonne , ni pour ſa religion , ni pour ſon
irréligion. Si quelques chrétiens furent ſuppliciés de
temps à autre, ce ne put être que pour des violations
manifeſtes des lois , pour des ſéditions ; car on ne
perſécutait point les Juifs pour leur religion.Ils avaient
leurs ſynagogues dans Rome, même pendant le ſiége
de Jéruſalem par *Titus* , & lorſqu'*Adrien* la détruiſit
après la révolte & les cruautés horribles du meſſie
Barcochebas. Si donc on laiſſa ce peuple en paix à
Rome, c'eſt qu'il n'inſultait point aux lois de l'empire ; & ſi on punit quelques chrétiens , c'eſt qu'ils
voulaient détruire la religion de l'Etat, & qu'ils brû-
laient les temples quand ils le pouvaient.

Une des ſources de toutes ces fables de tant de
chrétiens tourmentés par des bourreaux, pour le diver-
tiſſement des empereurs romains, a été une équivoque.

(*b*) Bibliothèque eccléſiaſtique, ſiècle 3.

Le mot martyre signifiait témoignage, & on appela
également témoins, martyrs, ceux qui prêchèrent la
secte nouvelle, & ceux de cette secte qui furent repris
de justice.

Quatrièmement, une des plus fortes raisons du
progrès du christianisme, c'est qu'il avait des dogmes
& un système suivi, quoiqu'absurde, & les autres
cultes n'en avaient point. La métaphysique platonicienne, jointe aux mystères chrétiens, formait un
corps de doctrine incompréhensible; & par cela même
il séduisait, & il effrayait les esprits faibles. C'était
une chaîne qui s'étendait depuis la création jusqu'à
la fin du monde. C'était un *Adam* de qui jamais
l'empire romain n'avait entendu parler. Cet *Adam*
avait mangé du fruit de la science, quoiqu'il n'en
fût pas plus savant : il avait fait par-là une offense
infinie à DIEU, parce que DIEU est infini ; il fallait
une satisfaction infinie. Le verbe de DIEU, qui est
infini comme son père, avait fait cette satisfaction,
en naissant d'une juive & d'un autre Dieu appelé le
S$_t$ Esprit : ces trois Dieux n'en fesaient qu'un, parce
que le nombre trois est parfait. DIEU expia au bout
de quatre mille ans le péché du premier homme, qui
était devenu celui de tous ses descendans ; sa satisfaction infinie fut complète quand il fut attaché à la
potence, & qu'il y mourut. Mais comme il était Dieu,
il fallait bien qu'il ressuscitât après avoir détruit le
péché qui était la véritable mort des hommes. Si le
genre-humain fut depuis lui encore plus criminel
qu'auparavant, il se réservait un petit nombre d'élus,
qu'il devait placer avec lui dans le ciel, sans que
personne pût savoir en quel endroit du ciel. C'était

pour completter ce petit nombre d'élus, que *Jefus* verbe, feconde perfonne de D I E U, avait envoyé douze juifs dans plufieurs pays. Tout cela était prédit, difait-on, dans d'anciens manufcrits juifs qu'on ne montrait à perfonne. Ces prédictions étaient prouvées par des miracles, & ces miracles étaient prouvés par ces prédictions. Enfin fi on en doutait, on était infailliblement damné en corps & en ame ; & au jugement dernier on était damné une feconde fois plus folemnellement que la première. C'eft-là ce que les chrétiens prêchaient ; & depuis ils ajoutèrent de fiècle en fiècle de nouveaux myftères à cette théologie.

Cinquièmement, la nouvelle réligion dut avoir un avantage prodigieux fur l'ancienne & fur la juive, en aboliffant les facrifices. Toutes les nations offraient à leurs Dieux, de la viande. Les temples les plus beaux n'étaient que des boucheries. Les rits des Gentils & des Juifs étaient des fraifes de veau, des épaules de mouton, & des roft-bifs, dont les prêtres prenaient la meilleure part. Les parvis des temples étaient conti-nuellement infectés de graiffe, de fang, de fiente, & d'entrailles dégoûtantes. Les Juifs eux-mêmes avaient fenti quelquefois le ridicule & l'horreur de cette manière d'adorer D I E U. *Fabricius* nous a confervé l'ancien conte d'un juif qui fe mêla d'être plaifant, & qui fit fentir combien les prêtres juifs, ainfi que les autres, aimaient à faire bonne chère aux dépens des pauvres gens. Le grand-prêtre *Aaron* va chez une bonne femme qui venait de tondre la feule brebis qu'elle avait : Il eft écrit, dit-il, que les prémices appartiennent à D I E U ; & il emporte la laine. Cette brebis fait un agneau : Le premier-né eſt conſacré; il emporte l'agneau, & en dîne. La femme tue ſa brebis ; il vient en prendre la moitié , ſelon l'ordre de DIEU. La femme au déſeſpoir maudit ſa brebis : Tout anathème eſt à DIEU, dit *Aaron ;* & il mange la brebis toute entière. C'était-là à-péu-près la théologie de toutes les nations.

Les chrétiens, dans leur premier inſtitut , feſaient enſemble un bon ſoupé à portes fermées. Enſuite ils changèrent ce ſoupé en un déjeûné , où il n'y avait que du pain & du vin. Ils chantaient à table les louanges de leur Chriſt ; prêchait qui voulait. Ils liſaient quelques paſſages de leurs livres, & mettaient de l'argent dans la bourſe commune. Tout cela était plus propre que les boucheries des autres peuples ; & la fraternité, établie ſi long-temps entre les chrétiens, était encore un nouvel attrait qui leur attirait des novices.

L'ancienne religion de l'empire ne connaiſſait, au contraire, que des fêtes, des uſages, & les préceptes de la morale commune à tous les hommes. Elle n'avait point de théologie liée , ſuivie. Toutes ſes mythologies fabuleuſes ſe contrediſaient ; & les généalogies de leurs dieux étaient encore plus ridicules aux yeux des philoſophes que celle de *Jeſu* ne pouvait l'être.

G H A P I T R E X I V.

Affermiſſement de l'aſſociation chrétienne ſous pluſieurs empereurs, & ſurtout ſous Dioclétien.

LE temps du triomphe arriva bientôt, & certainement ce ne fut point par des perſécutions ; ce fut par
l'extrême condeſcendance, & par la protection même
des empereurs. Il eſt conſtant, & tous les auteurs
l'avouent, que *Dioclétien* favoriſa les chrétiens ouvertement pendant près de vingt années. Il leur ouvrit
ſon palais ; ſes principaux officiers, *Gorgonius*, *Dorotheos*,
Migdon, *Mardon*, *Petra*, étaient chrétiens. Enfin il
épouſa une chrétienne nommée *Priſca*. Il ne lui manquait plus que d'être chrétien lui-même. Mais on
prétend que *Conſtance le Pâle*, nommé par lui *Céſar*,
était de cette religion. Les chrétiens, ſous ce règne,
bâtirent pluſieurs égliſes magnifiques, & ſurtout une
à Nicomédie, qui était plus élevée que le palais
même du prince. C'eſt ſur quoi on ne peut trop s'indi-
gner contre ceux qui ont falſifié l'hiſtoire, & inſulté
à la vérité, au point de faire un ère des martyrs
commençant à l'avènement de *Dioclétien* à l'empire.

Avant l'époque où les chrétiens élevèrent ces belles
& riches égliſes, ils diſaient qu'ils ne voulaient jamais
avoir de temples. C'eſt un plaiſir de voir quel mépris
les *Juſtin*, les *Tertullien*, les *Minutius Félix*, affectaient
de montrer pour les temples ; avec quelle horreur ils
regardaient les cierges, l'encens, l'eau luſtrale ou
bénite,

bénite, les ornemens, les images, véritables œuvres
du démon. C'était le renard qui trouvait les raifins
trop verds; mais dès qu'ils purent en manger, ils s'en
gorgèrent.

On ne fait pas précifément quel fut l'objet de la
querelle en 302, entre les domeftiques de *Céfar
Galérius*, gendre de *Dioclétien*, & les chrétiens qui
demeuraient dans l'enceinte du temple de Nicomédie;
mais *Galérius* fe fentit fi vivement outragé, que l'an
303 de notre ère, il demanda à *Dioclétien* la démolition de cette églife. Il fallait que l'injure fût bien atroce,
puifque l'impératrice *Prifca*, qui était chrétienne,
pouffa fon indignation jufqu'à renoncer entièrement à
cette fecte. Cependant *Dioclétien* ne fe détermina point
encore; & après avoir affemblé plufieurs confeils, il
ne céda qu'aux inftances réitérées de *Galérius*.

L'empereur paffait pour un homme très-fage; on
admirait fa clémence autant que fa valeur. Les lois
qui nous reftent de lui dans le code, font des témoignages éternels de fa fageffe & de fon humanité. C'eft
lui qui prononça la caffation des contrats dans lefquels
une partie eft léfée d'outre-moitié; c'eft lui qui ordonna
que les biens des mineurs portaffent un intérêt légal;
c'eft lui qui établit des peines contre les ufuriers, &
contre les délateurs. Enfin, on l'appelait *le père du
fiècle d'or*: (*c*) mais dès qu'un prince devient l'ennemi
d'une fecte, il eft un monftre chez cette fecte. *Dioclétien*
& le céfar *Galérius*, fon gendre, ainfi que l'autre céfar
Maximien Hercule, fon ami, ordonnèrent la démolition
de l'églife de Nicomédie. L'édit en fut affiché. Un
chrétien eut la témérité de déchirer l'édit, & de le

(*c*) Voyez les Céfars de *Julien*, grande édit. avec médailles, p. 113,

Philofophie &c. Tome IV. V

fouler aux pieds. Il y a bien plus : le feu prit au
palais de *Galérius* quelques jours après. On crut les
chrétiens coupables de cet incendie. Alors l'exercice
public de leur religion leur fut défendu. Auffitôt le
feu prit au palais de *Dioclétien*. On redoubla alors
la févérité. Il leur fut ordonné d'apporter aux juges
tous leurs livres. Plufieurs réfractaires furent punis,
& même du dernier fupplice. C'eft cette fameufe perfécution qu'on a exagérée de fiècle en fiècle jufqu'aux
excès les plus incroyables, & jufqu'au plus grand
ridicule. C'eft à ce temps qu'on rapporte l'hiftoire d'un
hiftrion, nommé *Geneftus*, qui jouait dans une farce
devant *Dioclétien*. Il fefait le rôle d'un malade. Je fuis
enflé, s'écriait-il. Veux-tu que je te rabote, lui difait
un acteur. — Non, je veux qu'on me baptife. — Et
pourquoi, mon ami? — C'eft que le baptême guérit
de tout. On le baptife incontinent fur le théâtre. La
grâce du facrement opère. Il devient chrétien en un
clin-d'œil, & le déclare à l'empereur, qui de fa loge
le fait pendre fans différer.

On trouve dans ce même martyrologe l'hiftoire des
fept belles pucelles de foixante-dix à quatre-vingts ans,
& du faint cabaretier dont nous avons déjà parlé. On
y trouve cent autres contes de la même force, & la
plupart écrits plus de cinq cents ans après le règne de
Dioclétien. Qui croirait qu'on a mis dans ce catalogue
le martyre d'une fille de joie, nommée *Sainte Afre*,
qui exerçait fon métier dans Augsbourg?

On doit rougir de parler encore du miracle & du
martyre d'une légion thébaine ou thébéenne, com-
pofée de fix mille fept cents foldats tous chrétiens,
exécutés à mort dans une gorge de montagnes qui

ne peut pas contenir trois cents hommes, & cela dans
l'année 287, temps où il n'y avait point de perfécution,
& où *Dioclétien* favorifait ouvertement le chriftianifme.
C'eft *Grégoire de Tours* qui raconte cette belle hiftoire;
il la tient d'un *Eucherius* mort en 454; & il y fait
mention d'un roi de Bourgogne mort en 523.

Tous ces contes furent rédigés & augmentés par un
moine du douzième fiècle; & il y paraît bien par l'uni-
formité conftante du ftyle. Quand l'imprimerie fut
enfin connue en Europe, les moines d'Italie, d'Efpagne,
de France, d'Allemagne, & les nôtres, firent à l'envi
imprimer toutes ces abfurdités qui déshonorent la
nature humaine. Cet excès révolta la moitié de
l'Europe, mais l'autre moitié refta toujours affervie.
Elle l'eft au point que dans la France, notre voifine,
où la faine critique s'eft établie, *Fleuri*, qui d'ailleurs
a foutenu les libertés de fon Eglife gallicane, a trahi
le fens commun jufqu'à tenir regiftre de toutes ces
fottifes, dans fon hiftoire eccléfiaftique. Il n'a pas
honte de rapporter l'interrogatoire de *St Taraque* par
le gouverneur *Maxime*, dans la ville de Mopfuète.
Maxime fait mettre du vinaigre, du fel, & de la moutarde, dans le nez de *St Taraque*, pour le contraindre à
dire la vérité. *Taraque* lui déclare que fon vinaigre eft
de l'huile, & que fa moutarde eft du miel. Le même
Fleuri copie les légendaires qui imputent aux magiftrats
romains d'avoir condamné au b.... les vierges chrétiennes, tandis que ces mêmes magiftrats puniffaient fi
févérement les veftales impudiques. En voilà trop fur
ces inepties honteufes. Voyons maintenant comment,
après la perfécution de *Dioclétien*, *Conftantin* fit affeoir
la fecte chrétienne fur les degrés de fon trône.

CHAPITRE XV.

De Conſtance Chlore, ou le Pâle, & de l'abdication de Dioclétien.

CONSTANCE le Pâle avait été déclaré céfar par Dioclétien. C'était un foldat de fortune, comme Galérius, Maximien Hercule, & Dioclétien lui-même; mais il était allié par fa mère à la famille de l'empereur Claude. L'empereur Dioclétien lui donna une partie de l'Italie, l'Eſpagne, & principalement les Gaules, à gouverner. Il fut regardé comme un très-bon prince. Les chrétiens ne furent preſque point moleſtés dans fon département. Il eſt dit qu'ils lui prêtèrent des fommes immenſes ; & cette politique fut le fondement de leur grandeur.

Dioclétien, qui créait tant de céfars, était comme le Dieu de Platon qui commande à d'autres Dieux. Il conferva fur eux un empire abfolu jufqu'au moment à jamais fameux de fon abdication, dont le motif fut très-équivoque.

Il avait fait Maximien Hercule fon collègue à l'empire, dès l'année de notre ère 281. Ce Maximien adopta Conſtance le Pâle, l'an 293. Mais tous ces princes obéif-faient à Dioclétien comme à un père qu'ils aimaient, & qu'ils craignaient. Enfin en 306, fe fentant malade, laffé du tumulte des affaires, & détrompé de la vanité des grandeurs, il abdiqua folemnellement l'empire, comme fit depuis Charles-Quint; mais il ne s'en repentit pas, puifque fon collègue *Maximien Hercule*, qui abdiqua comme lui, ayant voulu depuis remonter fur le trône du monde connu, & ayant vivement follicité *Dioclétien* d'y remonter avec lui, cet empereur, devenu philofophe, lui répondit qu'il préférait fes jardins de Salone à l'empire romain.

Qu'on nous permette ici une petite digreffion qui ne fera pas étrangère à notre fujet. D'où vient que dans les plates hiftoires de l'empire romain, qu'on fait & qu'on refait de nos jours, tous les auteurs difent que *Dioclétien* fut forcé par fon gendre *Galérius* de renoncer au trône? c'eft que *Laêlance* l'a dit. Et qui était ce *Laêlance*? c'était un avocat véhément, prodigue de paroles, & avare de bon fens : voyons ce que plaide cet avocat.

Il commence par affurer que *Dioclétien*, contre lequel il plaide, devint fou, mais qu'il avait quelques bons momens. Il rapporte mot pour mot l'entretien que fon gendre *Galérius* eut avec lui, tête à tête, dans le deffein de le faire enfermer.

,, L'empereur *Nerva*, (*d*) (lui dit *Galérius*) ,, abdiqua l'empire. Si vous ne voulez pas en faire ,, autant, je prendrai mon parti.

DIOCLETIEN.

,, Hé bien, qu'il foit donc fait comme il vous plaît. ,, Mais il faut que les autres céfars en foient d'avis.

GALERIUS.

,, Qu'eft-il befoin de leurs avis? Il faut bien qu'ils ,, approuvent ce que nous aurons fait.

(*d*) *Laêlantius*, *de mortibus perfecutorum*, pag. 207, édition de *Buré*, in-4°.

V 3

DIOCLETIEN.

,, Que ferons-nous donc ?

GALERIUS.

,, Choififfons *Sévère* pour céfar.

DIOCLETIEN.

,, Qui ! ce danfeur, cet ivrogne, qui fait du jour
,, la nuit, & de la nuit le jour !

GALERIUS.

,, Il eft digne d'être céfar; car il a donné de l'argent
,, aux troupes, & j'ai déjà envoyé à *Maximien*, pour
,, qu'il le revêtiffe de la pourpre.

DIOCLETIEN.

,, Soit. Et qui nous donnerez - vous pour l'autre
,, céfar ?

GALERIUS.

,, Le jeune *Daïa* mon neveu, qui n'a prefque
,, point de barbe.

DIOCLETIEN (*en foupirant.*)

,, Vous ne me donnez pas là des gens à qui on
,, puiffe confier les affaires de la république.

GALERIUS.

,, Je les ai mis à l'épreuve, cela fuffit.

DIOCLETIEN.

,, Prenez-y garde ; c'eft vous de qui tout cela dépend ;
,, s'il arrive malheur, ce n'eft pas ma faute. ,,

Voilà une étrange converfation entre les deux
maîtres du monde. L'avocat *Laclance* était-il en tiers ?

Comment les auteurs ofent-ils, dans leur cabinet, faire parler ainfi les empereurs & les rois? Comment ce pauvre *Laétance* eft-il affez ignorant pour faire dire à *Galérius* que *Nerva* abdiqua l'empire, tandis qu'il n'y a point d'écolier qui ne fache que c'eft une fauf-feté ridicule? On a regardé ce *Laétance* comme un père de l'Eglife ; il fait voir qu'un père de l'Eglife peut fe tromper.

C'eft lui qui cite un oracle d'*Apollon* pour faire connaître la nature de DIEU. *Il eft par lui-même; perfonne ne l'a enfeigné; il n'a point de mère; il eft iné-branlable; il n'a point de nom; il habite dans le feu: c'eft-là* DIEU, *& nous fommes une petite portion d'ange.*

Page 3 de l'édition de *Bure* in-4°.

DIEU, dit-il dans un autre endroit, *a-t-il befoin du fexe féminin? Il eft tout-puiffant, & peut faire des enfans fans femme, puifqu'il a donné ce privilége à de petits animaux.*

Page 34.

Il cite des vers grecs de la fibylle *Erythrée*, pour prouver que l'aftrologie & la magie font des inventions du diable; & d'autres vers grecs de la même fibylle, pour faire voir qué DIEU a eu un fils.

Page 285.

Il trouve dans une autre fibylle le règne de mille ans, pendant lequel le diable fera enchaîné. On voit par-là qu'il favait l'avenir tout comme il favait le paffé.

Page 580.

Tel eft le témoin des converfations fecrètes entre deux empereurs romains. Mais que *Dioclétien* ait abdiqué par grandeur d'ame ou par faibleffe, cela ne change rien aux événemens dont nous allons parler.

Nous obferverons feulement ici que jamais l'hiftoire ne fut plus mal écrite que dans les temps qui fuivirent la mort de *Dioclétien*, & qu'on appelle du bas empire.

Ce fut à qui ferait le plus extravagant & le plus menteur des partifans de l'ancienne religion & de la nouvelle. On ne perdait point de temps à difcuter les prodiges & les oracles de fes adverfaires; chacun s'en tenait aux fiens: les prêtres des deux partis reffemblaient à ces deux plaideurs, dont l'un produifait une fauffe obligation, & l'autre une fauffe quittance.

CHAPITRE XVI.

De Conflantin.

VOICI ce qu'on peut recueillir des panégyriques & des fatires de *Conflantin*, & de toutes les contradictions dont l'efprit de parti a enveloppé l'époque dans laquelle le chriftianifme fut folemnellement établi.

On ne fait point où *Conflantin* naquit. Tous les auteurs s'accordent à lui donner le céfar *Conflance Chlore* ou *le Pâle* pour père. Tous conviennent qu'on a fait une fainte d'*Hélène* fa mère. Mais on difpute encore fur cette fainte. Fut-elle époufe de *Conflance Chlore*? fut-elle fa concubine? Si *Conflantin* fut bâtard, nous pouvons dire qu'il n'eft pas le feul homme de cette efpèce, qui ait fait du mal au monde; témoin le bâtard *Guillaume* dans notre île, *Clovis* dans les Gaules, & un autre bâtard qu'il eft inutile de nommer.

Quoi qu'il en foit, il était fort trifte d'être le beau-père, ou le beau-frère, ou le neveu, l'allié, ou le frère, ou le fils, ou la femme, ou le domeftique, ou même, fi l'on veut encore, le cheval, de *Conflantin*.

A commencer par fes chevaux, lorfqu'il partit de Nicomédie, pour aller trouver fon père qu'on difait malade ou chez les Gaulois, ou chez nous, il fit tuer tous les chevaux qu'il avait montés fur la route, dans la crainte d'être pourfuivi fur les mêmes chevaux par l'empereur *Galérius* qui ne fongeait point du tout à le pourfuivre, puifqu'il ne fit courir perfonne après lui.

Pour fes domeftiques, il fallait qu'ils lui baifaffent les pieds tous les jours, dès qu'il fut empereur. Cela n'était que gênant; mais il fit périr *Sopater* & les principaux officiers de fa maifon; cela eft plus dur. A l'égard de fon fils *Crifpus*, on fait affez qu'il lui fit couper la tête fans autre forme de procès. Sa femme *Faufla*, il la fit étouffer dans un bain. Ses trois frères, il les tint long-temps en exil à Touloufe; il ne les tua pas; mais fon fils, l'empereur *Conftantin II*, en tua deux. Pour fon neveu *Lucinien*, il ne le manqua pas; il le fit affaffiner à l'âge de douze ans. Son beau-frère *Licinius*, il le fit étrangler après avoir dîné avec lui dans Nicomédie, & lui avoir fait le ferment de le traiter en frère. Son autre beau-frère *Baffien*, il était déjà expédié avant *Licinius*. Son beau-père *Maximien Hercule*, ce fut le premier dont il fe défit à Marfeille, fous le prétexte fpécieux que ce beau-père, accablé de vieilleffe, venait l'affaffiner dans fon lit. Mais il faut bien pardonner cette multitude de fratricides & de parricides, à un homme qui tint le concile de Nicée, & qui d'ailleurs paffait fes jours dans la molleffe la plus voluptueufe. Comment ne pas le révérer, après que *Jefu-Chrift* lui-même lui envoya un étendard dans les nuées; après que l'Eglife l'a mis au rang des faints;

& qu'on célèbre encore sa fête le 21 mai chez les pauvres grecs de Conftantinople, & dans les églifes ruffes?

Avant d'examiner fon concile de Nicée, il faut dire un mot de fon fameux Labarum qui lui apparut dans le ciel. C'eft une aventure très-curieufe.

CHAPITRE XVII.

Du Labarum.

CE n'eft pas ici le lieu de faire une hiftoire fuivie & détaillée de *Conftantin*, quoique les déclamations puériles d'*Eusèbe*, la partialité de *Zonare* & de *Zozime*, leur inexactitude, leurs contrariétés, & la foule de leurs infipides copiftes, femblent exiger que la raifon écrive enfin cette hiftoire fi long-temps défigurée par la démence & le pédantifme.

Nous n'avons ici d'autre objet que le Labarum. C'était un figne militaire qui fervait de ralliement, tandis que les aigles romaines étaient la principale enfeigne de l'armée. *Conftantin*, s'étant fait proclamer céfar chez nous par puelques cohortes, fortit vîte de notre île pour aller difputer le trône à *Maxence*, fils de l'empereur *Maximien Hercule* encore vivant. *Maxence* avait été élu par le fénat romain, par les gardes pré-toriennes, & par le peuple. *Conftantin* leva une armée dans les Gaules. Il y avait dans cette armée un très-grand nombre de chrétiens attachés à fon père. *Jefu-Chrift*, foit par reconnaiffance, foit par politique, lui

apparut, & lui montra en plein midi un nouveau
labarum, placé dans l'air immédiatement au-deſſus
du ſoleil. Ce labarum était orné de ſon chiffre ; car on
ſait que *Jeſu-Chriſt* avait un chiffre. Cet étendard fut
vu d'une grande partie des ſoldats gaulois, & ils en
lurent diſtinctement l'inſcription qui était en grec.
Nous ne devons pas douter qu'il n'y eût auſſi pluſieurs
de nos compatriotes dans cette armée, qui lurent cette
légende, *vainc en ceci ;* car nous nous piquons d'entendre
le grec beaucoup mieux que nos voiſins.

On ne nous a pas appris poſitivement en quel lieu
& en quelle année ce merveilleux étendard parut au-
deſſus du ſoleil. Les uns diſent que c'était à Beſançon,
les autres vers Trèves, d'autres près de Cologne,
d'autres dans ces trois villes à la fois en l'honneur de
la Sainte Trinité.

Euſèbe l'arien, dans ſon hiſtoire de l'Egliſe, dit qu'il
tenait le conte du labarum de la bouche même de
Conſtantin, & que ce véridique empereur avait aſſuré
que jamais les ſoldats qui portaient cette enſeigne
n'étaient bleſſés. Nous croyons aiſément que *Conſtantin*
ſe fit un plaiſir de tromper un prêtre ; ce n'était qu'un
rendu. *Scipion* l'africain perſuada bien à ſon armée
qu'il avait un commerce intime avec les dieux, & il
ne fut ni le premier ni le dernier qui abuſa de la crédulité du vulgaire. *Conſtantin* était vainqueur, il lui
était permis de tout dire. Si *Maxence* avait vaincu,
Maxence aurait reçu ſans doute un étendard de la
main de *Jupiter*.

CHAPITRE XVIII.

Du concile de Nicée.

CONSTANTIN, vainqueur & affaffin de tous côtés, protégeait hautement les chrétiens qui l'avaient très-bien fervi. Cette faveur était jufte, s'il était reconnaif-fant ; & prudente, s'il était politique. Dès que les chrétiens furent les maîtres, ils oublièrent le précepte de *Jefu*, & de tant de philofophes, de pardonner à leurs ennemis. Ils pourfuivirent tous les reftes de la maifon de *Dioclétien*, & de fes domeftiques. Tous ceux qu'ils rencontrèrent furent maffacrés. Le corps fanglant de *Valérie* fille de *Dioclétien*, & celui de fa mère, furent traînés dans les rues de Theffalonique, & jetés dans la mer. *Conftantin* triomphait, & fefait triompher la religion chrétienne fans la profeffer. Il prenait toujours le titre de grand-pontife des Romains, & gouvernait réellement l'Eglife. Ce mélange eft fingulier ; mais il eft évidemment d'un homme qui voulait être le maître par-tout.

Cette Eglife, à peine établie, était déchirée par les difputes de fes prêtres, devenus prefque tous fophiftes, depuis que le platonifme avait renforcé le chriftia-nifme, & que *Platon* était devenu le premier père de l'Eglife. La principale querelle était entre le prêtre *Arious*, prêtre des chrétiens d'Alexandrie (car chaque Eglife n'avait qu'un prêtre) & *Alexander* évêque de la même ville. Le fujet était digne des argumentans. Il s'agiffait de favoir bien clairement fi *Jefu*, devenu

verbe, était de la même fubftance que Dieu le père,
ou d'une fubftance toute femblable. Cette queftion
reffemblait affez à cette autre de l'école, *utrùm chimera*
bombinans in vacuo poſſit comedere fecundas intentiones.
L'empereur fentit parfaitement tout le ridicule de
la difpute qui divifait les chrétiens d'Alexandrie, &
de toutes les autres villes. Il écrivit aux difputeurs :
Vous êtes peu ſages de vous quereller pour des choſes incom-
préhenſibles. Il eſt indigne de la gravité de vos miniſtères
de vous quereller pour un ſujet ſi mince.

Il paraît par cette expreſſion, *ſujet ſi mince*, que
l'affaffin de toute fa famille, uniquement occupé de
fon pouvoir, s'embarraffait très-peu dans le fond fi le
Verbe était confubftantiel ou non ; & qu'il fefait peu
de cas des prêtres & des évêques, qui mettaient tout
en feu pour une fyllabe à laquelle il était impoffible
d'attacher une idée intelligible. Mais fa vanité, qui
égala toujours fa cruauté & fa molleffe, fut flattée de
préfider au grand concile de Nicée. Il fe déclara tantôt
pour *Athanaſe*, fucceffeur d'*Alexander* dans l'églife
d'Alexandrie, tantôt pour *Arious;* il les exila l'un
après l'autre; il envenima lui-même la querelle qu'il
voulait apaifer, & qui n'eft pas encore terminée
parmi nous, du moins dans le clergé anglican ; car
pour nos deux chambres du parlement, & nos cam-
pagnards qui chaffent au renard, ils ne s'inquiètent
guère de la confubftantiabilité du Verbe.

Il y a deux miracles très-remarquables, opérés au
concile de Nicée par les pères orthodoxes ; car les
pères hérétiques ne font jamais de miracles. Le premier, rapporté dans l'appendix du concile, eft la
manière dont on s'y prit pour diftinguer les évangiles

& les autres livres recevables, des évangiles & des autres livres apocryphes. On les mit tous, comme on fait, pêle-mêle, fur un autel; on invoqua le Saint-Efprit: les apocryphes tombèrent par terre, & les véritables demeurèrent en place. Ce fervice que rendit le Saint-Efprit, méritait bien que le concile eût fait de lui une mention plus honorable. Mais cette affemblée irréfragable, après avoir déclaré féchement que le fils était confubftantiel au père, fe contenta de dire encore plus féchement, *nous croyons auffi au Saint-Efprit*, fans examiner s'il était confubftantiel ou non.

L'autre miracle accrédité de fiècle en fiècle par les auteurs les plus approuvés jufqu'à *Baronius*, eft bien plus merveilleux & plus terrible. Deux pères de l'Eglife, l'un nommé *Chryfante*, & l'autre *Mufonius*, étaient morts avant la dernière féance où tous les évêques fignèrent. Le concile fe mit en prière; *Chryfante* & *Mufonius* reffufcitèrent, ils revinrent tous deux figner la condamnation d'*Arious;* après quoi, ils n'eurent rien de plus preffé que de mourir, n'étant plus néceffaires au monde.

Pendant que le chriftianifme s'affermiffait ainfi dans la Bithynie par des miracles auffi évidens que ceux qui le firent naître, Ste *Hélène*, mère de St *Conftantin,* en fefait de fon côté, qui n'étaient pas à méprifer. Elle alla à Jérufalem où elle trouva d'abord le tombeau du *Chrift*, qui s'était confervé pendant trois cents ans, quoiqu'il ne fût pas trop ordinaire d'ériger des maufolées à ceux qu'on avait crucifiés. Elle retrouva fa croix, & les deux autres où l'on avait pendu le bon & le mauvais larron.

Il était difficile de reconnaître laquelle des trois croix
avait appartenu à *Jesu.* Que fit *Ste Hélène*? elle fit
porter les trois croix chez une vieille femme du
voisinage, malade à la mort. On la coucha d'abord
sur la croix du mauvais larron, son mal augmenta.
On essaya la croix du bon larron, elle se trouva
un peu soulagée. Enfin on l'étendit sur la croix de
Jesu-Chrilt, & elle fut parfaitement guérie en un
clin-d'œil. Cette histoire se trouve dans *St Cyrille*
évêque de Jérusalem, & dans *Théodoret;* par consé-
quent, on ne peut en douter, puisqu'on garde dans
les trésors des églises assez de morceaux de cette vraie
croix pour construire deux ou trois vaisseaux de cent
pièces de canon.

Si vous voulez avoir un beau recueil des miracles
opérés en ce siècle, n'oubliez pas d'y ajouter celui
de *St Alexander* évêque d'Alexandrie, & de *St Macaire*
son prêtre; ce miracle n'est pas fait par la charité,
mais il l'est par la foi. *Conftantin* avait ordonné
qu'*Arious* serait reçu à la communion dans l'église de
Constantinople, quoiqu'il tînt ferme à soutenir que
Jesu-Chrilt est *Omoioufios;* *St Alexander*, *St Macaire*,
sachant qu'*Arious* était déjà dans la rue, prièrent
Jesu avec tant de ferveur & de larmes de le faire
mourir, de peur qu'il n'entrât dans l'église, que *Jesu*
qui est *Omoufios*, & non pas *Omoioufios*, envoya sur le
champ au prêtre *Arious* une envie démesurée d'aller
à la selle. Toutes ses entrailles lui sortirent par le
derrière, & il ne communia pas. Cette émigration des
entrailles est physiquement impossible; & c'est ce qui
rend le miracle plus beau & plus avéré.

CHAPITRE XIX.

De la donation de Conſtantin, & du pape de Rome Silveſtre. Court examen ſi Pierre a été pape à Rome.

ON a cru pendant douze cents ans, que *Conſtantin* avait fait préſent de l'empire d'Occident à l'évêque de Rome *Silveſtre*. Ce n'était pas abſolument un article de foi; mais il en approchait tant, qu'on feſait brûler quelquefois les gens qui en doutaient. Cette donation n'était en effet qu'une reſtitution de la moitié de ce qu'on devait à *Silveſtre;* car il repréſentait *Simon Barjone*, ſurnommé *Pierre*, qui avait tenu vingt-cinq ans le pontificat romain ſous *Néron*, qui n'en régna que treize; & *Simon Barjone* avait repréſenté *Jeſu* à qui tous les royaumes appartiennent.

Il faut d'abord prouver en peu de mots que *Simon Barjone* tint le ſiége à Rome.

En premier lieu, le livre des actions des apôtres ne dit en aucun endroit que ce *Barjone Pierre* ait été à Rome; & *Paul*, dans ſes lettres, inſinue le contraire. Donc il y voyagea, & il y régna vingt-cinq ans ſous *Néron;* & ſi *Néron* ne régna que treize ans, on n'a qu'à en ajouter douze, cela fera vingt-cinq.

En ſecond lieu, il y a une lettre attribuée à *Pierre*, dans laquelle il dit expreſſément qu'il était à Babylone; donc il eſt clair qu'il était à Rome, comme l'ont démontré pluſieurs papiſtes.

En

En troisième lieu, des fauffaires reconnus, nommés *Abdias* & *Marcel* , ont attefté que *Simon* le magicien reffufcita à moitié un parent de *Néron* , & que *Simon Barjone Pierre* le reffufcita tout-à-fait ; que *Simon* le magicien vola dans les airs devant toute la cour , & que *Simon Pierre* plus grand magicien le fit tomber & lui caffa les deux jambes ; que les Romains firent un dieu de *Simon* l'eftropié ; que *Simon Pierre* rencontra *Jefu* à une porte de Rome ; que *Jefu* lui prédit fa glorieufe mort ; qu'il fut crucifié la tête en bas , & folemnellement enterré au Vatican.

Enfin , le fauteuil de bois dans lequel il prêcha eft encore dans la cathédrale ; donc *Pierre* a gouverné dans Rome toute l'Eglife qui n'exiftait pas , ce qui était à démontrer. Tel eft le fondement de la reftitution faite au pape de la moitié du monde chrétien.

Cette pièce curieufe eft fi peu connue dans notre île , qu'il eft bon d'en donner ici un petit extrait. C'eft *Conftantin* qui parle.

„ Nous , avec nos fatrapes , & tout le fénat & le
„ peuple foumis au glorieux empire , nous avons jugé
„ utile de donner au fucceffeur du prince des apôtres
„ une plus grande puiffance , que celle que notre
„ férénité & notre manfuétude ont fur la terre.
„ Nous avons réfolu de faire honorer la facro-fainte
„ Eglife romaine plus que notre puiffance impériale,
„ qui n'eft que terreftre ; & nous attribuons au
„ facré fiége du bienheureux *Pierre* toute la dignité ,
„ toute la gloire, & toute la puiffance , impériale. …
„ Nous poffédons les corps glorieux de St *Pierre* &
„ de St *Paul* , & nous les avons honorablement mis
„ dans des caiffes d'ambre que la force des quatre

,, élémens ne peut caffer. Nous avons donné plufieurs
,, grandes poffeffions en Judée , en Grèce , dans
,, l'Afie , dans l'Afrique , & dans l'Italie , pour four-
,, nir aux frais de leurs luminaires. Nous donnons
,, en outre à *Silveftre* , & à fes fucceffeurs , notre
,, palais de Latran , qui eft plus beau que tous les
,, autres palais du monde.

,, Nous lui donnons notre diadème , notre cou-
,, ronne , notre mitre , tous les habits impériaux que
,, nous portons , & nous lui remettons la dignité
,, impériale & le commandement de la cavalerie....
,, Nous voulons que les révérendiffimes clercs de
,, la facro-fainte romaine Eglife jouiffent de tous les
,, droits du fénat : nous les créons tous patrices &
,, confuls. Nous voulons que leurs chevaux foient
,, toujours ornés de caparaçons blancs , & que nos
,, principaux officiers tiennent ces chevaux par la
,, bride , comme nous avons conduit nous-même
,, par la bride le cheval du facré pontife.

,, Nous donnons en pur don au bienheureux
,, pontife la ville de Rome , & toutes les villes occi-
,, dentales de l'Italie , comme auffi les autres villes
,, occidentales des autres pays. Nous cédons la place
,, au faint père ; nous nous démettons de la domina-
,, tion fur toutes ces provinces ; nous nous retirons de
,, Rome & tranfportons le fiége de notre empire en
,, la province de Bizance , n'étant pas jufte qu'un
,, empereur terreftre ait le moindre pouvoir dans les
,, lieux où D I E U a établi le chef de la religion
,, chrétienne.

,, Nous ordonnons que cette notre donation
,, demeure ferme jufqu'à la fin du monde ; & fi

» quelqu'un désobéit à notre décret, nous voulons
» qu'il soit damné éternellement, que les apôtres
» *Pierre* & *Paul* lui soient contraires en cette vie &
» en l'autre; & qu'il soit plongé au plus profond de
» l'enfer avec le diable. Donné sous le consulat de
» *Constantin* & de *Gallicanus.* »

Ces lettres-patentes étaient la juste récompense du
service éternel que le pape *Silvestre* avait rendu à l'empereur. Il est dit, dans la préface de cette belle pièce,
que *Constantin* étant mangé de lèpre s'était baigné en
vain dans le sang d'une multitude d'enfans, par l'ordonnance de ses médecins. Ce remède n'ayant pas
réussi, il envoya chercher le pape *Silvestre* qui le guérit
en un moment, en lui donnant le baptême.

On sait qu'après la décadence de l'empire romain,
le goth qui dressa ces lettres-patentes n'avait pas besoin
de supposer la signature de *Constantin* & du consul
Gallicanus, qui ne fut jamais consul avec *Constantin*.
C'était *Jesu-Christ* lui-même qui les devait signer,
puisqu'il avait donné à *Barjone Pierre* les clefs du
royaume du ciel, & que la terre y était visiblement
comprise. On a prétendu que *Jesu* ne savait pas écrire,
mais ce n'est là qu'une mauvaise difficulté.

Nous n'avons jamais démêlé si c'est sur la donation
de *Constantin*, ou sur celle de *Jesu* que se fonda le pape
Innocent III, lorsqu'il se déclara roi d'Angleterre, en
1213; & qu'il nous envoya son légat *Pandolfe* auquel
notre *Jean sans terre* remit son royaume dont il ne fut
plus que le fermier, & dont il lui paya la première
année d'avance. Il réitéra ce bail en 1214, & paya
encore vingt-cinq mille livres pesant d'argent, pour
pot-de-vin du marché. Son fils *Henri III* commença

X 2

fon règne par confirmer cette donation à genoux.
Nous étions alors dans un terrible abrutiffement. Un
grave auteur a dit que nous étions des bœufs qui
labourions pour le pape , & que depuis nous avons
été changés en hommes ; mais que nous avons gardé
nos cornes avec lefquelles nous avons chaffé les loups
eccléfiaftiques qui nous dévoraient.

Au refte, on peut s'enquérir à Naples fi la donation
de *Conftantin* a fervi de modèle à la vaffalité où les
rois de Naples veulent bien être encore de la cour de
Rome.

CHAPITRE XX.

De la famille de Conftantin , & de l'empereur Julien
le philofophe.

Après *Conftantin* , qui fut baptifé à l'article de la
mort par l'arien *Eufèbe* évêque de Nicomédie , & non
par *Céfar-Augufte Silveftre* évêque de Rome ; fes enfans,
chrétiens comme lui, fouillèrent comme lui fa famille
de fang & de carnage. *Conftantin II* , *Conftant*, &
Conftantius , commencèrent par faire maffacrer fept
neveux de leur père & deux de leurs oncles ; après
quoi l'empereur *Conftant*, bon catholique , fit égorger
l'empereur *Conftantin II*, bon catholique auffi. Il ne refta
bientôt que l'empereur *Conftantius* l'arien. On croit lire
l'hiftoire des fultans turcs , quand on lit celle du grand
Conftantin & de fes fils. Il eft très-vrai que les crimes
qui rendirent cette cour fi affreufe , & les turpitudes

de la molleffe qui la fit fi méprifable, ne ceffèrent que quand *Julien* vint à l'empire.

Julien était le petit-fils d'un frère de *Conftance Chlore* ou *le Pâle*, & par conféquent petit coufin du premier *Conftantin*. Il avait deux frères ; l'aîné fut tué avec fon père dans le maffacre de la famille : reftaient *Gallus* & *Julien*. *Gallus* l'aîné était âgé de vingt-huit ans quand il caufa quelque ombrage à l'empereur *Conftantius*. Ce digne fils du grand *Conftantin* fit faifir fes deux coufins, *Gallus* & *Julien*. Le premier fut affaffiné par fon ordre en Dalmatie, à quelques lieues de l'endroit où l'on a élevé depuis le prodige de la ville de Venife. *Julien*, traîné pendant fept mois de prifon en prifon, fut réfervé à la même mort ; il n'avait pas alors vingt-trois ans accomplis. On allait le faire périr dans Milan, lorfqu'*Eufébie* femme de l'empereur, touchée des grâces & de l'efprit fupérieur de ce prince infortuné, lui fauva la vie par fes prières & par fes larmes.

Conftantius n'avait point d'enfans, & était même, dit-on, incapable d'en avoir, foit vice de la nature, foit fuite de fes débauches. Il fut forcé, comme les Ottomans l'ont été depuis, de ne pas répandre tout le fang de la famille impériale, & de déclarer enfin céfar ce même *Julien* qu'il avait voulu joindre aux princes maffacrés.

On fait affez combien la préfence d'un fucceffeur eft odieufe, & à quel point la puiffance fuprême eft jaloufe. *Conftantius* exila honorablement *Julien* dans les Gaules, après lui avoir donné fa fœur *Hélène* en mariage. Telle était la cour de Conftantinople ; telles on en a vu d'autres. On affaffine fes parens ; on ne fait fi on égorgera celui qui refte, ou fi on le mariera. Quand on l'a

marié, on l'exile ; on voudrait s'en défaire ; on l'op-
prime ; on finit par être détrôné ou tué par celui qu'on
a perfécuté , ou bien on le tue ; & on eft tué par un
autre. Dans ce chaos d'horreurs, de faibleffes , d'inconf-
tances , de trahifons , de meurtres , on crie toujours
Dieu, Dieu! On eft béni par une faction de prêtres ,
& maudit par une autre. On eft dévot ; il y a toujours
prefqu'autant de miracles que de fcélérateffes & de
lâchetés. La Conftantinople chrétienne n'a pas eû
d'autres mœurs jufqu'au temps où elle eft devenue la
Conftantinople turque : alors elle a été auffi atroce ,
mais moins méprifable, jufqu'à cette année 1776 où
nous écrivons ; & il eft probable qu'elle fera un jour
conquife pour faire place à une troifième non moins
méchante , qui fuccombera à fon tour.

Le céfar *Julien* envoyé dans les Gaules, mais fans
pouvoir , fans argent, & prefque fans troupes ; entouré
de miniftres qui avaient le fecret de la cour, & d'efpions
qui le trahiffaient ; déploya alors toute la force de fon
génie long-temps retenu. Les hordes des Allemands
& des Francs ravageaient la Gaule ; elles avaient détruit
les villes bâties par les Romains le long du Rhin.
Julien fe forma une armée malgré fes furveillans, la
nourrit fans fouler les peuples , la difciplina, & s'en fit
aimer : enfin il vainquit avec peu de troupes des armées
innombrables, à l'exemple des plus grands capitaines ;
mais il était bien au-deffus d'eux par la philofophie &
par les vertus. C'était *Céfar* pour la conduite d'une
campagne ; c'était *Alexandre* un jour de bataille ; c'était
Marc-Aurèle & *Epiétète* pour les mœurs. Sobre , tem-
pérant, chafte, ne connaiffant de plaifirs que fes devoirs,
ennemi de toute délicateffe , jufqu'à coucher toujours

à terre fur une fimple-peau, & à fe nourrir comme un fimple foldat ; fa vertu allait au-delà des forces de la nature humaine.

Le peu de temps qu'il réfida dans Paris notre rivale, rendit les Parifiens plus heureux qu'ils ne l'ont été fous leur bon roi *Henri I V* qu'ils regrettent tous les jours. *Julien* ofa chaffer les agens de l'empereur, officiers du fifc, maltotiers, qui tiraient toute la fubftance des Gaules. Qui croirait qu'il diminua les impôts dans la proportion de vingt-cinq à fept ; & que par cette réduction même, foutenue d'une fage économie, il enrichit à la fois la Gaule & le fifc impérial ? *Julien* voyait tout par fes yeux, & jugeait les procès de fa bouche, comme il combattait de fes mains. L'Europe fe fouviendra toujours avec admiration & avec tendreffe de ce grand mot qu'il répondit à un avocat, au fujet d'un homme auquel on imputait un crime. Qui fera coupable, difait cet avocat, s'il fuffit de nier ? Hé qui fera innocent, repartit *Julien*, s'il fuffit d'accufer ? Plût-à-DIEU qu'il fût venu à Londres comme à Paris! mais du moins il nous envoya des fecours contre les Piêtes, & nous lui avons obligation auffi-bien que nos voifins. Quelle fut la récompenfe de tant de vertus & de tant de fervices ? celle qu'on devait attendre de *Conftantius* & des eunuques qui régnaient fous fon nom. On lui retira les troupes qu'il avait formées, & avec lefquelles il avait étendu les limites de l'empire. *Conftantius* eut à fe repentir de fon injuftice imprudente. Ces troupes ne voulurent point partir, & déclarèrent *Julien* empereur, en 360 ; *Conftantius* mourut l'année fuivante. Telle était la probité reconnue de *Julien*, que les plus infignes calomniateurs de ce grand-homme

X 4

ne l'accusèrent pas, d'avoir eu la moindre part à la mort toute naturelle du bourreau de son père & de ses frères. Il n'y eut que le déclamateur infame *St Grégoire de Nazianze* qui osa laisser échapper quelques soupçons de poison, soupçons qui furent étouffés par le cri universel de la vérité.

Julien gouverna l'empire comme il avait gouverné la Gaule. Il commença par faire punir les délateurs & les financiers oppresseurs. Au faste asiatique de la cour des *Constantins*, succéda la simplicité des *Marc-Aurèles*. S'il força les tribunaux à être justes, & s'il rendit la cour plus vertueuse, ce ne fut que par son exemple. S'il donna la préférence à la religion de ses ancêtres, à cette religion des *Scipions*, des *Catons*, & des *Antonins*, sur une secte nouvelle échappée d'un village juif, il ne contraignit jamais aucun chrétien d'abjurer. Au contraire, ses exemples de clémence sont sans nombre, quoi qu'en ait dit la rage de quelques chrétiens persécuteurs, qui auraient bien voulu que *Julien* eût été persécuteur comme eux. Ils n'ont pu s'inscrire en faux contre le pardon qu'il accorda dans Antioche à un nommé *Thalassius*, qui avait été son ennemi déclaré du temps de l'empereur *Constantius*. Les citoyens se plaignirent que ce *Thalassius* les avait opprimés. Il m'a opprimé aussi, leur dit *Julien*, & je l'oublie. Un autre, nommé *Théodote*, vint se jeter à ses pieds, & lui avoua qu'il l'avait calomnié sous le précédent règne. Je le savais, répondit l'empereur, vous ne me calomnierez plus.

Enfin dix soldats chrétiens ayant conspiré contre sa vie, il se contenta de leur dire : Apprenez que ma vie est nécessaire, pour que je marche à votre tête contre les Perses.

Nous ne nous abaisserons pas jusqu'à réfuter les absurdités vomies contre sa mémoire, comme la femme qu'il immola à la lune pour revenir vainqueur des Perses, & son sang qu'il jeta contre le ciel en s'écriant : Tu as vaincu, Galiléen. On ne peut comparer l'horreur & le ridicule des calomnies dont il fut chargé par des écrivains nommés pères de l'Eglise, qu'aux impostures vomies par nos moines contre *Mahomet II*, après la prise de Constantinople. Ces reproches des prêtres, renouvelés d'âge en âge à *Julien*, de n'avoir pas été de la religion de l'assassin *Constantius*, sont d'autant plus mal placés, que *Constantius* était hérétique ; & que, selon ces prêtres, un hérétique est pire qu'un païen.

CHAPITRE XXI.

Questions sur l'empereur Julien.

ON a demandé si *Julien* aimait la religion de l'empire d'aussi bonne foi qu'il détestait la secte chrétienne. On a demandé encore s'il pouvait raisonnablement espérer de détruire cette secte.

Quant à la première question, si un philosophe stoïcien tel que *Julien*, adorait en effet *Vénus*, *Mercure*, *Priape*, *Proserpine*, & ses dieux pénates, nous avons peine à le croire. Ce qui est vraisemblable, c'est que les peuples étant partagés entre deux factions irréconciliables, il fallait que *Julien* parût être de l'une, pour abattre l'autre ; sans quoi toutes deux se seraient soulevées contre lui. Nous savons bien qu'il est dans

l'Europe un très-grand prince, célébre par fes victoires,
par fes lois & par fes livres ; qui , dans fes Etats de
cinq cents lieues en longueur , a pour fujets des papiftes,
des luthériens , des calviniftes , des moraves , des foci-
niens , des juifs ; qui ne prend parti pour aucune de
ces fectes , & qui n'a pas plus de chapelle que de
confeil & de maîtreffe : mais il eft venu dans un temps
où la démence des difputes de religion eft entièrement
amortie dans fon pays. Il a affaire à des allemands ,
& *Julien* avait affaire à des grecs , capables de nier
jufqu'à la mort que deux & deux font quatre.

Il fe peut que *Julien* , né fenfible & enthoufiafte ,
abhorrant la famille de *Conftantin* qui n'était qu'une
famille d'affaffins , abhorrant le chriftianifme dont elle
avait été le foutien ; fe foit fait illufion jufqu'au point
de former un fyftème, qui femblait réconcilier un peu
avec la raifon le ridicule de ce qu'on appelle mal-à-
propos le paganifme. C'était un avocat qui pouvait
s'enivrer de fa caufe ; mais en voulant détruire la
religion de *Jefu* , ou plutôt la religion de lambeaux
mal coufus au nom de *Jefu* , aurait-il pu parvenir à
ce grand ouvrage ? Nous répondons hardiment , oui ,
s'il avait vécu quarante ans de plus , & s'il avait été
toujours bien fecondé.

Il eût été d'abord néceffaire de faire ce que nous
fîmes quand nous détruisîmes le papifme. Nous éta-
lâmes devant l'hôtel-de-ville aux yeux & à l'efprit du
public les fauffes légendes, les fauffes prophéties , &
les faux miracles des moines. L'empereur *Julien* , au
contraire , fubjugué par les idées erronées de fon
fiècle , accorde dans fon difcours confervé par *Cyrille* ,
que *Jefu* a fait quelques prodiges ; mais que tous les

théurgiftes en font bien davantage. C'eft précifément imiter *Jefu* qui, dans le livre de *Matthieu*, avoue que tous les Juifs ont le fecret de chaffer les diables.

Julien aurait dû faire voir que ces poffeffions du diable font une charlatanerie puniffable ; & c'eft de quoi font très-perfuadés les magiftrats de nos jours, bien qu'ils aient quelquefois la lâcheté de conniver à ces infamies. Ayant ainfi levé un pan de la robe de l'erreur, on l'aurait enfin montrée nue dans toute fa turpitude. On aurait pu abolir fagement & peu-à-peu les facrifices de veau & de mouton, qui changeaient les temples en cuifines, & inftituer à leur place des hymnes & des difcours de fimple morale. On aurait pu inculquer dans les efprits l'adoration d'un être fuprême dont l'exiftence était déjà reconnue ; on aurait pu écarter tous les dogmes qui ne font nés que de l'imagination des hommes ; & on aurait prêché la fimple vertu qui eft née de DIEU même.

Enfin les empereurs romains auraient pu imiter les empereurs de la Chine, qui avaient établi une religion pure depuis fi long-temps ; & cette religion, qui eût été celle de tous les magiftrats, l'aurait emporté comme à la Chine fur toutes les fuperftitions auxquelles on abandonne la populace.

Cette grande révolution était praticable, dans un temps où la principale fecte du chriftianifme n'était pas fondée, comme elle l'eft aujourd'hui, fur des chaires de quatre mille guinées de rente, de quatre cents mille écus d'Allemagne, ou de piaftres d'Efpagne, & furtout fur le trône de Rome. La plus grande difficulté eût été dans l'efprit inquiet, turbulent, contentieux, de la plupart des peuples de l'Europe, & dans

les mœurs de tous ces peuples , oppofées les unes aux
autres ; mais auffi il y avait un fort contre-poids ,
c'était celui des langues grecque & romaine que tout
l'empire parlait, & des lois impériales auxquelles toutes
les provinces étaient également affervies : enfin le
temps pouvait établir le règne de la raifon ; & c'eft
le temps qui la plongea dans les fers.

Combien de fanatiques ont répété que *Jefu* punit
Julien , & le tua par les mains des Perfes pour n'avoir
pas été de fa religion ! cependant il régna près de
trois ans ; & *Jovien* , fon fucceffeur chrétien, ne vécut
que fix mois après fon élection.

Les chrétiens, qui n'avaient ceffé de fe déchirer fous
Conftantin & fous fes enfans , ne purent être huma-
nifés par *Julien*. Ils fe plaignaient , dit ce grand-
homme dans fes lettres , de n'avoir plus la liberté de
s'égorger mutuellement : ils la reprirent bientôt cette
liberté affreufe ; & ils l'ont pouffée fans relâche à des
excès incroyables, depuis les querelles de la confubftantiabilité jufqu'à celles de la tranffubftantiation ;
fatale preuve , dit le refpectable milord *Bolingbroke*
mon bienfaiteur , que l'arbre de la croix n'a pu porter
que des fruits de mort.

CHAPITRE XXII.

En quoi le chrijianifme pouvait être utile.

NULLE feĉte, nulle école, ne peut être utile que par fes dogmes purement philofophiques ; car les hommes en feront-ils meilleurs quand DIEU aura un verbe, ou quand il en aura deux , ou quand il n'en aura point ? qu'importe au bonheur de la fociété que DIEU fe foit incarné quinze fois vers le Gange , ou cent cinquante fois à Siam, ou une fois dans Jérufalem ?

Les hommes ne pouvaient rien faire de mieux que d'admettre une religion qui reffemblât au meilleur gouvernement politique. Or ce meilleur gouverne-ment humain confifte dans la jufte diftribution des récompenfes & des peines ; telle devait donc être la religion la plus raifonnable.

Soyez jufte, vous ferez favori de DIEU ; foyez injufte , vous ferez puni. C'eft la grande loi dans toutes les fociétés qui ne font pas abfolument fauvages.

L'exiftence des ames , & enfuite leur immortalité , ayant été une fois admifes chez les hommes , rien ne paraiffait donc plus convenable que de dire: DIEU peut nous récompenfer ou nous punir après notre mort felon nos œuvres. *Socrate* & *Platon* , qui les premiers développèrent cette idée, rendirent donc un grand fervice au genre-humain , en mettant un frein aux crimes que les lois ne peuvent punir.

La loi juive attribuée à *Moïse*, ne promettant pour récompenfe que du vin & de l'huile, & ne menaçant que de la rogne & d'ulcères dans les genoux, était donc une loi de barbares ignorans & groffiers.

Les premiers difciples de *Jean* le baptiseur & de *Jefu*, s'étant joints aux platoniciens d'Alexandrie, pouvaient donc former une fociété vertueuse & utile, à-peu-près femblable aux thérapeutes d'Egypte.

Il était très-indifférent en foi que cette fociété pratiquât la vertu au nom d'un juif nommé *Jefu* ou *Jean*, avec qui les premiers chrétiens, foit d'Alexandrie foit de Grèce, n'avaient jamais conversé, ou au nom d'un autre homme quel qu'il pût être. De quoi s'agiffait-il ? d'être honnêtes gens, & de mériter d'être heureux après la mort.

On pouvait donc établir une fociété vertueuse dans quelque canton de la terre, comme *Lycurgue* avait établi une petite fociété guerrière dans un coin de la Grèce.

Si cette fociété, fous le nom de chrétiens, ou de focratiens, ou de thérapeutes, eût été véritablement fage, il eft à croire qu'elle eût fubfifté fans contradiction ; car, fuppofé qu'elle eût été telle qu'on a peint les thérapeutes & les effêniens, quel empereur romain, quel tyran, aurait jamais voulu les exterminer ? Je fuppofe qu'une légion romaine paffe par les retraites de ces bonnes gens, & que le tribun militaire leur dife : Nous venons loger chez vous à difcrétion. — Très-volontiers, répondent-ils, tout ce qui eft à nous eft à vous ; béniffons DIEU, & foupons enfemble. — Payez le tribut à *Céfar.* — Un tribut ? nous ne favons ce que c'eft, mais prenez tout. Puiffe notre fubftance engraiffer *Céfar!* — Venez avec vos pioches & vos pelles nous aider à creufer des foffés & a élever des chauffées. — Allons, l'homme eft né pour le travail puifqu'il a deux mains. Nous vous aiderons tant que nous aurons de la force. Je demande s'il eût été poffible qu'une légion romaine eût été tentée de faire une St Barthelemi d'une colonie fi douce & fi ferviable ; l'aurait-on exterminée pour n'avoir pas connu *Jupiter* & *Mercure?* Il le faut avouer avec fincérité & avec admiration, les Philadelphiens que nous nommons quakers, trembleurs, ont été jufqu'à préfent ce peuple de thérapeutes, de focratiens, de chrétiens, dont nous parlons : on dit qu'il ne leur a manqué que de parler de la bouche, & de gefticuler fans contorfions, pour être les plus eftimables des hommes. Ils font jufqu'à préfent fans temples, fans autels, comme furent les premiers chrétiens pendant cent cinquante ans ; ils travaillent comme eux ; ils fe fecourent mutuellement comme eux ; ils ont comme eux la guerre en horreur. Si de telles mœurs ne fe corrompent pas, ils feront dignes de commander à la terre ; car du fein de leurs illufions ils enfeigneront la vertu qu'ils pratiquent. Il paraît certain que les chrétiens du premier fiècle commencèrent à-peu-près comme nos Philadelphiens d'aujourd'hui ; mais la fureur de l'enthoufiafme, la rage du dogme, la haine contre toutes les autres religions, gâtèrent bientôt tout ce que les premiers chrétiens, imitateurs en quelque forte des efféniens, pouvaient avoir de bon & d'utile : ils déteftaient d'abord les temples, l'encens, les cierges, l'eau luftrale, les prêtres ; & bientôt ils eurent des prêtres, de l'eau luftrale, de l'encens, &

des temples. Ils vécurent cent ans d'aumônes ; & leurs
fucceffeurs vécurent de rapines : enfin quand ils furent
les maîtres , ils fe déchirèrent pour des argumens ; ils
devinrent calomniateurs , parjures , affaffins , tyrans,
& bourreaux.

Il n'y a pas cent ans que le démon de la religion
fefait encore couler le fang dans notre Irlande & dans
notre Ecoffe. On commettait cent mille meurtres ,
foit fur des échafauds , foit derrière des buiffons ;
& les querelles théologiques troublaient toute
l'Europe.

J'ai vu encore en Ecoffe des reftes de l'ancien fanatifme, qui avait changé fi long-temps les hommes en
bêtes carnaffières.

Un des principaux citoyens d'Invernefs , presby-
térien rigide , dans le goût de ceux que *Butler* nous
a fi bien peints , ayant envoyé fon fils unique faire
fes études à Oxford , affligé de le voir à fon retour
dans les principes de l'Eglife anglicane , & fachant
qu'il avait figné les trente-neuf articles ; s'emporta
contre lui avec tant de violence , qu'à la fin de la
querelle il lui donna un coup de couteau , dont
l'enfant mourut en peu de minutes entre les bras de
fa mère. Elle expira de douleur au bout de quelques
jours ; & le père fe tua dans un accès de défefpoir &
de rage.

Voilà de quoi j'ai été témoin. Je puis affurer que fi le
fanatifme n'a pas été porté par-tout à cet excès d'horreur , il n'y a guère de familles qui n'aient éprouvé
de triftes effets de cette fombre & turbulente paffion.
Notre peuple a été long-temps réellement attaqué

de

de la rage. Cette maladie, quoi qu'on en dife, peut renaître encore. On ne peut la prévenir qu'en adorant DIEU fans fuperftition, & en tolérant fon prochain.

C'eft une chofe bien déplorable & bien aviliffante pour la nature humaine, qu'une fcience digne de *Punch* (*e*) ait été plus deftructive que les inondations des Huns, des Goths, & des Vandales, & que dans toute notre Europe il y ait eu un corps d'énergumènes deftiné à féduire, à piller, & à faire égorger, le refte des hommes. Cet enfer fur la terre a duré quinze fiècles entiers. Il n'y a eu enfin d'autre remède que le mépris & l'indifférence des honnêtes gens détrompés.

C'eft ce mépris des honnêtes gens, c'eft cette voix de la raifon entendue d'un bout de l'Europe à l'autre, qui triomphe aujourd'hui du fanatifme fans autre effort que la force de la vérité. Les fages éclairés ont perfuadé les ignorans qui n'étaient pas fages. Peu-à-peu les nations ont été étonnées d'avoir cru fi long-temps des abfurdités horribles qui devaient épou-vanter le bon fens & la nature.

Le coloffe élevé fur nos têtes pendant tant de fiècles fubfifte encore, & comme il fut forgé avec l'or des peuples, il n'eft pas poffible que la raifon feule le détruife : mais ce n'eft plus qu'un fantôme fem-blable à celui des augures chez les Romains. Un de ces augures, dit *Cicéron*, ne pouvait aborder un de fes confrères fans rire; & parmi nous un abbé de moines, riche de cent mille écus de rente, ne peut dîner avec un de fes confrères fans rire des idiots qui fe font dépouillés du néceffaire pour enrichir la fainéantife.

(*e*) *Punch* eft le polichinelle de Londres.

On ne croit plus en eux, mais ils jouiffent. Le temps viendra où ils ne jouiront plus. Il fe trouvera des occafions favorables, on en profitera. Béniffons DIEU nous autres qui, depuis deux cents cinquante ans, avons brifé un joug auffi pefant qu'infame, & qui avons reftitué à la nation & au roi les richeffes envahies par des impofteurs qui étaient la honte & le fardeau de la terre.

Il y a eu de grands-hommes, & furtout des hommes charitables dans toutes les communions ; mais ils auraient été bien plus véritablement grands & bons fi la pefte de l'efprit de parti n'avait pas corrompu leur vertu.

Je conjure tout prêtre qui aura lu attentivement toutes les vérités évidentes qui font dans ce petit ouvrage, de fe dire à lui-même : Je ne fuis riche que par les fondations de mes compatriotes qui eurent autrefois la faibleffe de dépouiller leurs familles pour enrichir l'Eglife ; ferai-je affez lâche pour tromper leurs defcendans, ou affez barbare pour les perfé-cuter ? je fuis homme avant d'être eccléfiaftique ; examinons devant DIEU ce que la raifon & l'huma-nité m'ordonnent. Si je foutenais des dogmes qui outragent la raifon, ce ferait dans moi une démence affreufe ; fi pour faire triompher ces dogmes abfurdes, que je ne puis croire, j'employais la voie de l'autorité, je ferais un détestable tyran. Jouiffons donc des richeffes qui ne nous ont rien coûté, ne trompons & ne moleftons perfonne. Maintenant je fuppofe que des laïques & des eccléfiaftiques bien inftruits des erreurs énormes fur lefquelles nos dogmes ont été fondés, & de cette foule de crimes abominables

qui en ont été la suite, veuillent s'unir ensemble,
s'adreſſer à DIEU, & vivre faintement, comment
devraient-ils s'y prendre?

CHAPITRE XXIII.

*Que la tolérance eſt le principal remède contre le
fanatiſme.*

A QUOI ſervirait ce que nous venons d'écrire, ſi on
n'en retirait que la connaiſſance ſtérile des faits, ſi on
ne guériſſait pas au moins quelques lecteurs de la
gangrène du fanatiſme? Que nous reviendrait-il d'avoir
fouillé dans les anciens cloaques d'un petit peuple qui
infectait autrefois un coin de la Syrie, & d'en avoir
expoſé les ordures au grand jour ?

Que réſultera-t-il de la naiſſance & du progrès
d'une ſuperſtition ſi obſcure & ſi fatale, dont nous
avons fait une hiſtoire fidelle? Voici évidemment le
fruit qu'on peut recueillir de cette étude.

C'eſt qu'après tant de querelles ſanglantes pour des
dogmes inintelligibles, on quitte tous ces dogmes
fantaſtiques & affreux pour la morale univerſelle qui
ſeule eſt la vraie religion & la vraie philoſophie. Si les
hommes s'étaient battus pendant des ſiècles pour la
quadrature du cercle & pour le mouvement perpétuel,
il eſt certain qu'il faudrait renoncer à ces recherches
abſurdes, & s'en tenir aux véritables mécaniques,
dont l'avantage ſe fait ſentir aux plus ignorans comme
aux plus ſavans.

Quiconque voudra rentrer dans lui-même & écouter
la raiſon qui parle à tous les hommes, comprendra

bien aifément que nous ne fommes point nés pour examiner fi DIEU créa autrefois des *depta*, des génies, il y a quelques milions d'années, comme le difent les brachmanes; fi ces *depta* fe révoltèrent, s'ils furent damnés, fi DIEU leur pardonna, s'il les changea en hommes & en vaches. Nous pouvons en confcience ignorer la théologie de l'Inde, de Siam, de la Tartarie, & du Japon, comme les peuples de ces pays-là ignorent la nôtre. Nous ne fommes pas plus faits pour étudier les opinions qui fe répandirent vers la Syrie, il n'y a pas trois mille ans, ou plutôt des paroles vides de fens qui paffaient pour des opinions. Que nous importe, des ébionites, des nazaréens, des manichéens, des ariens, des neftoriens, des euty-chiens, & cent autres fectes ridicules ?

Que nous reviendrait-il de paffer notre vie à nous tourmenter au fujet d'*Ofiris* ? d'étudier des cinq années entières pour favoir les noms de ceux qui ont dit qu'une voix célefte annonça la naiffance d'*Ofiris* à une fainte femme nommée *Pamyle*, & que cette fainte femme l'alla proclamer par tout l'univers ? Nous confumerons-nous pour expliquer comment *Ofiris* & *Ifis* avaient été amoureux l'un de l'autre dans le ventre de leur mère, (*f*) & y engendrèrent le dieu *Orus* ? C'eft un grand myftère; mais vingt générations d'hommes s'égorgeront-elles pour trouver le vrai fens de ce myftère, & l'entendront-elles mieux après s'être égorgées ?

Nulle vérité utile n'eft née, fans doute, des querelles fanglantes qui ont défolé l'Europe & l'Afie,

(*f*) Voyez *Plutarque*, chapitre d'*Ifis* & d'*Ofiris*.

pour favoir fi l'être néceſſaire, éternel, & univerſel, a eu un fils plutôt qu'une fille ; fi ce fils fut engendré avant ou après les fiècles ; s'il eſt la même choſe que ſon père, & différent en nature ; fi étant engendré dans le ciel, il eſt encore né ſur la terre ; s'il y eſt mort d'un ſupplice odieux ; s'il eſt reſſuſcité ; s'il eſt allé aux enfers ; s'il a depuis été mangé tous les jours, & fi on a bu ſon ſang après avoir mangé ſon corps dans lequel était ce ſang ; fi ce fils avait deux natures ; fi ces deux natures compoſaient deux perſonnes ; fi un faint ſouffle a été produit par la ſpiration du père ou par celle du père & du fils, & fi ce ſouffle n'a fait qu'un ſeul être avec le père & le fils.

Nous ne ſommes pas faits, ce me ſemble, pour une telle métaphyſique, mais pour adorer DIEU, pour, cultiver la terre qu'il nous a donnée, pour nous aider mutuellement dans cette courte vie. Tout le monde le ſent, tout le monde le dit, ſoit à haute voix, ſoit en ſecret. La ſageſſe & la juſtice prennent enfin la place du fanatiſme & de la perſécution dans la moitié de l'Europe.

Si le ſyſtème humain, & peut-être divin de la tolérance avait pu dominer chez nos pères, comme il commence à régner chez quelques-uns de leurs enfans, nous n'aurions pas la douleur de dire en paſſant devant White-Hall : c'eſt ici qu'on trancha la tête de notre roi *Charles* pour une liturgie ; ſon fils n'eût pas été obligé, pour éviter la même mort, de devenir le poſtillon de Mlle *Lane*, & de ſe cacher deux nuits dans le creux d'un chêne. *Montroſs*, le plus grand-homme de l'Ecoſſe ma chère patrie, n'aurait pas été coupé en quartiers par le bourreau, ſes membres ſanglans

Y 3

n'auraient pas été cloués aux portes de quatre de nos villes. Quarante bons ferviteurs du roi, parmi lefquels était un de mes ancêtres, n'auraient pas péri par le même fupplice, & fervi au même fpectacle.

Je ne veux pas rappeler ici toutes les inconcevables horreurs que les querelles du chriftianifme ont amoncelées fur la tête de nos pères. Hélas! les mêmes fcènes de carnage ont enfanglanté cette Europe, où le chriftianifme n'était point né. C'eft par-tout la même tragédie fous mille noms différens. Le polythéifme des Grecs & des Romains a-t-il jamais rien produit de femblable? Y eut-il feulement une légère querelle pour les hymnes à *Apollon*, pour l'ode des jeux féculaires d'*Horace*, pour le *pervigilium Veneris*? Le culte des dieux n'infpirait point la haine & la difcorde. On voyageait en paix d'un bout de la terre à l'autre. Les *Pythagore*, les *Apollonius de Thyane*, étaient bien reçus chez tous les peuples de l'univers. Malheureux que nous fommes! nous avons cru fervir DIEU, & nous avons fervi les furies. Il y avait, au rapport d'*Arrien*, une loi admirable chez les brachmanes : il ne leur était pas permis de dîner avant d'avoir fait du bien. La loi contraire a été long-temps établie parmi nous.

Ouvrez vos yeux & vos cœurs, magiftrats, hommes d'Etat, princes, monarques, confidérez qu'il n'exifte aucun royaume en Europe où les rois n'aient pas été perfécutés par des prêtres. On vous dit que ces temps font paffés & qu'ils ne reviendront plus. Hélas! ils reviendront demain fi vous banniffez la tolérance aujourd'hui, & vous en ferez les victimes comme tant de vos ancêtres l'ont été.

CHAPITRE XXIV.

Excès du fanatisme.

APRÈS ce tableau fi vrai des fuperftitions humaines
& des malheurs épouvantables qu'elles ont caufés,
il ne nous refte qu'à faire voir comment ceux qui font
à la tête du chriftianifme lui ont toujours infulté,
combien ils ont été femblables à ces charlatans qui
montrent des ours & des finges à la populace, & qui
affomment de coups ces animaux qui les font vivre.

Je commencerai par la belle & refpectable *Hipathie*,
dont l'évêque *Sinéfius* fut le difciple au cinquième
fiècle. On fait que St *Cyrille* fit affaffiner cette héroïne
de la philofophie, parce qu'elle était de la fecte platonicienne, & non pas de la fecte athanafienne. Les
fidelles traînèrent fon corps nu & fanglant dans l'églife
& dans les places publiques d'Alexandrie. Mais que
firent les évêques contemporains de ce *Sinéfius* le platonicien? Il était très-riche & très-puiffant; on voulut
le gagner au parti chrétien, & on lui propofa de fe
laiffer faire évêque. Sa religion était celle des philofophes; il répondit qu'il n'en changerait pas, &
qu'il n'enfeignerait jamais la doctrine nouvelle, qu'on
pouvait le faire évêque à ce prix. Cette déclaration
ne rebute point ces prêtres qui avaient befoin de
s'appuyer d'un homme fi confidérable; ils l'oignirent,
& ce fut un des plus fages évêques dont l'Eglife
chrétienne put fe vanter. Il n'y a point de fait plus
connu dans l'hiftoire eccléfiaftique.

Plût à Dieu que les évêques de Rome eussent imité *Sinéfius*, au lieu d'exiger de nous deux schellings par chaque maison ; au lieu de nous envoyer des légats qui venaient mettre à contribution nos provinces de la part de DIEU ; au lieu de s'emparer du royaume d'Angleterre en vertu de l'ancienne maxime que les biens de la terre n'appartiennent qu'aux fidelles ; au lieu de faire enfin le roi *Jean fans terre* fermier du pape !

Je ne parle pas de fix cents années de guerres civiles entre la couronne impériale & la mitre de St *Jean* de Latran, & de tous les crimes qui fignalèrent ces guerres affreufes ; je m'en tiens aux abominations qui ont défolé ma patrie ; & je dis dans l'amertume de mon cœur : Eft-ce donc pour cela qu'on a fait naître DIEU d'une juive ? Eft-ce en vain que l'efprit de raifon & de tolérance, dont j'ai parlé, commence à s'introduire enfin depuis l'Eglife grecque de Péters-bourg, jufqu'à l'Eglife papifte de Madrid ?

CHAPITRE XXV.

Contradictions funeftes.

IL me femble que nous avons tous un penchant naturel à l'affociation, à l'efprit de parti. Nous cherchons en cela un appui à notre faibleffe. Cette inclination fe remarque dans notre île malgré le grand nombre de caractères particuliers dont elle abonde. De-là viennent nos *clubs* & jufqu'à nos francs-maçons. L'Eglife romaine eft une grande preuve de cette vérité.

On voit en Italie beaucoup plus de différens ordres de moines que de régimens. C'eſt cet eſprit d'aſſociation qui partagea l'antiquité en tant de ſectes, c'eſt ce qui produiſit cette multitude d'initiations englouties enfin dans celle du chriſtianiſme. Il a fait naître de nos jours les moraves, les méthodiſtes, les piétiſtes, comme on avait eu auparavant des ſyriens, des égyptiens, des juifs.

La religion eſt, après les jours de marchés, ce qui unit davantage les hommes ; le mot ſeul de religion l'indique ; c'eſt ce qui lie, *quod religat.*

Il eſt arrivé en fait de religion la même choſe que dans notre franc-maçonnerie. Les cérémonies les plus extravagantes en ont par-tout fait la baſe. Joignez à la bizarrerie de toutes ces inſtitutions l'eſprit de par-tialité, de haine, de vengeance. Ajoutez-y l'avarice inſociable, le fanatiſme qui éteint la raiſon, la cruauté qui détruit toute pitié, vous n'aurez encore qu'une faible image des maux que les aſſociations religieuſes ont apporté ſur la terre.

Je n'ai juſqu'à préſent connu de ſociété vraiment pacifique que celle de la Caroline & de la Penſilva-nie. (g) Les deux légiſlateurs de ces pays ont eu ſoin d'y établir la tolérance comme la principale loi fondamentale. Notre grand *Locke* a ordonné que dans la Caroline, ſept pères de famille ſuffiraient pour former une religion légale. *Guillaume Pen* étendit la tolérance encore plus loin ; il permit à chaque homme d'avoir ſa religion particulière, ſans en rendre compte à perſonne. Ce ſont ces lois humaines qui ont

(g) Cela fut écrit avant la guerre de la métropole contre les colonies,

CONTRADICTIONS FUNESTES.

fait régner la concorde dans deux provinces du nouveau monde, lorfque la confufion bouleverfait encore le monde ancien.

Voilà des lois bien direĉtement contraires à celles de *Mofé*, dont nous avons fi long-temps adopté l'efprit barbare. *Locke* & *Pen* regardent DIEU comme le père commun de tous les hommes, & *Mofé* ou *Moïfe* (fi on en croit les livres qui courent fous fon nom) veut que le maître de l'univers ne foit que le Dieu du petit peuple juif, qu'il ne protége que cette poi-gnée de fcélérats obfcurs, qu'il ait en horreur le refte du monde. Il appelle ce Dieu, *un Dieu jaloux qui fe venge jufqu'à la troifième & la quatrième génération.*

Il ofe faire parler DIEU; & comment le fait-il parler?

Quand vous aurez paffé le Jourdain, égorgez, exterminez, tout ce que vous rencontrerez. Si vous ne tuez pas tout, je vous tuerai moi-même. (*h*)

L'auteur du Deutéronome va plus loin. ,, *S'il* ,, *s'élève*, dit-il, *parmi vous* un prophète, s'il vous ,, prédit des prodiges, & que ces prodiges arrivent, ,, & qu'il vous dife (en vertu de ces prodiges :) ,, Suivons un culte étranger &c.; qu'il foit maffacré ,, incontinent. Et fi votre frère, né de votre mère, ,, fi votre fils ou votre fille, ou votre tendre & ,, chère femme, ou votre intime ami vous dit : ,, Allons, fervons des dieux étrangers qui font fervis ,, par toutes les autres nations; tuez cette perfonne ,, fi chère auffitôt, donnez le premier coup, & que ,, tout le monde vous fuive. ,, (*i*)

(*h*) Nombres, chapitre XXXIV.
(*i*) Deutéronome, chap. XIII.

Après avoir lu une telle horreur, pourra-t-on la croire ? Et fi le diable exiftait pourrait-il s'exprimer avec plus de démence & de rage ? Qui que tu fois, infenfé, fcélérat, qui écrivis ces lignes, ne voyais-tu pas que s'il eft poffible qu'un prophète prédife des prodiges, & que ces prodiges confirment fes paroles, c'eft vifiblement le maître de la nature qui l'infpire, qui parle par lui, qui agit par lui ? Et dans cette fuppofition tu veux qu'on l'égorge ! tu veux que ce prophète foit affaffiné par fon père, par fon frère, par fon fils, par fon ami ! Que lui ferais-tu donc s'il était un faux prophète ? La fuperftition change tellement les hommes en bêtes, que les docteurs chrétiens ne fe font pas aperçus que ce paffage eft la condamnation formelle de leur *Jéfu-Chrift*. Il a, felon eux, prophétifé des prodiges qui font arrivés ; la religion introduite par fes adhérens, a détruit la religion juive ; donc, felon le texte attribué à *Moïfe*, il était évidemment coupable ; donc, en vertu de ce texte, il fallait que fon père & fa mère l'égorgeaffent. Quel étrange & horrible chaos de fottifes & d'abominations !

Ce qu'il y a de plus déplorable, c'eft que les chrétiens eux-mêmes fe font fervis de ce paffage juif, & de tous les paffages qui les condamnent, pour juftifier tous leurs crimes fanguinaires. C'eft en citant le Deutéronome que nos papiftes d'Irlande maffacrèrent un nombre prodigieux de nos proteftans. (*k*) C'eft en criant : Le père doit tuer fon fils, le fils doit tuer fon père ; *Mofé* le juif l'a dit, D I E U l'a dit.

(*k*) L'auteur parle des maffacres d'Irlande du temps de *Charles I* & de *Cromwell.*

Comment faire quand on eſt deſcendu dans cet abyme, & qu'on a vu cette longue chaîne de crimes fanatiques dont les chrétiens ſe ſont ſouillés ? Où recourir ? où fuir ? Il vaudrait mieux être athée & vivre avec des athées. Mais les athées ſont dange-reux. Si le chriſtianiſme a des principes exécrables, l'athéiſme n'a aucun principe. Des athées peuvent être des brigands ſans lois, comme les chrétiens & les mahométans ont été des brigands avec des lois. Voyons s'il n'eſt pas plus raiſonnable & plus conſo-lant de vivre avec des théíſtes.

C H A P I T R E   X X I V.

Du théiſme.

LE théiſme eſt embraſſé par la fleur du genre-humain, je veux dire par les honnêtes gens depuis Pékin juſqu'à Londres, & depuis Londres juſqu'à Philadelphie. L'athéiſme parfait, quoi qu'on en diſe, eſt rare. Je m'en ſuis aperçu dans ma patrie & dans tous mes voyages, que je n'entrepris que pour m'inſ-truire, juſqu'à ce qu'enfin je me fixai auprès du lord *Bolingbroke* le théiſte le plus déclaré.

C'eſt ſans contredit la ſource pure de mille ſuperſ-tions impures. Il eſt naturel de reconnaître un D I E U dès qu'on ouvre les yeux ; l'ouvrage annonce l'ouvrier.

Confucius & tous les lettrés de la Chine s'en tien-nent à cette notion, & ne font pas un pas au-delà. Ils abandonnent le peuple aux bonzes & à leur

dieu *Fo*. Le peuple eſt ſuperſtitieux & ſot à la Chine
comme ailleurs, mais les lettrés y ſont moins remplis de préjugés qu'ailleurs. La grande raiſon, à mon
avis, c'eſt qu'il n'y a rien à gagner dans ce vaſte &
ancien royaume à vouloir tromper les hommes, &
à ſe tromper ſoi-même. Il n'y a point, comme dans
une partie de l'Europe, des places honorables & lucra-
tives affectées à la religion : les tribunaux gouvernent
toute la nation, & des prêtres ne peuvent rien diſ-
puter aux colao que nous nommons mandarins. Il
n'y a ni évêchés, ni cures, ni doyennés, pour les
bonzes ; ces impoſteurs ne vivent que des aumônes
qu'ils extorquent de la populace ; le gouvernement
les a toujours tenus dans la ſujétion la plus étroite ;
ils peuvent vendre leur orviétan à la canaille ; mais
ils n'entrent jamais dans l'anti-chambre d'un man-
darin ou d'un officier de l'empire.

La morale & la police étant les ſeules ſciences
que les Chinois aient cultivées, ils y ont réuſſi plus
que toutes les nations enſemble ; & c'eſt ce qui a
fait que leurs vainqueurs tartares ont adopté toutes
leurs lois. L'empereur chinois, ſous qui arriva la
révolution dernière, était théiſte. L'empereur *Kien-*
Long aujourd'hui régnant, eſt théiſte. *Gengis-kan* &
toute ſa race furent théiſtes.

J'oſe affirmer que toute la cour de l'empire ruſſe,
plus grand que la Chine, eſt théiſte, malgré toutes
les ſuperſtitions de l'Egliſe grecque qui ſubſiſtent
encore.

Pour peu qu'on connaiſſe les autres cours du
Nord, on avouera que le théiſme y domine ouvertement, quoiqu'on y ait conſervé de vieux uſages qui
ſont ſans conſéquence.

Dans tous les autres Etats que j'ai parcourus, j'ai toujours vu dix théiftes contre un athée parmi les gens qui penfent , & je n'ai vu aucun homme au-deffus du commun qui ne méprifât les fuperftitions du peuple.

D'où vient ce confentement tacite de tous les honnêtes gens de la terre ? c'eft qu'ils ont le même fonds de raifon. Il a bien fallu que cette raifon fe communiquât & fe perfectionnât à la fin de proche en proche, comme les arts mécaniques & libéraux ont fait enfin le tour du monde.

Les apparitions d'un Dieu aux hommes, les révé-lations d'un Dieu, les aventures d'un Dieu fur la terre , tout cela a paffé de mode avec les loups-garoux, les forciers, & les poffédés. S'il y a encore des charlatans qui difent la bonne aventure dans nos foires pour un fchelling , aucun de ces malheureux n'eft écouté chez ceux qui ont reçu une éducation tolérable. Nous avons dit que les théiftes ont puifé dans une fource pure dont tous les ruiffeaux ont été impurs. Expli-quons cette grande vérité : quelle eft cette fource pure ? C'eft la raifon , comme nous l'avons dit , laquelle tôt ou tard parle à tous les hommes. Elle nous a fait voir que le monde n'a pu s'arranger de lui-même , & que les fociétés ne peuvent fubfifter fans vertu. De cela feul on a conclu qu'il y a un DIEU , & que la vertu eft néceffaire. De ces deux principes réfulte le bonheur général , autant que le comporte la faibleffe de la nature humaine. Voilà la fource pure. Quels font les ruiffeaux impurs? ce font les fables inventées par les charlatans, qui ont dit que DIEU s'était incarné cinq cents fois dans un pays de l'Inde, ou une feule fois dans une petite contrée de la Syrie, qui ont fait paraître DIEU, tantôt en éléphant blanc, tantôt en pigeon, tantôt en vieillard avec une grande barbe, tantôt en jeune homme avec des ailes au dos, ou fous vingt autres figures différentes.

Je ne mets point parmi les énormes fottifes qu'on a ofé débiter par-tout fur la nature divine, les fables allégoriques inventées par les Grecs. Quand ils peignirent *Saturne* dévorant fes enfans & des pierres, qui put ne pas reconnaître le temps qui confume tout ce qu'il a fait naître, & qui détruit ce qu'il y a de plus durable? Eft-il quelqu'un qui ait pu fe méprendre à la fageffe née de la tête du fouverain Dieu, fous le nom de *Minerve;* à la déeffe de la beauté qui ne doit jamais paraître fans les Grâces, & qui eft la mère de l'Amour; à cet Amour qui porte un bandeau & de petites flèches; enfin à cent autres imaginations ingénieufes qui étaient une peinture vivante de la nature entière? Ces fables allégoriques font fi belles qu'elles triomphent encore tous les jours des inventions atroces de la mythologie chrétienne; on les voit fculptées dans nos jardins, & peintes dans nos appartemens, tandis qu'il n'y a pas chez nous un homme de qualité qui ait un crucifix dans fa maifon. Les papiftes eux-mêmes ne célèbrent tous les ans la naiffance de leur Dieu, entre un bœuf & un âne, qu'en s'en moquant par des chanfons ridicules. Ce font-là les ruiffeaux impurs dont j'ai voulu parler; ce font des outrages infâmes à la Divinité; au lieu que les emblêmes fublimes des Grecs rendent la Divinité refpectable; & quand je parle de leurs emblêmes fublimes, je n'entends pas *Jupiter* changé en taureau, en cygne, en aigle, pour ravir des filles et des garçons. Les Grecs ont eu plufieurs fables auffi abfurdes & auffi révoltantes que les nôtres; ils ont bu comme nous dans une multitude prodigieufe de ruiffeaux impurs.

Le théifme reffemble à ce vieillard fabuleux, nommé *Pélias*, que fes filles égorgèrent en voulant le rajeunir.

Il eft clair que toute religion qui propofe quelque dogme à croire au-delà de l'exiftence d'un DIEU, anéantit en effet l'idée d'un DIEU; car dès qu'un prêtre de Syrie me dit que ce dieu s'appelle *Dagon*, qu'il a une queue de poiffon, qu'il eft le protecteur d'un petit pays, & l'ennemi d'un autre pays; c'eft véritablement ôter à DIEU fon exiftence; c'eft le tuer comme *Pélias*, en voulant lui donner une vie nouvelle.

Des fanatiques nous difent : DIEU vint en tel temps dans une petite bourgade; DIEU prêcha, & il endurcit le cœur de fes auditeurs, afin qu'ils ne cruffent point en lui; il leur parla, & il boucha leurs oreilles; il choifit feulement douze idiots pour l'écouter, & il n'ouvrit l'efprit à ces douze idiots que quand il fut mort. La terre entière doit rire de ces fanatiques abfurdes, comme dit milord *Shaftesbury*; on ne doit pas leur faire l'honneur de raifonner; il faut les faigner & les purger, comme gens qui ont la fièvre chaude. J'en dirai autant de tous les dieux qu'on a inventés ; je ne ferai pas plus de grâce aux monftres de l'Inde qu'aux monftres de l'Egypte; je plaindrai toutes les nations qui ont abandonné le

DIEU

DIEU univerſel pour tant de fantômes de dieux particuliers.

Je me donnerai bien de garde de m'élever avec colère contre les malheureux qui ont perverti ainſi leur raiſon ; je me bornerai à les plaindre, en cas que leur folie n'aille pas juſqu'à la perſécution & au meurtre ; car alors ils ne feraient que des voleurs de grand chemin. Quiconque n'eſt coupable que de ſe tromper mérite compaſſion ; quiconque perſécute, mérite d'être traité comme une bête féroce.

Pardonnons aux hommes, & qu'on nous pardonne. Je finis par ce ſouhait unique que DIEU veuille

T A B L E

D E S P I E C E S

CONTENUES DANS CE VOLUME.

TABLE. 355

Fin de la Table du Tome quatrième.

www.ingramcontent.com/pod-product-compliance
Lightning Source LLC
Chambersburg PA
CBHW070302030726
47505CB00004B/882